Die Perlen von Palen
Bd. 1
Die Lämmiche

Für meinen Mann.

Du bist meine Inspiration,

meine Kraft,

mein Glück,

meine Liebe,

jeden Tag.

Zum Buch:

Justus erwacht auf dem Exerzierplatz einer finsteren Burg. Er ist kein Teil mehr von Lamentos Armee. Er ist eine Bedrohung, flieht und ist frei, bis die Hexe Mali vor ihm auftaucht. Kann ihm der geheimnisvolle Ginn helfen? Wird ihm die schöne Larklady Wing zur Seite stehen? Oder muss er allein vor der Vergangenheit fliehen, um herauszufinden wer er ist und wer er sein könnte?

Über den Autor

Kirby Dixon wurde 1979 in Neuss geboren, wo sie auch heute noch mit ihrer Familie lebt.
Schon in früher Jugend entfachte ihre Leidenschaft für Literatur. Sie schrieb Gedichte, Kurzgeschichten und Romane, entschloss sich aber erst nach der Fertigstellung des Fantasy-Mehrteilers 'Die Perlen von Palen' dazu, zu veröffentlichen.

Die Perlen von Palen

Die Lämmiche

Kirby Dixon

Kirby Dixon
Die Perlen von Palen, Bd. 1, Die Lämmiche

ISBN 978-3-741-22792-9

Verleger:
Kirby Dixon
Michaelstraße 64
41460 Neuss

Herstellung und Verlag:
BoD - Books on Demand, Nordertstedt

Coverbilder von *Kirby Dixon*
Text von Kirby Dixon
2016 Alle Rechte vorbehalten.

Prolog

Die Piraten der 'Sukhothai' kauerten dicht gedrängt im Speiseraum. Das Meer tobte unter dem Heulen des Sturms. Bedrohlich wachsende Wellen wurden mit Wucht gegen den Rumpf des Schiffes geschleudert. Zu stark war das Unwetter, als dass die Besatzung sich hätte dagegen stemmen können. So harrten sie aus, während die Elemente auf die Sukhothai einpeitschten. Im flackernden Licht der Öllampen erzählten sie nacheinander Geschichten.

Nun war Ginn an der Reihe, der zwischen den Piraten durch seine zarte Gestalt herausstach. Mit seinem jungenhaften Aussehen und dem langen blonden Haar, hätte man ihn fälschlicherweise für eines ihrer Opfer halten können. Doch alle Männer um ihn herum, behandelten Ginn mit Ehrfurcht und Respekt und das nicht zuletzt, weil er um sich und seine Herkunft stets ein Geheimnis gemacht hatte. Das einzige, das sie von ihm wussten, war, dass Ginn vor einigen Jahren als Sklave auf die Sukhothai kam und schon Tage später die rechte Hand des Kapitäns geworden war. Das allein reichte aus, um den Aberglauben der Seeleute zu schüren und Ginn in ihren Augen zu einer Art Hexer zu machen. Ginn ließ sie gern in diesem Glauben. Die Angst der Piraten war sein Schutz vor ihnen und es gab einen Mann, den jeder Mensch auf See und an Land fürchtete. Der Name dieses Mannes war Lamento und Ginn prahlte auch während dieses Unwetters nur zu gern mit seinem Wissen über Lamento und die Exklamationsburg.

Er zog die Öllampe zu sich herüber, tauchte sein blasses Gesicht, das nicht den Hauch eines Bartschattens aufwies, in ein schauriges Licht und begann zu erzählen:

„Weit im Norden gibt es Tal mit Namen Laudarus. Rings herum breiten sich goldgelbe Getreidefelder aus. Es ist ein malerischer Ort und doch der dunkelste, an dem ich jemals war".

Ginn machte eine kleine Pause und beugte sich ein wenig vor. Als er sich der Aufmerksamkeit aller gewiss war, fuhr er fast flüsternd fort.

"Jeder Mann, jede Frau und jedes Kind in diesem Dorf wissen, dass sie nie allein sind, niemals unbeobachtet. Denn hoch oben, auf der Spitze der Berge in ihrem Rücken thront die Exklamationsburg. Wie todbringende Speere ragen ihre Türme in den immer blutrot schimmernden Himmel."

Wieder stockte Ginn und atmete theatralisch aus. Er liebte es, seine Geschichten so dramatisch wie möglich zu erzählen.

"Die Exklamationsburg ist umgeben von hohen schwarzen Mauern und uneinnehmbar. Aber wer würde jemals auf die Idee kommen, freiwillig auch nur einen Fuß in diese Burg zu setzen?"

Niemand gab eine Antwort.

"Jeder, der weiß wer dort herrscht, rennt so weit weg wie irgend möglich, denn man muss ihn nicht gesehen haben, um ihn zu fürchten. Über seine grauenvolle Gestalt gibt es genug Geschichten. Ich selbst jedoch habe ihm geradewegs in seine hässliche Fratze geblickt!"

Ein Raunen ging durch den Speisesaal und ein Schauer huschte von Rücken zu Rücken. Draußen heulte der Wind und das Schiff knarrte. Die Seemänner rückten noch näher zusammen, während der Seegang sie schüttelte. Sie waren lange genug auf den Ozeanen gesegelt, um sich auf den Bänken halten zu können.

Draußen knallte der Donner, gerade als Ginn den Herrn der Exklamationsburg beschrieb.

„Sein Gesicht ist schmal wie ein Totenkopf, seine Haut aschfahl und dünn wie altes Pergament. Er hat weder Nase noch Ohren, nur einen lippenlosen Mund und lange schwarze Fühler, die aus seinen leeren Augenhöhlen ragen."

Ginn zappelte mit den Fingern und imitierte die Fühler.

"Wenn der Burgherr seinen dürren Körper durch das Gemäuer der Burg schleppt, stützt ihn stets einer seiner Gehilfen. Um seine morschen Knochen schneller bewegen zu können, schlägt er bei jedem zweiten Schritt mit seinen Flügeln. Die von Adern durchzogenen Fetzen reichen ihm von den Schultern bis zu den Fersen und umflattern ihn wie ein alter Umhang. Sein Name lautet Lamento."

Nervös blickten sich die Seemänner um, als befürchteten sie, Lamento käme jeden Augenblick in den Speiseraum geschlichen.

„Auch wenn der Herr über Laudarus nicht stark genug ist seine Burg zu verlassen, hat er doch einen Weg gefunden über seine Untertanen zu wachen. Er schart eine Armee um sich, bestehend aus schaurigen grauen Gestalten, die sich alle samt durch nichts unterschieden."

Ginn schüttelte sich, um seinen Zuhörern zu verdeutlichen, wie abstoßend diese Wesen waren.

"Man nennt diese Biester Lämmiche. Alle sind sie nicht größer als ein Kind von zehn oder elf Jahren. Ihre Haut ist grau und ihre Köpfe sind kahl. Lamento bedient sich ihrer Gedanken, sieht durch ihre Augen, spricht durch ihre Münder und schlägt mit ihren Fäusten auf fremde Tische.

Ohne Lamento denken diese Dinger gar nichts. Sie fühlen weder Schmerz, noch verspüren sie Durst oder Hunger. Alles, was sie vorantreibt, sind Lamentos Befehle. Nichts außer der perfekten Ausführung dieses Befehls interessiert sie und jeder der ihnen dabei im Weg ist, wird beseitigt."

Ernst blickte Ginn jedem Zuhörer ins Gesicht, dann erzählte er weiter.

"Nicht nur den Kindern richten sich die Nackenhaare auf, wenn ein Lämmich an ihnen vorüberhuscht. Auch ihre Eltern zucken zusammen, wenn Augen, um das Doppelte größer als beim Menschen, sie unerwartet anstarren. Egal, wo die Bewohner sich befinden oder womit sie beschäftigt sind, ein Lämmich findet immer einen Grund, seine Nase in ihre Angelegenheiten zu stecken. Nichts entgeht ihren Ohren. Selbst nachts schrecken die Kinder aus bösen Träumen auf und sehen Schatten an ihren Fenstern vorbeihuschen.

Die Laudaner wissen, dass sie nie allein sind. Lamento bewacht sie Tag und Nacht, in jeder Sekunde. Manche von ihnen glauben sogar, er könne ihnen bis in ihre Träume folgen. Ich glaube das auch."

"Sie müssen sich doch wehren" rief einer der Seeleute.

"Dem hätte ich schon längst die löchrigen Flügel ausgerissen" rief ein anderer und alle grölten zustimmend. Ginn zog nur eine Augenbraue hoch und fuhr fort, jedoch um einiges lauter als zuvor.

"Die Laudaner saugen die Angst vor ihrem Herrscher mit der Muttermilch auf und da überrascht es wenig, dass kaum einem in den Sinn kommt, sich zu wehren. Doch hin und wieder lockert der

Alkohol in den Schenken einem jungen Mann die Zunge und er schreit sich seinen Hass von der Seele so wie ihr Trunkenbolde."
Alle lachten und prosteten sich zu.
"Doch stolpert dieser junge Mann mit sich und seinem Mut zufrieden ins Bett", fuhr Ginn fort "so ist es um ihn geschehen. Schon am nächsten Morgen findet die Familie sein Bett leer und verlassen vor. Nichts bleibt von ihm übrig, gerade so, als hätte es ihn nie gegeben."
„Wie gruselig", entfuhr es einem der Seemänner und seine Kameraden lachten gehässig.
Auch Ginn grinste. Er wusste, wie wichtig es war, vor diesen Männern keine Schwäche zu zeigen. Wenn es ihm darüber hinaus noch gelang ihnen Angst zu machen, umso besser.
„Die Laudaner leben von den Erträgen der Getreidefelder. Natürlich müssen sie die Hälfte aller Einkünfte an Lamento abtreten. Fällt die Ernte einmal schlecht aus, bleibt ihnen also kaum genug zum Leben. So sieht sich manch ein Familienvater gezwungen, einen Teil seiner Einkünfte vor dem Herrn der Exklamationsburg zu verheimlichen. Leider bleiben solche Unterschlagungen nie unentdeckt. Hatte die Familie vorher schon unter Hunger zu leiden, muss sie dann auch noch den Vater am Pranger auf dem Dorfplatz sehen, wo er für seinen Diebstahl bestraft wird.
Was bleibt den Laudanern anderes übrig, als ihre missliche Lage zu verdrängen? Sie alle haben schon erlebt, wie sich Familien verabschiedeten, um andern Orts ihr Glück zu finden. Keinen Tag später waren sie wieder in ihrem Haus in Laudarus, mit blasser Haut und schweigsamer als je zuvor.

Um ihr Schicksal besser ertragen zu können, denken die Laudaner nicht an die Burg über ihren Köpfen und an die Lämmiche mitten unter ihnen. Sie blicken in die entgegengesetzte Richtung, wenn ein Lämmich ihren Weg kreuzt und richten den Blick nie den Berg hinauf. Sie verlieren sich in ihren Alltagspflichten und sind dann sogar fast glücklich dabei."

Die Tür zum Speiseraum flog auf und ein stämmiger Seemann trat ein:

„Der Sturm zieht ab. Macht euch wieder an die Arbeit."

Unter Gemurre und Geächze erhoben sich die Piraten. Auf Ginns Gesicht lag ein wehmütiges Lächeln, als er die Öllampe löschte.

1. Kapitel

Der Herr der Exklamationsburg erwachte. Schwarze Fühler schossen aus seinen Augenhöhlen und weckten alle Lämmiche, noch ehe Lamento das schwarze Betttuch zurückgeschlagen hatte. Kein Wort kam über seine Lippen und doch befahl er allen Lämmichen, sofort zur Burg zu kommen.

Es dauerte nicht lange und die Lämmiche traten einer nach dem anderen aus der Tür ihres Turmes am Rande des Dorfes Laudarus. Wortlos stiegen die identisch aussehenden Wesen den Berg hinauf. Am Gipfel angekommen warteten sie, bis die schwere Zugbrücke herunter gelassen wurde. Kaum hatte diese festen Boden berührt, schritten die Lämmiche in zwei Reihen in die Burg. Der grob gepflasterte Weg zum Burgtor war glitschig und kalt. Die nackten Füße der Lämmiche glitten oft aus und waren blau vor Kälte. Sie aber spürten die Kälte nicht. Sie dachten nur an ihre Aufgabe. Jeder Lämmich wusste auf Anhieb, wo er sich aufzustellen hatte. Bald war der Burgplatz übersät mit Lämmichen, die den Blick stur auf die Empore gerichtet hielten. Eine Trommel schlug im Takt ihrer Herzen. In Kürze würde ihr Herr vor sie treten.

Der Hof war groß und von einer hohen Mauer umgeben. Wie Soldaten warteten die Lämmiche auf Lamento. Der Himmel über ihnen war schwarz und es roch nach Regen. Ein ungewöhnlich kalter Wind fuhr den Lämmichen unter die dünnen Leinenzweiteiler, doch das schien ihnen rein gar nichts auszumachen. Die Reihen blieben reglos. Kein Wort wurde gesprochen. Nicht einmal, als Lamento selbst den Hof der Exklamationsburg betrat.

Auf eine kleine pelzige Gestalt gestützt, schritt er auf die Empore zu. Seine löchrigen Flügel vor Anstrengung heftig schlagend, kämpfte er sich die wenigen Stufen bis zu seinem Thron hinauf. Den Schlund hatte er weit aufgerissen, um gierig die kalte Luft des regnerischen Sommermorgens einzusaugen.

Die Stütze Lamentos war sein Schweigling Flagand. Er war in etwa so groß wie ein Lämmich, beharrte jedoch darauf, deutlich größer zu sein. Sein borstiges schwarzes Haar ging in buschigen Koteletten zu einem ebenso borstigen Kinnbart über. Die rosa Schweinsnase glänzte vom Regen und ein Tropfen rann seitlich über einen der beiden bedrohlich hervorstehenden Eckhauer.

Flagand war wie annähernd alle grauen Schweiglinge leidenschaftlich böse. Eine Tatsache, die ihn mit seinem Herrn verband. Der Schweigling liebte es, sich neue Foltermethoden für die Lämmiche auszudenken. Und jedes Mal wenn ihm eine der kleinen Gestalten ins Netz ging, hoffte er, ihm einen Schmerzenslaut zu entlocken. Bisher war ihm das nie gelungen, doch eines Tages, da war sich sicher, würde er es schaffen.

Kaum hatte Lamento auf seinem Thron Platz genommen, schossen wieder die schwarzen Fühler aus seinen Augenhöhlen. Die Kontrolle konnte beginnen. Er durchleuchtete jeden einzelnen Lämmich, überprüfte die Schärfe ihrer Augen, roch durch ihre Nasen den Regen und überprüfte, ob sich außer ihm selbst nichts in ihren kahlen Köpfen befand. So ging er die Reihen durch. An keinem anderen Ort auf der Welt konnte es vergleichbar still und reglos sein.

In Reihe neun beim Neunzehnten von links tat Lamento, was er bei allen anderen Lämmichen getan hatte und konzentrierte sich dann auf die Nummer zwanzig. Dabei entging ihm jedoch, was mit der Nummer neunzehn geschah, nachdem er ihn inspiziert hatte. Das kleine Wesen formte einen eigenständigen Gedanken. Den ersten Gedanken, den dieser Lämmich je gedacht hatte: „Mir ist langweilig!"

Der Lämmich erschrak fürchterlich.

„Was war das denn eben?" fragte er sich und erschrak von neuem.

Doch egal, wie sehr er versuchte, nicht mehr zu denken, er konnte nicht aufhören. Immer wieder formten sich Worte, ja sogar ganze Sätze in seinem Kopf. Seine Gedanken schienen eine neue Stimme zu haben. Sie klangen so anders als Lamentos Befehle.

Mit aller Gewalt zwang er sich dazu, ruhig stehen zu bleiben und nicht in Panik laut schreiend durch die Reihen zu laufen.

„Alles wird wieder gut, Iustus" sagte er sich selbst, und tatsächlich flatterte sein Herz nicht mehr gar so sehr.

„Iustus", dachte er wieder und hätte beinahe gelächelt.

Er hatte einen Namen. Wie er auf den Namen gekommen war, konnte er sich nicht erklären. Aber darauf kam es wohl auch nicht an. Viel Grundlegenderes bereitete ihm Kopfzerbrechen: Was war mit ihm geschehen? Wieso war er aus heiterem Himmel so anders, als er es noch eine Minute zuvor gewesen war?

Iustus wusste auf keine seiner Fragen eine Antwort. Und als wären diese Gedanken und Fragen nicht schon schrecklich genug, hatte sich etwas noch viel Schlimmeres in seinen Körper geschlichen: Er hatte Gefühle.

Nie zuvor hatte Iustus gespürt, wie kalt seine Füße waren oder wie sich sein Herz bei jedem Schreck zusammenzog. Er fühlte sich allein und das inmitten all der anderen Lämmiche. Verstohlen blickte er sich um. Wie er seine Kameraden beneidete. Sie waren nichts als emotionslose Hüllen und was konnte es denn Schöneres geben? Selbstvergessen standen sie da, während Iustus gegen Gedanken, kalte Füße und Angstschweißattacken kämpfte.

Iustus blieb auf seinem Platz stehen. Wie hätte er sich auch bewegen sollen? Lamento hatte ihm nicht gesagt, er solle sich bewegen. Es war ihm schon ein Rätsel, wie ihm überhaupt der Gedanke ans Bewegen gekommen war.

Ein Gefühl der Scham überkam ihn. Irgendwie musste er dieses plötzliche Erwachen selbst verschuldet haben. Vielleicht war er kaputt. Sollte er sich womöglich melden? Immerhin war es augenscheinlich niemandem sonst passiert, also lag die Schuld wohl bei ihm. Doch Iustus bekam Angst. Er wollte sich schützen. Es war wohl am besten sich ruhig zu verhalten. Wenn er sich anstrengte, würde seine Veränderung hoffentlich niemandem auffallen. Was Lamento wohl mit ihm täte, wüsste er von Iustus plötzlichem Erwachen? Was immer es war, Iustus würde es danach nicht mehr geben.

Der Lämmich verharrte, bis sich Lamentos Stimme wieder in seinen Kopf schaltete und sie alle aus der Inspektion entließ. Leicht gebeugt, mit einer Furche auf der Stirn, folgte er den Lämmichen hinaus aus der Burg und stapfte durch die hohen Wiesen zurück nach Laudarus. Nur noch leise drangen Lamentos Befehle zu ihm durch. Lief er Gefahr, Lamento ganz zu verlieren?

Das Vogelgezwitscher um ihn herum, das laute Stapfen der Schritte, die Gerüche der Nadelbäume, alles drehte sich in seinem Kopf und machten ihn schwindelig: „Vielleicht muss ich mich nur ausruhen und morgen wird alles wieder so sein, wie es gestern war."

Diese Hoffnung nahm ihm etwas Druck von der Brust.

Ein Bauer schob seinen Karren samt Saatgut den Berg hinauf. Völlig synchron drehten alle Lämmiche ihre dünnen Hälse und starrten den Laudaner neugierig an. Dieser schüttelte sich unauffällig und schob seinen Karren weiter. Iustus hatte nichts davon mitbekommen. Sein Blick hing an einem Einhornschmetterling, der ihm seit dem Verlassen der Burg nachgeflogen war. Hätte auch nur ein einziger Lämmich Iustus' asynchrones Verhalten aus dem Augenwinkel wahrgenommen, Iustus hätte sein warmes Bett wohl nicht mehr heil erreicht.

In dieser Nacht fand Iustus keinen Schlaf. Er lag auf einer Pritsche in seiner Kammer und starrte an die Decke. Nie war ihm die spartanische Einrichtung im Turm aufgefallen. Jetzt fragte er sich, wie er bisher mit einer Pritsche, einer Waschschüssel und einem Schrank ausgekommen war. Er besaß rein gar nichts Persönliches. Alles um ihn herum war ebenso grau wie er selbst. Nichts konnte ihn ablenken und ihm die Angst vor der Dunkelheit nehmen. Sein einziger Halt war ein abgegriffenes fast federloses Kissen.

Iustus hörte Lamentos Stimme an diesem Tag nicht mehr. Nicht einmal den Befehl zur Nachtruhe hatte er empfangen. Vielleicht konnte er deswegen nicht einschlafen?

Was hatte er früher in der Dunkelheit gehört? Hatte er vielleicht gesummt oder war außer Lamento immer nur Stille um ihn herum gewesen? Was hörten die anderen Lämmiche jetzt?

So viele Fragen beschäftigten ihn. Urplötzlich ein anderer geworden zu sein, kam Iustus vor, als habe man ihn aus dem obersten Fenster des Turms geworfen und er hörte einfach nicht auf zu fallen.

Iustus hatte sich gerade erst gefunden, aber kein Gedanke oder Gefühl verankerte sich in ihm, außer der Angst.

Zum ersten Mal in seinem Leben kamen ihm Tränen. Sein Kinn bebte und obwohl er sich so fest an sein Kissen klammerte, tropften die Tränen immer weiter aus seine müden Augen. Leise weinte er, bis sich der Schlaf schließlich doch erbarmte und ihm ein paar Stunden der Stille schenkte.

„Sind sie weg?", fragte sich Iustus direkt nach dem Aufwachen und ließ sich stöhnend wieder in sein Kissen fallen.

„Wieso haut ihr nicht ab?", zischte er zornig, doch seinen Gedanken war das egal. Sie tanzten weiter durch seinen Kopf und ließen sich nicht verscheuchen. Sie hatten nur Fragen, nie Antworten. Genau wie die kleinen Kinder im Dorf. Er hatte wirklich gehofft, der Schlaf könne wieder einen normalen Lämmich aus ihm machen.

Iustus' Magen zog sich zusammen, als er an den bevorstehenden Tag dachte. Erschrocken tastete sich der Lämmich ab. Das Ziehen im Magen war ihm nicht geheuer. Bedeuteten solche Schmerzen etwas Schlimmes? War er vielleicht viel defekter, als er vermutet hatte? Er hatte schon von defekten Lämmichen gehört. Lamento fand ihre Fehler bei den Inspektionen heraus und ließ sie aussortieren. Vielleicht wurden sie repariert, vielleicht auch ersetzt. Früher hätte das keinen Unterschied für ihn gemacht. Da er nun aber selbst defekt war, gewann der Unterschied zwischen reparieren und ersetzen doch an erheblicher Wichtigkeit für ihn.

„Tafelpflichten", hörte er Lamentos Stimme in seinem Kopf und sprang reflexartig aus dem Bett. Es tat gut wieder eine andere Stimme als seine eigene zu hören. Draußen vernahm er das vertraute Geräusch der anderen Lämmiche, die im Gleichschritt die Wendeltreppe hinabliefen. Hastig ging er zur Waschschüssel und wischte sich mit einem feuchten Tuch über sein Gesicht. Er eilte aus dem Zimmer. An der Treppe verlangsamte er seinen Schritt, um keine Aufmerksamkeit zu erregen.

Iustus war in der Gruppe derer, die schweigend ihren Weg zur Exklamationsburg antraten. Die andere Hälfte blieb in Laudarus.

Jeder Lämmich bekam am Morgen eine Aufgabe zugeteilt, und heute war es Iustus' Pflicht für Lamentos leibliches Wohl zu sorgen.

Über Nacht hatte es zu regnen begonnen und Iustus fror fürchterlich. Obwohl er immer wieder verstohlen zu den anderen Lämmichen sah, war ihnen die Kälte nicht anzusehen. Sie marschierten durch den immer tiefer werden Matsch, als bemerkten sie gar nicht, wie durchnässt sie schon waren. Möglichst unauffällig rieb sich Iustus die eiskalten Hände und versuchte, sie mit seinem Atem zu wärmen.

Den ganzen Weg über wartete er geradezu darauf, dass einer der Lämmiche zu ihm herübersehen, auf ihn deuten und schreien würde. Iustus selbst kam sich so auffallend anders vor. Jeder seiner Schritte war zögerlich, während seine Kameraden im Gleichschritt voraus stolzierten.

Iustus' Blick wanderte zu den Wolken. Dicke Regentropfen klatschten ihm ins Gesicht. „Wie Regen wohl schmeckt?", fragte er sich. Doch bevor er den Mund öffnen und den Regen probieren konnte, lenkte ihn ein lautes Knarren ab. Er kannte dieses Geräusch genau. Die Zugbrücke wurde heruntergelassen. Diese alte verwitterte Brücke war die einzige Möglichkeit, von der Spitze des einen Berges zur Burg auf der Spitze des anderen Berges zu gelangen. Zwischen diesen Bergklippen klaffte eine Hunderte Meter tiefe Leere.

Während Iustus über die Brücke ging, wagte er einen Blick über den Rand und bereute es sofort. Schwindelfrei war er offenbar nicht. Die Tiefe begann zu rotieren und verwandelte sich in einen mitreißenden Sog. Schwer atmend, taumelte Iustus zur Mitte der Brücke zurück. Niemand hatte etwas bemerkt, doch seine Knie zitterten noch immer. Nur mit Mühe erreichte er die Burg aufrecht, obwohl seine innere Stimme ihn zwingen wollte auf allen vieren weiter zu kriechen.

In der Küche fühlte sich der Lämmich deutlich wohler. Seine Arbeit ging ihm leichter von der Hand, als er erwartet hatte. Die jahrelange Routine half ihm dabei. Erst deckte er die meterlange Tafel für Lamento und Flagand ein, dann fuhr er den Servierwagen in einen angrenzenden Raum. Dort war ein Stück des Bodens durch einen Speiselift ersetzt worden. Iustus stellte den Servierwagen exakt auf die Markierung und begann fleißig an einer Kurbel zu drehen. Stück für Stück versank der Wagen samt Bodenplatte in Richtung der unteren Etage und ein Loch klaffte im Fußboden. Danach schlüpfte Iustus durch eine selbst für ihn schmale mit Stoff bezogene Tür, hinter der eine Wendeltreppe in die Küche führte. Dort traf ihn die Heftigkeit seiner Empfindungen unvorbereitet. Der Duft des Essens stieg ihm in die Nase und sofort meldete sich sein Magen. Die Lust auf das Probieren all dieser Speise war einfach zu groß. Zuerst schnappte er sich eine Schüssel mit Rührei und sog den Duft tief ein. Wie von selbst griff er nach einer Scheibe geröstetem Brot. Kurz bevor er das Ei auf das Brot zu schaufeln begann erstarrte Iustus. So beiläufig wie möglich legte er das Brot zurück und stellte die Schüssel mit dem Ei auf den Servierwagen. Er sah aus dem Augenwinkel einen Lämmich an der Tür stehen und betete inständig, dass sich Lamento nicht dessen Augen bedient hatte, als Iustus Heißhunger ihn überkommen hatte.

Schnell belud er den Wagen und fuhr ihn zurück zum Aufzug. Erst als er zu kurbeln begann, atmete er erleichtert aus. Diesmal hatte er noch Glück gehabt, doch langsam wurde ihm klar, was es bedeutete etwas vor Lamento geheim zu halten.

„Mach gefälligst schneller!", donnerte Lamento. „Muss ich dir erst zeigen, wozu deine mickrigen Arme da sind, du schwächliche Graupe?"

Lamento hatte ihn kritisiert und beleidigt. Eigentlich war das nichts neues, doch Iustus' Schmerz darüber war neu. Er hörte den Schweigling Flagand lachen und das machte ihn auch noch wütend.

Vor zwei Tagen wären ihm sowohl die Kritik als auch der Spott egal gewesen. Nun kurbelte er wie ein Verrückter, um seinen Herrn doch noch zufrieden zu stellen. In seinen Gedanken verschluckte sich Flagand am Rührei und fiel röchelnd zu Boden. Helfen würde er ihm nicht.

Kaum hatte sich das Loch im Boden wieder geschlossen, erschien ein weiterer Lämmich hinter Iustus. Gemeinsam trugen sie das Frühstück auf und Iustus' Ärger über seinen Herrn verlor sich wieder.

Flagand hatte dem Herrn der Exklamationsburg einiges zu berichten. Nur gelegentlich wurde er von Lamento unterbrochen, wenn dieser durch seine Lämmiche die Bewohner von Laudarus befehligte. Iustus folgte der Unterhaltung möglichst unauffällig.

Das Abdecken der Tafel übernahm Iustus gemeinsam mit drei weiteren Lämmichen. Lamento war bereits aufgestanden, um wie jeden Morgen in den Thronsaal geleitet zu werden.

Iustus wirbelte fleißig herum, räumte das Geschirr auf den Wagen und pfiff in seinem Kopf eine fröhliche Melodie. Das Warten hatte ihm in den Füßen geschmerzt und er war dankbar dafür, sich wieder bewegen zu dürfen. Während er Teller auf Teller schichtete, schweiften seine Gedanken ziellos umher, doch plötzlich blieb die Zeit stehen. Ein kalter Schauer jagte über seinen ganzen Körper. Er drehte sich um. Die drei Lämmiche starrten ihn an, Flagand starrte ihn an und Lamento hatte ihm sein augenloses Gesicht zugewandt. Jetzt erst hörte Iustus es. Seine eigenen Gedanken hatten Lamentos Befehl übertönt, doch nun hörte er Lamento wieder mehr als deutlich in seinem Kopf. Er hatte Lamento zum Thron führen sollen und es einfach nicht getan. Wie hatte er nur so unvorsichtig sein können? Was sollte er jetzt machen? Sollte er einfach zu Lamento gehen und so tun als sei nichts geschehen? Das schien ihm zu riskant. Iustus schluckte hörbar.

„Packt ihn!", schrie Lamento.

Ein Lämmich kam von vorne, einer von rechts und der dritte von links auf ihn zu. Iustus brach der Schweiß aus. Einem Impuls folgend zerschmiss er eine Vase und langte nach einer der spitzen Scherben. Wie ein Messer richtete er sie abwechselnd auf die ihn umkreisenden Lämmiche. Mit einem so aggressiven Verhalten hatte nicht mal Lamento gerechnet. Einen Moment lang war der Herr der Exklamationsburg irritiert. Mehr brauchte Iustus nicht und lief los. Er rannte zur versteckten Wendeltreppe, stolperte die Stufen hinab und landete mit einer Vorwärtsrolle in der Küche. Vor Iustus' Nase zückte der Koch ein Fleischermesser und ging auf ihn los. Erschrocken wich Iustus zurück und stolperte rückwärts über die unterste Stufe. Aus dem Augenwinkel erspähte er einen Servierwagen, der in einem äußerst günstigen Winkel stand. Kurzerhand griff er unter dem angreifenden Koch hindurch, bekam den Servierwagen zu fassen und schleuderte ihn dem Koch vor die Beine. Dieser ging mit einem Ächzen zu Boden und Iustus sprang über Koch und Servierwagen hinweg. Keuchend schaffte er es bis in den Flur der Burg.

Iustus lief so schnell, wie er konnte, doch der Rattenschwanz an Verfolgern wurde immer länger. Mit brennender Lunge und schmerzenden Beinen schaffte es der Lämmich bis zum Hof der Burg. Der Regen war seit dem morgen noch stärker geworden. Einer seiner Verfolger sprang ihm in den Weg, Iustus wich trotz der Nässe geschickt aus und steuerte auf die Zugbrücke zu. Er hörte das Quietschen der Kurbel und fluchte leise. Offensichtlich war jemand dabei die Brücke heraufzuziehen, um ihm so den Weg abzuschneiden. Iustus rannte noch schneller. Mit Anlauf sprang er auf die Zugbrücke, die bereits ein gutes Stück über dem Boden hing. Zwischen den Holzbrettern hindurch erspähte er den klaffenden Abgrund. Ihm blieb nicht viel Zeit zu überlegen. Hinter ihm schwoll der Lärm sich nähernder Verfolger an. Was blieb ihm anderes übrig als zu springen?

Auf allen vieren landete Iustus am Rand des gegenüberliegenden Berges. Er schlug sich Knie und Hände auf. Tränen traten ihm in die Augen. Er blinzelte sie weg. Er musste dringend weiterlaufen. Entschlossen richtete sich der Lämmich auf. Anstatt aber festen Boden unter seinen Füßen zu fühlen, rutschte er vom Felsvorsprung, und einen Wimpernschlag später hingen seine Beine bereits in der Luft, während seine Hände verzweifelt nach Halt suchten. Er zerrte am nassen Gras, doch immer wieder riss es aus der Erde ohne ihn ein Stück näher in Sicherheit gebracht zu haben. Ein panisches Schluchzen entfuhr ihm. Hektisch suchte Iustus nach irgendeinem Halt und fand ihn letztendlich in einem Strauch. Die Dornen an den biegsamen Ästen bohrten sich tief in sein Fleisch und der Schmerz schrillte in seinen Ohren. Beinahe hätte er vor Schreck losgelassen, doch der klaffende Abgrund zwang ihn zum Durchhalten.

Leise wimmernd krallte sich der Lämmich an den Strauch und begann zu ziehen. Da seine Füße keinen Halt fanden, mussten seine Arme die ganze Arbeit übernehmen. Aus dem Augenwinkel sah er, wie sich die Zugbrücke wieder absenkte. Seine Verfolger brannten bereits darauf, ihm endlich nacheilen zu können.

Iustus musste den Schmerz verdrängen und sich heraufziehen. Seine letzten Kraftreserven aufzehrend, zog er sich unter einem gewaltigen Schrei nach oben. Keuchend hockte Iustus im Gras und sah etwas vor sich liegen. Irritiert schaute er zu einem Paar schwarzer Schuhe. Glänzend standen sie da, mitten im Regen auf einer Bergspitze. Iustus griff sie sich und zog sie einem Impuls folgend über. Plötzlich sah er wieder klar und auch alle Erschöpfung fiel von ihm ab. Während die Lämmiche schon von der Zugbrücke sprangen, ergab sich Iustus diesem magischen Gefühl, dass ihn durchströmte. Es fühlte sich an, als pulsiere jede einzelne Zelle seines Körpers.

Der schnellste Verfolger war fast an ihn herangekommen und streckte schon die Hand aus, um sich Iustus zu greifen. Iustus spürte diese Bewegung im Nacken und lief los. Er rannte so schnell wie noch nie in seinem Leben und mit einer ungeahnten Leichtigkeit. Die Landschaft flog an ihm vorüber, gerade so, als seien ihm Flügel gewachsen. Seinen Augen entging trotz des hohen Tempos nichts. Jeder einzelne Stein prägte sich ihm ein, ebenso wie alle Sträucher. Alles strahlte in einer neuen Schönheit. Seine Verfolger hatten kaum verstanden, dass er sie abgehängt hatte, da befand er sich schon in Laudarus.

"Ihr müsst magisch sein" flüsterte Iustus seinen Schuhen zu und schüttelte fassungslos den Kopf. Aber er hatte keine Zeit sich weiter mit dem Mysterium seiner Schuhe aufzuhalten.

Ohne zu zögern, stieß Iustus die Tür zum Turm auf. Er hoffte inständig, dass auch die Lämmiche aus der Stadt noch nicht den Turm erreicht hatten. Sicher hatte Lamento sie bereits ebenfalls auf Iustus angesetzt. Zu seiner Erleichterung fand er den Gemeinschaftsraum des Turms leer vor.

Seit Iustus' Flucht war Lamentos Stimme nur ein unverständliches Flüstern zwischen seinen eigenen Gedanken gewesen. Kaum beruhigte sich aber sein Herzschlag in der dunklen Stille des Turms, da drehte Lamento derart die Lautstärke auf, dass Iustus auf die Knie sank und sich den schmerzenden Kopf hielt.

„Komm auf der Stelle zurück zur Burg! Das ist ein Befehl. Steh auf und mach Dich auf den Weg! Sofort!"

Der kleine Lämmich zitterte am ganzen Körper. Seine Muskeln wollten dem Herrn gehorchen, doch Iustus' Geist wollte es nicht. Er wollte nur weg von Lamento, so weit es ging.

„Ich komm nicht zurück", schrie er und begann vorwärts zu kriechen.

„Und ob du das tust!", brüllte Lamento. „Du bist mein Eigentum. Du tust, was ich dir sage."

Lamentos Worte machten Iustus keine Angst, sie machten ihn wütend. Dort er durfte weder Lamento noch seine Wut siegen lassen. Sein Herr wollte ihn nur ablenken, bis die anderen Lämmiche im Turm ankamen, um ihn zu schnappen.

Mühsam richtete sich Iustus auf. Sein Kopf schmerzte derart, dass er trotz der Schuhe alles verschwommen sah.

Der Lämmich zog sich die Treppen hoch und oben angekommen, war der Schmerz überstanden. Lamento schwieg und Iustus atmete erleichtert aus.

Die Erleichterung hielt nur kurz an. Draußen hörte er das Getrampel einer Horde Lämmiche. Wenn sie ihn zu Lamento und seinem fiesen Gehilfen Flagand zurückbrachten, würde man ihm Unbeschreibliches antun.

Iustus lief in seine Kammer. Aus dem schmalen Schrank zog er hektisch einen Rucksack hervor, packte ein Stück trockenes Brot hinein und schob ein Set Leinenbekleidung und seine wenigen Habseligkeiten hinterher. Unten wurde die Tür aufgestoßen.

Iustus lief zu seiner Tür und schob die schwere Holzkommode davor. Er schnallte sich den Rucksack um und riss das kleine runde Fenster auf. Zum ersten Mal war er froh darüber, wie klein er war. Jeder andere wäre wahrscheinlich in dem Fenster stecken geblieben, er aber schaffte es sich mit den Füßen zuerst hindurch zu zwängen. Sein Herz schlug ihm bis zum Hals, doch als die ersten Lämmiche gewaltsam versuchten, seine Tür aufzustemmen, schaffte er es die Fensterbank loszulassen und er fiel hinab.

2. Kapitel

Iustus stand allein auf dem höchsten Hügel der südwestlichen Felder. Ringsherum umgab ihn nichts als goldgelbes Getreide. Die Halme tanzten im Wind und formten sich am Horizont zu einer Welle, die geradewegs auf Iustus zu schwappte.

Laudarus, die Berge und besonders die Exklamationsburg lauerten in Iustus Rücken. Es blieb ihm nichts anderes übrig, als sich mutig in die Tiefen der Felder zu stürzen. Die Halme überragten ihn um mehr als eine Kopfhöhe. Aber immerhin hatte er den Sturz aus dem Fenster des Turms auch recht gut überstanden. Auch wenn er die Landung im Regenwasserfass nicht in bester Erinnerung hatte.

Die schwarzen Schuhe brachten Iustus schnell voran, mitten durch die Felder vor Laudarus. Den Blick auf den Boden geheftet, bahnte er sich seinen Weg durch die Getreidehalme. Was immer ihn aufhalten wollte, drückte er beiseite und ärgerte sich, während er seinen Weg fortsetzte immer weniger, wenn es ihm nachtragend auf den Rücken peitschte.

Auch nach Stunden der Wanderung wurde Iustus das Gefühl nicht los, noch zu nah an der Exklamationsburg zu sein. Er wusste tief in seinem Innern, dass, egal wie weit er auch lief, diese Burg ihn eines Tages wiedersehen würde.

Iustus wollte nicht zurückkehren, doch es würde so kommen. Das spürte er einfach.

Wie gerne hätte Iustus mit jemandem über seine Ängste gesprochen. Als Lämmich war es Iustus nicht gewohnt alleine zu sein. Lämmiche waren immer in Gruppen eingeteilt und verrichteten annähernd all ihre Arbeiten mindestens zu dritt. Nun war Iustus nicht nur auf sich allein gestellt, er war noch dazu fern ab von jeglicher Zivilisation. Sogar die Stimme Lamentos begleitete ihn nicht länger. In seinem Kopf spukten nur die eigenen wirren Gedanken.

Mit hängenden Schultern und schwerem Herzen zog der Lämmich weiter durch die Felder. Er schleppte sich voran, voller Sehnsucht auf die nächste Stadt.

Saatkrähen kreisten über ihm, und aus Einsamkeit begann er mit ihnen zu sprechen.

„Wohin seid ihr denn unterwegs?"

„Krahhh!"

„Oh, ihr mögt also Getreide, was?"

„Krahh, krahh!"

„Soll ich euch von einer gruseligen Vogelscheuche erzählen, die..."

Die Krähen flatterten davon und Iustus seufzte. Es war gar nicht leicht, ein Gespräch in Gang zu halten, wenn nicht Lamento die Worte für ihn aussuchte.

Die Sonne versank hinter dem Yamaliagebirge und Iustus bereitete sich auf eine Nacht im Freien vor. Er kletterte auf einen Hügel und sah überrascht die Umrisse einer Stadtmauer in der Ferne. Sein Herz setzte vor Freude einen Schlag aus. Sofort eilte er auf die Stadtmauer zu. Stimmen und Gerüche quollen über die Mauer und schwappten ihm entgegen.

„Wie das Leben außerhalb von Laudarus wohl aussieht?", fragte sich Iustus. „Kannten die Menschen in dieser Stadt Lämmiche? Falls dem so war, wie standen sie zu ihnen? Werden sich die Menschen mit mir unterhalten wollen? Werde ich einen Platz zum Schlafen finden?"

Ohne Geld in eine fremde Stadt zu kommen war gefährlich. Vielleicht würde er an den Pranger gestellt werden, weil die Menschen ihn für einen Bettler hielten. So wäre es ihm in Laudarus ergangen.

Vielleicht werden die Menschen sich vor ihm fürchten, wie die Laudaner es taten. Ob die Kinder ihn auch hier mit Steinen bewerfen werden? So hatten es die Kinder in Laudarus einmal mit ihm gemacht. Seine anfängliche Freude verwandelte sich mehr und mehr in Panik.

Gerne hätte sich Iustus einfach ins hohe Getreide fallen lassen und wäre so der Beantwortung all seiner Fragen aus dem Weg gegangen. Aber irgendwann musste er sich seinen Ängsten stellen. „Immer noch besser als umzukehren", sagte er sich und ging unsicheren Schrittes auf die Stadt zu.

Zuallererst fiel ihm der fremdartige Geruch auf. Es roch so anders als in seiner Heimat. Die Luft war kühler und schmeckte rau und salzig im Rachen. Der kräftige Wind fegte ihm in die Lungen und erfüllte ihn mit Frische, wie es sonst nur ein kühles Bad tat. Er fühlte sich erholter, aber auch hungrig.

Immer schneller eilte Iustus durch die Gassen, drückte sich an Passanten vorbei und folgte dem frischen Duft wie einer unsichtbaren Spur. Zum einen genoss es der Lämmich, nach der Zeit in den einsamen Feldern wieder umringt von Menschen zu sein. Auf der anderen Seite waren die Straßen auch zur Abendzeit noch so stark besucht, dass er kaum vorankam.

Die Passanten nahmen keine Notiz von dem kleinen Lämmich. Iustus' anfängliche Angst, man würde ihn womöglich für seine bloße Anwesenheit bestrafen, hatte sich als unsinnig herausgestellt.

Den gleichgültigen Blicken der Menschen war anzusehen, dass Besucher hier keine Besonderheit waren. Iustus fühlte sich zwischen so viel Desinteresse immer mutiger und nahm sogar die Hände zu Hilfe, um sich an den Menschen vorbeizuschieben.

Am Ende einer Gasse kletterte Iustus über Fässer und zwängte sich dann durch einen schmalen Spalt zwischen zwei Häusern hindurch. Er betrat eine Promenade, breiter und belebter, als er je eine gesehen hatte. Überall standen Fässer und Kisten, die die Menschen zwangen, im Zickzack zu laufen. In einigen der Kisten türmten sich noch zuckende Fische. Iustus schauderte. Schnell wandte er den Blick von den glasigen Fischaugen ab, in denen er einen stummen Hilferuf zu sehen glaubte.

Das geschäftige Treiben auf der Promenade raubte dem Lämmich den Atem. Er sah Menschen, andere Kreaturen, hörte allerlei Sprachen und das Gepolterte von Kutschen, Schubkarren und Fässern.

Er hockte sich in einen Hauseingang und beobachtete einen Streit zweier Muskelmänner, die sich in einer fremden Sprache Beleidigungen an den Kopf warfen. Als sie damit nicht weiterkamen, nahmen sie schließlich die Hände zu Hilfe. Sie zogen und stießen sich, bis einer von ihnen mit dem Gesicht zuerst in einen Eimer voller Seetang fiel. Den Mund vor Schreck weit aufgerissen, richtete sich der vormals glatzköpfige Mann wieder auf und präsentierte seine neue Frisur aus glitschigem Seetang. Sein Widersacher brach bei diesem Anblick derart in Gelächter aus, dass er sich den schmerzenden Bauch halten musste. Kaum hatte sich der eine den Seetang abgewischt und der andere mit dem Lachen aufgehört, da verschwanden sie Arm in Arm im nächsten Gasthaus. Iustus sah ihnen fasziniert nach.

Schließlich stand er auf und konzentrierte sich wieder auf seine Suche nach dem salzigen Duft. Er war bereits so nah, dass er ihn beinahe schmecken konnte. Stinkende Männer drängten sich an seiner Nase vorbei und versperrten ihm die Sicht. Getrieben von Neugier zwängte sich der Lämmich weiter vorwärts, kletterte zwischen Beinen hindurch, bis ein Anblick der Unendlichkeit sich vor ihm auftat.

Iustus blickte in die Ferne und das Meer lag ihm zu Füßen. Noch nie war er am Meer gewesen. Donnernd schlugen die Wogen gegen die Hafenmauern und ein Zittern ging durch den Lämmichkörper. Das Wasser zog sich zurück und schien Iustus' Sorgen mit sich zu nehmen. Für den Lämmich war es Liebe auf den ersten Blick. Und wie die meisten, die sich in das Meer verlieben, liebäugelte auch Iustus gleich mit einem anderen Objekt der Begierde. Er betrachtete voll Bewunderung ein gewaltiges Segelschiff.

Wenige Meter vor ihm ragten hohe Masten in den Himmel. Er musste den Kopf weit in den Nacken werfen, um sie in Gänze betrachten zu können. Das Schiff war dunkelgrün und glänzte im Schein der untergehenden Sonne. Iustus las den Namen, der in großen schwarzen Lettern auf der Seite des Schiffes stand: SUKHOTHAI.

Der Lämmich kannte Schiffe und das Meer aus Lamentos Gedanken, doch hatte er sich bei weitem nicht ihre wahre Pracht ausmalen können. Die Schiffe lagen leicht schwankend auf dem Wasser, als schunkelten sie unbekümmert im Takt des Meeresrauschens.

Betrachtete man die dunkelblaue Weite, waren diese prachtvollen Schiffe nicht mehr als winzige Nussschalen. Sah man stattdessen, wie verloren die Seeleute auf den weitläufigen Decks wirkten, schienen die Schiffe groß wie die südwestlichen Felder.

Iustus fühlte sich nicht länger verfolgt. Inmitten des abendlichen Treibens am Hafen fühlte er sich zugleich frei und zuhause. Von hier aus konnte es ihn an jeden Ort der Welt verschlagen. Freiheit war ein berauschendes Gefühl und Iustus genoss es in vollen Zügen. So stand er eine lange Zeit bewegungslos am Ufer und ließ seinen Blick über Schiffe und Wellen schweifen. Seine Gedanken flossen dahin. Er fragte sich, woher wohl Lamento das Meer kannte, ob der Herr der Exklamationsburg jemals selbst die Freiheit auf hoher See genossen hatte.

Vielleicht war Lamento nicht weniger ein Gefangener, als die Lämmiche und auch die Laudaner es waren. Wie es wohl sein musste, nur durch andere sehen und riechen zu können, stets auf den Schutz einer Festung angewiesen zu sein. Iustus wusste nicht warum, und doch glaubte er, Lamento sei nicht immer so ein Monster gewesen. Vielleicht war er ebenso umher gezogen, wie Iustus es jetzt tat. Allerdings fehlte es dem Lämmich an Phantasie, um sich einen jungen Lamento vorzustellen. Besonders wenn sich dieser auch noch außerhalb der Exklamationsburg befinden sollte.

Die Wassermassen klatschten an die Stege und Schiffswände, während die Sonne vollends im Wasser dahinschmolz. Tränen der Rührung schossen dem Lämmich in die Augen. Er fand es selber furchtbar albern und doch konnte er nicht aus seiner Haut. So viele Jahre war er ohne Gefühle ausgekommen und jetzt konnte er sich nicht einmal mehr umschauen, ohne von Gefühlsausbrüchen niedergerafft zu werden.

„Hoffentlich gibt es auch mal was zu lachen", murmelte Iustus verdrossen.

„Hast du was gesagt, Kleiner?", erschrocken fuhr Iustus herum.

Ein großer breitschultriger Mann stand direkt vor ihm. Die Haut des Mannes war von der Sonne gegerbt und seine Augen vom Alkohol trübe. Er trug eine schmierige Schirmmütze über dem grauen Haar. Ein Zigarrenstummel hing schlapp zwischen seinen schmalen Lippen. Iustus schwankte zwischen Furcht und Freude. Wie gerne hätte er sich wieder mit einem anderen Lebewesen unterhalten, doch der stinkende Seemann machte ihm ziemliche Angst.

„Hab noch nie einen Lämmich so weit weg vom alten Lamento gesehen. Was gibt es denn in Hagburm so Wichtiges, dass er seine Spione hierher schickt?"

„Ich bin nicht wegen dem Herrn... ähm wegen Lamento hier. Ich habe Laudarus verlassen."

Der Seemann lachte laut auf.

„Und Lamento hat nichts damit zu tun?"

Iustus schüttelte den Kopf. Ihm gefiel es nicht, über seinen ehemaligen Herrn zu sprechen. Alles, was mit Lamento zu tun hatte, war streng geheim, jeder Lämmich wusste das. Darüber hinaus kam es ihm reichlich eigenartig vor, dass dieser Mann vom Herrn der Exklamationsburg sprach, als wären die beiden alte Bekannte. Er hatte erwartet, dass die Existenz von Lamento und den Lämmichen außerhalb von Laudarus unbekannt war.

„Hast du schon immer gemacht, was Du wolltest?", fragte der Mann.
Iustus beäugte sein Gegenüber vorsichtig. Wieso grinste ihn der Mann so an, als habe er ein glänzendes Goldstück gefunden? Am liebsten wäre der Lämmich einfach weggelaufen, aber er wollte den Mann nicht verärgern.
„Nein, ich bin erst seit kurzem... ich selbst", erklärte er leise.
Iustus wusste selbst nicht, wie er beschreiben sollte, was mit ihm geschehen war.
„Weißt du, ich habe schon mal gehört, dass mitunter Lämmiche flügge werden. Am besten erzählst du deine Geschichte einem guten Freund von mir. Ihn wird sie sehr interessieren."
Ohne Iustus Antwort abzuwarten, schob er den Lämmich in Richtung einer Gasse. Iustus bekam es nun richtig Angst. Er wollte wirklich nicht unhöflich sein, aber gegen seinen Willen verschleppt zu werden, kam nicht in Frage. Da hätte er ja gleich in Laudarus bleiben können.
"Stop" rief er empört und sprang zur Seite, so dass der Seemann ins Stolpern geriet. Leider fing er sich recht schnell wieder und versuchte erneut nach Iustus zu greifen.
"Lassen Sie das. Ich bin neu in der Stadt und möchte Ihren Freund jetzt nicht sehen."
Iustus richtete sich kerzengerade auf, strich sein Oberteil glatt und sah den Mann mit ernster Miene an. Dieser lachte nur, packte den Lämmich wie einen Sack voll Mehl und schmiss ihn sich über die Schulter. Wenig später befanden sie sich schon einer dunklen Kneipe, einige Gassen vom Hafen entfernt.

Die Kneipe roch nach Zigarren, Schnaps und ungewaschenen Seemännern. Fast alle Holztische waren voll besetzt. Karten- und Würfelspiele vertrieben den Männern die Zeit. Sie knallten die Würfelbecher auf die Tischplatten und schlugen sich grölend die Karten aus den Händen. Iustus hätte sich am liebsten in der nächstbesten Ecke vor ihnen verkrochen, aber der Geruch nach Essen und die unnachgiebige Hand des Mannes in seinem Rücken trieben ihn voran.

Der Seemann zog den Lämmich dicht an den Tischen vorbei. Für Iustus fühlte es sich an, als würde er an die Gitterstäbe eines Raubtierkäfigs gepresst. Ihn erschraken die Fratzen der betrunkenen Männer. Er schüttelte sich bei dem Anblick ihrer zahnlosen, verkrusteten Gesichter. Schluckte, wenn er ihren säuerlichen Geruch einatmete.

Iustus wurde in ein noch dunkleres Separee geführt, in dem es zum Glück weniger stickig und weitaus ruhiger war. Er atmete erleichtert die frischere Luft ein. An einer ausnehmend langen Tafel saß eine schmale Gestalt, das Gesicht unter einer schwarzen Kapuze verborgen.

„Sobald er mein Hemd loslässt, lauf ich weg", sagte sich Iustus wieder und wieder.

„Ich hoffe, du hast einen guten Grund, mir einen Lämmich anzuschleppen, Klaas", sprach der Mann unter der Kapuze.

„Den habe ich, Ginn."

Mit einer beiläufigen Geste erteilte der Mann unter der Kapuze Klaas das Wort. Dieser entschied sich dazu, den Lämmich für sich sprechen zu lassen. Aufmunternd, wenn auch etwas zu grob klopfte Klaas dem Lämmich auf den Rücken. Dieser stolperte einen Schritt vorwärts und fing sich wieder und hüstelte nervös. Von den Blicken der beiden Männer eingeschüchtert, starrte Iustus mit roten Wangen zu Boden.

„Mein Name ist Iustus...", begann er zaghaft.

„Lämmiche haben keinen Namen", zischte Ginn.

„Ich aber schon", gab Iustus patzig zurück. Die Abfälligkeit des Mannes hatte ihn wütend gemacht, doch als Ginn ihn fixierte, zog Iustus erschrocken den Kopf ein. Er zwang sich dazu, weiter zu reden.

„Allerdings hab ich mir den Namen selbst gegeben."

Als darauf niemand mehr etwas sagte, fuhr der Lämmich einfach fort.

„Ich bin nicht mehr so wie die anderen Lämmiche. Etwas in mir ist ... aufgewacht."

Warum er so offen und ehrlich zu diesen Fremden war, wusste er selbst nicht. Irgendwie hoffte Iustus wohl auf etwas Verständnis und vielleicht sogar neue Freunde oder einfach nur etwas zu essen.

„Was soll das bedeuten?" fragte Ginn und klopfte ungeduldig mit den Fingern auf die Tischplatte. Er konnte es offensichtlich kaum erwarten den Lämmich wieder loszuwerden.

„Er hat einen eigenen Willen, hat er gesagt. Was hältst du davon?", fragte Klaas.

Ginn schwieg einen Moment. Er senkte den Kopf, weswegen ihm die Kapuze noch tiefer vor sein Gesicht rutschte.

„Du kannst gehen, Iustus", sagte er schließlich.

Das musste er dem Lämmich nicht zweimal sagen. Iustus drehte sich um und schlüpfte durch die Tür. Die beiden Männer blieben alleine zurück.

„Willst du mich umbringen oder was? Wie oft hab ich gesagt, dass Lamento es auf mich abgesehen hat? Wenn er meine Stimme erkannt hat, sind bald Hunderte seiner kleinen Diener hier, um mir den Hals umzudrehen."

„Aber du hast den Jungen doch gehört, er steht nicht mehr unter Lamentos Bann" verteidigte sich Klaas.

Ein Glas schoss am Kopf des älteren Mannes vorbei und zerschellte an der Wand.

„Glaubst du jeden Mist, der dir aufgetischt wird? Soll der Kleine hier rumlaufen und laut rufen 'Ich suche Lamentos Feinde, bitte helft mir?' Glaubst du das?"

Ginn zog seine Kapuze zurück und zeigte ein für seine tiefe Stimme erstaunlich kindliches Gesicht. Er rieb sich die Schläfen und vergrub beide Hände kurz in seinem zerzausten blonden Haar. Schließlich fixierte er Klaas mit funkelnden Augen. Der alte Seemann senkte beschämt den Blick. Ginn fühlte, wie das schlechte Gewissen in ihm hochkroch. Klaas hatte es sicher gut gemeint, auch wenn Ginn die Tat seines Freundes noch immer für dämlich hielt.

„Wir sind hier einfach zu nah an der verdammten Burg. Am besten wäre ich hier gar nicht erst von Bord gegangen. Wann legen wir ab?"

Klaas versuchte, sich die Enttäuschung über Ginns Reaktion nicht weiter anmerken zu lassen.

„Der Kapitän macht morgen noch einen Landgang. Übermorgen hat uns die See zurück."

Ginn nickte. Ihm wäre eine frühere Abreise lieber gewesen. Ohne ein weiteres Wort stand er auf und klopfte Klaas beim Hinausgehen versöhnlich auf die Schulter. Ginn war zwar ein ganzes Stück kleiner als der alte Seemann, doch er überstrahlte ihn mit Leichtigkeit.

Klaas verabschiedete Ginn am Hafen und schlenderte dann in Richtung der Altstadt davon. Die Gassen lagen im spärlichen Licht der Straßenbeleuchtung. Nur vereinzelt zogen noch betrunkene Seemänner umher, ansonsten wurde es ruhig in Hagburm. Klaas glaubte nicht, dass er es schwer haben würde zu finden, wonach er suchte. Ginn war sein Freund, und er hielt große Stücke auf den jungen Mann, aber deswegen tat er noch lange nicht alles, was Ginn verlangte. Wenn der Lämmich nicht das geeignete Geschenk für seinen blonden Freund war, wusste Klaas noch jemand anderen, der sich sicher über seinen eigenen Lämmich freuen würde.

Die Nacht in einer fremden Stadt war unheimlich. Besonders, wenn man noch kurz vor Einbruch der Dunkelheit einer Entführung entkommen war. So war es nicht verwunderlich, dass Iustus von Haus zu Haus huschte wie ein scheues Eichhörnchen. Immer wieder verbarg er sich hinter Fässern und Kisten, oder hüpfte in unbeleuchtete Hinterhöfe.

Schließlich beschloss er, eine Backstube zu suchen, die nachts die Öfen anfeuerte, und sich an einer einigermaßen warmen Hauswand für die restliche Nacht schlafen zu legen. Sobald es hell genug sein würde, wollte er weiterziehen. Die nächste Stadt war sicher vielversprechender als Hagburm. Das Meer allerdings verließ er nicht gern.

„Iustus? Bist du hier irgendwo, Kleiner?"

Der Lämmich duckte sich und machte eine ungeschickte Rolle hinter zwei Ölfässer. Er kannte diese heisere Stimme, wenn auch erst seit wenigen Stunden.

Auf allen vieren robbte der Lämmich weiter und verkroch sich im Hinterhof eines Gasthauses. Ein großes Fass mit Küchenabfällen diente ihm als Versteck. Was die Dunkelheit seines Verstecks betraf, war er sehr zufrieden. Den Gestank der vergammelnden Lebensmittel hatte er allerdings unterschätzt. Schon nach Sekunden schossen ihm Tränen in die Augen und sein Magen begann sich zusammenzuziehen und Knurrgeräusche zu machen. Nur die sich nähernden Schritte hielten ihn davon ab aufzuspringen und möglichst viel Abstand zwischen sich und das Fass zu bringen.

„Iustus? Hey, jetzt komm schon raus Kleiner. Großer Gott, was für ein Gestank."

Wieder waren schwere unrhythmische Schritte zu hören, doch diesmal wurden sie leiser. Iustus entspannte sich ein wenig. Ganz langsam robbte er etwas weiter von den Abfällen weg, bemüht kein Geräusch zu machen. Ein Zischen ertönte und Iustus erstarrte. Zwei leuchtend grüne Augen fixierten ihn. Eine Katze war auf das Fass mit den Küchenabfällen gesprungen und sah in Iustus einen unwillkommenen Konkurrenten.

„Schon gut. Ich will die Fischköpfe nicht", flüsterte Iustus beschwichtigend.

Die Katze hatte ihn offensichtlich missverstanden. Anstatt einfach zu futtern, sprang sie Iustus mitten ins Gesicht. Das vom Fischblut nasse Bauchfell der Katze drücke sich gegen Iustus Nase. Der Lämmich schrie auf und hüpfte aus seinem Versteck. Mit aller Kraft zerrte er an der Katze, die ihre Krallen aus Angst und Gegenwehr nur umso tiefer in sein Fleisch drückte. Iustus drehte einige verzweifelte Pirouetten, ehe es ihm gelang, die Katze gut fünf Meter weit in die Nacht zu schmeißen.

Der Lämmich rieb sich das schmerzende Gesicht. Einige blutige Kratzer zierten seine Wangen.

„Ich hasse diese Stadt. Ich hab genug von gemeinen Katzen und von stinkenden Seemännern."

Iustus' Entscheidung war gefallen. Er wollte nicht bis zum nächsten Tag warten. Er wurde lieber vor den Toren der Stadt von Wölfen gefressen, als auch nur eine Stunde länger in Hagburm zu bleiben. Er drehte sich auf dem Absatz herum, prallte gegen einen vorgewölbten Bauch und stolperte zurück auf den Hof.

„War ein beeindruckendes Tänzchen. Du hättest allerdings nicht der Katze die Führung überlassen sollen."

„Sehr witzig", erwiderte Iustus.

Erst dann verstand er, wer da vor ihm stand. Sofort begannen seine Knie zu zittern.

„Oh, jetzt guck mal nicht so traurig, Kleiner. Hast Glück, dass ich dich gefunden habe. Sind immer 'ne Menge zwielichtiger Gestalten unterwegs in einer Stadt wie dieser. Ein kleiner Lämmich sollte sich hier nicht alleine herumtreiben."

„Ich kann schon auf mich aufpassen, trotzdem vielen Dank. Ich habe einen guten Schlafplatz gefunden und muss mich jetzt verabschieden. Gute Nacht!"

Iustus schlug das Herz wie verrückt. Wankend lief er vor Klaas und dem stinkenden Hof davon. Eigentlich glaubte er selbst nicht recht an seine Flucht und doch war er enttäuscht, als Klaas ihn am Hemdkragen packte.

„Der beste Platz zum Schlafen ist immer noch unsere Sukhothai."

„Wer ist das denn?"

„Glaubst wohl, ich bringe dich zu einem Mädchen, was?"

Klaas lachte so laut, dass es Iustus in den Ohren schmerzte.

„Die Sukhothai ist unser Schiff. Der Name bedeutet in etwa 'Morgenröte der Glückseligkeit'. Das klingt doch nett, oder?"

Was blieb dem kleine Lämmich anderes übrig, als zu nicken und sich von Klaas zum Hafen schleifen zu lassen?

3. Kapitel

Die Sukhothai war ein prachtvolles Schiff. Beeindruckt schritt Iustus über das blanke Deck. Im Geiste sah er gehisste Segel im Schein der aufgehenden Sonne und wieder ergriff ihn das Fernweh. Auch Klaas schwoll die Brust vor Stolz, jedes Mal wenn er das Schiff betrat.

Aufgeregt führte er den Lämmich herum. Es war nicht zu übersehen, wie verwachsen der Seemann mit der Sukhothai war. Er liebte dieses Schiff und tätschelte des Öfteren die Reling, wie es ein stolzer Reiter bei seinem Pferd getan hätte.

Iustus versuchte sich den derben älteren Mann als Kapitän eines so prächtigen Schiffes vorzustellen, doch es gelang ihm nicht. Klaas mochte Iustus gegenüber überlegen sein, zumindest was Kraft und Größe anbetraf. Aber davon abgesehen war Klaas kein Mann der Führung, das war Iustus schon bei seiner Begegnung mit dem Mann in der Kneipe aufgefallen. Auch dort hatte Klaas wie ein Untergebener gewirkt.

Vielleicht gab es mehr Arten von Lämmichen, als Iustus gedacht hatte. Er selbst wollte keiner mehr sein, auf welche Art auch immer.

Iustus und Klaas waren im Bauch der Sukhothai angekommen. Ächzend bückte sich der alte Seemann und öffnete eine in den Boden eingelassene Klappe. Durch diese kletterten sie eine Leiter hinunter, die sie weiter ins Innere des Schiffes führte. Sie passierten mehrere Holztüren, ehe sie schließlich am Ende des Ganges vor einer aufwändig verzierten Doppeltür stehen blieben. Der Seemann klopfte lautstark an und ein „Ja, bitte" ertönte von der anderen Seite.

Iustus und Klaas betraten einen unerwartet großen Raum. Ein Himmelbett aus Teakholz stand an der rechten Wand mit einem dunkelroten Baldachin. Kissen in allen Größen lagen über den Fußboden verteilt, mit roter und lila Seide bezogen. Manche von ihnen waren mit Glassteinen bestickt, die im Schein der verzierten Öllampen funkelten. Goldene Kerzenständer, so hoch wie Iustus selbst, trugen nochmal so hohe Kerzen. Schwere Damastvorhänge verdeckten die Bullaugen. Ein roter Samtsessel markierte die Mitte des Raumes. Die Rückenlehne war ausnehmend hoch und geformt wie ein Thron. Auf diesem Sitzmöbel hockte eine Frau im Schneidersitz und funkelte Iustus listig an.

Der Lämmich wich unwillkürlich vor der dunkelhäutigen Frau zurück. Ihre Haut erinnerte ihn an stark gegerbtes Leder, in das sich mit den Jahren tiefe Falten gegraben hatten. Ihre langen verfilzten Haare waren dunkel mit unzähligen Silberfäden durchzogen. Einzig ihre wässrig blauen Augen zeigten kein Anzeichen des fortgeschrittenen Alters. Ihr Blick war klar und lauernd.

„Kapitän, das ist Iustus...ein Lämmich."

Die Frau warf Klaas einen finsteren Blick zu.

„Ich erkenne einen Lämmich, wenn er vor mir steht."

Klaas nickte schuldbewusst. Die Kapitänin wandte ihre Aufmerksamkeit wieder Iustus zu.

Iustus Herz raste. Diese Frau jagte ihm unendliche Angst ein. Er fühlte sich, als habe Klaas ihn geradewegs in einen Tigerkäfig geführt.

Die Kapitänin formte ihre violetten Lippen zu einem einseitigen Lächeln. Wortlos fixierte sie den Lämmich, bohrte sich geradezu in seinen Kopf. Dabei rieb sie ihre beringten Finger aneinander und erzeugte so eine beinahe hypnotische Melodie. Iustus brach der Schweiß aus, während die Kapitänin lächelnd an ihrem Nasenstecker spielte.

„Wie bist du zu Deiner Seele gekommen?"

Sowohl ihre Frage als auch ihre dunkle kratzige Stimme irritierten den Lämmich. Stumm wie ein Fisch stand er da und glotzte den weiblichen Kapitän an.

„Was hast du denn mit dem Kleinen gemacht, Klaas? Er scheint vor Schreck ganz starr."

„Hab überhaupt nichts gemacht. Sind schon dicke Freunde wir beide, was?"

Wie zum Beweis packte er Iustus stürmisch um die Schultern und drückte ihn an sich. Klaas presste das Gesicht des Lämmichs so fest an seinen Schmierbauch, dass sich Iustus' Gesichtszüge zu einer schiefen Fratze verzogen. Die Kapitänin schenkte dem wenig Beachtung.

„Mein Name ist Mali und ich heiße dich auf meinem Schiff willkommen. Klaas wird dir einen Schlafplatz zeigen. Ruhe dich erst einmal aus, denn schon in Kürze darfst du deinen Dienst antreten."

Iustus schluckte. Ein eiskalter Schauer jagte ihm über den Rücken. Er fühlte sich wie eine Maus, der sich eine Falle ins Genick bohrte.

„Mein Dienst?", fragte er schockiert. „Ich glaube, Sie verstehen nicht. Ich sollte nur einen Schlafplatz bekommen und morgen ziehe ich weiter."

Mali lachte laut auf. Dieses blecherne Geräusch durchzuckte den Lämmich wie ein Stromschlag.

„Nun, Iustus, morgen wirst du höchstens noch schwimmend weiterziehen können. Wir verlassen in wenigen Minuten den Hafen."

Wie gerne wäre er jetzt einfach losgelaufen. Panisch versuchte er sich an den Weg hinaus aus dem Bauch des Schiffes zu erinnern, doch es wollte ihm nicht mehr einfallen. Wie hoch stand darüber hinaus die Chance, sowohl Mali als auch Klaas zu entwischen? Einer von beiden würde sich ihm sicher in den Weg werfen, noch bevor er die Tür erreicht hätte. Aber immerhin hatte er seine schwarzen Schuhe. Sollte er die Flucht also wagen?

Der Lämmich spürte wieder Malis durchdringenden Blick auf sich ruhen. Als er ihr in die Augen sah, war er sofort sicher, dass sie seine Fluchtgedanken bereits kannte.

„Ich darf nicht vor ihr ans Weglaufen denken", sagte er sich.

„Um welchen Dienst handelt es sich denn?", fragte er mit unbewegter Miene.

„Sklavenarbeit, und jetzt geh. Klaas, bring ihn bitte weg. Und gib oben Bescheid, dass wir in See stechen."

Iustus konnte nicht fassen, was er da hörte. Er war einem Tyrannen wie Lamento entwischt und sollte keinen Tag später zur Sklavenarbeit verdonnert werden? Das machte doch alles keinen Sinn. Der Lämmich musste etwas unternehmen, doch was?

Wie eine Puppe ließ er sich durch die Tür schieben. Klaas wurde noch einmal von Mali hereingerufen und lehnte den Lämmich wie einen Stock an die Wand.

„Danke für dein kostbares Mitbringsel", sagte die Kapitänin leise an Klaas gewandt. „Du hast mir heute sehr deutlich Deine Loyalität bewiesen. Einer Belohnung darfst du dir gewiss sein."

„Ihr seid zu großzügig, Mali."

Iustus hatte von diesem Wortwechsel nichts mitbekommen. Er nutzte Klaas Abwesenheit und lief den engen Flur entlang. Zu seiner Überraschung war er nicht schneller, als jeder gewöhnliche Lämmich es gewesen wäre. Er spürte rein gar nichts von der Macht seiner Schuhe. Trotzdem schaffte er es bis zur Leiter. Seine feuchten Finger ergriffen die Sprossen und grobe Hände schlangen sich um seinen Bauch.

„Na, na, na. Du wolltest uns doch wohl nicht verlassen, oder?"

Klaas blies dem Lämmich seinen stinkenden Atem in den Nacken. Iustus Flucht war gescheitert.

Anstatt hinauf, ging es für den Lämmich nun mehr weiter hinunter. Klaas zog ihn zu zwei weiteren Leitern, die beide tiefer ins Schiff führten. Die Gänge waren finster und es roch nach modrigem Holz. Am Ende eines Ganges stieß Klaas eine Tür auf und schubste Iustus in eine winzige Kajüte. Der Lämmich taumelte auf eine Pritsche zu und musste mitanhören, wie hinter ihm abgeschlossen wurde. Ein leises Schnarchen drang an Iustus Ohr. Der Lämmich war sich nicht sicher, ob er diese Kajüte womöglich mit jemandem teilte oder ob das Schnarchen durch die Wand drang. Er wollte es auch gar nicht wissen.

Die Kajüte war dunkel und stickig wie ein Sarg. Draußen stießen die Wellen an die Schiffswand. Iustus zog eine Decke aus seinem Rucksack und legte sich auf seine Pritsche. Die Schuhe behielt er an. Wieso hatten sie ihm diesmal nicht geholfen? Damals war es mit ihnen so leicht gewesen, den Lämmichen zu entkommen. War es möglich, dass irgendjemand sie an- und ausschalten konnte? Oder lag es womöglich an ihm selbst? Vielleicht hatte er in diesem Fall nicht an seine Flucht geglaubt?

Schnaufend drehte sich der Lämmich auf die andere Seite. Ihm wurde die Grübelei lästig. Vielleicht war seine Lage ja gar nicht so schlimm. Er wollte soweit wie möglich weg von der Exklamationsburg und genau dorthin brachte ihn dieses Schiff.

Er hatte sich eine Schiffsreise gewünscht, ein Abenteuer, und beides wurde ihm jetzt geschenkt. Sicher hatte er nicht als Sklave anheuern wollen, aber immerhin musste jeder für eine Schiffsreise bezahlen. Er bezahlte eben mit Arbeit.

„Morgen wird die Welt schon besser aussehen", sagte er sich selbst und schloss die Augen. Er drückte seine kleine Hand gegen das kalte Holz der Schiffswand und spürte die leichte Beugung. Das Holz hatte sich der Form des Schiffes ergeben. Vielleicht sollte er sich genau so in sein Schicksal fügen. Hätte sich das Holz nicht biegen lassen, wäre es durchgebrochen wie ein morscher Ast. So aber war es Teil eines prächtigen Schiffes geworden. Dieser Gedanke beruhigte den Lämmich und brachten ihm den ersehnten Schlaf.

„Ihr habt mich kommen lassen, Mali?"

„Setz dich, mein Junge."

Ginn ließ sich auf ein riesiges rotes Sitzkissen fallen und blickte Mali offen in die Augen.

„Du weißt von dem Lämmich mit der Seele, oder?", fragte Mali.

„Ich weiß von einem Lämmich mit einem Namen, sonst nichts."

„Du glaubst ihm nicht?"

Mali schien überrascht. Ginn zog eine Schale mit Pistazien zu sich heran und kramte darin herum.

„Nein, ich glaube es nicht."

Eingehend betrachtete er ein Exemplar der Steinfrucht, knackte die Schale mit den Zähnen und schnippte sich die Pistazie in den Mund. Mali beobachtete ihn mit einem milden Lächeln.

„Ich weiß, dass du dich vor Lamento fürchtest ..."

„Ich fürchte mich vor niemandem", brauste Ginn auf.

„Unterbrich' mich nicht!"

Malis Befehl war nicht mehr als ein Zischen und doch verschloss er Ginn umgehend den Mund und färbte seine Ohren schamrot.

„Bald werden wir weit außerhalb von Lamentos Territorium sein. Vielleicht möchtest du dich ja dann einmal mit dem Lämmich unterhalten?"

„Der Lämmich ist an Bord?"

Ginn fuhr in die Höhe. Sein Blick huschte im Zimmer umher, als könne die graue Kreatur in jeder Ecke auf ihn lauern. Unzählige Beschimpfungen stiegen in ihm hoch, die er allesamt heruntersschluckte und unter denen sein Körper erbebte. Seine Wangen brannten und sein Blick loderte gefährlich. Mali ließ ihn nicht aus den Augen. Ginns Wut amüsierte sie.

„Klaas brachte den Lämmich zu mir. Er weiß so gut wie du, dass wir nach Dealy aufbrechen werden und womit man dort ein Vermögen verdienen kann. Du weißt es doch, oder?"

Ginn wollte nicht antworten, doch Mali zwang ihn mit ihrem Blick dazu.

„Sklaven", antwortete er resigniert.

„Ganz richtig. Sicher weißt du auch, dass für kein anderes Geschöpf mehr bezahlt wird als für einen Lämmich."

Ginn arbeitete schon lange genug auf der Sukhothai, um zu wissen, dass der Profit auf diesem Schiff mehr zählte als das Leben. Er glaubte nicht daran, Mali noch umstimmen zu können, und doch musste er es versuchen.

„Solange wir ihn an Bord haben, ist auch Lamento an Bord. Er hört und sieht alles, was seine kleinen Diener hören und sehen. Der Lämmich bedeutet eine große Gefahr für uns und..."

Mali fiel ihm ins Wort.

„Er bedeutet eine Gefahr für dich. Für mich ist er in jeder Hinsicht eine Bereicherung. Zum einen wird er, bis wir Dealy erreichen, für mich arbeiten, darüber hinaus wird er in Dealy ein Vermögen einbringen, und wenn Lamento wirklich durch ihn von unserem Zielort erfahren wird..."

Ginn schwante nichts Gutes.

„Du denkst noch immer an den Schatz, nicht wahr?"

Mali grinste und ihre Goldzähne blitzten im Kerzenschein.

„Dieser Schatz wird irgendwann einmal mir gehören. Ich muss ihn bekommen. Wäre es nicht schon immer so gewesen, hätte ich dich auch nicht auf mein Schiff gelassen. Wie schade, dass du in dieser Hinsicht so nutzlos warst. Vielleicht erweist sich dieser Lämmich als größere Hilfe."

Ginn bebte vor Zorn. Angespannt ging er im Zimmer auf und ab.

„Kein Lämmich kennt dieses Geheimnis. Er wird dich nicht näher zum Schatz bringen können, als ich es konnte. Aber er wird dich weit mehr in Schwierigkeiten bringen. Wahrscheinlich werden sie bei unserer Ankunft in Dealy schon auf uns warten. Sie werden dir den Lämmich wegnehmen, mich umbringen und dich dafür bestrafen, Lamento bestohlen zu haben."

Nun war es Mali, die wutentbrannt hoch fuhr.

„Du solltest nie vergessen, wer hier an Bord der Kapitän ist, Ginn. So einfach können mir weder Lämmiche noch Lamento etwas anhaben."

Sie atmete tief durch und setzte sich wieder.

„Darüber hinaus", sprach sie ruhiger weiter, „glaube ich kaum, dass uns in Dealy Lämmiche erwarten werden. Lamento würde für so eine schwierige Aufgabe sicher seinen Vertrauten schicken, und dieser Flagand weiß ganz sicher, wo Lamentos Schatz ist."

Wie gerne hätte Ginn der Frau ins Gesicht geschrien. Er wollte sie packen und schütteln, bis sie begriff, wie aussichtslos ihr Plan war. Stattdessen ließ er sich wieder auf sein Kissen fallen und scharrte wütend in den Pistazien. Mali unterschätze sowohl die Stärke eines Lämmichrudels, die Gerissenheit des Schweiglings Flagand als auch Lamento selbst. Er kannte die Kapitänin gut genug, um zu wissen, wie die Gier ihr den Blick vernebeln konnte. Sie würde nicht eher ruhen, bis sie Lamentos Schatz in den Fingern hielt.

Ein Ruckeln des Schiffes riss ihn aus seinen Gedanken.

„Wir legen schon ab?", fragte er erstaunt.

„Mit dem Lämmich sind meine Geschäfte in Hagburm vorerst abgeschlossen."

Ginn nickte verdrossen. Ohne ein weiteres Wort verließ er die Kapitänskajüte. Die Gewissheit, bald das Meer zwischen sich und Lamento zu haben, beruhigte ihn etwas. Er beschloss, dem Lämmich einfach bis Dealy aus dem Weg zu gehen und sich dort heimlich ein neues Schiff zu suchen. Die Geschäfte Malis waren nicht mehr mit seinen Prinzipien zu vereinbaren.

Polternd flog die Tür auf und Iustus fuhr aus seinem Traum hoch. Der Lämmich blinzelte einige Male und erkannte dann Klaas, der grinsend im Türrahmen stand.
„Na, gut geschlafen?"
Iustus schwieg. Er stand auf und sah sich erfolglos nach einer Waschschüssel um. „Pack dein Bettzeug ein. Du ziehst um", erklärte Klaas und tippt ungeduldig mit seinem Fuß auf den Boden.

Schnell packte Iustus seinen Rücksack und folgte dem Seemann durch die dunklen Gänge der Sukhothai. Er hatte kurz gehofft, in den helleren Teil des Schiffes umgesiedelt zu werden, doch das Gegenteil war der Fall. Es ging tatsächlich noch eine Treppe tiefer hinab. Vor dem dunkelsten und modrigsten Raum hielten sie an. Klaas schob Iustus in die Kajüte und machte sich bereits daran, die Tür hinter dem Lämmich zu schließen.
„Willkommen in deinem neuen Zuhause", rief Klaas amüsiert.
„Wieso hier?", fragte Iustus erschüttert.
„Damit dich deine Kollegin einarbeiten kann", lautete die Antwort des Seemanns.
Ohne ein weiteres Wort warf der alte Klaas die Tür hinter sich zu. Iustus stand mit dem Rücken zur Kajüte, doch das Zischen eines entzündeten Streichholzes ließ ihn herum fahren. Im schwachen Licht einer Öllampe sah er eine merkwürdige Gestalt auf einer der beiden Pritschen hocken. „Wer bist du denn?", fragte sie.

Die Stimme war weiblich, aber kaum menschlich. Es hörte sich an, als formte dieses Wesen die Worte eher im Bauch als im Hals.

„Ich bin Iustus", gab der Lämmich kleinlaut zurück.

Er hätte zu gerne gefragt, was sie war, doch er traute sich nicht.

„Bist ein komischer kleiner Kerl mit deinem Glatzkopf. Kannst sicher nicht hart arbeiten, oder?"

Ihre angriffslustige Art schüchterte Iustus noch mehr ein. Schon wieder versagte ihm sein Verstand den Dienst und er blickte schweigend zu Boden. Die Stille gefiel seinem Gegenüber offenbar gar nicht. Mit einem Mal schwang sie sich auf und machte einen Satz auf ihn zu. Sie überragte ihn um gerade einmal einen Kopf, doch Iustus kam sie riesig vor. Das Wesen funkelte ihn aus leuchtend grünen schielenden Augen an. Das hagere dünnlippige Gesicht war größtenteils unbehaart, zum Haaransatz hin allerdings von rötlichen Pigmentflecken übersät. Die mit rotem Fell bedeckten Ohren richteten sich schräg über ihren Augenbrauen horchend auf. Iustus wich weiter zurück und stieß mit dem Rücken an die Tür. Blinzelnd musterte er ihr dünnes Hemdchen, unter dem sich ihre stark hervortretenden Beckenknochen abzeichneten und ihre dürren gebeugten Beine hervorlugten. Auch diese waren bedeckt mit struppigem rotem Fell.

Seine Zimmergenossin schwankte bedrohlich und heftiger, als es der Seegang erklärt hätte. Iustus fragte sich, ob dies mehr an ihren kleinen runden Füßen oder ihrer Alkoholfahne lag. Ihre körperliche Unsicherheit ermutigte den Lämmich jedenfalls dazu, einen Schritt auf sie zuzugehen, doch dann fielen ihm ihre spitzen langen Fingernägel und ihr heftig schlagender Schwanz ins Auge.

„Was bist du?" platzte es aus ihm heraus.

„Eine Bitze. Ich heiße Grisine. Was bist du denn?"
Sie war augenscheinlich nicht beleidigt.
„Ich bin ein Lämmich."
„Lämmich – klingt irgendwie dämlich" gab die Bitze zurück.
Sie warf ihren Kopf in den Nacken und lachte mit weit aufgerissenem Mund. Angewidert betrachtete Iustus ihre spitz zulaufenden Zähne.
Ihr eigenartiges Verhalten nahm ihm merkwürdigerweise einen Teil seiner Angst. Der Silberblick, das irre Lachen und ihr torkelnder Gang machten es ihm unmöglich sie ernst zu nehmen.
Grisine stolzierte zufrieden mit ihrem Auftritt, zurück zu einer der beiden Pritschen. Iustus bemerkte ihre auffallend langen Arme erst jetzt.
„Du solltest eigentlich auf allen vieren laufen, oder?"
Grisine funkelte ihn über die Schulter hinweg böse an. Sie schwieg einen Moment, wohl im Unklaren darüber, ob eine Erklärung oder ein Faustkampf angebracht waren. Zu Iustus' Erleichterung genügte ihr vorerst eine Erklärung.
„Wir Bitzen haben uns entschieden, aufrecht auf zwei Beinen zu laufen. Somit werden wir uns auch mit jedem Tag mehr zu Zweibeinern entwickeln."
Dem Lämmich kam diese Schlussfolgerung wissenschaftlich betrachtet äußerst unglaubwürdig vor, aber er wollte seine Zimmergenossin nicht gleich am ersten Tag gegen sich aufbringen. So setzte er sich still auf die freie Pritsche, zog sein Bettzeug aus dem Rucksack und legte es neben sich. Die Bitze langte zu ihm herüber und zog ihm sein Kissen weg.
„Das bekomme ich", rülpste sie.

Eigentlich wäre das der Tropfen gewesen, der das Fass zum überlaufen brachte. Die Wut strömte dem Lämmiche beinahe aus jeder Pore. Iustus zitterte, doch er wusste nicht, was er tun sollte. Sein Magen grummelte, seine Ohren pfiffen und seine Hände ballten sich zu Fäusten, und doch saß er einfach still da und ließ die Bitze gewähren.

„Du solltest hier nicht so rumsitzen. Die Arbeit macht sich nicht von allein."

„Du liegst doch auch", presste Iustus hervor, dankbar, doch noch einen Teil seiner Wut entladen zu können.

Die Bitze legte ihre Ohren an und fauchte. Sie torkelte auf den Lämmich zu und blies ihm ihren nach Fusel stinkenden Atem ins Gesicht.

„Du bist bloß ein Sklave. Ich schmeiße dich über Bord, wenn ich will, oder ich ersticke dich im Schlaf. Pass besser auf, mit wem du dich anlegst."

Ihre Drohung saß. Iustus blickte zu Boden und sagte nichts mehr. Die Beziehung zu seiner neuen Kollegin war somit geklärt. Iustus musste kein Genie sein, um zu wissen, wer in Zukunft die Arbeiten zu übernehmen hatte und wer in der Zwischenzeit auf der faulen Haut liegen würde.

4. Kapitel

Drei Wochen Plackerei lagen hinter Iustus. Auch wenn er es anfänglich gehofft hatte, war das Leben auf der Sukhothai nicht leichter geworden. Die harte Arbeit überforderte seinen Körper und Grisines Demütigungen lagen ihm schwer auf der Seele. Aus dem Abenteuer war ein Albtraum geworden.
Der Himmel war wolkenlos und die Sonne verbrannte seine Haut. Iustus schrubbte das Deck, rutschte auf den Knien, mit einer übergroßen Bürste in den rauen Händen, über die Holzbretter und versuchte die Schmerzen in Rücken und Armen zu ignorieren. Wie an jedem Tag hatte die Bitze bis zur sengenden Mittagssonne gewartet, ehe sie ihn mit dem Deckschrubben beauftragte. Der Schweiß klebte ihm die Kleider an den Körper und brannte in seinen Augen. Mühsam stand er auf, um den Putzeimer zu leeren. Rote Druckstellen zierten seine Knie. Er konnte sich nicht einmal mehr ganz aufrichten. Seine Arme waren bleischwer und es gelang ihm kaum, den Eimer über die Reling zu hieven. Erst als das schwarze Putzwasser im Meer unsichtbar wurde, löste sich auch ein Teil seiner Anspannung.
Noch nie hatte Iustus derartige Schindereien ertragen müssen. Er erinnerte sich noch gut an das Bedienen der Zugbrückenkurbel auf der Exklamationsburg, oder das Heraufziehen des Speiseaufzugs. Aber was sein Körper nun ertragen musste, war schlimmer, besonders weil er eine Seele hatte. Eine Seele auf der Grisine ohne Unterlass herumtrat.
Die Tage waren ihm so verhasst, dass er tatsächlich so etwas wie Heimweh empfand. Hätte er gewusst, wie verbreitet Tyrannei war,

vielleicht wäre er gar nicht erst weggelaufen. Eine gefühllose Marionette zu sein war vielleicht besser als so viel Schmerz.

Veränderungen geschehen schleichend und so glaubte Iustus fälschlicherweise, noch der Gleiche zu sein wie vor drei Wochen. Die Wahrheit war jedoch eine andere. Der Lämmich hatte sich verändert. Nicht nur die hervortretenden Oberarmmuskeln oder sein bronzener Teint waren neu. Linien der Verbitterung zeichneten sich neuerdings auf seiner Stirn und um seinen Mund ab. Er sprach kaum ein Wort und ertappte sich des Öfteren bei Tagträumen, in denen er die Bitze an Armen und Beinen fesselte, um sie anschließend über Bord zu werfen.
Iustus vermisste seine schwarzen Schuhe. Auch wenn sie ihn bei seinem letzten Fluchtversuch im Stich gelassen hatten, so hätten sie ihm vielleicht wenigstens mehr Stärke für die täglichen Arbeiten verliehen. Leider hatte Klaas die Schuhe entdeckt und an sich genommen, nicht, um sie zu tragen, sondern aus reiner Boshaftigkeit.
Ohne die seltsame Macht der Schuhe fühlte Iustus neben seinem Kummer auch ständig all seine körperlichen Mängel.

Nachts in seiner Kajüte, begleitet von Grisines Schnarchen, fasste Iustus einen waghalsigen Entschluss. Er wollte nicht nur die Schuhe zurückhaben, er wollte auch einen letzten Fluchtversuch unternehmen.
Die Schuhe hatten ihn mit einer solchen Leichtigkeit aus Laudarus hinausgeführt, dass Iustus ihnen zutraute, ihn auch über das Meer an Land bringen zu können. Sicher hatten sie ihn schon einmal im

Stich gelassen, aber vielleicht hatte er damals nicht genug an sie geglaubt. Vielleicht hatte es auch an diesem elenden Schiff gelegen. Doch sollte er es bis aufs Wasser schaffen, würden sie ihm wieder helfen, da war er sicher. Davon abgesehen war selbst ertrinken besser, als weiterhin Sklave auf der Sukhothai zu sein.

Seit den frühen Morgenstunden grübelte Iustus, wie er seinen Plan in die Tat umsetzen sollte. Wo sich Klaas' Kajüte befand, hatte er bereits vor einigen Tagen herausgefunden. Die schwarzen Schuhe waren ganz sicher dort. Er musste also nur einen passenden Moment abwarten. Sobald er die Schuhe wieder hatte, wollte Iustus zur Reling eilen und springen.

Der Lämmich schüttete gerade das dreckige Putzwasser über Bord, als die Glocke zum Mittagessen geläutet wurde.
„Jetzt oder nie", sagte er sich.
Iustus kauerte sich in eine dunkle Ecke, in der Nähe der Holztür, die ins Innere des Schiffes führte. Immer wieder polterten die Seeleute an ihm vorbei, doch keiner von ihnen sah den Lämmich.
So unauffällig wie möglich betrat Iustus das Schiffsinnere. Er lauscht auf das dumpfe Stimmengewirr im Speiseraum und das Scheppern von Geschirr. Iustus war sich sicher, Klaas' Kajüte um diese Zeit leer vorzufinden. An der schmalen Tür angekommen, blickte Iustus den Gang rauf und runter. Es war niemand zu sehen. Die Klinke der Tür fühlte sich ungewöhnlich kalt an. So leise wie möglich drückte der Lämmich sie herunter. Trotz seiner Vorsicht ertönte ein Quietschen, das in Iustus' Ohren schrillte wie eine laudanische Posaune.

Die Tür zu Klaas' Kajüte war nicht verschlossen. Iustus drückte sie gerade so weit auf, dass er durch den Spalt hindurchgleiten konnte. Zwei Gaslampen beleuchteten die geräumigen Unterkunft. So schnell er konnte, verschaffte sich der Lämmich einen Überblick. Eine ausgiebige Durchsuchung war nicht notwendig. Die Schuhe standen direkt vor ihm auf einem Regal neben der Tür. Iustus fühlte sich geradezu magnetisch von ihnen angezogen. Allein die Schuhe in den Händen zu halten, fühlte sich an wie Freiheit.

Iustus ließ die Schuhe vor sich auf den Boden fallen und hob den linken Fuß an. Leider kam er nicht mehr dazu, in den Schuh hineinzuschlüpfen. Stattdessen wurde er am Hemdkragen gepackt und in die Höhe gehoben. Iustus wand sich wie eine Katze, doch er konnte nicht sehen, wer ihn gepackt hielt. Er trat um sich, versuchte sich zu befreien und wurde doch mit einer ihm peinlichen Leichtigkeit aus dem Zimmer getragen. Im Gang schmiss man ihn unsanft mit dem Gesicht voran auf den Boden. Der Lämmich rollte sich keuchend auf den Rücken und blickte hoch. Vor ihm stand ein junger blonder Mann. Der Mann sah wütend aber auch mitleidig auf den zitternden Lämmich herab.

„Ich werde Klaas dieses eine Mal nichts verraten. Verschwinde einfach und versuche so etwas nicht noch einmal."

Der Mann ging und ließ Iustus gedemütigt zurück. Es dauerte eine ganze Weile, bis sich der Lämmich wieder gesammelt hatte. Am liebsten wäre er einfach liegen geblieben und hätte sich tottrampeln lassen. Aber da niemand kam, um ihm diesen Gefallen zu tun, raffte er sich schließlich wieder auf.

Mit gesenktem Kopf schlich Iustus zur nächstgelegenen Leiter. Erst beim Hinabsteigen der Sprossen fiel ihm etwas auf. Die Stimme des

Mannes war ihm gleich bekannt vorgekommen. Kaum war er von der Leiter gesprungen, da wusste er auch schon, woher. Es musste der Mann aus der Hafenschenke gewesen sein. Damals hatte er ihn wegen der Kapuze nicht richtig sehen können, doch die Stimme hatte er sich gemerkt.

„Ginn" flüsterte Iustus. So hatte Klaas den blonden Mann damals genannt. Iustus hatte nicht geahnt, dass sich der Mann aus der Schenke auch an Bord der Sukhothai befand. Schon in der Hafenschenke hatte er Iustus laufen lassen und nun hatte er ihn wieder verschont.

„Vielleicht sollte ich mich in Zukunft an ihn halten", überlegte der Lämmich.

Am nächsten Morgen erwachte Iustus mit noch schlechterer Laune als gewöhnlich. Mit dem missglückten Raubversuch der Schuhe war sein Fluchtplan hinfällig. Nie im Leben würde er sich noch einmal in die Kajüte des Seemanns trauen. Wahrscheinlich hatte Ginn auch bereits sein Wort gebrochen und Klaas zumindest den Tipp gegeben, die Schuhe besser zu verstecken.

„Was liegst du denn da so? Glaubst wohl, ich bring dir Frühstück ans Bett, was?"

Wie an jedem Morgen drehte sich ihm bei Grisines Stimme der Magen um.

„Kann sie nicht wenigstens über Nacht stumm werden?", flehte der Lämmich im Stillen.

Er starrte bewegungslos an die Decke und fragte sich, woher er die Kraft zum Aufstehen nehmen sollte. Wie zur Antwort schob sich

Grisines Kopf in sein Blickfeld. Sie stand über ihn gebeugt vor seiner Pritsche und schielte ihn an.

„Hättest früher aufstehen sollen. Ich war schon frühstücken, also gibt es heute nichts für dich. Außerdem klagt Mali über ihr schmutziges Oberlicht. Also fängst du heute mit dem Schrubben des Zwischendecks an."

Sie grinste breit und Speichel ran ihr aus dem Mundwinkel. Iustus stellte sich vor, wie sich seine Hände um ihren Hals legten und zudrückten.

„Was ist jetzt? Zu dämlich zum Aufstehen?"

Sie schmiss ihren Kopf in den Nacken und lachte so laut, dass es in seinen Ohren klingelte. Der Lämmich wollte so schnell wie möglich weg von ihr. Er sprang aus dem Bett, machte sich nicht einmal die Mühe seine Kleider zu wechseln, sondern lief einfach zum Zwischendeck.

Es gab keinen Muskel in seinem kleinen Körper, der nicht schmerzte und doch freute sich Iustus zumindest ein wenig auf die bevorstehende Arbeit. Solange er möglichst weit weg von der Bitze war, fiel ihm das Atmen leichter.

Es war bereits Mittag, als Grisine Iustus' Tag erneut verdunkelte. Er war mit dem Schrubben von Zwischendeck und Hauptdeck fertig, während sie hauptsächlich geschlafen hatte.

Iustus reinigte gerade die Bürste, als er Grisine aus dem Augenwinkel kommen sah. Da beide Decks sauber in der Sonne funkelten, sah er ihrer Inspektion gelassen entgegen.

„Du solltest doch das Zwischendeck schrubben", zischte sie mit funkelnden Augen.

Iustus nickte nur. Er sah sie durchdringend an, versuchte zu erahnen, worauf sie hinauswollte. Selbst als sie ihm befahl, mit ihr zum Zwischendeck zu gehen, konnte er sich keinen Reim auf ihr Verhalten machen. Doch dann genügte ein flüchtiger Blick und er verstand. Der Boden des Zwischendecks war übersät mit Küchenabfällen. Dem Gestank nach zu urteilen, brieten sie schon eine ganze Weile in der Mittagssonne.

„Was hast du getan?", fragte der Lämmich keuchend.

„Was ich getan habe? Wie kannst du es wagen, mir so etwas zu unterstellen?"

Die Bitze versuchte gar nicht erst, ihre Unschuld überzeugend zu spielen, sie klang einfach nur fröhlich.

„Schrei sie an, schlag sie, mach irgendetwas", schrillte es in Iustus' Kopf.

Schnelle Tode, kratzen, beißen, jede Form der Folter, alles machte er in seinen Gedanken mit der Bitze. In Wirklichkeit jedoch machte er gar nichts. Er wollte die Bitze einfach packen und über Bord werfen. Aber stattdessen stand er nur da und blickte ihr nach, als sie wieder ins Innere des Schiffes verschwand. Nun blieb ihm nichts anderes mehr zu tun, als Wassereimer und Bürste zu holen und seine Pflicht zu tun.

In der Mittagshitze schrubbte Iustus das Zwischendeck, atmete den Abfallgestank ein und kochte vor Wut. Er schrubbte und schrubbte, bis ihm die Hände bluteten. Der Punkt, an dem das Deck sauber war, war längst überschritten. Die Sonne ging bereits unter, als er aus seiner Trance erwachte, sich wimmernd aufrichtete und sein Werk betrachtete. Das verbliebene Sonnenlicht funkelte auf dem blitzsauberen Boden. Die Wut des Lämmichs verlor sich in seinem Stolz über die vollendete Pflichterfüllung. Er war so zufrieden mit sich, dass ihm nicht einmal beim Erscheinen der Bitze das Lächeln verging.

„Scheinst ja doch ein ganz brauchbarer kleiner Wicht zu sein. Damit du mir auch morgen noch nützlich bist, werden wir jetzt erst mal anständig essen."

Iustus traute seinen Ohren kaum. Auf ihre furchtbar schroffe Weise hatte die Bitze ihn gerade gelobt. Und als sei dies nicht schon Wunder genug, sollte er auch noch etwas zu essen bekommen. Zwar hätte er lieber mit jedem anderen Geschöpf der Welt gegessen, aber er konnte es sich nicht leisten wählerisch sein.

Grisine scheuchte den müden Lämmich vor sich her, bis beide in der winzigen Kombüse der Sukhothai angekommen waren. Dampfschwaden hingen in der Luft. Bisher hatte Iustus immer eine kleine Portion Haferschleim in seiner Kajüte vorgefunden und war nun zum ersten Mal in der schiffseigenen Kombüse.

Erschöpft trat Iustus in die Schiffsküche. Sein müder Blick streifte den Koch, verharrte auf ihm und sendete Alarmsignale an Iustus' Hirn. Im Rückwärtslauf starrte er das Wesen an, das behände mit Töpfen und Pfannen hantierte und annähernd die komplette Kombüse ausfüllte.

„Was ist das?", flüsterte Iustus mit vor Schreck weit aufgerissenen Augen.

„Das ist Hermod, ein Octofant", antwortete die Bitze unangebracht laut.

Offensichtlich war es ihr egal, ob sie Hermod eventuell mit ihrem Gespräch über ihn verletzte. Sie scherte sich ohnehin nicht sehr um die Gefühle anderer. In Anbetracht dieses gewaltigen Kochs hätte man Grisines freche Schnauze fast schon als mutig bezeichnen können.

„Ein Octofant?"

Ratlos blickte Iustus von Rüssel zu Fangarm und zurück.

„Du bist wirklich nicht ganz helle, Junge. Das ist eine Mischung aus Oktopus und Elefant. Die vielen kleinen Ärmchen hat er vom Oktopus, den Rest hat er mehr oder weniger vom Elefanten. Da hättest Du aber auch wirklich selbst drauf kommen können.

Obwohl ich nicht glaube, dass es eine Kreuzung von beiden Tierarten ist. Wahrscheinlich gibt es Octofanten schon von Anbeginn der Zeit, wie uns alle."

Iustus musterte den Koch fasziniert. Der Kopf des Octofanten war weiß und mit lila Äderchen durchzogen, die ein schönes Muster ergaben. Seine großen dunklen Augen waren menschlich und auch sein zierlicher Rüssel erinnerte nur entfernt an einen Elefantenrüssel. Die fleischigen Fangarme saßen dort, wo sich beim Menschen die Schultern befunden hätten.

Problemlos jonglierte der Octofant mit mehreren Pfannen gleichzeitig. Ohne sich drehen und wenden zu müssen, war er rund um seinen stämmigen Körper aktiv. Fasziniert beobachtete Iustus, wie Hermod gleichzeitig Zwiebeln hackte und Kartoffeln schälte. Wenn man genau hinsah, konnte man erkennen, dass sich die Fangarme zum Ende hin in drei Finger abspalteten. Also besaß er an jedem Arm zwei Finger und einen Daumen.

„Jetzt, da du weißt, wer oder was ich bin, solltest du dich vielleicht erstmal selbst vorstellen", schlug der Schiffskoch vor.

Hermod näselte extrem. Sein Rüssel war chronisch verstopft, weswegen er kaum Luft bekam. Sobald Hermod sprach, wirkte er kein bisschen angsteinflößend mehr. Iustus musste sogar lächeln, als er Hermod reden hörte.

„Ich bin Iustus, ein Lämmich."

„Ja, ganz offensichtlich bist du das. Was isst du am liebsten, Iustus?"

„Ich weiß es nicht. Ich habe immer gegessen, was mir vorgesetzt wurde. Ich kenne nicht sehr viel."

Hermod schüttelte voller Missfallen den Kopf.

„Weißt du, Iustus, Essen bedeutet nicht bloß das Gegenteil von Hunger. Die Nahrungsaufnahme sollte Genuss sein, verstehst du?"

Iustus starrte den sprechenden Octofant mit großen Kuhaugen an. Hermod atmete tief durch, was eine Art Trompetenlaut zur Folge hatte.

„Scheinbar hast du keine Ahnung, wovon ich rede. Nun denn, ich werde es mir trotzdem zur Aufgabe machen, bis zur Ankunft in Dealy deine Leibspeise herausgefunden zu haben."

„Genug jetzt. Gib uns beiden einen Teller Eintopf", fauchte Grisine den Smutje an, der sie um gut einen Meter überragte.

Die Innigkeit zwischen Octofant und Lämmich ging der Bitze mächtig gegen den Strich. An Hermod prallte ihre Gehässigkeit allerdings völlig ab. Zwar befüllte er prompt zwei Teller mit dickflüssigem Eintopf, zwinkerte Iustus dabei aber verschwörerisch zu. Dieser kurze Augenblick wärmte dem Lämmich die Brust und offenbarte ihm seinen ersten und vielleicht einzigen Verbündeten auf der Sukhothai. Was Ginn betraf, war sich Iustus noch nicht sicher, ob er Freund oder Feind war.

***

Lamento ließ sich von seinem Gehilfen Flagand hinaus auf den Burgplatz führen. Seit der Flucht eines seiner Lämmiche führte er an jedem Morgen eine Kontrolle durch. Ständig fürchtete er sich davor, noch mehr Lämmiche an eigene Gedanken zu verlieren.

Auch an diesem Morgen blieb die Kontrolle ohne negatives Ergebnis. Erleichterung empfand Lamento jedoch nicht. Seit dieser Lämmich geflohen war, vertraute der Herr der Exklamationsburg keinem der Lämmiche mehr.

"Am liebsten würde ich sie alle auf den Entseeler schicken" sagte Lamento.

"Warum tut ihr das nicht?" fragte Flagand hoffnungsvoll.

Der Schweigling würde nichts lieber tun, als dabei zuzusehen, wie allen Lämmichen die Perlen aus dem Nacken gerissen wurden, denn dies war eine wirklich schmerzhafte Prozedur.

Die kleinen weißen Perlen, waren Lamentos Schatz und der Schlüssel zu seiner Macht. Sie wurden in einer Schatulle an einem geheimen Ort aufbewahrt. Flagand kannte diesen Ort natürlich. Ebenso wie er wusste, dass der Entseeler in den Kellergewölben stand.

Der Schweigling liebte diese Apparatur. Wenn er mit neuen Opfern auf der Burg ankam, bohrte die Maschine den Wesen ein kleines Loch in den Hinterkopf, durch welches eine Perle eingeführt wurde. Binnen Sekunden verband sie sich mit dem Gehirn und schon war ein neuer Lämmich geboren. Ein Vorgang der Flagand nicht spektakulär genug war. Das Entfernen jedoch war ein wahres

Vergnügen, denn die Verbindung zwischen Perle und Hirn war nicht leicht zu trennen, so dass der Entseeler die Perle, die mittlerweile eher einer Wurzel gleich, mit Gewalt aus dem Hirn gerissen wurde. Die Lämmiche schrien jedes Mal wie am Spieß, bei diesem Vorgang und Flagand liebte es.

Allerdings erfüllte dies nicht seinen Wunsch einmal einem Lämmich einen Schmerzenslaut zu entlocken, denn genau betrachtet waren sie keine Lämmiche mehr, sobald die Perle sich aus ihren Gehirnen löste.

"Es wäre dumm, in Zeiten wie diesen auf Lämmiche zu verzichten, die wahrscheinlich völlig intakt sind" unterbrach Lamento Flagands Gedanken.

"Aber wieso?" wollte der Schweigling wissen.

Seine Enttäuschung war ihm deutlich anzusehen.

"Die Laudaner haben sicher schon gemerkt, dass die Lämmiche etwas oder jemanden suchen und das schon seit Wochen. Sie könnten das als Schwäche auslegen und wir müssen mehr denn je auf einen möglich Angriff vorbereitet sein. Außerdem brauche ich Lämmiche die weiterhin in Laudarus für mich Augen und Ohren sind und natürlich Helfer hier in der Burg."

"Ich könnte mich auf den Weg machen und neue Opfer holen" schlug Flagand vor.

Doch auch das gefiel Lamento nicht.

"Dich brauche ich hier. Ich vertrau diesen Lämmichen zur Zeit nicht genug, um mich von ihnen stützen zu lassen."

Ächzend ließ sich Lamento auf seinen Stuhl nieder, da schweiften seine Gedanken weit in die Vergangenheit.

Er erinnerte sich daran, wie er einst in den Besitz seines Schatzes, der Perlen, gekommen war. Von da an war alles sehr schnell gegangen. Kaum war ein geeigneter Alchemist gefunden worden, hatte er ihn auch schon entführt und auf die verlassene Burg gebracht. Dort zwang er den Gefangenen dazu, ihm den Entseeler zu bauen.

Als nächstes musste ein geeigneter Prototyp gefunden werden und da war Flagand ins Spiel gekommen. Der Schweigling kannte eine Siedlung hinter dem Gochwald. Dieser Wald war ab der Hälfte derart verwachsen, dass kein Mensch ihn mehr passieren konnte, ein Schweigling jedoch schon. Dort hatte Flagand eine Siedlung gefunden. Die Wesen, die dort lebten, waren Gochs. Sie waren klein und grau und lebten in ausgehöhlten Baumstämmen. In ihnen ruhte kein böser Gedanke und so fiel es Flagand nicht schwer einen von ihnen als angeblichen Gast mit auf die Burg zu bringen.

Lamento erinnerte sich an den Lärm und den Geruch, sah vor sich, wie eine der kostbaren Perlen in den geschorenen Gochkopf gebohrt wurde und mit einem Mal die Gnaderufe des jungen Gochmannes verstummten.

Damals hatte Lamento noch sehen können. Er war ein anderer gewesen, bevor der erste Lämmich in seinen Dienst trat. Auch an dem Alchemisten war dieses erste Opfer nicht spurlos vorübergegangen. Soweit sich Lamento erinnern konnte, hatte sich der Alchemist wenige Wochen später vom höchsten Turm der Burg gestürzt.

„Ihr seid mein Fluch und mein Segen", sagte Lamento voll Bitterkeit an seine Lämmiche gewandt.

„Habt Ihr etwas gesagt, Herr?"

Flagand sah den Herrn der Exklamationsburg besorgt an. Natürlich war ihm die schlechte Verfassung Lamentos nicht entgangen. Tag und Nacht versuchte Flagand neue Wege zu ersinnen, um den Lämmich möglichst schnell zu finden.

Wie dankbar Lamento für seinen Schweigling war und wie gerne er mit dem Entseeler eine Rasse wie diese geschaffen hätte. Er hatte viel übrig für diese hyänengleichen Geschöpfe. Sie waren nicht viel größer als Lämmiche, allerdings weitaus stämmiger mit einer Tendenz zum Übergewicht. Ihr Kopf erinnerte an den eines Schweins. Nicht zuletzt wegen ihrer kurzen Rüsselnase, den schmalen Augen und den großen Ohren. Ihr rosa Gesicht war haarlos, abgesehen von den Kotletten und den Kinnbärten, der restliche Körper war mit grauem Fell bedeckt, struppig wie das einer Hyäne. Ihre Hälse waren lang, ihre Finger kurz und dick.

Lamento brauchte dringend eine Stärkung und überließ die zweite Tagesaufgabe Flagand. Kichernd flitze der Schweigling auf den Burghof und baute sich vor den Lämmichen auf. Jede Sekunde der Befehlsgewalt war ihm unendlich kostbar. Laut Lamento sollte er die Lämmiche über die Grenzen Laudarus hinausschicken, um nach dem entlaufenen Lämmich Ausschau zu halten. Lamento entließ seine Diener nicht gerne so weit, weil er befürchtete, sie könnten wichtige Informationen in falsche Hände tragen. Flagand hingegen sorgte sich nicht. Er hätte die Lämmiche in jedes Königreich geschickt, um dort die kostbarsten Schätze für ihn zu stehlen. Leider war ihm dies von Lamento ausdrücklich verboten worden.

Die wenigen Lämmiche, die Flagand heute über die Grenzen von Laudarus hinausschicken durfte, standen bereit. Er teilte sie in vier gleich große Gruppen auf und schickte sie in alle vier Himmelsrichtungen davon. Einem Lämmich befahl er darüber hinaus, den gesamten Weg auf einem Bein hüpfend zu absolvieren, ein anderer durfte nur auf den Händen laufen. Am lustigsten fand er es jedoch, einem Lämmich zu befehlen, jeden Menschen auf seinem Weg mit einem möglichst gemeinen Schimpfwort zu bedenken. Er freute sich schon jetzt auf die Blessuren, die dieser Lämmich davontragen würde.

5. Kapitel

Das raue Leben auf See bekam Iustus immer weniger. Die Hitze erschwerte ihm tagsüber das Arbeiten, die Kälte ließ ihn nachts nicht schlafen. Doch was ihm letztlich seine ganze Kraft raubt, war die Bitze.

Grisine wich kaum noch von Iustus' Seite. Stunde um Stunde redete sie auf den Lämmich ein und erfand neue demütigende Spitznamen für ihn.

Iustus sehnte sich nach einer Auszeit von Grisine, einem freundlichen Wort, nach jemandem, dem er sein Herz ausschütten konnte. Er erinnerte sich an Ginn und aus dem Antrieb der Verzweiflung machte er sich auf die Suche nach ihm. Zweimal schon hatte der blonde Mann es gut mit dem Lämmich gemeint, also war es naheliegend, in ihm einen Freund zu vermuten.

Tatsächlich begegnete er Ginn eines morgens im Gang vor Malis Kajüte. Der Lämmich hatte dort eine Weile gesessen und auf das Erscheinen des blonden Seemanns gehofft. Als Ginn nun auf Malis Tür zusteuerte, sprang Iustus auf und stellte sich ihm in den Weg.

„Hallo, ich bin Iustus. Ihr erinnert euch sicher an mich."

Ginn wurde kreidebleich. Er machte ein Gesicht, als wäre ihm eine Maus über die Stiefel gelaufen. Angestrengt starrte er an Iustus vorbei, bemüht, dem Lämmich keinesfalls in die Augen zu blicken. Ginn nickte nur vage in die Richtung des Lämmichs und schob sich dann an ihm vorbei. Geradezu panisch verschwand der blonde Mann in Malis Kajüte.

„Das war ja nicht gerade ein herzliches Wiedersehen", murmelte Iustus enttäuscht.

In der verzweifelten Gier nach Zuneigung huschte er durch die Gänge, versucht, raubeinigen Seeleuten und vor allem Grisine auszuweichen. Völlig außer Atem stolperte Iustus schließlich in die Kombüse und wurde von Hermod mit einem überraschten „huch" empfangen.

„Respekt, dass du es bis hierher geschafft hast, ohne von Grisines Krallen gestoppt zu werden. Setz dich!"

Hermod drückte den rotwangigen Lämmich auf eine Eckbank. Behände hantierte der Octofant mit einigen Töpfen und Pfannen. In kürzester Zeit stand ein perfekt angerichteter Teller vor Iustus. Der Lämmich atmete den heißen Dampf ein. Aromen von Curry, Zwiebeln und Speck stiegen ihm in die Nase und wässerten seinen Mund voll Vorfreude.

„Na los, du musst es essen, bevor es kalt wird."

Nach Hermods Ermunterung gab es für Iustus kein Halten mehr. Er schaufelte gierig den gelben Reis samt Speck und Mungobohnen in sich hinein. Immer wieder entfuhren ihm Laute der Verzückung. Nie im Leben hatte er etwas so Gutes gegessen.

„Das ist mein Lieblingsessen", sagte er im Brustton tiefster Überzeugung.

Der Octofant lachte herzhaft.

„Es kommt zumindest in die engere Auswahl. Aber zum Glück ist die Reise bis Dealy noch lang. Glaub mir, bis wir dein absolutes Leibgericht gefunden haben, braucht es noch eine Weile."

Iustus konnte sich zwar nicht vorstellen, wie dieses Geschmackserlebnis gesteigert werden sollte, doch er wollte dem Octofanten auch nicht widersprechen. Schweigend genoss er seine Mahlzeit, bis die Tür aufflog und die Bitze hereinsprang. Sie vergeudete ihre Zeit gar nicht erst mit Aufforderungen oder Begrüßungen. Sie packte Iustus am Nacken und schleifte ihn unter wüsten Beschimpfungen hinaus. Hermod sah ihnen kopfschüttelnd nach. Wie gerne hätte er Iustus zurückgeholt, doch er traute sich einfach nicht. Dabei war es keineswegs die Furcht vor Grisine, die ihn zurückhielt. Sein Freund Ginn hatte den Octofanten vor dem Lämmich gewarnt.

Eine weitere Woche auf hoher See war vergangen. Iustus hatte mehrere Male versucht, Hermod zu besuchen, doch die Bitze war ihm jedes Mal in die Quere gekommen. Während der Lämmich das Zwischendeck schrubbte, nahm er sich vor, noch einen Versuch zu unternehmen.
Es war Mittag und alle waren im Speisesaal neben der Kombüse. Iustus wollte nur abwarten, bis das Mittagessen beendet war, und sich dann zu Hermod schleichen. Er tauchte die Putzbürste in den Eimer mit Wasser und sah urplötzlich nichts als schwarze Punkte. Wieder und wieder blinzelte der Lämmich, doch es wurde nicht besser. Stattdessen begann sein Herz zu rasen und der Boden wankte mehr, als es auf einem Schiff üblich war. Iustus fühlte, wie er fiel, doch den Aufprall auf den Brettern fühlte er bereits nicht mehr.
Grisine fand ihn einige Zeit später. Noch immer war der Lämmich ohnmächtig. Recht unbeeindruckt rief sie zwei Seeleute und bat sie, Iustus zu Hermod zu bringen. Der Smutje war das einzige Geschöpf auf dem Schiff, das Kranke nicht gleich zu Fischfutter erklärte, sondern sie, sofern das möglich war, gesund pflegte.

Drei Tage später schlug Iustus die Augen wieder auf. Er lag in Hermods Kajüte. Trotz der Abwesenheit des Octofanten wusste Iustus recht schnell, wo er sich befand. Ein Indiz war die extra breite ausgebeulte Hängematte, ein anderes die Kochjacke ohne Ärmel.

Iustus lag auf einer Notpritsche unter dem Bullauge. Als er sich mühsam aufrichtete, fiel ihm ein nasser Lappen von der Stirn und klatschte auf seinen Bauch. Sein Kopf fühlte sich seltsam schwer und verstopft an, seine Glieder schmerzten so sehr, dass ihm selbst unter kleinsten Bewegungen die Tränen in die Augen schossen.

Keuchend stellte er einen Fuß nach dem anderen auf den Holzboden und sein Oberkörper sackte ihm auf die Knie. Ein frisches Glas Wasser war alles, woran er denken konnte. Seine Beine zitterten bedrohlich, als er sich zu seiner vollen Größe aufrichtete. Wacklig setzte sich Iustus in Bewegung, glaubte fest daran, es bis zur Tür zu schaffen, da wurde diese auch schon schwungvoll aufgestoßen. Der Lämmich fiel vor Schreck zurück auf seine Pritsche.

„Was machst du denn auf den Beinen, mein kleiner Freund? Du solltest dich wirklich nicht so anstrengen. Hat ja schließlich lange genug gedauert, bis du wieder aufgewacht bist."

Die freundliche Stimme seines Krankenpflegers beruhigte Iustus. Er richtete sich etwas auf und blickte sehnsüchtig zum anderen Ende des Raums.

„Wasser", bat Iustus heiser.

Das Sprechen kratzte in seiner trockenen Kehle und kostete ihn mehr Kraft, als er hatte. Stöhnend fiel Iustus zurück auf sein Kissen. Hermod drehte sich zu einem blechernen Krug auf der Kommode um. Er goss zwei Finger breit Wasser in einen Becher und hielt ihn Iustus vorsichtig an die Lippen. Gierig stürzte der Lämmich die Flüssigkeit herunter und mit jedem Tropfen blühte er ein wenig mehr auf.

Behutsam half Hermod seinem Patienten dabei, sich wieder auf dem Bett auszustrecken. Iustus kuschelte sich wohlig in die Matratze. Er wollte gerade die Augen schließen, als er ohne Vorwarnung von Hermod attackiert wurde. Der Octofant klatschte ihm seine Fangarme um den Kopf und drückte die kleinen Saugnäpfe auf Iustus' Haut.

„Was soll denn das?", presste Iustus undeutlich hervor.

Ein Saugnapf hielt ihm die Lippen zusammen. Seine weit aufgerissenen Augen suchten in Hermods gleichmütigen Gesichtszügen nach Mordlust oder anderen Gründen für diese Prozedur. Hermod schien die Todesangst seines Patienten nicht zu bemerken. Im Plauderton begann er Iustus aufzuklären.

„Das nennt sich Schröpfen. Durch den Unterdruck soll eine Ableitung von bösen Krankmachern über die Haut erreicht werden. Ich kann allerdings nur einen guten Unterdruck erzeugen, wenn heiße Luft unter meinen Saugnäpfen ist. Deswegen hab ich eben beim Kochen der Kartoffeln meine Arme über den Topf hängen lassen. Du glaubst ja nicht, wie anstrengend das war."

„Das erklärt den Geruch", murmelte Iustus.

Hermod hörte den Lämmich nicht. Der Octofant konzentrierte sich wieder voll und ganz auf seine Tätigkeit und summte dabei eine vertraute Melodie aus Kindertagen.

„Wenn es dir morgen trotzdem nicht besser geht", erklärte Hermod nach einer Weile, „sollten wir vielleicht mal das blutige Schröpfen versuchen, dabei müssen wir allerdings deine Haut ein ganz klein wenig anritzen."

Iustus stieß schrille unverständliche Bitten unter seinen versiegelten Lippen aus. Hermod verstand ihn zwar nicht, er konnte sich aber denken, was der Lämmich ihm sagen wollte. Um ihn vielleicht doch von dieser Methode überzeugen zu können, erzählte er dem Lämmich eine Geschichte.

„Wir segelten einmal mit der Sukhothai zu dem entlegensten Flecken Erde. Der Boden dort war sandig, es war glühend heiß und trotzdem feucht. Die merkwürdige Luft machte mir das Atmen fast unmöglich. Ich wurde ziemlich krank. Mali ließ mich zu einem Stamm bringen, der mitten in der Wüste lebte. Die Menschen hatten dunkle Haut und lange verfilzte Haare – eigentlich sahen sie ein wenig wie Mali aus. Vielleicht waren es ja Verwandte von ihr."

Hermod hing diesem Gedanken kurz nach und trötete fröhlich durch seinen chronisch verstopften Rüssel. Der Lämmich wollte bloß das Ende der Geschichte hören und möglichst bald von den Saugnäpfen befreit werden.

„Wie dem auch sei", fuhr der Octofant fort. „Bei diesem Stamm gab es eine Heilerin. Sie ließ mich in ein dunkles Zelt bringen, in dem es so heiß war, dass sogar die Zeltwände zu schwitzen schienen. Dort ritzte man mir an ausgewählten Stellen die Haut an und schob heiße walnussgroße Gefäße darüber. Ich fand das Gefühl alles andere als angenehm, wie du dir bestimmt vorstellen kannst."

Iustus nickte eifrig.

„Doch schon Minuten später ging es mir viel besser und ich bekam so gut Luft, wie nie zuvor."

Sicher wollte Iustus so schnell wie möglich gesund werden, aber noch dringender wollte er die Saugnäpfe loswerden. Zu denken, dass er das Schröpfen nochmal über sich ergehen lassen sollte, darüber hinaus mit blutigen Wunden an ausgewählten Stellen, war ihm einfach zu schauderhaft. Egal, ob der Lämmich seine Augen schloss oder die Zimmerdecke fixierte, das beklemmende Gefühl und der intensive Kartoffelgeruch bekamen seinem Magen ganz und gar nicht gut.

Nach nur fünf Minuten war alles überstanden. Iustus hätte schwören können, mindestens eine Stunde unter den Saugnäpfen gelitten zu haben. Mit leisen Ploppgeräuschen zog Hermod seine Arme zurück und eine angenehme Wärme überzog Iustus' Haus. Wohlig kuschelte er sich in sein Kissen und schlief sofort ein.

Iustus träumte von dunkelroten Kirschen an einem schwarzen Baum. Sie hingen hoch in der Baumkrone und Iustus sprang immer höher und höher, doch er konnte sie nicht erreichen. Seine Verzweiflung wuchs, aber er gab nicht auf. Er sprang unaufhörlich weiter, bis er plötzlich einen gewaltigen Satz nach oben machte. Er schoss auf die Früchte zu, streckte die Hände nach ihnen aus und hätte sie fast gehabt.

„Ich sehe dich", donnerte eine Stimme durch seinen Traum.

„Lamento?", flüsterte Iustus und fuhr aus seinem Traum hoch.

Iustus riss die Augen auf und betete. Er wollte diese Fratze nie wieder sehen. Der Lämmich blinzelte und sah verschwommene Umrisse in unmittelbarer Nähe, die sich zu seinem Grauen zu Grisines Gesicht zusammenfügten. Noch eine Fratze, die er nie wieder sehen wollte. Die Bitze schielte wütend zu ihm herab. Ihr Atem roch nach Fusel.

„Du stehst jetzt auf und kommst mir helfen. Den Kranken hast du lange genug gespielt."

Gewaltsam riss sie an Iustus' Arm. Grisine zerrte an ihm, zog ihn bis zur Hüfte von der Pritsche. Der Lämmich wollte sich wehren, brachte es jedoch kaum fertig, auch nur mit einem Zeh zu wackeln. Grisines Krallen bohrten sich tief in seine Haut. Auch das Bettgestell drückte sich tiefer und tiefer in Iustus' Rücken. Dem Lämmich wurde übel. Sterne tanzten vor seine Augen. Er kämpfte nicht dagegen an. Da er körperlich nichts gegen den Angriff der Bitze machen konnte, war eine Ohnmacht wohl die beste Verteidigung. Die Augen des Lämmichs schlossen sich und beinahe im selben Moment riss er sie wieder auf. Mit der Dunkelheit kam Lamento zurück. Der Herr der Exklamationsburg lauerte auf ihn. Irgendwie war er zurück in Iustus' Kopf gelangt.

Die Tür flog auf. Hermod blieb einen kurzen Moment verdutzt stehen, dann verstand er, was sich gerade vor seinen Augen abspielte. Er machte einen Satz nach vorne und drängte Grisine mit seiner Körpermasse gegen das Bullauge. Die zeternde Bitze fest im Blick stieß er einen wütenden Trompetenlaut aus. Ehe Grisine zwischen Flucht und Gegenwehr abwägen konnten, ging Hermod mit gesenktem Kopf auf sie los. Die Bitze ließ sich vor Schreck auf alle vieren nieder und machte einen Buckel. Durch ihr abruptes Loslassen war Iustus endgültig aus dem Bett gefallen und lag schicksalsergeben auf dem Fußboden.

Die Fangarme des Octofanten schlugen nach Grisine, klatschten um ihre Wangen und hefteten sich schließlich an ihre Arme. Ihre Krallen konnten kaum mehr etwas gegen Hermod ausrichten. Die wenigen Kratzer, die sie dem Koch zufügte, bemerkte er im Eifer des Gefechts nicht einmal. Er schleuderte die Bitze im hohen Bogen durch die offene Tür. Dann drehte er sich um und trat die Tür mit dem rechten Fuß zu. Für die im Gang liegende Bitze hatte er keinen Blick mehr übrig.

Von draußen drang ein Jaulen in die Kajüte, doch Hermods ganze Aufmerksamkeit war auf Iustus gerichtet. Vorsichtig kniete er sich neben den am Boden liegenden Lämmich. Er begutachtete seinen Patienten und atmete erleichtert auf, als er außer ein paar Kratzern keine Verletzung fand. Mit Sorgfalt und Geschick beförderte er Iustus zurück auf die Liege. Geschmeidig bewegte sich der Octofant durch das für ihn eigentlich viel zu kleine Zimmer, holte feuchte Tücher aus der Waschschüssel und legte sie Iustus auf die Stirn. Die Augenlider des Lämmichs begannen zu flattern und er öffnete langsam die Augen.

„Was ist passiert", hauchte Iustus.

„Grisine hat dich besucht. Tut mir leid, dass ich dir nicht früher zur Hilfe gekommen bin, aber Mali lässt mich über Bord werfen, wenn ich das Essen für die Mannschaft nicht pünktlich auf dem Tisch stehen habe."

„Du bist doch sicherlich ein guter Schwimmer, oder?"

Hermod lachte und schüttelte den Kopf.

„Der Oktopus in mir mag ein guter Schwimmer sein, aber er ist lange nicht stark genug, um meinen Elefantenhintern über Wasser zu halten."

Iustus versuchte zu lachen, was jedoch in einem Husten endete. Hermod schob ihm ein Salbeiblatt in den Mund und ließ den Lämmich darauf kauen. Tatsächlich beruhigte sich sein Husten recht schnell wieder.

„Wenn ich wieder gesund bin, wie soll es dann weitergehen?", fragte Iustus gerade heraus.

Hermod schwieg lange. Mitleid lag auf dem Gesicht des Octofanten. Sein Rüssel kräuselte sich bei dem Gedanken an die Zukunft seines Patienten.

„Es wird nicht leicht für dich werden. Du bist nicht gerade der geborene Seebär. Hier wird Muskelkraft erwartet. Du hast zwar schon gut nachgerüstet", sagte Hermod und tätschelte Iustus' Oberarm, „aber trotzdem bleibst du ein Lämmich. Mit einigen guten Tipps von mir bekommen wir dich aber sicher doch noch heil bis zum nächsten Hafen. Zum Beispiel wird dein Zusammenleben mit Grisine um einiges leichter, wenn du ihr Alkohol besorgst. Da du mit dem Küchenchef befreundet bist, nämlich mit mir, dürfte das kein Problem für dich werden."

„Befreundet?", fragte Iustus zaghaft und wunderte sich über das warme Gefühl, das sich in ihm ausbreitete. Iustus hatte einen Freund. Zum ersten Mal in seinem Leben fühlte er sich nicht allein.

„Es ist gut, einen Freund zu haben", sagte er mehr zu sich selbst, als zu seinem Gegenüber.

„Noch besser ist es, einen Freund mit dem Schlüssel zum Vorratsschrank zu haben", entgegnete Hermod und kicherte fröhlich.

Auch Iustus lächelte zufrieden. Er fühlte sich geborgen und sehr erschöpft. Seine Augenlider senkten sich und er rutschte langsam in den Schlaf. Hermod holte ihn jedoch umgehend wieder zurück.

„Du hast im Schlaf gesprochen. Sehr häufig in den letzten Tagen."

Iustus riss die Augen auf und starrte den Schiffskoch erschrocken an. Er hatte Lamento nicht vergessen und es beunruhigte ihn, dass sein Freund möglicherweise wusste, wer ihm Albtraum beschert hatte.

„Ich hörte den Namen Lamento häufig aus deinem Mund und diesen Namen mag hier an Bord niemand. Beantworte mir nur ehrlich eine Frage. Weiß dieser Lamento, wo Du bist?"

Iustus schwieg lange. Das Fieber war zurück und machte ihm das Denken schwer. Als er Hermod schließlich in die Augen sah, liefen dem Lämmich Tränen über die Wangen.

„Ich weiß es nicht", flüsterte er.

Hermod blickte den Lämmich ernst an. Schließlich stand er kopfschüttelnd auf und wechselte das feuchte Tuch auf Iustus' Stirn.

„Dann beschließen wir jetzt, dass er nichts weiß."

Hermod lächelte seinen Schützling an und Iustus schloss dankbar die Augen. Natürlich hatte er die Furcht im Blick des Schiffskochs gesehen, doch noch war er zu schwach, um sich damit auseinanderzusetzen. Hermod wollte weiter sein Freund sein, mehr musste der Lämmich im Moment nicht wissen. Sollte er Lamento wirklich im Schlaf etwas verraten haben, tat es ihm um den Großteil der Sukhothai-Besatzung ohnehin nicht leid. Solange Hermod entkommen konnte, sollte Lamento die Sukhothai ruhig im Meer versinken lassen.

***

Lamento hätte am liebsten geschrien, doch er hielt sich zurück. Wenn er erst einmal los brüllte, konnte er nur schwer wieder damit aufhören. Er packte einen seiner Diener am Genick und drückte ihm den Hals zu, während Flagand seinem Herrn die schlechten Neuigkeiten überbrachte.

„Auch die letzte Gruppe Lämmiche ist inzwischen zurückgekehrt. Ihre Suche war ebenso erfolglos wie die der anderen. Angeblich wurde der entflohene Lämmich in der Nähe von Hagburm gesehen, aber das war bereits vor mehreren Wochen."

Der gewürgte Lämmich hatte sein Leben ausgehaucht und Lamento lies ihn zu Boden fallen. Er brauchte etwas Neues, um seinen Frust abzulassen. Kurzerhand schmiss er eine besonders kostbare Vase an den Kopf eines anderen Lämmichs. Der Getroffene sackte ohne den geringsten Laut zu Boden. Obwohl Lamento durch fremde Augen zielen musste, verfehlte er sein Ziel nie.

„Es wird euch aber sicher freuen zu hören, dass mir eine Lösung für unser Problem eingefallen ist."

Flagand fuhr erst fort, als er sich der vollkommenen Aufmerksamkeit Lamentos sicher sein konnte.

„Ich habe einige der Lämmiche losgeschickt, um einen besonderen Gast in die Exklamationsburg zu holen. Sie werden bald wieder hier sein, doch Rausus wird sie sicher auf dem Weg hierher überholen."

„Du hast einen weißen Schweigling zur Burg bestellt?", fragte Lamento erstaunt.

Schweiglinge waren von Geburt an alle grau. Wenn sie aber, was äußerst selten war, einen guten Charakter hatten, entwickelten sie im Laufe ihrer Jugend magische Talente. Sobald sich diese Talente zeigten, wanderten sie im Erwachsenenalter nach Palen Hochland aus, um die Lehren der weißen Schweiglinge zu beginnen.

Die Stadt Palen lag inmitten der unpassierbaren Berge und war auf Stelzen gebaut. Nur weißen Schweiglingen war es möglich, sie zu erreichen, denn nur diese konnten die Fähigkeit der Teleportation erlernen.

„Ich hasse diese weißen Wohltäter nicht weniger als ihr Herr, aber ihre Fähigkeiten wären uns jetzt außerordentlich nützlich. Der Lämmich hat bereits einige Wochen Vorsprung. Ohne Teleportation holen wir ihn nicht mehr ein."
"Und warum ausgerechnet Rausus? Der alte Kauz ist im ganzen Land für seine ungeheure Güte bekannt. Ich will so einen Prediger nicht in meiner Burg haben."
Flagand nickte verständnisvoll.
"Er ist auch im ganzen Land dafür bekannt die Lehre der Verfolgung weitergeben zu können. Wir zwingen ihn also, mir die 'Verfolgung' beizubringen und sobald wir wissen, wo sich der Lämmich genau aufhält, schicken wir Rausus per Teleportation dorthin und ich werde ihm dank der Verfolgung nachreisen können."
Das leuchtete Lamento ein.
„Aber wie willst du Rausus dazu bekommen, hierher zu kommen und uns zu helfen? Meine Grausamkeit ist berüchtigt. Ich glaube also kaum, dass ein weißer Schweigling freiwillig auch nur einen Fuß in die Exklamationsburg setzten würde. Ich fürchte, unsere Lebensweise ist ihnen nicht rein genug."
„Ich spucke auf Reinheit. Alles, was wir brauchen, ist ein gutes Druckmittel. Und auch, wenn sich weiße Schweiglinge damit brüsten, dass ihnen nichts Irdisches von Wert ist, stimmt das nicht

ganz. Zufälligerweise bin ich über das Einzige gestolpert, das jeder weiße Schweigling mit seinem Leben verteidigen würde."

Flagand kicherte schrill.

„Ich habe ein weißes Schweiglingskind gefunden."

„Ein weißes Schweiglingskind? Ist das nicht eine Art Fabelwesen, ähnlich wie Einhörner und dergleichen?"

Lamento kreuzte seine Fühler über den leeren Augenhöhlen, was ihm einen Hauch von Skepsis aufs Gesicht zeichnete.

„Mit Verlaub mein Herr, aber Ihr seid in ferneren Ländern auch bloß eine Spukgestalt. Schon außerhalb von Laudarus hält man die Geschichten über die Exklamationsburg für frei erfunden."

Diese Tatsache war Lamento durchaus bekannt. Es gefiel ihm sogar, dass man sich Schauergeschichten über ihn erzählte. „Du glaubst also, dass dieses Kind als Köder reicht?"

Flagand nickte eifrig.

„Es gibt eine uralte Prophezeiung, an die jeder weiße Schweigling glaubt. Darin heißt es, dass mit der Herrschaft des weißen Kindes die Ära der grauen Schweiglinge beendet wird."

„Hast du keine Furcht, dass diese Ära mit dem Kind, dass du entführt hast, tatsächlich kommen könnte?"

Flagand lachte herzhaft. Für ihn waren Prophezeiungen nichts als Aberglaube. Sollte aber die Herrschaft dieses Kindes bevorstehen, bliebe ihm immer noch genug Zeit, es einfach umzubringen.

"Was ist mit dem Rat von Palen?" wollte Lamento nun wissen. "Niemand verstößt gerne gegen die Gesetze der weißen Schweiglinge. Mit der geballten Macht ihrer Magie will ich mich ungern anlegen."

Flagand nickte verständnisvoll, auch wenn es in seinem Inneren ganz anders aussah. Er war waghalsig und hasste es, wenn sein Herr und Meister vor irgendetwas zurückschreckte. Diese Abscheu zeigte er Lamento aber natürlich nicht.

"Wir werden Rausus dazu bringen mir die Verfolgung beizubringen, ich händige ihm das Kind aus, mit dem er triumphierend heimkehrt. Es wird keinen Grund für den Rat geben uns anzugreifen."

Die gekreuzten Fühler Lamentos lösten sich endlich. Flagand hatte seinen Herrn von dem neuen Plan überzeugt.

„Dich an meine Seite berufen zu haben, war einer meiner brillantesten Schachzüge."

„VielenDank, Herr."

Flagand verbeugte sich tief und verließ fröhlich flötend den Thronsaal.

Lamento saß in seinen Gemächern und bewegte sich durch seine Lämmiche in den Gassen Laudarus. Dieser Tätigkeit ging er jeden Nachmittag nach. Das verschaffte Flagand endlich etwas Zeit für sich. Seit Lamento den Lämmichen immer weniger vertraute, hatte er fast rund um die Uhr an der Seite seines Herrn verbracht. Auch wenn Flagand ein treuergebener Diener war, er hatte auch noch andere Interessen.

Flagand eilte in den Burgkeller. Mit einer Fackel beleuchtete er die feuchten dunklen Gänge. Sein Ziel befand sich im verlassenen Ostflügel. Hier hatte sich seit Jahren niemand mehr hinverirrt, zumindest bis Flagand diesen Teil der Burg zu seinem Versuchslabor erklärt hatte.

Ohne Lamentos Wissen hatte sich der Schweigling einige Lämmiche abgezwackt, die nun für ihn Schriften studierten und Tränke brauten. Ein schwefliger Geruch waberte durch die Kellerräume.

Die kreisrunden Füße voraus, stieß Flagand die Tür zum Labor auf, in dem Lämmiche schwitzend in Kesseln rührten, während andere unter den eingeatmeten Dämpfen das Bewusstsein verloren hatten. Flagand stieg gelangweilt über die am Boden liegenden Lämmiche hinweg. Er steuerte auf einen Lämmich zu, der ein stark dampfendes Elixier aus einem Kessel in kleine Fläschchen füllte.

„Probiere es!", befahl der Schweigling, woraufhin der Lämmich einen Moment lang regungslos dastand.

Flagand kamen die kleinen Geschöpfe menschlicher vor, wenn sie nicht von Lamento, sondern von ihm befehligt wurden. Er fragte sich, ob sie eventuell Gefühle entwickelten, wenn sie mit selbstständigen Arbeiten befasst waren. Da der Lämmich aber nach kurzem Zögern Flagands Befehl ausführte und den Trank hinunterkippte, verwarf Flagand diese Überlegung wieder. Lämmiche waren seelenlose Sklaven, nichts weiter.

Kaum hatte der Lämmich die Flüssigkeit getrunken, begann er sich heftig zu winden, während ein grünlicher Schaum zwischen seinen Lippen hervorquoll. Die dünnen Arme und Beine erbebten heftig und wurden direkt darauf gänzlich steif. Wie eine Statue ohne sichtbare Atmung stand der Lämmich da, nur noch fähig mit seinen Augen zu rollen.

„Gute Arbeit. Du hast den Trank genau nach meinen Anweisungen gemacht. Sollte ich jemals einen wichtigen Grund haben ein Gegenmittel zu brauen, werde ich es dir vielleicht sogar verabreichen. Bis dahin sollten wir dich besser etwas dekorativer unterbringen. Ihr beiden", rief Flagand zwei nahe stehenden Lämmichen zu, „tragt ihn in den Rittersaal. Neben all den Rüstungen wird er sicher ganz entzückend aussehen."

Die Lämmiche trugen ihren Kameraden hinaus und hörten noch bis zur Treppe Flagands Kichern aus dem Labor.

Ein heftiger Windhauch fegte durch den Thronsaal der Exlamationsburg. Dann gab es eine kleine Explosion direkt vor Lamentos Füßen. Aus einer weißen Wolke stieg Rausus, der weiße Schweigling. Lamento und Flagand hatten ihn bereits erwartet.

"Willkommen auf ..."

Weiter kam Lamento mit seinen Begrüßungsworten nicht. Flagand hatte bereits ein kleines Röhrchen hervorgeholt und blies kräftig hinein. Keinen Wimpernschlag später steckte eine kleine Spritze in Rausus' Hals. Der weiße Schweigling würgte grünen Schleim hervor. Er versuchte, seine Magie einzusetzen, doch es ging alles zu schnell. Sobald die Starre einsetzte, konnte er nur noch seine Augen bewegen.

„Was ist geschehen?", fragte Lamento aufgebracht.

Der einzige im Raum anwesende Lämmich war von Rausus zu Boden gerissen worden und war nun bewusstlos. Lamento war also blind.

Flagand spürte, wie Lamento in seinen Kopf eindrang und seine Gedanken durchwühlte, doch der Schweigling hatte keine Zeit, um seinem Herrn die erklärenden Bilder zu zeigen. Nur noch wenigen Sekunden, dann könnten Rausus' Kräfte seine eigenen sein. Der nahende Triumph vernebelte Flagand den Geist. Lamento wurde rasend vor Wut.

„Antworte, Flagand!", schallte es durch den Thronsaal.

Der Gerufene, im Innern wieder untertäniger Diener, verdrängte den machthungrigen Irren in sich. Er wollte seinem Herrn antworten, doch dann fühlte er es. Lamento hatte Flagands Verrat gefunden. Er wusste jetzt, dass der Schweigling von vorneherein vorgehabt hatte, den weißen Schweigling seiner Kräfte zu berauben. Ein möglicher Krieg mit Palen, war für Flagand dabei ein hinnehmbares Risiko gewesen.

Unbändige Wut würde in Kürze über Flagand hereinbrechen. Wie gerne hätte er in diesem Moment alles rückgängig gemacht, doch es war zu spät. Das Gift steckte bereits in Rausus' Hals. Flagand blieb nichts anderes übrig, als sein Vorhaben zu beenden. Wenn er erst einmal Rausus' Fähigkeiten besaß, würde er Lamento noch nützlicher sein als zuvor. Wie sollte sein Herr es ihm nachtragen, wenn er ihm dank Teleportation den Lämmich zurückbrachte? Und wer wusste schon, über welche Fähigkeiten Rausus noch verfügte. Wahrscheinlich würde Flagand in Kürze allein gegen die Rache des Rates von Palen bestehen können.

Lamento war erschüttert. Flagand hatte den weißen Schweigling in die Burg gelockt, um an die seltenen Kräfte des weißen Schweiglings zu gelangen, obwohl er von der Macht des Rates von Palen wusste. Lamento fühlte sich elend. Die ganze Zeit über hatte er Verrat bei den Lämmich gewittert und nicht bemerkt, wer ihn in Wahrheit hinterging.

Wäre alles nach dem ursprünglichen Plan gelaufen, hätten sie Rausus nach dem Auffinden des Lämmichs zurückschicken können. Man hätte ihm das Kind übergeben und der Rat von Palen Hochland hätte sicher von einem Angriff auf die Burg abgesehen. Jetzt musste ihnen Lamento die leere Hülle eines weißen Schweiglings zurückschicken. Die Folgen waren gar nicht auszumalen. Flagand musste aufgehalten werden, bevor er sein Vorhaben zu Ende bringen konnte.

Wie aus dem Nichts war Flagand umringt von Lämmichen. Der Schweigling blickte sich verzweifelt nach einem Ausweg um, doch die grauen Gestalten waren überall. Aus ausdruckslosen Gesichtern wurde er angestarrt, und er musste mit ansehen, wie sich der Kreis um ihn immer enger zog. Der Schweigling hatte Angst, große Angst. Aber Flagand hatte auch ein großes Ziel vor Augen. Es war zu nah, um es kampflos aufzugeben. Er streckte seine behaarten Klauen nach Rausus aus, ehe die Lämmiche ihn ergreifen konnten. Blitzschnell zog er die kleine Spritze aus dem Hals des weißen Schweiglings, die nun eine silbrig glänzende Substanz enthielt. Er spürte schon die vielen Lämmichhände an ihm zerren. Ehe sie Flagand zu Boden werfen konnten, stieß er sich die Spritze ins Bein. Ein Beben erschütterte den Thronsaal. Rausus fiel steif wie eine Puppe zu Boden. Die Lämmiche schwankten vor und zurück. Wieder krachte es in der Burg, und dichter Nebel nahm den Lämmichen und damit auch Lamento die Sicht. Nur wenige Sekunden vergingen, dann verzogen sich die Nebelschwaden und gaben den Blick auf Rausus frei und Flagand war verschwunden.

Egal welcher seiner Lämmiche sich Lamento bediente, das Resultat blieb das gleiche. Flagand war nicht aufzufinden. Die Wut eines Wahnsinnigen schoss durch Lamentos blutarme Adern und brach durch seinen Schlund aus ihm heraus. Ein Schrei fegte über Laudarus hinweg, der die Fensterläden im Dorf zum Klappern brachte und die Dorfbewohner ihre Köpfe einziehen ließ. Die Exklamationsburg wackelte, alle Lämmiche fielen auf die Knie und hielten sich die Ohren zu. Eine winzige graue haarige Hand legte sich mutig auf Lamentos Schulter und brachte den Herrn der Exklamationsburg damit abrupt zum Verstummen.

„Steht auf, ihr nichtsnutzigen Wichte", brüllte Lamento die am Boden kauernden Lämmiche an.

Die Lämmiche folgten dem Befehl sofort. So konnte Lamento sehen, wer sich erdreistet hatte ihn anzufassen.

„Sixx!", stellte er erstaunt fest und der graue Schweigling zuckte kurz zusammen.

„Ihr habt mich nicht vergessen Herr. Ich fühle mich geschmeichelt. Dabei war mir so, als sei ich für euch nichts weiter als ein Schweigling unter vielen Bewerbern gewesen."

„Wärst du dir deiner Stellung als meine zweite Wahl nicht sicher gewesen, wärst du wohl kaum so schnell nach Flagands Verschwinden hier aufgetaucht. Wie bist du überhaupt in meine Burg gekommen? Ich dachte, das Teleportieren sei den weißen Schweiglingen vorbehalten."

Sixx lächelte verlegen und rieb sich die schwarzen Borsten, die um seine Schnauze herum sprießten. Er war von gleicher Statur wie Flagand, nur das dunklere Fell und die Narbe auf seiner dicken rosa Nase unterschieden ihn von jenem anderen Schweigling. Auch in seinem Auftreten war er beherrschter und manierlicher als die meisten seiner Artgenossen.

„Ich bin stets wissbegierig gewesen. Darüber hinaus glaubte mein letzter Herr, in mir ein gewisses magisches Potential zu erkennen. So war es mir vergönnt, die 'Verfolgung' zu lernen. Wirkliches Teleportieren beherrsche ich natürlich nicht.

„Dann bist du also Rausus gefolgt?"

Sixx nickte.

„Wie du dir denken kannst, will ich von Schweiglingen gerade nicht sehr viel wissen. Schon gar nicht, wenn sie mit den Mächten weißer Schweiglinge liebäugeln."

„Ihr habt recht, wenn Ihr annähmt, ich wüsste von Flagands Verrat. Ich traf direkt nach Rausus hier ein und sah Flagands Versuch, Rausus seiner Kräfte zu berauben. Ihr könnt euch aber gewiss sein, dass ich selbst bereits genug Fähigkeiten besitze. Ich hege keine machthungrigen Pläne mehr."

Sixx blickte zu Rausus hinüber, rückte aber nicht von Lamento ab. Weder dessen Geschrei noch seine deutlich zur Schau gestellte Abneigung schienen Sixx etwas auszumachen. „Meine Fähigkeiten haben sich nie gegen meinen Herrn gerichtet. Nun können sie euch sogar von großem Nutzen sein. Ich kann Rausus aus seiner Starre befreien. Zusammen mit Rausus und meinen Fähigkeiten finden wir nicht nur den Lämmich, sondern auch Flagand."

„Woher weißt du von dem Lämmich?", brüllte Lamento, die dürren Finger um die Armlehnen seines Throns gekrallt.

Lamento war kurz davor, den Rest seiner Beherrschung zu verlieren. Zeit für ausschweifende Erklärungen blieb Sixx also nicht.

„Flagand ist ein Wichtigtuer. Seit Wochen schon lässt er anderen Schweiglingen gegenüber immer wieder Andeutungen fallen, was seine fortgeschrittenen Kenntnisse in der verbotenen Magie betrifft. Außerdem kam mir zu Ohren, dass Rausus auf die Exklamationsburg gelockt werden sollte und ich begann mir Gedanken um euch zu machen. Also fragte ich etwas herum und erfuhr von einem Schweigling aus der Hafenstadt Hagburm, der dort einen Lämmich beim Besteigen eines Schiffs beobachtet hatte. Ich weiß keineswegs, was genau geschehen ist, aber ich musste einfach kommen und euch vor Flagands Plänen warnen."

Lamento traute Sixx nicht weiter, als er selbst ohne Hilfe laufen konnte. Aber immerhin hatte der Schweigling ihm bereits jetzt mehr Informationen über den Verbleib des Lämmichs geliefert, als es Flagand getan hatte. Der kleine Ausreißer befand sich also auf hoher See. Diese Information war immerhin ein Anfang. Jetzt galt es Vorkehrungen zu treffen und genau dort kam Sixx ins Spiel. Lamento brauchte wirklich jemanden an seiner Seite, der nicht bloß eine Erweiterung seiner selbst war.

Der Herr der Exklamationsburg atmete lautstark durch den Mund aus. Auch wenn dabei seine Fühler nervös zuckten, übertrug er vorerst das Amt seines Beraters an Sixx. Dieser verbeugte sich ergeben und bat untertänigst über die letzten Ereignisse auf der Exklamationsburg in Kenntnis gesetzt zu werden. Lamento übertrug diese Aufgabe einem seiner Lämmiche, er selbst zog sich in seine Gemächer zurück. Sixx sah dem Herrn der Exklamationsburg mit besorgter Miene nach.

6. Kapitel

Die Zeit der großen Ernte war gekommen. Für den Herrn der Exklamationsburg brach somit die liebste Zeit des Jahres an. Sie tröstete ihn sogar ein wenig über seinen Kummer hinweg. Er verließ seinen Thron kaum noch und verbrachte Stunde um Stunde mit weit ausgefahrenen Fühlern.

In Form seiner Lämmiche stolzierte Lamento durch Laudarus und die angrenzenden Felder. Er blickte den Bauern bei ihrer Arbeit über die Schultern, ließ Listen über jede geerntete Obst- und Gemüsekiste erstellen und forderte von allen Erträgen seinen Anteil ein.

Für die Bauern war dies eine trostlose Zeit. Sie arbeiteten beinahe ohne Unterlass und sahen den Großteil ihrer Mühen in Lamentos Burg verschwinden. Obwohl sie sich der Übermacht der Lämmiche bewusst waren, geriet jedes Jahr mindestens ein Bürger über die Ungerechtigkeit derart in Rage, dass er am Pranger endete. Kaum war der erste auf dem Marktplatz zur Schau gestellt worden, da verebbten die Proteste und es wurde härter gearbeitet als zuvor.

Durch das hektische Treiben seiner Untertanen abgelenkt, schenkte Lamento seinem neuen Schweigling nicht viel Beachtung. Er konnte Sixx' Gesicht ohnehin kaum anschauen ohne schmerzlich an Flagand erinnert zu werden. Er fühlte sich hilflos und einsam ohne den Vertrauten, der so viele Jahre an seiner Seite gestanden hatte.

Sixx lag selbst nicht besonders viel daran, von Lamento beachtet zu werden. Er war auf der Suche nach etwas ganz anderem. Er suchte einen Schatz. Leider hatte er nicht die geringste Ahnung, wie dieser Schatz aussah und wo er in der riesigen Burg danach suchen sollte.

Sein Plan hatte ursprünglich so ausgesehen, alle Informationen aus Flagand herauszupressen, doch mit dessen Verschwinden war dieser Plan hinfällig geworden. Wäre Sixx nur früher auf die Burg gekommen, wäre ihm das lästige Suchen erspart geblieben.

Die Lämmiche waren Sixx bei seiner Suche ständig im Weg. Diese Kreaturen waren einfach überall und gingen ihm gehörig gegen den Strich. Missmutig schritt er am Thronsaal vorbei. Prompt sah ihn Lamento und zitierte ihn vor den Thron. Sixx Laune wurde zunehmend schlechter.

„Wie du sicher bemerkt hast, durftest du bisweilen noch nicht viel für mich tun. Ich kenne euch Schweiglinge gut genug, um zu wissen, wie gerne ihr euch nützlich macht. Als Zeichen meines Vertrauens darfst du schon jetzt mein Zeichen tragen. Was sagst du dazu?"

Sixx heuchelte Begeisterung. In Wahrheit hatte er keinen Schimmer, was das Zeichen Lamentos eigentlich war. Wahrscheinlich sollte ihm ein Orden verliehen werden, oder er bekam eine Kette. Er war weder auf das eine noch das andere scharf. Sixx' ganzes Interesse galt dem Schatz und der war nach wie vor unauffindbar.

„Dann bekomme ich jetzt also eine Brosche oder eine Kette?", fragte Sixx mit aufgesetztem Stolz.

„Nicht ganz. Lass dich einfach überraschen!"

Sixx gefiel Lamentos Ton nicht. Der Herr der Exklamationsburg klang ausgesprochen fröhlich und ein wenig gehässig.

Widerwillig folgte Sixx zwei Lämmichen hinab in den Burgkeller. Je tiefer sie hinunterstiegen, um so spärlicher wurden die Wandfackeln. Dem Schweigling stieg ein fauliger Geruch in die

Nase. Einer der Lämmiche grinste ihn voll freudiger Erwartung an und Sixx erkannte Lamento in dem kleinen grauen Gesicht.

Die Lämmiche gingen mit Fackeln in den Händen voraus. Sie erleuchteten vergitterte Kerkertüren und Sixx unterdrücke ein Schütteln. Auch wenn weder jemand zu sehen noch ein Wehklagen zu hören war, so zeugte allein der Gestank in diesen Gewölben von Elend und Tod.

Am Ende des Ganges öffneten die Lämmiche eine knarrende Holztür. Sixx beobachtete von außen, wie sie die Fackeln in runde Eisenhalterungen steckten. Kaum war der Raum beleuchtet, setzte Sixx' Herz vor Schreck einige Schläge lang aus. Das Licht fiel auf einen rostigen Metallstuhl in der Mitte des Raumes. Rote Flecken verkrusteten das Metall. Auf einem Tisch daneben lagen Messer ebenso wie einige anderer Utensilien, deren näheren Verwendungszweck er gar nicht kennen wollte. Die Lämmiche hatten ihn geradewegs in eine Folterkammer geführt.

„Nehmen Sie bitte Platz, der Herr möchte es so", sagte einer von ihnen monoton.

In der kurzen Zeit auf der Exklamationsburg hatte Sixx diesen Nachsatz 'der Herr möchte es so' hassen gelernt. Er konnte schon jetzt nicht mehr zählen, wie oft er ihn hatte hören müssen.

Einer der Lämmiche nahm eine dicke Sticknadel zur Hand und Sixx spürte, wie sich die Spucke aus seinem Mund verflüchtigte. Tief durchatmend widerstand er dem Drang zu laufen und nahm stattdessen Platz. Schwitzend sah er zu, wie Garn durch die Sticknadel gefädelt wurde. Währenddessen ergriff der andere Lämmich mit überraschender Kraft den Arm des Schweiglings. Mit der anderen Hand kratzte er dem keuchenden Sixx mit einem

Messer das borstige Fell vom Oberarm. Der Schweigling biss die Zähne fest zusammen, um vor Lamento nicht völlig das Gesicht zu verlieren.

Kaum hatte Sixx diese Prozedur überstanden, da kam auch schon der Lämmich mit der Sticknadel auf ihn zu. Ohne Vorwarnung wurde dem aufschreienden Schweigling die Nadel durch die Haut gezogen, immer wieder mit wechselndem Garn, bis das Symbol Lamentos auf seinen Oberarm gestickt war: eine Efeuranke um einen augenlosen Schlangenkopf. Allein für die aufwendige Efeuranke benötigten die Lämmiche fünf Stunden.

Tränen liefen aus Sixx' Schweineaugen, während er vorne herübergebeugt versuchte, gegen seine Übelkeit anzukämpfen. Er wusste nicht, ob das Zittern in seinen Knien je wieder aufhören würde. Aufstehen konnte er garantiert nicht.

Die Lämmiche hingegen waren noch so munter wie vor Stunden. Sixx sah genau Lamentos amüsierte Fratze auf ihren Gesichtern.

„Ich hoffe, du fühlst dich jetzt als anerkanntes Mitglied auf meiner schönen Burg", flötete einer der Lämmiche beim Verlassen der Folterkammer.

Hasserfüllt sah Sixx dem Lämmich nach. Wenn Lamento auch nur den Hauch einer Ahnung hätte, in wessen Auftrag sich Sixx auf der Exklamationsburg befand, dem Herrn der Exklamationsburg wäre das Lachen im Halse stecken geblieben.

Sixx wollte keine Sekunde länger als nötig auf der Burg bleiben. Er brauchte also dringend einen Plan. Da ihm nichts Besseres einfiel, musste er einfach einen Weg finden, seinen ursprünglichen Plan doch noch umzusetzen. Er brauchte also Flagand und um diesen zu bekommen, brauchte er zu allererst einmal Rausus.

So tat Sixx in den nächsten Tagen alles in seiner Macht stehende, um Rausus aus seiner Starre zu befreien. Er durchforstete die alte Bibliothek der Burg nach Büchern, doch keines der in Leder gebundenen Kostbarkeiten half ihm weiter.

Dem Herrn der Exklamationsburg entging Sixx' unstetes Herumirren nicht. Es kam ihm fast so vor, als ginge ihm sein neuer Schweigling aus dem Weg und das schürte Lamentos Misstrauen. Um besser ein Auge auf ihn haben zu können, ließ er den Schweigling niedere aber zeitraubende Arbeiten verrichten, oder er hielt ihn über Stunden mit langweiligen Vorträgen über das Leben der Laudaner in seinem Thronsaal fest. Nach Tagen war ihm Sixx' Gegenwart jedoch so fade geworden, dass er ihm auftrug, an einem Gegengift für Rausus zu arbeiten. Nun verbrachte Sixx seine Zeit wieder fernab des Thronsaals mit Nachforschungen, und Lamento war erleichtert, ihn los zu sein.

Mit Hilfe zweier Lämmiche durchwanderte Lamento des Nachts wieder und wieder die Gegend um Laudarus auf der Suche nach Flagand. Zu seinem Erschrecken tat er dies nicht aus Rachsucht, er wollte Flagand einfach wieder bei sich auf der Burg haben.

Mit jedem Tag, der verging, wurde die Stimmung zwischen Sixx und Lamento eisiger. Sixx verstand sich seit Jahren in Magie, aber die Aufhebung von Rausus' Starre überstieg seine Fähigkeiten bei weitem. Flagand musste seine Seele verkauft haben, um an eine derartige Macht gelangt zu sein. Das war zumindest Sixx' einzige Erklärung.

Niedergeschlagen zog sich Sixx in die Tiefen der Burg zurück. Das Studieren in der Bibliothek hatte ihn nicht weitergebracht, also nahm er seine Suche nach Lamentos Schatz wieder auf. So unauffällig wie möglich inspizierte er die vielen Räume, öffnete allerlei schwere Holztüren und sah Lämmichen bei ihren Arbeiten zu. Er fand sie beim Kochen in der Küche, rutschte auf ihren frisch gebohnerten Böden aus und wärmte sich an von ihnen entzündeten Kaminen.

Der Schweigling war schon eine Weile unterwegs, viele Treppen hinabgestiegen und hatte eine Reihe aufgestellter Ritterrüstungen passiert, da fiel ihm aus dem Augenwinkel etwas auf. Abrupt blieb er stehen und sah genauer hin. Inmitten der Rüstungen stand ein Lämmich, genauso starr wie Rausus im Thronsaal.

„Flagand hat also geübt", stellte Sixx fest.

Schnell eilte er durch die Gänge der Burg, stieg immer tiefer hinab und suchte. Am tiefsten Gang der Burg angekommen, nahm er eine Fackel zur Hand und schritt vorsichtig weiter. Tatsächlich, am hintersten Ende befand sich eine schwarze Holztür. Sixx stieß die Tür auf und fand vor, was er vermutet hatte: ein gut ausgestattetes Labor.

Niemand befand sich in dem Raum. Gläser und Tiegel mit unbekannten Inhalten standen unbeaufsichtigt herum. Auf einem Tisch in der Mitte des Labors lag ein Buch. Es war aufgeschlagen und Sixx beugte sich neugierig darüber. Mit zitternden Fingern zog er die Zeilen nach und las laut mit. Es handelte sich um Flagands Notizen, die die Rezeptur von Rausus' Gift beinhalteten. Sixx' Herz machte einen freudigen Satz. Er hatte die Antwort. Sofort wollte er zu Lamento eilen und ihm die freudige Nachricht überbringen.

7. Kapitel

Wie hatte nur alles so aus dem Ruder laufen können? Unzählige Male war Flagand seine letzten Schritte im Kopf durchgegangen und immer noch konnte er sich nicht erklären, was schief gegangen war. Selbst als die Lämmiche ihn schon fast am Kragen gepackt hatten, war es ihm noch gelungen sich Rausus' Essenz zu injizieren. Mit dieser Essenz hätte er sofort die Kunst der Teleportation beherrschen sollen. Statt aber wie gewünscht die westlichen Felder hinter sich zu lassen, hatte er sich geradewegs in den Schweigling Rausus teleportiert.

Nun steckte er in dieser Hölle fest, nicht mehr als eine Spukgestalt in einem fremden Geist. Mit dem Auffinden des entlaufenen Lämmichs hätte er sich mit Lamento versöhnen können. Er sah es vor sich, wie er mit dem verlorenen Lämmich zurück auf die Burg kam und Lamento über dieses Glück vergaß, wie schwer ihn Flagand hintergangen hatte.

Wie gerne würde Flagand die Zeit zurückdrehen. Gefangen im Körper seines Feindes kam es ihm unglaublich töricht vor, wonach er gestrebt hatte. Jetzt hätte er alles dafür gegeben einfach wieder Lamentos treuer Gehilfe zu sein.

Verdrossen stierte Flagand durch Rausus' Augen in den Thronsaal. Sixx schritt an ihm vorbei und Flagand sah seinem Nebenbuhler hasserfüllt nach.

„Der führt doch was im Schilde", dachte Flagand jedes Mal, wenn er Sixx beobachtete.

Sicher war er eifersüchtig, aber da war noch mehr. Immer wenn sich Sixx unbeobachtet fühlte, warf er seinem neuen Herrn böse

Blicke zu. Außerdem hatte ihn Flagand schon mehrere Male dabei beobachtet, wie Sixx den Thronsaal durchsuchte, wenn weder Lamento noch die Lämmiche zugegen waren.

Flagand hatte nicht vergessen, dass er selbst auch Lamento hintergangen hatte. Aber er fand sein eigenes Vorgehen bei weitem geschickter als das seines Nebenbuhlers. Wie gerne hätte er Sixx beim Herrn der Exklamationsburg angeschwärzt. Aber ihm blieb nichts anderes übrig, als stumm abzuwarten, was Sixx als nächstes tat.

„Wäre ich an Sixx' Stelle, hätte ich unsere Starre längst kuriert", beschwerte sich Flagand.

„Hättest du nur annähernd so viel Verstand wie dieser Sixx, hättest du uns beide sicher gar nicht erst in diese missliche Lage gebracht", konterte Rausus.

Seit Tagen schon stritten die beiden Schweiglinge und jeder Streit endete damit, dass Flagand dem weißen Schweigling drohte, das entführte Schweiglingskind zu töten, sobald er seinen eigenen Körper zurückhatte. Rausus geriet darüber jedes Mal derart in Angst, dass er sich stumm in die hinterste Ecke seines Geistes zurückzog.

„Wärst du nicht so ein alter verklemmter Greis, wären wir sicher längst wieder frei", stänkerte Flagand weiter.

„Kein besonders guter Schachzug von dir, einem verklemmten alten Versager die Magie stehlen zu wollen", konterte Rausus und lachte.

Flagand hatte dieses Lachen hassen gelernt.

„Noch eine Partie Kopfschach?", fragte Rausus.

„Ja, wieso nicht?", antworte Flagand.

Sixx eilte die Stufen hinauf. Schon jetzt sah er Lamentos erfreutes Gesicht vor sich. Sicher würde ihn die Überbringung seiner Neuigkeiten bei Lamento ein ganzes Stück weiterbringen.

Er musste nur Rausus zu neuem Leben erwecken und ihn zwingen Flagand zu verfolgen, dann stand seinem ursprünglichen Plan nichts mehr im Wege. Der Schatz Lamentos kam wieder in greifbare Nähe, genauso wie die ersehnte Rückkehr zu seinem wahren Herrn.

Hoch erhobenen Hauptes stieß Sixx die Doppeltür zum Thronsaal auf. Schnell eilte er den roten Teppich entlang auf Lamentos Thron zu. Er hüpfte die Stufen hinauf und erschrak über den sich ihm bietenden Anblick. Fast fiel er rückwärts die Stufen herunter, als er Lamento lächeln sah. Doch das Lächeln verschwand so schnell, dass Sixx nicht sicher war, es wirklich gesehen zu haben. Ärgerliche Unruhe lag wieder auf Lamentos Gesicht.

„Wer ist da?", fragte Lamento drohend und weitaus lauter als nötig gewesen wäre.

Sixx machte sich automatisch kleiner.

„Ich bin es, Herr."

„Du betrittst diesen Saal niemals, ohne dich vorher anzukündigen, verstanden?"

Sixx verlor beinahe das Gleichgewicht unter der Wucht von Lamentos Stimme.

„Schrei doch hier nicht so rum, alter Sack" dachte er genervt. Was er tatsächlich sagte, klang weitaus unterwürfiger.

„Verzeiht meine Dreistigkeit Herr, es soll nicht wieder vorkommen. Allerdings habe ich wichtige Neuigkeiten, erfreuliche Neuigkeiten."

„Du bringst gute Nachrichten, Schweigling? Das ist ja mal ganz was Neues. Wahrscheinlich sind sie aber auch nicht halb so gut wie meine. Der Lämmich fand im Fieberwahn zu mir zurück und hat alles ausgeplaudert. Er ist auf dem Weg nach Dealy. Das Schiff ist uns allerdings schon einige Wochen voraus."

Sixx war außer sich vor Freunde. Angestrengt versuchte er, sich sein Glück nicht all zu sehr ansehen zu lassen. Aber seine Entdeckung kam genau zur richtigen Zeit.

„Vielleicht können meine Neuigkeiten euch bei dem Problem des Vorsprungs behilflich sein."

Interessiert wandte Lamento dem Schweigling das leere Gesicht zu. Die Fühler rund um seine Augen zuckten erwartungsvoll.

„Ich fand dieses Buch."

Sixx machte einen zaghaften Schritt auf Lamento zu und legte ihm das Buch vorsichtig in den Schoß. Der Herr der Exklamationsburg schwieg und bewegte sich nicht. Sixx Augen hafteten auf den Händen Lamentos. Der Schweigling verstand nicht, warum sie untätig neben dem Buch liegen blieben. Lamento räusperte sich, doch Sixx verstand noch immer nicht. Erst als die Stimme seines Herren die Halle erzittern ließ, dämmerte es ihm.

„Was zum Teufel tust du da, Idiot? Ich habe keine Augen, oder siehst du hier irgendwo einen Lämmich neben mir?"

Schnell huschte der Schweigling zu seinem Herrn und nahm das Buch wieder an sich. Er hatte sich den Verlauf dieses Gesprächs wirklich anders vorgestellt.

„Jetzt rede endlich. Was steht in diesem Buch?"

Sixx wollte Lamento das Buch am liebsten an den Kopf werfen, doch stattdessen atmete er tief durch und begann zu berichten.

„Das Buch enthält Notizen über Flagands Forschungen. Anscheinend arbeitete er schon seit längerem mit einigen Lämmichen an Bannzaubern. Die genaue Zusammensetzung seines Giftes ist hier vermerkt. Mit diesem Wissen müsste es mir gelingen ein Gegenmittel herzustellen."

„Wurde ja auch Zeit, dass du dich mal nützlich machst. Ich gebe dir einen Tag, dann hast du Rausus befreit und machst dich mit ihm auf den Weg nach Dealy, verstanden?"

„Wie Ihr wünscht!"

Sixx verbeugte sich vor seinem Herrn, auch wenn dieser es nicht sehen konnte. Schnellen Schrittes verließ er den Thronsaal in Richtung Labor. Er hatte keineswegs vor, den entlaufenen Lämmich einzufangen, außer er fände ihn zufällig direkt neben Flagand.

„Vielleicht wäre es doch ratsamer, den Lämmich gleich mitzubringen", überlegte Sixx.

Immerhin würde er sich so nicht wieder unbemerkt in die Burg schleichen müssen. Als Lamentos Vertrauter frei durch die Räume der Burg laufen zu können, würde ihm die Schatzsuche sicher erleichtern. Unschlüssig, ob er erst Flagand oder dem entlaufenen Lämmich nacheilen sollte, machte er sich im Labor an die Arbeit.

„Du hast noch keine Partie Schach gewonnen, grauer Schweigling. Wie fühlt sich so eine Niederlage an?"

Flagand schwieg wider seine Natur. Wäre er nicht nur ein Geist im Körper der weißen Schweiglings gewesen, hätte man ihn lächeln sehen können. Seit sie wussten, welche Entdeckung Sixx gemacht hatte, attackierte ihn Rausus ununterbrochen mit Beleidigungen. Flagand hatte sich zu Anfang nach Kräften gewehrt, bis ihm nach und nach ein Licht aufgegangen war. Der weiße Schweigling ließ sich zu so viel Feindseligkeit herab, weil er Angst hatte. Er wollte Flagand zumindest die emotionale Kraft rauben, solange sie einander noch ebenbürtig waren. Rausus fühlte den Verlust seiner magischen Kräfte und versuchte deshalb, Flagands Selbstvertrauen zu schwächen.

„Sobald ich wieder einen Körper habe, werde ich ihm jede Beleidigung zur Genüge heimzahlen", dachte Flagand und kicherte.

Der graue Schweigling erduldete weiter jede von Rausus' Anfeindungen mit engelsgleicher Ruhe. Statt dem weißen Schweigling zuzuhören, schmiedete er Zukunftspläne.

„Erst werde ich Lamento den Lämmich zurückbringen. Damit wäre ich mir seiner Vergebung sicher und dann werde ich mich an Rausus rächen. Für jedes böse Wort werde ich ihm eine neue Wunde zufügen", wieder kicherte Flagand und wünschte, er hätte Hände, in die er klatschen konnte.

Mit kleinen blutunterlaufenen Schweiglingsaugen betrat Sixx den Thronsaal. Zwanzig Stunden waren seit Lamentos Ultimatum vergangen. Keine Minute der Ruhe hatte sich der Schweigling gestattet. Nun wankte er erschöpft auf den Burgherrn zu, der ihn bereits durch die Augen eines Lämmichs erwartete.

„Bist du sicher, dass du nicht vielleicht lieber schlafen solltest?", fragte der Herr der Exklamationsburg.

„Ich bin sicher", antwortete Sixx heiser.

„Wird es deine Meinung auch nicht ändern, wenn ich dich bei Versagen auf dem Marktplatz von Laudarus hinrichten lasse? Mir gefallen beide Varianten. Wenn du Rausus befreist, wunderbar. Solltest du mich aber enttäuschen, wird mich dein Tod aufmuntern. Außerdem habe ich lange niemanden mehr hinrichten lassen. Die Laudaner könnten noch glauben, ich wäre auf meine alten Tage weich geworden. Weißt du, was Herrschern passiert, wenn ihre Untertanen keinen Respekt mehr vor ihnen haben?"

„Revolten", stellte Sixx müde fest.

Er fand es außerordentlich anstrengend, wie redselig der Herr der Exklamationsburg an diesem Morgen war.

„Richtig! Und dann müsste ich alle aufsässigen Bürger von meinen fleißigen Lämmichen hinrichten lassen, bis ihre grauen Händchen blutgetränkt und voller Blasen wären."

Mit jedem Wort war Lamentos Stimme lauter geworden und mündete in einem ohrenbetäubenden Gelächter. Er war offensichtlich bester Laune. Sixx hatte für Emotionen keine Kraft mehr.

Der Schweigling ging geradewegs auf Rausus zu und stieß ihm eine Spritze ins Fleisch, genauso wie Flagand es vor ihm getan hatte. Das Resultat war ein lauter Knall und gelber dichter Nebel. So hatte es Sixx bei dem Lämmich zwischen den Ritterrüstungen gesehen und der lief mittlerweile wieder quietschvergnügt durch die Burg. Jetzt musste nur noch der weiße Schweigling in Bewegung kommen. Leider geschah dies nicht, stattdessen wurde der gelbe Nebel dichter und dichter, bis allen Anwesenden im Thronsaal die Atemluft knapp wurde.

Aufgebracht schrie Lamento Befehle. Er wollte sehen, was vor sich ging, doch der Nebel gab keinen Blick frei. Laute Hustenkrämpfe übertönten Lamentos Gebrüll, das vom Sauerstoffmangel immer schriller wurde. Sie alle waren kurz davor, das Bewusstsein zu verlieren, doch zu ihrem Glück verzog sich der Nebel schließlich durch die Fenster und Türen der Burg, bis die Luft wieder rein und ihre Sicht wieder frei war.

Rausus war tatsächlich aus seiner Starre befreit. Leider lag er nun zitternd auf einem bunten Teppich und rollte mit den Augen.

„Was hat er denn jetzt?", bellte Lamento los, während sich Sixx über Rausus beugte und nachsah.

Die Verfassung des weißen Schweiglings erschreckte Sixx zutiefst. Die Haut des Magiers wirkte eingefallen, gerade so, als sei ihm etwas aus dem Leib gerissen worden.

„Haltet ihn auf", hauchte der weiße Schweigling.

„Was meint er? Wer soll aufgehalten werden?"

Rausus antwortete nicht. Die Augen des weißen Schweiglings drehten sich nach hinten, und er verlor das Bewusstsein.

8. Kapitel

Ginn lehnte an der Reling, den Blick aufs Meer gerichtet. Seine Stirn lag in Falten.

„Ein ernster Gesichtsausdruck für einen so jungen Mann", stellte eine tiefe und doch weibliche Stimme fest.

„Was willst du Mali?", fragte Ginn, ohne sich zu ihr umzudrehen.

„Ich möchte nichts weiter, als mich ein wenig mit dir zu unterhalten."

Ginn schüttelte genervt den Kopf.

„Ich habe weder Lust über Lamento noch über den Lämmich zu reden. Und du bist sicher nicht hier, um dir meine philosophischen Ergüsse über das Blau des Meeres anzuhören. Wir finden also kaum ein geeignetes Gesprächsthema, oder?"

Mali ließ sich von Ginns Abweisung nicht aus der Ruhe bringen.

„Du hast recht Ginn. Mir liegt nicht viel an der Philosophie. Die Poesie hat es mir angetan, gerade die Verse in Flüchen und Zauberformeln spuken ständig in meinem Kopf herum."

„Du brauchst mir nicht zu drohen, Mali. Ich habe nicht vergessen, wozu du im Stande bist."

"Scheinbar glaubst du aber nicht, dass ich rückgängig machen kann, was ich aus dir gemacht habe. Wenn ich wollte, könnte ich wieder dieselbe erbärmliche Gestalt aus dir machen, die ich vor einigen Jahren in Hagburm aufgelesen habe."

„Ich bin nicht mehr derselbe, der ich damals war. Egal mit welchem Zauberspruch du mir beikommen willst, ich bin stärker als früher und das weißt du auch."

„Unterschätze mich nicht, Ginn!", zischte sie ihm ins Ohr und ließ ihn allein an Deck zurück.

„Dito", flüsterte Ginn.

Der junge Mann blickte wieder aufs Meer hinaus, doch ein anderer Ausdruck hatte sich auf sein Gesicht geschlichen. Trauer lag in seinen Augen und eine Spur von Furcht. Sie waren jetzt bereits seit mehreren Wochen auf hoher See, und lange hatte er eine Begegnung mit dem Lämmich vermeiden können. Doch auch, wenn er den Lämmich nicht sah, er dachte ständig an ihn und Iustus' baldiges Schicksal.

Die Ankunft in Dealy stand bevor. Ginn sah schon vor sich, wie der Lämmich auf dem Sklavenmarkt feilgeboten wurde, und diese Bilder jagten ihm einen Schauer über den Rücken. Er musste Iustus vor diesem Schicksal bewahren.

"Ich muss ihn kennen lernen" flüsterte Ginn, doch ihm graute davor.

Wie sollte er Iustus näher kommen, ohne von ihm angeblickt zu werden? Niemand wusste mit Sicherheit, ob nicht die Augen des Lämmichs alles gesehene an Lamento preisgaben und er durfte nicht vom Herrn der Exklamationsburg gesehen werden. Nicht einmal wenn das bedeutete, dass Iustus als Sklave in Dealy enden würde.

„Na mein Freund, was gibt es zu sehen?", fragte Klaas gut gelaunt.

Ginn grinste. Ihm war eine Lösung für sein Problem eingefallen. Schwungvoll drehte sich Ginn zu dem alten Seemann um, der bereits auf dem Weg zum Steuerrad war.

„Klaas?", rief er.

Klaas machte kehrt. Ein angekauter Zigarrenstummel hing dem alten Seemann zwischen den Lippen.

„Du hast gerufen, Ginn?"

„Ja. Du musst mir einen Gefallen tun."

Klaas nickte eifrig. Er half Ginn gerne. Zum einen weil er ihn möchte, zum anderen, weil er ihn ein wenig fürchtete. Ginn war vor Jahren auf die Sukhothai gekommen. Niemand hatte ihn damals an Bord kommen sehen, er war mitten auf hoher See plötzlich da gewesen, als habe er sich aus den Wellen erhoben. Er war immer an Malis Seite gewesen. Irgendetwas verband ihn mit der Kapitänin, dass Klaas nicht verstand. Auch die anderen Seeleute hatten es direkt gefühlt und sich Märchen über den Jungen erzählt.

Klaas war noch heute stolz darauf, wie schnell sich Ginn auf dem Schiff zurechtgefunden hatte. Er war gerissen, manchmal skrupellos und ein wahrer Pirat. Vielleicht hätte Klaas im Laufe der Jahre sogar Vatergefühle für Ginn entwickelt, wenn er ihn nicht immer auch gefürchtet hätte. „Tu mir einen Gefallen und unterhalte dich ein wenig mit dem Lämmich. Bekomme so viele Informationen über ihn heraus, wie möglich", bat Ginn.

"Du meinst, über Lamento?"

Der blonde Seemann schüttelte den Kopf.

„Ich meine über Iustus selbst."

Klaas sah Ginn einen Moment verdutzt an. Es schien ihm nicht in den Kopf zu wollen, warum man sich für ein so unbedeutendes Persönchen wie Iustus interessierte.

„Du brauchst dir wirklich keine Sorgen mehr wegen des kleinen Mannes zu machen. Wir werden bald am Hafen von Dealy ankommen. Sobald wir ihn meistbietend verkauft haben, wird er das Problem von jemand anderem sein."

Ginn verzog kurz das Gesicht, als habe ihn diese Bemerkung geradezu körperlich getroffen. Klaas bemerkte es nicht. Er sah den blonden Mann nur mit dem Kopf schütteln.

„Darum gehts nicht, ich will nur wissen ..."

Ginn suchte nach den richtigen Worten.

„Sag mir einfach, was du aus ihm herausbekommst."

Ohne Klaas' Zustimmung abzuwarten, verzog sich Ginn unter Deck.

Iustus zog sich genüsslich die Decke unter sein Kinn. Sein Kissen hatte er der schnarchenden Grisine unter dem Kopf weggezogen. Seufzend legte er seinen schmerzenden Kopf auf die weichen Daunen. Wie an jedem Abend seit seiner Krankheit hatte ihm Hermod einen wohltuenden Hopfenblütentee gebracht. Nun fühlte sich Iustus' Bauch angenehm warm an und seine Augenlider senkten sich.

Die Faust eines starken Mannes hämmerte gegen die Tür. Iustus fuhr erschrocken hoch. Direkt huschte sein Blick zur Bitze.

„Zum Glück, sie schläft noch", dachte er und fragte sich direkt danach ängstlich, wer wohl so spät noch vor ihrer Kajüte stand. Seine Zeit auf dem Schiff hatte ihn gelehrt, gar nicht erst auf netten Besuch zu hoffen. Egal, wer da gegen die Tür hämmerte, ein Freund war es sicher nicht. Am liebsten hätte der Lämmich das Klopfen einfach ignoriert und sich die Decke über den Kopf gezogen. Aber wahrscheinlich wäre dann früher oder später die Bitze unter dem Lärm aufgewacht, und das wollte er noch weniger,

als sich mit dem Besucher auseinanderzusetzen. So blieb ihm nichts anderes übrig, als aus seinem warmen Bett zu steigen.
Voll Verwunderung stellte Iustus fest, dass es Klaas war. Seit dieser ihm vor über einem Monat die schwarzen Schuhe gestohlen hatte, waren sie sich kaum mehr über den Weg gelaufen.
"Iustus, mein Junge. Wie geht's?"
Der Lämmich beäugte Klaas skeptisch. Wie sollte es ihm schon gehen? Immerhin war es Klaas Schuld, dass Iustus auf diesem verdammten Schiff festsaß.
„Was willst du hier?", knurrte er Klaas an.
Klaas warf einen kurzen Blick auf die schlafende Grisine und ließ sich dann schwungvoll auf Iustus' Koje nieder. Mit einem Klopfen auf die Matratze deutete er Iustus an, sich neben ihn zu setzen. Iustus blieb mit verschränkten Armen an der offenen Tür stehen.
„Wir haben uns viel zu lange nicht mehr unterhalten. Wie gefällt es dir denn auf der Sukhothai, mein Freund?"
„Nicht sehr gut, wegen der Sklavenarbeit und der sadistischen Bitze. Ach ja, beim nächsten Halt soll ich auch noch meistbietend auf einem Sklavenmarkt verkauft werden", entgegnete Iustus giftig.

Klaas nickte verständnisvoll, wenn auch ohne echtes Mitgefühl.
„Verstehe, verstehe. Du magst deine Mitbewohnerin also nicht sonderlich?"
"Ich bin kein Freund von Sadisten. Außerdem stinkt sie und sie klaut."
Auch dazu nickte Klaas. Es entstand eine Pause. Klaas brauchte einige Zeit, um sich in seinem Rausch weitere Fragen zu überlegen. Iustus blickte währenddessen betreten auf seine Füße.

„Du bist also ein Lämmich", stellte Klaas fest.

Iustus nickte und zog eine Augenbraue hoch. Wieder wurde geschwiegen.

„Und wie ist das so?"

„Was?"

„Ein Lämmich zu sein."

Über diese Frage musste Iustus nachdenken. Wie war es, ein Lämmich zu sein? Er war ja nie etwas anderes gewesen. Womit sollte er es also vergleichen? Darüber hinaus fühlte er sich mit seiner Seele und seinem jetzigen Leben den Lämmichen gar nicht mehr wirklich zugehörig.

„Ich denke, es ist nicht viel anderes, als ein Mensch zu sein. Ich bin bloß kleiner, schwächer und einsamer als ein Mensch."

„Es gibt ne menge kleine, schwache und einsame Menschen, kleiner Freund."

Diesmal schwang ein wenig echter Anteilnahme in Klaas' Stimme mit. Iustus nickte nur und blickte weiter zu Boden. Klaas war so berührt von Iustus' Beschreibung, dass er kurzerhand seine Mission vergaß und seinen kleinen Freund zu einem Umtrunk einlud.

"Auf keinen Fall" protestierte Iustus heftig.

„Danke für die Einladung, aber ich werde jetzt schlafen. Mir bleiben nur noch ein paar Stunden, bis ich wieder an die Arbeit muss."

„Vergissdoch mal die Arbeit!", sagte Klaas.

„Ich würde gerne mal die Arbeit vergessen. Sie vergisst meine Arbeit allerdings nie."

Iustus deutete mit dem Kopf auf die schlafende Grisine.

„Ich glaube trotzdem, wir sollten einen zusammen trinken gehen."

Iustus schüttelte heftig den Kopf. Klaas verstand diese Geste mehr als Herausforderung denn als konkrete Absage. Er schwang sich von der Pritsche und wollte Iustus hinter sich herziehen. Der Lämmich entwandt sich dem Seemann und sprang in sein Bett. Weil er sich nicht anders zu helfen wusste, zog er sich die Decke über den Kopf und stellte sich schlafend. Klaas rollte kurzerhand die Decke um den Lämmich und trug ihn so aus der Kajüte.

Grobmotorisch wie alle Betrunkenen schüttelte er seinen Gast aus der Decke und schubste ihn auf einen Stuhl. Wie von Zauberhand standen praktisch im gleichen Moment zwei volle Gläser Rum vor ihnen. Iustus atmete den beißenden Geruch ein und schüttelte sich. Ihm lag so viel daran den Rum zu trinken, wie ihm daran gelegen hätte in eine Wanne voller Säure zu steigen, doch ein Blick in Klaas' blutunterlaufene Augen genügte, um ihn von der Unausweichlichkeit der Sache zu überzeugen.

"Ich brings einfach hinter mich" ermutigte sich Iustus selbst und leerte dann sein Glas in einem Zug. Er keuchte erschrocken auf und Klaas grinste zufrieden. Der Seemann schenkte ihnen beiden nach und animierte den Lämmich dazu, weiterzutrinken. Das letzte, was Iustus wollte, war sich noch einmal die Speiseröhre zu verätzen, doch es war sinnlos mit Klaas zu diskutieren. Ohne zu murren, stürzte er den Rum herunter. Sobald der Rum aufgehört hatte im Magen zu brennen, machte er sogar ein ähnlich warmes Gefühl wie der Hopfenblütentee. Schicksalsergeben stürzte er auch gleich das dritte Glas herunter und dieses Mal brannte es gar nicht mehr.

Iustus zog eine Grimasse, als habe er in eine Zitrone gebissen und schüttelte sich. Ihm wurde so warm, dass er kicherte. Sogar Klaas' stumpfer Gesichtsausdruck brachte ihn zum Lachen. Nach dem nächsten Glas fühlte er sich wie das glücklichste Lebewesen auf der Welt.

„Ich glaube, das war immer mein Problem. Wenn ich von Anfang an getrunken hätte, wäre alles halb so schlimm gewesen. Vielleicht wären Grisine und ich sogar Freunde."

Über diese Vorstellung musste Iustus lachen. Klaas lachte auch, obwohl er dem Lämmich nicht zugehört hatte.

„Jedenfalls werd ich morgen zu Hermod gehen und ihm sagen, dass ich Alkohol brauche. Kennst du Hermod? Ich liebe Hermod. Der ist so nett und die vielen Fangarme... Wieso bin ich nicht früher darauf gekommen, dass Allohol..Alkoholl…Alkohol alles so viel einfacher macht?"

Iustus ließ den Kopf auf die Tischplatte sinken.

„Jetzt, wo du's einmal weißt, wirst du es sicher nicht mehr vergessen. Wieso erzählst du mir nicht noch was von dir?", bat Klaas, während er mit zittrigen Händen Schnaps in Gläser schwappte.

Iustus überlegte. Was sollte er erzählen? Er richtete sich wieder auf, wobei es ihm schwerfiel, seinen Kopf gerade zu halten. Zwar war er immer noch wahnsinnig fröhlich, doch sein Magen fühlte sich merkwürdig schwerelos an und seine Ohren rauschten, als hielte er den Kopf in einen Seesturm. „Ich vermisse die anderen, weißt du? Eigentlich hab ich ja jetzt, wo ich eine Seele hab, nichts mehr mit ihnen zu tun. Ist mir auch klar, dass sie nur Lamentos Puppen sind, aber trotzdem wäre ich manchmal gerne wieder bei ihnen. Es ist leichter einer von vielen zu sein, viel leichter als der einzige seiner Art."

Iustus Unterlippe begann zu beben, doch nach einem weiteren Glas war die Traurigkeit wieder verflogen.

„Es ist doch nicht fair, dass ich eine Seele bekomme und aus meiner Gemeinschaft gerissen werde, wenn ich doch gar nichts damit anfangen kann, oder? Lamento hat noch so viel Macht wie vorher, die anderen Lämmiche sind weiter seine willenlosen Sklaven und ich ... ich bin allein und traurig und werde am anderen Ende der Welt verkauft, um der Sklave von wer weiß wem zu werden. Das macht doch überhaupt keinen Sinn."

„Nimm es nicht so schwer. Wir fühlen uns doch alle hin und wieder so. Außerdem brauchst doch nicht alles so schwarz zu sehen. Vielleicht wirst du ja von einem ganz netten Menschen gekauft, oder Mali überlegt es sich anders. Es hat bestimmt auch was für sich, der einzige seiner Art zu sein. Wenn man einzigartig ist, hat man auch seinen Preis. Wenn Du clever bist, kannst du bestimmt im Laufe deines Lebens eine Menge Geld rausschlagen, nur weil es keinen anderen gibt wie dich."

Klaas nickte seinen Monolog noch einmal ab und gönnte sich dann noch einen Schluck direkt aus der Flasche. Iustus war gerührt, so sehr dass er aufsprang und geräuschvoll gegen den Tisch krachte. Er wollte auf seinen Stuhl steigen und einen feierlichen Schwur leisten, doch nach mehreren missglückten Versuchen blieb er einfach auf dem Boden stehen.

„Von nun an will ich viel Geld aus meiner Misere schlagen und für das Geld kauf ich mir Rum. Und dann..."

Weiter kam der Lämmich nicht mehr. Stattdessen drehten sich seine Augen nach hinten und er fiel stocksteif zu Boden.

Ein Lichtstrahl fiel durch das staubige Bullauge mitten auf Iustus' Gesicht. Die Stirn des Lämmichs legte sich in Falten und ein unzufriedener Brummton entstieg seiner Kehle. Trotz großer Gegenwehr rutschte er ins Bewusstsein zurück. Er blinzelte heftig beim Öffnen der Augen und hielt sich mit schmerzverzerrtem Gesicht den Kopf.

„Hier!", hörte er jemanden sagen und ein Glas mit klarer Flüssigkeit wurde ihm unter die Nase gehalten.

„Bitte nicht noch mehr Rum", flüsterte er und spürte, wie sich sein Magen umdrehte.

Er hatte das Gefühl, als sei ihm über Nacht ein Pelz auf der Zunge gewachsen.

„Keine Sorge, das ist nur Wasser."

Dankbar nahm Iustus das Glas und mit dem Wasser kamen seine Lebensgeister zurück. Zumindest so weit, dass er sich seiner Umgebung gewahr wurde. Wie schon nach seinem letzten Zusammenbruch lag er wieder in Hermods Kajüte. Und Hermod war es auch, der ihm mit besorgter Miene das Wasserglas hielt.

"Wie bin ich hierhin gekommen?"

"Du warst mit Klaas zusammen und hast dich betrunken. Ich hätte nicht gedacht, dass du so dumm sein kannst."

Hermods Enttäuschung traf Iustus wie eine Ohrfeige. Er schämte sich für seine Dummheit, aber seine Kopfschmerzen wurden plötzlich zu schlimm, dass er an nichts anderes mehr denken konnte. Er murmelte eine Entschuldigung und legte sich wieder auf das Kissen. Alles tat ihm weh und er wusste auch, wer dafür verantwortlich war. Es war alles Klaas' Schuld.

Als sich der Octofant auf einem scheinbar viel zu kleinen Hocker niederließ, bereitete sich Iustus auf eine weitere Standpauke vor. Innerlich legte er sich Argumente zurecht, um jede Schuld weit von sich zu weisen. Zu seiner Erleichterung wollte Hermod sich aber nur unterhalten.

„Ginn war gestern bei mir. Er hat mir eine Menge Fragen über dich gestellt, und ich war echt froh, dass ich kaum etwas über dich weiß. Ich bin furchtbar schlecht im Lügen. Außerdem mag ich Ginn sehr gern. Er ist ein guter Freund von mir."

Iustus richtete sich interessiert auf.

„Du kennst diesen Ginn?"

Hermod nickte.

„Ich finde ihn eigenartig. Erst dachte ich, er wollte mein Freund sein, weil er mir zweimal half. Aber das war wohl ein Irrtum. Jetzt glaube ich, er mag mich nicht. Immer wenn wir uns begegnen, blickt er in eine andere Richtung."

„Nichtsdestotrotz wollte er eine Menge über dich erfahren", stellte Hermod fest.

Obwohl Iustus' Gehirn noch leicht benebelt war, beunruhigte in diese Neuigkeit. Was konnte Ginn von ihm wollen? Hatte er vielleicht im Auftrag von Klaas gehandelt, oder war es anders herum? Was hatte Iustus Klaas in der vergangenen Nacht alles anvertraut?

„Was hat Ginn von dir wissen wollen?"

„Einfach alles. Er weiß ja, dass ich dich während deiner Krankheit gepflegt hab. Besonders Deine Seele interessierte ihn. Nach Lamento hat er auch oft gefragt. Immer wieder fing er von deinem Verhalten an, ob du öfter deine Stimmung geändert hast und so. Es waren schon komische Fragen dabei", berichtete der Octofant und trötete erbost durch seinen verkümmerten Rüssel. „Ich kenne Ginn gar nicht so. Normalerweise mag er jeden, auch ohne viel über die Leute zu wissen."

„Lamento…", flüsterte Iustus.

„Was hast du gesagt?"

„Nichts weiter. Ich bin dir wirklich dankbar, dass du mich mal wieder auf die Beine gebracht hast. Ich muss jetzt los. Grisine wird sicher völlig außer sich sein, wenn ich ihr heute Morgen nicht beim Deckschrubben helfe."

„Erst wird gefrühstückt."

„Aber…"

„Keine Widerrede. Wer trinken kann, der kann auch essen."

Gegen seinen Willen wurde Iustus in die Kombüse geschoben, wo ihm der Duft von gebratenem Speck, Butter und Brot entgegenschlug. Sein Magen protestierte, doch Hermod setzte sich durch. Iustus wurde auf einen niedrigen Holzstuhl gedrückt, wo er mit hängenden Schultern sitzen blieb. Es dauerte nicht lange, dann stand ein dampfender Teller vor ihm. Unter Hermods wachsamem Blick wagte Iustus den ersten Bissen. Das erste Stück Brot belegt mit knusprigem Speck landete noch sehr unsanft in seinem Magen, mit jedem weiteren Bissen wurde es einfacher, bis er schließlich sein Essen mit Heißhunger herunterschlang.

Als Hermod ihm ein Fläschchen Rum vor die Nase stellte, drohte Iustus' Magen sofort damit, alles Zusichgenommene wieder auszuspucken.

„Keine Sorge, der Rum ist nicht für dich. Ist nur ein kleines Geschenk für Grisine, damit sie dich heute nicht noch ihren Nachttopf schrubben lässt."

Iustus nickte dankbar und bat um einen Nachschlag.

Ginn stand unschlüssig vor Malis Tür. Schließlich rang er sich dazu durch, anzuklopfen, da wurde die Tür auch schon von innen aufgerissen. Mit zum Klopfen erhobener Faust sah er sich Klaas gegenüber. Der alte Seebär erhob ebenfalls die Faust und schlug sie gegen die von Ginn, als wäre dies schon immer ihre Art der Begrüßung gewesen. Ginn grinste kopfschüttelnd.

Wie an jedem Morgen sah die Haut des alten Seemanns fahl und grau aus. Seine Augen waren rot umrandet.

„Deine Unterredung mit dem Lämmich scheint ja ein feuchtfröhliches Ende genommen zu haben", stellte Ginn wenig amüsiert fest.

„Sieht man mir wohl an, was?", fragte Klaas lachend.

Seine Stimme klang heiser.

„Nicht mehr als sonst, allerdings war ich gestern in Hermods Kabine, als du den bewusstlosen Lämmich rüber getragen hast."

„Kann ich mich gar nicht dran erinnern."

Klaas kratzte sich am Kopf und versuchte krampfhaft, die Ereignisse des gestrigen Abends in sein Gedächtnis zurückzurufen. Als der Kopfschmerz zu groß wurde, gab er auf.

„Kannst du dich wenigstens noch daran erinnern, was Iustus dir erzählt hat, bevor er das Bewusstsein verlor?"

Vom vielen Überlegen geschwächt, lehnte sich Klaas an die Wand. Er fuhr sich mit der Hand über die Bartstoppeln, bis ein kleines Funkeln in seinen Augen eine Erinnerung verriet.

„Er hat mir erzählt, dass er der einzige Lämmich mit Seele ist und wie traurig ihn das macht. Deswegen vermisst er die anderen Lämmiche, auch wenn sie nur Lamentos Puppen sind. Er findet es nicht fair, eine Seele zu haben, weil er nichts damit anfangen kann und ... er mag Rum."

Diese letzte Information hielt Klaas offensichtlich für die wichtigste. Ginn hingegen war unzufrieden.

„Was hat er sonst noch gesagt? Hat er versucht etwas aus Dir herauszubekommen? Hat er sich im Laufe des Gesprächs verändert?"

„Natürlich hat er das. Je später es wurde, um so undeutlicher hat er gesprochen."

Hoffnung kam in Ginn auf.

„Du meinst, so als spräche jemand anders durch ihn?"

„Ja, der Schnaps."

Klaas brach in schallendes Gelächter aus. Ginn ließ ihn einfach stehen und betrat Malis Kajüte. Er hatte genug gehört. Es war sinnlos, weiter nach Informationen zu suchen. Eigentlich war ihm von Anfang an klar gewesen, was er tun wollte.

Ginn blickte Mali geradewegs in die Augen. Sie saß auf einem Sessel zwischen bunten Kissen und sah abwartend auf Ginn herab. Die Kapitänin erkannte sofort, wenn sie jemand um einen Gefallen bitten wollte. Ginns Magen zog sich schmerzhaft zusammen. Er war nicht gut darin, um etwas zu bitten. Als er sprach, begleitete ein Gallegeschmack jedes seiner Worte.

„Mali, ich habe einen Fehler gemacht."
Dieser Anfang gefiel der Kapitänin schon sehr gut.
„Ich glaube, Iustus könnte dir sehr wohl helfen an Lamentos Schatz zu kommen. Sicher weiß er als Lämmich genau, wo sich dieser Schatz befindet. Wir sollten ihn also nicht in Dealy verkaufen, sondern zurück nach Hagburm mitnehmen."
Mali schwieg einen Moment. Ginn schaute zu Boden.
„Du bittest mich also darum, auf eine beachtliche Summe zu verzichten, die er zweifelsohne auf dem Sklavenmarkt eingebracht hätte?"
Ginn nickte. Seine hängenden Schultern verrieten, dass er keine große Hoffnung hatte, Mali von seinem Vorhaben überzeugen zu können.
„Damit ich auf soviel Gold verzichten kann, muss mir Lamentos Schatz schon gewiss sein. Was bedeutet, dass ich meinen besten Mann in die Exklamationsburg schicken müsste. Du weißt doch sicher, wer das ist, oder?"
Damit hatte Ginn nicht gerechnet.
„Das kannst du nicht verlangen. Es ist sowieso idiotisch, auch nur mit dem Gedanken zu spielen Lamento auszurauben. Ich werde sicher nicht versuchen in die Exklamationsburg zu spazieren und somit Lamento geradewegs in die Hände zu spielen."
Ginn wandte sich ab. Er hatte Mali seine Angst gezeigt, ein Fehler, den man nicht begehen sollte. Aus dieser Position heraus würde er gar nichts für Iustus tun können.
„Erst ist dir der Lämmich egal, dann willst du ihn aus der Sklaverei befreien. Nun gebe ich dir eine Chance und mache einen akzeptablen Vorschlag, da lässt du ihn wieder fallen. Oder ist es so,

dass du ihn hasst? Willst Du ihn auf die Exklamationsburg zurückschicken, um zu sehen, was Lamento mit Ausreißern anstellt?"

Ginn biss wütend die Zähne aufeinander.

„Ich lasse ihn weder fallen noch hasse ich ihn. Aber du verlangst zu viel von mir und das weißt du auch."

Er wurde mit jedem Wort aufgebrachter.

"Das ist kein verdammtes Spiel, Mali. Ich lasse deine Magie nicht mehr an mich heran. Ich bin Ginn, und als dieser habe ich mich schon mehr als einmal für dich bezahlt gemacht. Es gibt kein Zurück für mich."

„Unsinn!", schrie Mali.

Ginn hielt ihrem Blick lange stand, doch sie schaffte es, ihn zum Wegsehen zu zwingen.

„Du kennst den Plan gut genug, um zu wissen, dass es funktionieren könnte. Du fürchtest dich einfach zu sehr davor, wieder zu sein, was du einmal warst."

Allein die Vorstellung, die Exklamationsburg noch ein einziges Mal betreten zu müssen, brachte Ginn ins Schwitzen. Nie im Leben wollte er Mali helfen ihren wahnsinnigen Plan in die Tat umsetzen. Aber wie sollte er nun Iustus vor dem Sklavenmarkt retten?

„Es ermüdet mich, dir beim Denken zuzusehen. Komm wieder, wenn du eine Entscheidung getroffen hast. Bis dahin wünsche ich dir einen schönen Tag."

Mit geradem Rücken stürmte Ginn zur Tür hinaus.

„Ach, übrigens", rief ihm Mali hinterher, „wenn die Mittagssonne brennt, kannst du Iustus dabei zusehen, wie er das Hauptdeck schrubbt. Ich denke, ich gönne Grisine heute einen freien Tag."

"Wieso quälst du ihn so?", brüllte ihr der blonde Mann entgegen.
Mali zuckte kühl mit den Schultern.
"Ich bin nicht darauf aus jemandem Schaden zuzufügen."
Ginn schnaubte verächtlich, was Mali ignorierte.
"Es tut mir leid, dass ich dir nicht helfen kann, Ginn. Leider kommt es mir am vernünftigsten vor, den kleinen Lämmich für viel Gold zu verkaufen und in Dealy gegen ein sicheres Pfand wie... sagen wir einen Schweigling namens Flagand einzutauschen."
"Du lässt dich auf einen gefährlichen Handel ein", warnte Ginn.
Ohne ihre Antwort abzuwarten, verließ er die Kajüte. Er machte sich geradewegs auf den Weg zu Harvey. Wenn ihm jetzt noch jemand helfen konnte, dann war es sein bester Freund.

9. Kapitel

Ginn konnte Iustus nicht länger ignorieren. Er sah, wie der Lämmich unter Grisines Schikanen litt und es fühlte sich beinahe so an, als sei es sein eigenes Leid. Obwohl es ihn schmerzte, oder gerade deswegen, beobachtete Ginn den Lämmich bereits seit einer Weile täglich. Er hoffte, wenn er den Lämmich nur lange genug beobachtete, würde ihm eine Idee kommen, wie man ihn retten könnte.
Sicher wäre es ein Leichtes gewesen, Iustus in Dealy von Bord gehen zu lassen und ihn einfach zu vergessen. Ginn diente seit Jahren auf der Sukhothai, und bis auf wenige Ausnahmen wechselte die Besatzung ständig. Es würde ein anderes Opfer an Iustus' Stelle treten. Jemand, der sicher leichter zu befreien war als der Lämmich. Aber selbst wenn Ginn alles geschehen ließ und es ihm gelänge, Iustus zu vergessen, würde ein noch viel schlimmeres Problem seinen Dienst auf diesem Schiff unmöglich machen. Malis Vorhaben, Flagand an Bord zu holen, konnte nur Ginns Ende auf der Sukhothai bedeuten. Würde Ginn Mali wirklich helfen wollen an Lamentos Schatz zu kommen, bedeutete dies für ihn zwangsläufig, in den Dunstkreis des Herrn der Exklamationsburg zu geraten, und dies musste er unter allen Umständen vermeiden.
Ginn war also fest entschlossen in Dealy von Bord zu gehen und nicht wieder zurückzukommen. Wenn er nun selbst das Wagnis einer Flucht auf sich nehmen wollte, wieso sollte er dann nicht auch gleich jemandem helfen, der seine Hilfe wirklich dringend nötig hatte? Gutes Karma konnte er nach seiner Zeit als Gauner auf einem Piratenschiff gut gebrauchen.

Ginn stand am Steuerrad und sah, wie Iustus Wassereimer schleppte.

„Trödle nicht so rum, dämlicher Grauschädel", schimpfte Grisine.

„Na, wohin soll es denn gehen, Steuermann?"

Ginn drehte sich um und sah in das grinsende Gesicht seines besten Freundes. Das braune Haar fiel Harvey über die Augen und verdeckte den Großteil seines stupsnasigen Gesichts. Genau wie Ginn hatte auch Harvey noch etwas jungenhaftes, obwohl sie ihrer Jahre und Taten nach schon lange Männer waren.

Harvey war groß. Er überragte Ginn um einen Kopf, und hat ein doppelt so breites Kreuz wie sein zierlicher Freund.

„Morgen erreichen wir Dealy", stellte Ginn fest.

Harvey nickte und strich sich die langen Haare aus den Augen.

„Und du bleibst bei deinem Plan?".

Ginn nickte.

„Ich denke schon. Aber ohne deine Hilfe schaff ich es nicht."

„Meine Hilfe ist dir sicher, Ginn, aber ein dritter Mann könnte nicht schaden. Hast du schon eine Idee?"

Ginn grinste. Er hatte mehr als nur eine Idee. Der dritte Mann war bereits eingeweiht und voll und ganz auf ihrer Seite.

Melancholisch strich Ginn über das glatte Holz des Steuerrads. Die letzten Stunden auf der Sukhothai waren angebrochen.

Iustus Stunde hatte geschlagen. Der Sklavenmarkt war nicht mehr weit weg. Heiße, sticke Luft schlug ihm entgegen. Jeder seiner Atemzüge schmeckte nach Sand. Schwitzende Menschen, gehüllt in bunte Stoffe, schoben sich über den Marktplatz. Ein Potpourri aus

Sprachen schallte von der Stadtmauer hinauf bis zu den Palastwänden. Es roch nach Gewürzen und Moschus. Iustus schwirrte der Kopf. Farben tanzten vor seinen Augen, während Klaas ihn durch die Menge trieb.

Die Hafenpromenade roch frisch und war spärlich besucht gewesen, doch je weiter sie in den Stadtkern vordrangen, um so enger wurden die Gassen und um so dichter wurde das Menschenaufkommen. Auch fremdartige Kreaturen waren darunter, die Iustus nicht zuordnen konnte. Jedenfalls entging dem Lämmich ihr Interesse an ihm nicht. Bis sie den Marktplatz erreicht hatten, zog eine größere Menge hinter ihnen her, als beim Erntedankumzug in Laudarus.

Klaas ließ sich nicht anmerken, ob er die Nachhut bemerkte. Er stieß alles beiseite, was ihm im Weg stand, bis er eine Empore erreicht hatte, die in der Mitte des Marktplatzes aufgebaut war.

Klaas stieß Iustus die Stufen hinauf und übergab ihn an einen dunkelhäutigen Mann mit Turban. Dem Lämmich wurden die Hände zusammengebunden und er musste hinter zwei Menschenkindern stehenbleiben. Die beiden Kinder waren offensichtlich Geschwister und kaum älter als zehn Jahre. Sie trugen nur noch Lumpen an ihren dünnen Körpern, die von einer dicken Dreckschicht zusammengehalten wurden. Zum Verdruss des Händlers wurde nur wenig für die beiden Sklaven geboten.

In einer dem Lämmich fremden Sprache versuchte der Mann, die Kunden auf die Vorzüge der Kinder hinzuweisen, doch die meisten streckten nur die Hälse, um einen Blick auf Iustus erhaschen zu können. Der Händler gab nicht auf. Er drehte die Kinder in jede erdenkliche Richtung, zeigte ihre Zähne und ließ das Mädchen sogar singen. Die Stimme des Mädchens zitterte vor Furcht, und doch war ihr Gesang zauberhaft. Nun drängten sich gleich mehr Interessenten um die Empore. Der Händler atmete erleichtert auf und verkaufte das Geschwisterpaar für einen stattlichen Preis.

Nun war Iustus an der Reihe. Klaas packte ihn am Arm und zog ihn nach vorne. Der Seemann musste weder rufen, noch Iustus' drehen oder singen lassen, um kaufwillige Kunden anzulocken. Mali hatte offenbar nicht gelogen. Lämmiche waren eindeutig eine beliebte Rarität.

Die Menschen drängten näher an die Empore. Zum Unmut der Anwesenden taten dies manche sogar im Sattel ihrer Pferde. Mit jedem neuen Schaulustigen wuchs Iustus' Angst. Der Lämmich fühlte sich ausgeliefert und eingeengt.

Weit abseits des Trubels stand Ginn. Iustus sah den blonden Mann kurz zwischen all den mit Tüchern umwickelten Köpfen auftauchen, dann wurde er von der Menge verschluckt. Iustus war nicht einmal sicher, ob er ihn wirklich gesehen hatte.

Der Lämmich schloss die Augen. Mit aller Kraft versuchte er, sich in die westlichen Felder vor Laudarus zu träumen. Der Wind strich ihm über die Haut und er atmete den Duft des Getreides ein. Doch unbarmherzig drangen die gierigen Rufe auf dem Marktplatz zu ihm durch. Hitze und Angst holten ihn in die Gegenwart zurück.

„Konzentriere dich!", befahl er sich selbst.

Wieder machte Iustus die Augen zu. Er versuchte sich vorzustellen auf einer saftigen grüne Wiese zu liegen, mit den Fingern den Tau von den Grashalmen zu streifen. Es gelang ihm nur für einen flüchtigen Moment. Ein Wind kam auf und peitschte ihm Sand und heiße Luft ins Gesicht. Sofort fühlte er wieder die unzähligen

Augenpaare auf sich gerichtet. Er hörte die lauter werdenden Rufe, sah, wie mit Säcken voller Goldmünzen gewunken wurde, und glaubte gleich ohnmächtig zu werden. Nur die harte Hand von Klaas in seinem Rücken hielt ihn noch aufrecht.

Als Iustus in die Ferne blickte, glaubte er, den Verstand verloren zu haben. An einem ockerfarbenen Eckhaus trat ein blonder Mann auf einen Balkon.

„Ginn", flüsterte Iustus ungläubig.

Tatsächlich stand Ginn dort auf dem Balkon eines Wohnhauses und rief etwas in die Menge. Dabei hielt der blonde Mann die völlig betrunkene Grisine am Genick in die Höhe. Der Lämmich verstand nicht im Geringsten, was er dort eigentlich sah. Besonders als auch noch Hermod in der Menschenmenge auftauchte und Unsummen rief, als wolle er Grisine kaufen, schüttelte der Lämmich nur noch verständnislos mit dem Kopf.

Es dauerte nicht lange, da bemerkte die Meute den bietenden Octofanten hinter ihnen und sofort drängten sie in seine Richtung. Kaum einer blieb an der Empore, auf der Iustus stand. Klaas fluchte laut, doch es half nichts. Innerhalb kürzester Zeit waren alle potentiellen Käufer zu Ginn gepilgert.

Der erlesene Geschmack von Octofanten war in ganz Dealy bekannt und verehrt. Und Geschmack war in diesem Sinne wörtlich zu verstehen. Was immer ein Octofant als Delikatessen ansah, wurde auch bald zu einer. Die Einwohner Dealys hätten sogar ihre eigenen Füße gegessen, solange sie von einem Ocotfanten zubereitet und für gut befunden wurden.

Klaas war wütend. Sämtliche Adern an Hals und Stirn traten hervor. Grunzend ließ er den Lämmich fallen und boxte sich seinen

Weg durch die Menge, um an das ockerfarbene Haus zu gelangen. Iustus blickte ihm bewegungslos nach.

„Hey Kleiner, hier lang", zischte jemand.

Iustus drehte sich um.

Hinter der Empore hockte ein dunkelhaariger Mann, einer der Seeleute von Malis Schiff.

„Ginn hat mich geschickt. Mein Name ist Harvey. Wir sollten gehen. Unser Ablenkungsmanöver wird uns nicht allzu viel Zeit verschaffen."

Was hatte Iustus zu verlieren? Alles wäre ihm recht gewesen, solange es ihn nur von diesem furchtbaren Ort wegbrachte. Er hüpfte von der Empore und hielt Harvey die gefesselten Arme hin. Der Seemann schnitt das Seil entzwei und lief in eine kleine Gasse. Iustus eilte ihm nach. In einem Hauseingang blieb Harvey kurz stehen, um etwas aus seinem Seesack zu ziehen.

„Ginn hat die hier in Klaas' Kajüte gefunden. Er dachte, du brauchst sie vielleicht."

Iustus Herz setzte vor Freude einen Moment aus. Die schwarzen Schuhe wiederzusehen, die ihm damals die Flucht aus der Exklamationsburg ermöglicht hatten, konnte nur ein gutes Omen bedeuten. Schnell streifte er sie über, und wieder überkam ihn eine magische Leichtigkeit. Es bereitete ihm keine Schwierigkeiten mehr, mit dem Menschen mitzuhalten. Hätte er den Weg gekannt, er wäre Harvey ohne Probleme davongelaufen.

Nach kurzer Zeit stieg dem Lämmich der salzige Geruch des Meeres in die Nase. Sie liefen in Richtung des Hafens zurück.

Nah an der Promenade blieben Iustus und Harvey möglichst im Schatten der Hauswände. Iustus warf einen ängstlichen Blick hinüber zur Sukhothai. Ein Schauer überkam ihn. Das Schiff beobachtete ihn.

Harvey war abrupt stehengeblieben und Iustus lief ihm geradewegs in den Rücken.

„Aufpassen, Kleiner!"

„Entschuldigung."

Der junge Mann nickte nur und zog Iustus in eine winzige stockfinstere Kneipe, deren Buntglasfenster keinen einzigen Sonnenstrahl hereinließen. Der Wirt musterte die beiden Gäste skeptisch, während sie an den Tischreihen vorbei liefen und in ein Separee schlüpften.

Iustus schlielte noch einmal in den Gastraum und schüttelte sich.

„Der Wirt... was ist er?"

Der junge Seemann zur Theke.

„Das ist eine Nöhlerechse."

Sie setzen sich an einen Holztisch. Iustus ließ die Füße baumeln und versuchte seine Gedanken zu ordnen.

„Was ist eine Nöhlerechse?", fragte er Harvey.

„Vor allem sind Nöhlerechsen gefährlich. Das, was aussieht wie ein blau gestreifter Mantel, sind in Wahrheit seine Flügel. Besonders gut fliegen können die Viecher nicht, aber die Flügel machen sie schneller. Nöhlerechsenwirte sind üble Gesellen. Glaub mir, bei denen würde keiner versuchen die Zeche zu prellen. Wenn sie dir ihren gewaltige gelben Schnabel in die Hand rammen, ist danach nicht mehr viel von ihr übrig."

Automatisch verbarg Iustus die Hände hinter dem Rücken. Trotz seiner Furcht war er so fasziniert von der Nöhlerechse, dass er seinen Blick nicht abwenden konnte. Er bewunderte, wie das Licht der Öllaternen auf der blaugrünen Echsenhaut schimmerte und schüttelte den Kopf darüber, wie bizarr der riesige gelbe Schnabel inmitten des eckigen Echsenhauptes aussah. Wären die schweren Flügel im Rücken nicht gewesen, so hätte der schmächtige Körper den Schnabel sicher nicht ausbalancieren können.

Die Küchentür schwang auf. Eine zierliche Gestalt kam aus der Küche geflogen, ein Tablett mit heißer Suppe tragend. Iustus kam es vor, als träume er.

„Sie ist so schön", flüsterte der Lämmich.

Harvey folgte seinem Blick und lachte.

„Du hast einen guten Geschmack, mein kleiner Freund. Es gibt wohl keine schöneren Wesen als Larkladys und du hast dir auch ein besonders hübsches Exemplar ausgesucht."

Iustus hörte gar nicht zu. Er war zu sehr damit beschäftigt, jeden Flügelschlag der Kellnerin zu beobachten. Sie war einen Kopf größer als Iustus, was sie aber immer noch kleiner machte, als die meisten Menschen. Sie hatte glänzende braune Haare, die ihr in Wellen bis über die Schulter fielen. Ihre türkisfarbenen Augen leuchteten so intensiv, dass man sie schon von weitem funkeln sah. Fasziniert versuchte er, jedes Detail ihres Puppengesichts zu studieren, während sie von Tisch zu Tisch flog und teilnahmslosen Gästen Getränke vor die Nase stellte.

„Wie können sie ihre Schönheit nicht bemerken", fragte sich Iustus. Wieso versank nicht jeder Gast in der Bewunderung ihrer Nase oder ihres schmalen roten Mundes?

Als sie vor Iustus und Harvey vor dem Tisch landete, verfiel der Lämmich in eine Art Schreckstarre. Sie aus der Ferne zu bewundern war eine Sache, sie direkt vor sich zu haben eine andere. Perfektion konnte sehr einschüchternd sein.

Harvey bestellte ein Bier, und die Larklady blickte Iustus erwartungsvoll an. Er versank in ihren Augen, unfähig auch nur einen klaren Gedanken zu fassen.

„Hey, bist du stumm oder nur blöde? Ich muss hier schon genug mit den Flügeln schlagen, also komm zur Sache."

Iustus stand der Mund offen. Sie war verdammt unhöflich, aber auch das gefiel ihm, auch wenn es ihn noch mehr einschüchterte.

„Jetzt bestell' schon etwas", ermunterte ihn Harvey.

„Ich nehme einen Becher Milch, bitte", hauchte Iustus.

Die Larklady musterte ihn kurz und schüttelte dann den Kopf.

"Gut dass du Becher gesagt hast, sonst hätte ich dir die Brust gegeben."

Harvey und die Kellnerin lachten. Dann flog sie weg. Iustus hätte am liebsten auf den Tisch geschlagen. Wie konnte Harvey es wagen, über diese Beleidigung auch noch zu lachen?

Dem Lämmich schossen Tränen in die Augen. Sie hasste ihn. Während er sie für die Krönung der Schöpfung hielt, war er für sie nicht mehr als ein dummes Baby, dass ihre kostbare Zeit stahl.

„Du schaust, als wäre dir der Blitz ins Herz geschossen. Dir gefällt die fliegende Kellnerin wirklich, was?"

Iustus schwieg und hielt den Blick zu Boden gerichtet. Harvey lächelte verständnisvoll. Tröstend klopfte er Iustus auf den Rücken. Die Larklady kam an ihren Tisch geflogen und stellte die Getränke ab.

„Mein Freund Iustus hier hat sein Herz an dich verloren. Hast du nicht ein paar nette Worte für ihn übrig?"

Die Kellnerin warf einen flüchtigen Blick auf Iustus. Was sie erblickte, war eine schmächtige zusammengesunkene Gestalt, die es nicht einmal fertigbrachte sie anzusehen. Sie bekam Mitleid, zumindest soweit sie dazu noch im Stande war. Es fiel ihr nicht leicht, aber sie lächelte.

Die Larklady war es gewohnt angegrölt und kommandiert zu werden. Es geschah auch nicht selten, dass Verehrer die klebrigen Speckfinger nach ihr ausstreckten. Aber Bewunderung und Scheu in den Augen eines anderen zu sehen, kratzte selbst an ihrer harten Schale.

„Ich bin Wing ... und deine Milch geht auf mich, okay?"

Sie flog schon weg, da drehte sie noch einmal um.

„Aber schenk nie einer Larklady dein Herz, schon gar keiner versklavten. Einen besseren Rat kann ich dir nicht geben, Süßer."

Sie zwinkerte ihm zu und flog zurück zur Theke.

„Sie ist eine Sklavin?", fragte Iustus.

Der junge Seemann nickte.

„Siehst du den silbernen Ring um ihren Hals? Er hindert sie daran zu singen. Wenn Larkladys singen, fallen alle in Hörweite in einen tiefen Schlaf. Außerdem wurden ihr beide unteren Flügel gestutzt. Jetzt kann sie nicht mehr auf die unpassierbaren Berge fliegen, wo die Larks leben. Außerhalb der Berge sind Larkladys überall schutzlos, also läuft sie wohl auch nicht weg."

„Aber sie kann doch fliegen."

„Sie hat nur noch die oberen Flügel, damit kommt sie spielend von Tisch zu Tisch, aber wahrscheinlich nicht mal hoch genug, um die Lampen an der Decke zu entstauben."

„Sie könnte mit uns kommen."

„Schlag dir das gleich wieder aus dem Kopf. Die ganze Besatzung der Sukhothai ist hinter uns her. Da brauchen wir nicht auch noch eine Nöhlerechse, die uns am Hintern klebt."

Iustus konnte Harvey nicht umstimmen. Der Lämmich aber schwor sich wiederzukommen. Er musste nur noch ein wenig vom Leben lernen, dann würde er Wing befreien. Ob sie ihn nun mochte oder nicht, er konnte in keiner Welt leben, in der ein so schönes Wesen gefangen gehalten wurde.

„Wir bleiben hier, bis es Nacht wird. Dann wird Ginn uns abholen. Entspann dich besser. Es wird noch einige Stunden dauern."

Iustus konnte es gar nicht lang genug dauern. Er hätte Wing Jahre zusehen können, wie sie ihre Arbeit tat und sich manchmal ein verträumter Ausdruck auf ihr sonst so ernstes Gesicht schlich. Seufzend blickte er auf seine Schuhe, die gut zwanzig Zentimeter über den Boden baumelten. Der Lämmich hoffte, eines Tages heldenhaft genug zu sein, um Wing retten zu können.

Ginn kam in die Schenke. Hermod wartete vor der Tür.

"Wir haben gute Neuigkeiten" berichtete Ginn. "Hermod und ich sind einem alten Bekannten über den Weg gelaufen. Er nimmt uns auf seinem Schiff mit und wir sind bald schon weg von hier."

"Wohin geht die Überfahrt?" wollte Harvey wissen.

"Hagburm" erwiderte Ginn und sah Iustus fragend an.

Wieso gerade dorthin? Überall wäre der Lämmich lieber gewesen.

"Ich bleibe hier" rief der Lämmich.

"Mach dir keine Sorgen. Von Hagburm aus kommst du am besten nach Goch."

Iustus verstand kein Wort. Doch ihnen blieb nicht viel Zeit. Sie mussten zum Schiff von Ginns Bekanntem.

Auf dem Weg an den stockfinsteren Schiffen vorbei, erzählte Ginn dem Lämmich vom Dorf Goch und den Bewohnern. Er flüsterte Iustus zu, dass dort die Wesen geraubt wurden, aus denen später Lämmiche wurden. Iustus traute seine Ohren nicht. Er hatte tatsächlich so etwas wie ein zu Hause. Er hatte vielleicht sogar Familie und war nicht allein auf der Welt.

Nun war Iustus mehr als willens mit seinen Rettern zurück nach Hagburm zu reisen. Egal wie nah ihm die Exklamationsburg dann wieder wäre.

Sie betraten in stockfinsterer Nacht das Schiff, das nicht weit von der Sukhothai entfernt vor Anker lag.

"Wollte unser Freund Marcello nicht hier auf uns warten?", fragte Harvey mit einem leichten Zittern in der Stimme.

Die Nacht war schneidend kalt. Ginn antwortete nicht, sondern gebot Harvey mit einem Zischlaut zu schweigen. So leise wie möglich schlichen sie über das Deck. Hermod bildete die Nachhut. Als er in der Finsternis seinen Vordermann aus den Augen verlor, geriet der Octofant in Panik. Er trat zu heftig auf und der Holzboden knarrte laut unter seinem Gewicht. Von dem plötzlichen Geräusch aufgeschreckt machte der Octofant einen Satz nach hinten und verfing sich mit dem Fuß in einem Putzeimer. Hermod rutschte aus und landete mit einem gewaltigen Krachen auf dem Hintern, während der Eimer scheppernd an einen Mast klatschte.

„Seit ihr verrückt geworden", zischte ihnen jemand zu und hielt eine Öllampe hoch.

Beschämt lächelte Hermod ins Licht.

„Du wirst dann wohl Marcello sein", stellte Hermod überflüssigerweise fest.

Ginn brummte ärgerlich, während der Octofant mit Mühe wieder auf die Beine kam.

„Herzlichen Glückwunsch", gratulierte Marcello voller Sarkasmus. „Da ihr vermutlich die ganze Besatzung geweckt habt, bleibt mir nichts anderes übrig, als euch zum Bilgeschwein zu schicken."

„Das kannst du doch nicht machen, Marcello", flüsterte Ginn empört.

Iustus kannte keine Bilgeschweine, doch Hermod hatte schon genug Zeit auf Schiffen verbracht, um dem Gespräch folgen zu können.

„Dieser Marcello will uns in die Bilge verfrachten. Tiefer gibt es nur noch das Meer selbst. Da ist es echt kalt und nass. Glaub mir, da hält man es kaum einen Tag lang aus, geschweige denn Wochen. Bis wir im nächsten Hafen sind, sind wir entweder erfroren oder von der ständigen Dunkelheit blind geworden."

Iustus schluckte hörbar.

„Was genau ist dann das Bilgeschwein?", fragte der Lämmich zunehmend blasser.

„Dummes Geschwätz", war Ginns Antwort, die Iustus allerdings nicht beruhigte.

Während sie möglichst leise bei schwachem Licht durch das Innere des Schiffes schlichen, klärte ihn Hermod über die Legende der Bilgeschweine auf.

„Die Bilge ist so etwas wie der Keller eines Schiffes, also wie gemacht für Schauergeschichten. In Wirklichkeit gibt es natürlich keine Bilgeschweine. Aber wenn sich das eindringende Wasser in der Bilge sammelt und wieder herausgepumpt wird, macht es dabei ein schmatzendes Geräusch. Im Dunkeln hört sich das an wie ein fressendes, grunzendes Schwein."

"Aber es gibt kein Schwein, oder?", versicherte sich Iustus noch einmal.

"Nein, keine Sorge."

Der Lämmich nickte. Wirklich erleichtert war er nicht. Und panisch wurde er, als sie die Bilge betraten.

„Fast so schauderhaft wie der Keller der Exklamationsburg", stelle Iustus fest, woraufhin Ginn zustimmend lachte. Erstaunt drehte sich der Lämmich zu dem jungen Mann um.

„Du kennst die Exklamationsburg?"

Bevor Ginn antworten konnte, meldete sich Marcello zu Wort.

„Ich muss wieder auf meinen Posten und werde die Lampe mitnehmen. Am besten sucht sich jeder von euch noch schnell einen Platz, auf dem er sich niederlässt, bevor es richtig dunkel wird."

Iustus' Herz begann schneller zu schlagen. Er fürchtete sich vor der Schwärze, die ihnen bevorstand. Anmerken lassen wollte er sich seine Furcht nicht. Er ließ sich kurzerhand auf einen Sack Reis fallen und zog die Knie an die Brust. Hermod breitete mit seinen Tentakeln etwas Segeltuch neben Iustus aus und ließ sich ebenfalls nieder. Ginn und Harvey suchten sich auf der gegenüberliegenden Seite einen Platz. Ohne ein weiteres Wort verließ Marcello die Bilge. Die Tür fiel ins Schloss und es war finster.

„Ginn?", ertönte Iustus' leise Stimme.

„Was?"

„Kennst du die Exklamationsburg?"

„Du solltest schlafen. Es wird noch einige Stunden dauern, bis die Sonne aufgeht."

Iustus' Furcht besiegte die Neugier und versiegelte ihm den Mund. Seine Gedanken drehten sich allerdings weiter um Ginn und die Exklamationsburg, zumindest bis ihm Wing wieder einfiel.

„Als ob wir hier mitbekämen, wann die Sonne aufgeht", trötete Hermod ungehalten.

Schon seit geraumer Zeit drang kein anderes Geräusch mehr an Iustus' Ohr, als das gleichmäßige Schnarchen seiner Gefährten und ein leises Schmatzen. Je mehr Stunden vergingen, um so schwerer fiel es ihm, nicht an ein Bilgeschwein zu glauben. Ängste im Dunkeln zu vertreiben war keine leichte Aufgabe. Was, wenn es doch Bilgeschweine gab? Etwas kitzelte ihn am Bein und Iustus schrie auf. Die anderen fuhren aus ihrem Schlaf hoch und versuchten verzweifelt in der Dunkelheit etwas zu erkennen.

„Was war das?", fragte Hermod ängstlich.

„Das Bilgeschwein, es war an meinem Bein."

„Glückwunsch zum Reim", erwiderte Ginn trocken.

„Es ist wahr", wimmerte Iustus.

„Jetzt hör mal, Kleiner, es gibt hier nichts in der Dunkelheit, wovor du dich fürchten musst. Also reiß dich zusammen und mach uns nicht alle verrückt."

Plötzlich sprang Hermod unter lautem Gepolter von seinem Segeltuch auf und hüpfte aufgeregt in der Bilge umher. Er trampelte jedem seiner Kameraden auf die Füße und alle schrien sie nacheinander vor Schmerz laut auf.

„Was ist denn los, Hermod? Setz dich verdammt noch mal wieder hin", befahl Ginn.

„Das Bilgeschwein, es hat mir in einen meiner Tentakel gebissen."

„Das ist doch läch… oh mein Gott."

Ginn fuhr sich wie wild durch seine Haare.

„Ich glaube, es war an meinem Kopf."

„Ich dachte, es gibt kein Bilgeschwein", stieß Iustus panisch hervor.

„Moment, was transportiert das Schiff, Ginn?", fragte Harvey, der als einziger ruhig geblieben war.

„Früchte, glaub ich", sagte Ginn.

Er klopfte noch immer panisch seinen ganzen Körper nach möglichen Angreifern ab. Einen kurzen Moment lang hielt er inne und niemand machte auch nur das geringste Geräusch. Dann ging ein Ruck durch Ginn und Harvey. Beide riefen wie aus einem Mund: „Bananenschweine!"

Synchron sprangen sie auf die Füße und stellten sich Rücken an Rücken in die Mitte des Raumes. Ohne recht zu wissen, worum es eigentlich ging, huschte Iustus zu ihnen. Auch er lehnte sich mit dem Rücken an die beiden Männer.

"Was sind Bananenschweine?"

"Ratten" antworteten Harvey und Ginn wie aus einem Mund.

Hermod wollte zu seinen Freunden. Den Standort der anderen nur durch ihre Stimmen zu erkennen war zwar möglich, aber in Hermods Fall nicht sehr präzise. Somit fiel sein Anlehnen etwas zu stürmisch aus. Er stieß derart gegen die drei anderen, dass diese ins Strudeln gerieten. Ginn versuchte, den Octofanten abzufangen, wobei Harvey Ginn stützen musste. Iustus ging sicherheitshalber in die Hocke.

„Verdammt, Hermod, was soll denn das?", fragte Ginn wütend.
„Tut mir leid, ich hatte bloß Angst allein."
„Wir haben alle Angst, Hermod", erwiderte Iustus verständnisvoll.
„Unsinn!", sagte Harvey mit einem Lachen in der Stimme. „Ich werde mich jetzt rausschleichen, um eine Öllampe und eine Waffe zu besorgen. Sobald ich wieder da bin, wird sich das Bananenschwein-Problem erledigt haben."
Kaum war Harvey aus der Bilge verschwunden, rückten die Dortgebliebenen noch enger zusammen. Iustus umklammerte Hermods Bein, was beide etwas beruhigte. Ginn blieb in ihrer Nähe, vermied jedoch jeden Körperkontakt.
Die Bananenschweine huschten über Arme und Beine, als wäre es ihnen ein Genuss den drei Bilgegästen ein Quieken zu entlocken. Aus Rücksichtnahme den anderen gegenüber ertrug jeder stillschweigend die Rattenbesuche und schüttelten nur hin und wieder verstohlen seine Gliedmaßen. Für ein erschrockenes Quieken konnte selbstverständlich niemand etwas. Eine gefühlte Ewigkeit später wurde die Tür aufgestoßen. Die drei atmeten auf. Die Tür fiel knarrend wieder ins Schloss. Nichts geschah.
„Harvey, bist du das?", fragte Hermod vor Furcht noch näselnder als sonst.
Niemand antwortete, doch ein Zischen ertönte in der Dunkelheit. Die Flamme eines Streichholzes tanzte durch das Schwarz und entzündete den Docht einer Öllampe. Sie alle sahen nun Harveys Gesicht, das ungewohnt angespannt aussah.
„War wohl nicht so einfach, an die Ausrüstung zu kommen was?", fragte Ginn.
Harvey sah seinen Freund nicht an, sondern nickte nur.

„Setzt euch hier an Wand. Ich stelle die Lampe in die Mitte, so dass hoffentlich überall genügend Licht hinfällt. Ich denke, so ist es am einfachsten, die Ratten zu fangen."

Den Blick zur Lampe gerichtet warteten sie alle auf das Erscheinen der Tiere. Hermod und Iustus zitterten vor Angst, Ginn und Harvey vor Anspannung. Die Augen nicht vom Lichtkreis der Lampe abwendend, spielte Harvey mit einer alten Schaufel. Hermod nahm sich seine Angst, indem er leise ein Lied aus seiner Kindheit sang.

Leicht paniert am Strand
liegt ein Octofant
Im Ballsaal ganz galant
tanzt ein Octofant
Ein achtarmiges Gewand
näht ein Octofant
Beim Jäger an der Wand
hängt ein Octofant

Mitten im Lied verspürte Hermod einen dumpfen Schlag auf den Kopf und verlor das Bewusstsein.

„Warum hast du das gemacht?", rief Iustus fassungslos. Harvey hielt selbst scheinbar erschrocken den Blick auf die Schaufel gerichtet.

„Was sollte ich denn machen? Das Bananenschwein saß direkt auf seinem Kopf."

Ginn schlich vorsichtig um den regungslosen Octofanten herum.

„Wenn dem wirklich so war, hast du die Ratte nicht erwischt. Hier liegt nichts weiter als Hermod."

„Bist du sicher? Ich glaube, sie liegt dort in der dunklen Ecke hinter dem Kopf des Octofanten."

Ginn beugte sich über den Smutje und hörte noch wie Iustus „Vorsicht!" rief, ehe ihn ein heftiger Schlag auf den Hinterkopf traf. Bewusstlos sank nun auch Ginn zu Boden.

10. Kapitel

Lamento war schier außer sich vor Zorn. Wie gerne hätte er selbst zugepackt und jemanden leiden lassen. Da er zu schwach war, musste er sich der Arme zweier Lämmiche bedienen. Einer hielt Sixx fest, während der andere ihm in die Rippen boxte.

Noch immer saß der Verrat Flagands tief in Lamentos Fleisch. Als wäre dies nicht schon schlimm genug, musste er jetzt erfahren, dass sich der verräterische Schweigling die ganze Zeit über im Thronsaal aufgehalten hatte. Gefangen in Rausus' Körper, der zu Lamentos Verdruss ständig das Bewusstsein verlor. Lamentos Geduld war am Ende.

"Wenn du nicht so lange für die Aufhebung von Rausus' Starre gebraucht hättest, hätte Flagand uns nicht die ganze Zeit bespitzeln können."

Im Glauben alleine zu sein, war dem Herrn der Exklamationsburg oft sehnsuchtsvoll Flagands Name über die Lippen gekommen und jetzt schämte er sich dafür. Seine Scham schürte Hass in ihm, Hass auf Sixx.

Immer wieder ließ Lamento die Lämmichfäuste auf den Schweigling niederprasseln. Sixx verzog kaum eine Miene. Er war es gewohnt Schmerzen zu ertragen.

„Bringt mir Flagands Kopf", befahl Lamento jedem, der es hören konnte. „Und werft Rausus in den Kerker", fügte er aufgebracht hinzu.

"Und findet endlich heraus, wo dieses verdammte Schweiglingskind ist, dass Flagand angeblich entführt hat. Bringt bloß irgendwas endlich einmal zu Ende!"

Bevor zwei Lämmiche den erschöpften weißen Schweigling aus dem Thronsaal zerren konnten, stieß Sixx die ihn boxenden Lämmiche beiseite und ergriff das Wort.

„Herr, wir brauchen Rausus' Hilfe, um Flagand und den Lämmich so schnell wie möglich zur Exklamationsburg zu bringen. Danach könnt Ihr ihn einsperren, wenn Ihr wollt, aber..."

„Sag du mir nicht, was ich zu tun habe!", schrie Lamento.

Sixx schwieg. Lamentos Wut verrauchte und er musste sich eingestehen, dass Sixx recht hatte. Er befahl den Lämmichen, von beiden Schweiglingen abzulassen. Er musste seine Gefühle beherrschen lernen, um richtige Entscheidungen treffen zu können.

„Rausus, du wirst Flagand hierherschaffen."

„Jetzt tut er auch noch so, als wäre es seine Idee gewesen", dachte Sixx bitter, während seine Miene unberührt blieb.

„Wird es bald? Flagands Vorsprung wird immer größer."

„Mit Verlaub Herr, aber ich glaube, wir haben ein Problem", erwiderte Sixx.

Lamento schlug theatralisch die Hände über dem Kopf zusammen.

„Mir reicht es mit euch beiden. Klärt, was ihr zu klären habt, räumt die Probleme aus dem Weg und bringt mir Flagand und den Lämmich. Ich gebe euch vier ganze Wochen. Dann beginnt die Herbstaussaat, und bis dahin sollte wieder alles im Reinen sein. Ich habe immerhin auch noch Laudarus zu führen, falls ihr das vergessen haben solltet."

Nach diesen Worten ließ sich Lamento in den Speisesaal führen. Beide Schweiglinge atmeten erleichtert auf, als Herr der Exklamationsburg außer Sicht war.

„Ihr habt also keine eurer Kräfte mehr?" fragte Sixx den weißen Schweigling, während er ihn stützte.

Niedergeschlagen schüttelte Rausus den Kopf.

„Das tut mir leid", murmelte Sixx beiläufig und legte sein behaartes Gesicht in Falten.

„Entschuldigt meine Frage, aber seid Ihr nicht erstaunlich... nun ...... *gut* für einen grauen Schweigling?"

Überrascht blickte Sixx den scheinbar um Jahre gealterten Rausus an. Wie sehr er es hasste, auf seine angebliche Güte angesprochen zu werden. Sixx benutzte seine bedrohliche Stimme, als er Rausus antwortete.

„Ich diene dem grausamsten Herrscher, den die Welt je gesehen hat. Wen kümmert es da noch, ob ich hin und wieder eine nette Minute habe?"

„Lamento mag grausam sein, aber zum grausamsten Herrscher fehlt ihm wohl die Beweglichkeit", gab Rausus zurück.

Sixx stockte einen Moment, so als fiele ihm erst in diesem Moment wieder ein, dass Lamento offiziell sein Herrscher war. Rausus' Einschätzung ließ er unkommentiert.

Der weiße Schweigling musterte Sixx noch immer voller Neugierde.

"Sind wir uns schon einmal begegnet?"

Schnell schüttelte Sixx den Kopf.

"Nicht dass ich wüsste" entgegnete der graue Schweigling und wandte sich ab.

Doch Rausus kam eine Erinnerung. Damals hatte Sixx jedoch noch anders ausgesehen. Die Narbe auf seiner Nase war in jedem Fall erst später entstanden. War es nicht sogar im Tempel am Fuße des Yamaliha-Gebirges gewesen?

Sixx und Rausus waren vor einem Tag aufgebrochen und hatten es schon fast bis zum Gochwald geschafft.

„Wohin bringst du mich, grauer Schweigling?"

„Wir gehen in Richtung Yamaliha-Gebirge. Auf dem Weg dorthin sollten wir hoffentlich einem weißen Schweigling begegnen. Falls nicht, muss ich dich wohl bis zum Tempel bringen, oder von mir aus bis nach Palen Hochland."

„Graue Schweiglinge können Palen Hochland nicht betreten", wandte Rausus mit fester Stimme ein.

Nur wer die Lehren der weißen Schweiglinge empfangen hatte oder in den Augen der weißen Schweiglinge dringenden Schutz bedurfte, erhielt die Fähigkeit des *Verfolgens*. Auf anderem Weg konnte Palen nicht betreten werden. Die einzige Ausnahme galt für Larks. Ihre Flugkunst reichte aus, um nach Palen zu gelangen. Da Larks und weiße Schweiglinge eine tiefe Freundschaft verband, stellte diese Fähigkeit der Larks kein Problem dar.

„Ich besitze die Fähigkeit des Verfolgens bereits."

Rausus traute seinen Ohren nicht.

„Wer soll dir diese Fähigkeit verliehen haben?"

„Mein ehemaliger Herr...", setzte Sixx an.

„Nein", fiel ihm Rausus ins Wort. „Niemand anderes als die Meister im Willkommenstempel können dich unterweisen."

„Wie du siehst, bin ich kein weißer Schweigling, also war ich wohl auch nicht im Willkommenstempel. Scheint so, als könne man das Verfolgen wohl auch anders lernen."

„Außer...", setzte Rausus an.

„Genug!", brüllte Sixx und ging Rausus an den Kragen.

Spätestens jetzt erinnerte sich Rausus daran, dass er es mit einem grauen Schweigling zu tun hatte. Sixx mochte hin und wieder gütig oder zumindest zivilisiert erscheinen, doch er blieb ein gefährliches Raubtier. Der weiße Schweigling schämte sich dafür, dieser Tatsache so wenig Beachtung geschenkt zu haben. Um Sixx keinen weiteren Anlass zur Gewalt zu geben, hing Rausus ohne Gegenwehr in Sixx' Armen, bis dieser wieder von ihm abließ.

„Willst du jetzt den Rest des Plans hören?", fragte Sixx wenig später.

Rausus nickte, blickte den grauen Schweigling jedoch nicht an.

„Du wirst mit Hilfe eines anderen weißen Schweiglings nach Hause kommen, und ich werde diesen anderen zwingen mich nach Dealy zu bringen. Da Flagand durch seine steife Anwesenheit im Thronsaal den Aufenthaltsort des Lämmichs kennt, wird er sicher auch dort sein."

„Was geschieht mit dem Schweiglingskind?", fragte Rausus vorsichtig.

„Sollten wir es finden, schickt Lamento es zu euch, sobald er Flagand und den Lämmich zurückhat."

„Aber das kann Wochen dauern", wandte Rausus ein.

„Vier Wochen, nicht mehr und nicht weniger. Solange wird sich das Balg gedulden müssen."

Jeder Gedanke an das unschuldige Kind schmerzte den weißen Schweigling. Was wenn es in Lamentos Kerker schmorte? Wenn es dort verhungerte oder erfror? Er hätte ohne zu zögern sein eigenes Leben gegeben, um das des Kindes zu retten. Leider konnte er zur Zeit nichts anderes tun, als sich zurück nach Palen bringen zu lassen und abzuwarten. Unter anderen Umständen hätte er dort sofort den Rat gebeten, die Exklamationsburg zu stürmen, sobald er einen Fuß aufs Hochland gesetzt hatte. Aber es gab einen guten Grund, warum er dies nicht tat. Einen Grund, den nur er allein kannte.

Sein großer Tag war gekommen. Flagand fühlte das Prickeln der nahenden Ereignisse. Über vierzig Stunden hatte Flagand in einer Hafenschenke in Dealy gesessen und auf die Ankunft des Lämmichs gewartet. Nun stolperten zwei grobschlächtige Männer in die Schenke. Sie setzten sich an Flagands Nebentisch. Zwar sprachen sie Duru, die Sprache des Südens, doch Flagand verstand beinahe jede Sprache.
„Und wenn ich meinen Laden dafür an den Kaiser verkaufen muss, der Lämmich gehört mir."
Der andere Mann lachte gehässig.
„Du bist nicht mal annähernd der reichste Kaufmann hier. Selbst Yagba persönlich, und er ist der reichste Kaufmann hier, wird den Lämmich nicht kriegen. Hast du nicht den Achtmaster am Hafen liegen sehen? Ich wette, auf dem Schiff waren Herrschaften mit mehr Gold in den Taschen, als wir im ganzen Palast finden würden."
Es entbrannte ein heftiger Streit darum, ob es jemand geben konnte, der reicher war, als der Kaiser von Dealy, aber Flagand hörte nicht mehr zu. Er hatte mehr als genug gehört.
Jetzt musste sich der Schweigling nur noch ein Schiff besorgen und seine Vorkehrungen wären abgeschlossen. Was die beiden Männer am Nachbartisch nämlich nicht wussten, war, er hatte mehr Gold in den Taschen als jeder andere. Gold genug, um den Lämmich zu

kaufen, ihn auf ein Schiff zu schleppen und schleunigst zurück auf die Exklamationsburg zu bringen.

Dank seiner neuen nützlichen Fähigkeiten stellte kaum mehr etwas ein Problem für ihn da. Er konnte nicht nur sich selbst an jeden erdenklichen Ort teleportieren, sondern auch Gegenstände mit der Kraft seiner Gedanken in seinen Taschen verschwinden lassen. So hatte er nur einige Stunden in einem Separee sitzen müssen und das Gold aller Trunkenbolde war ihm quasi zugeflogen.

Es war noch früh am Morgen, als Flagand die Schenke verließ. Die Hitze ließ noch etwas auf sich warten. Das Meer trug den Duft von Freiheit heran und Flagand atmete ihn genüsslich ein. Er schlenderte die Hafenpromenade hinunter, um sich ein geeignetes Schiff für seine Heimkehr auszusuchen.

Ohne jede Vorwarnung packte jemand den Schweigling von hinten und zerrte ihn weg. Flagand trat um sich, doch wer auch immer ihn hielt, war beinahe doppelt so groß wie er. Grob wurde der Schweigling in ein Lagerhaus gestoßen und an einen Pfeiler gebunden. Geistesgegenwärtig versuchte Flagand einen Teleportationszauber, doch nichts geschah.

„Wieso… kann ich nicht zaubern? Wieso bin ich noch hier?", fragte er schockiert.

„Dachte mir schon, dass eine Bannungskette nicht schaden kann."

Flagand blickte an sich herunter. Tatsächlich hing ihm etwas um den Hals, was aus seiner Perspektive an einen Strauß Peperoni erinnerte.

„Was soll das? Wer bist du?"

Der Mann trat hinter Flagands Rücken hervor. Es war ein älterer Seemann, groß und stämmig. Flagand hatte ihn noch nie im Leben gesehen.

„Wenn du mich ausrauben willst, das Geld ist in meiner Tasche. Nimm dir alles, aber lass mich wieder laufen."

Das Angebot des grauen Schweiglings entlockte dem Mann nur ein müdes Lachen.

„Behalte dein Geld. Ich bin wegen etwas anderem hier. Du wirst mir leider verraten müssen, was es mit Lamentos Schatz auf sich hat."

Nun war es Flagand, der lachen musste. Dieses Geheimnis würde er für nichts und niemanden preisgeben. Er konnte nicht mal glauben, dass jemand dumm genug war, mit diesem Schatz zu liebäugeln. Doch damit hatte er die Dummheit von Klaas und die Gier von Mali unterschätz.

Klaas packte den Schweigling am Hals und drückte zu. Er mochte es gar nicht ausgelacht zu werden.

„Du hast die Wahl, entweder du erzählst mir alles, was du weißt, oder du stirbst."

„Dann sterbe ich lieber."

Klaas zuckte mit den Schultern und zog ein Messer aus seinem Stiefel.

„Wie du willst, dabei hätte ich dir als Gegenleistung den Lämmich geben können. Er ruht gerade noch auf der schönen Sukhothai, meinem geliebten Schiff, ganz in unserer Nähe. Doch da du gleich tot bist, wird ihn dein geliebter Herr wohl nie bekommen."

Ohne Umschweife setzte er die Klinge an Flagands Hals.

„Stopp!", rief der Schweigling. „Du kannst mir den Lämmich besorgen?"

Klaas nickte grinsend und zog das Messer wieder weg.

„Ich verkaufe ihn heute Mittag auf dem Markt. Du bietest am höchsten, gibst mir einen leeren Sack statt des Goldes und bekommst den Lämmich. Dein Herr wäre doch sicher überglücklich euch beide zurückzubekommen. Was macht es da schon, wenn du ein paar kleine Geheimnisse ausgeplaudert hast. Ich kann ja schlecht in die Exklamationsburg gehen und mir den Schatz einfach holen, oder?"

Flagand dachte angestrengt nach. Eigentlich hatte der stinkende Seemann recht. Es wäre Lamento ganz sicher nicht von Nutzen, wenn er jetzt in einem Lagerhaus umkäme. Es war wohl wirklich nicht allzu schlimm etwas über den Schatz preiszugeben, immerhin war die Exklamationsburg uneinnehmbar. Er konnte ja einfach etwas erfinden.

„Also der Schatz ist..."

Flagand keuchte, spuckte, hustete, doch er konnte nicht weitersprechen.

„Die Bannungskette hindert dich auch daran zu Lügen", erklärte Klaas amüsiert.

Flagand warf ihm einen bösen Blick zu.

„Also gut, ich werde dir die Wahrheit sagen, aber erst, wenn du mit einer solchen Kette schwörst, deinen Teil der Abmachung einzuhalten."

Klaas nickte dem Schweigling anerkennend zu. Mit einem solchen Schachzug hatte der Seemann nicht gerechnet. Er zog sich ebenfalls eine Kette über und schwor feierlich den Schweigling freizulassen und ihm am Mittag den Lämmich zu verkaufen.

„Lamentos Schatz ist nichts weiter als eine Kiste mit Perlen. Diese Perlen sind der Schlüssel zur Lämmicharmee. Wir machen die Lämmich aus jungen Gochmännern, die ich unter irgendwelchen Lügengeschichten in die Exklamationsburg locke. Die Perlen machen die Lämmiche steuerbar. Die Kiste ist immer in Lamentos Nähe, wo genau sie ist, weiß nur er selbst."

Klaas hätte am liebsten laut gelacht. Wenn er Mali diese Informationen bringen würde, wäre sie ihm auf ewig dankbar. Lachend ging er zur Tür.

„Warte, du hast geschworen mich zu befreien."

„Du trägst die Kette nicht mehr. Wenn du wirklich zaubern kannst, zauber dich, wohin du willst."

Das musste man Flagand nicht zweimal sagen. Als sich Klaas umdrehte, hing nur noch ein Seil am Pfeiler.

„Was willst du hier auf meinem Schiff?"

Flagand stand vor dem Kapitän der Cato, einer prächtigen Galeere.

„Sprich, Schweinskopf, oder ich lasse dich über Bord werfen."

Flagand lachte kurz und trocken auf. Die behaarten Arme hinter dem Rücken verschränkt, hielt er den Blick starr auf den Kapitän gerichtet.

„An Eurer Stelle würde ich das nicht versuchen."

Nun war es an dem Kapitän zu lachen.

„Und warum sollte ich das nicht tun, Schweinskopf?"

Ein Flüstern Flagands genügte und schon war der Stuhl, auf dem der Kapitän eben noch gesessen hatte, leer. Einzig und allein die

Kapitänsmütze war zurückgeblieben. Grinsend nahm Flagand die Mütze an sich und setzte sie auf seine dunkelgrauen Borsten.

Nach und nach stürmte die gesamte Besatzung der Cato in die Kapitänskajüte, doch wie durch Zauberhand hielten sie alle einige Meter vor Flagand an. Dieser lehnte an einem Schreibtisch und lächelte herablassend.

Die Männer zogen einen immer enger werdenden Kreis um Flagand, forderten erst zögerlich, dann lautstark zu erfahren, wer er war und wo sich der Kapitän befand. Angegriffen wurde er von keinem der Männer. Flagand wartete schweigend ab, bis alle Seeleute sich in der geräumigen Kajüte versammelt hatten. Ein großer bulliger Mann drängte an den anderen vorbei und baute sich vor Flagand auf.

„Wo ist der Kapitän?", blaffte er los.

„Ich bin dein Kapitän", gab Flagand eisig lächelnd zurück.

Der Seemann spürte die merkwürdige Bedrohung, die von dem kleinen Schweigling ausging, doch er hatte sich bereits zu weit vorgewagt. Mit schweißnassen Händen machte er einen Satz auf den Schweigling zu. Flagand zuckte nicht einmal zusammen. In dem Moment, in dem die großen Hände des Angreifers eigentlich seinen Hals hätten umfassen müssen, war der Seemann vor aller Augen verschwunden. Er hatte sich einfach in Luft aufgelöst. Aufgeregtes Gemurmel ging durch die Reihen. Sie alle wichen vor Flagand zurück.

„Von nun an habe ich das Kommando auf der Cato. Jedem, dem das nicht passt, biete ich an, das Schiff hier im Hafen von Dealy zu verlassen. Wer bleibt, bekommt nach der Rückkehr in Hagburm genug Gold, um sein restliches Leben auf der faulen Haut liegen zu können. Keiner von euch wird mehr arbeiten müssen."

Es herrschte Stille in der Kapitänskajüte. Die Seemänner warfen sich nervöse Blicke zu. Es war ihnen anzusehen, wie gerne sie die Flucht ergriffen hätten, doch Flagands Angebot war verlockend. So verlockend, dass kein einziger von ihnen ging.

„Jeder von euch, der mir etwas über die Besatzung eines Schiffes namens Sukhothai berichten kann, darf bleiben. Alle anderen gehen bitte jetzt zurück an ihre Arbeit. Ich will noch in dieser Nacht in See stechen."

Bis auf drei Männer machten sich alle an die Arbeit. Flagand stellte sich vor den ersten der drei Männer und musterte ihn abschätzend. Es war ein sehr junger Seemann, kaum älter als fünfzehn Jahre. Der Junge blinzelte in einem fort und wagte es nicht Flagand in die Augen zu sehen. Aus einem solchen Nervenbündel Informationen herauszubekommen war dem Schweigling zu mühsam.

„Du kannst auch an die Arbeit gehen."

Der junge Seemann wirkte irritiert.

„Aber ich..."

Ein Blick in Flagands blitzende Augen und der Junge verschwand ohne ein weiteres Wort. Der zweite Mann war alt, seine Haut gegerbt und er stank nach altem Schweiß und Schnaps. Flagand wich angewidert einen Schritt zurück. Der Schweigling zog einen Fächer aus der Tasche und fächerte sich parfümierte Luft zu, um den Gestank des Mannes zu überdecken.

„Du kennst also jemanden auf der Sukhothai?"

Der alte Mann nickte, zog die Nase kraus und spuckte vor Flagand auf den Boden.

„Ich kenn' die Ratten sehr wohl, Kapitän."

Wieder spuckte er aus.

„Was soll denn das?" fragte der Schweigling mit einer Mischung aus Überraschung und Ekel.

„Die nehme ich nicht in den Mund, so widerlich sind die. Hab noch 'ne Rechnung mit denen offen, besonders mit dem Klaas."

Wieder spuckte der alte Mann aus. Flagand verlor die Nerven.

„Raus!", schrie er.

Der alte Mann zuckte kurz zusammen, tat dann aber, was von ihm verlangt wurde. Er war es gewohnt Befehle zu befolgen. Kurz bevor der Alte die Tür hinter sich schließen konnte, rief Flagand ihn noch einmal zurück.

„Hol einen Eimer und dann komm wieder, um den Boden zu wischen. Wäre ja noch schöner, wenn ich auf deiner Spucke ausrutschen würde."

Der Mann nickte gehorsam. Nun blieb nur noch ein Mann übrig, der Flagand würde helfen können. Es war ein Mann von Mitte zwanzig. Er hatte einen olivfarbenen Teint und große schwarze Augen. Seine langen Haare hatte er zu einem Zopf gebunden, doch einzelne Locken fielen ihm ins schmale Gesicht. Ein spöttischer Ausdruck lag um seine dunklen Augen. Alleine deswegen mochte Flagand ihn nicht. Er konnte es nicht leiden sich mit Menschen abgeben zu müssen, die ähnlich stolz waren wie er selbst.

„Wie heißt du?"

„Marcello, Kapitän."

„Du kennst jemanden auf der Sukhothai?" fragte der Schweigling und machte sich so groß wie möglich.

Menschen waren in Augen des Schweigling einfach unnatürlich groß und untergruben damit seine natürliche Überlegenheit.

„Dir werde ich dein höhnisches Grinsen noch aus dem Gesicht kratzen", dachte Flagand.

„Zwei meiner Freunde gehören zur Besatzung der Sukhothai. Ich habe sie allerdings seit über einem Jahr nicht mehr gesehen."

„Wenn du gute Freunde sagst, meinst du dann, dass du ihnen treu ergeben bist?"

Flagand ließ keinen Zweifel daran, worauf er hinaus wollte. Marcellos Lächeln wurde breiter.

„Ich würde sagen, es würde mich große Überwindung kosten sie in irgendeiner Weise zu hintergehen. Aber wenn es sich für einen Menschen lohnt sich zu überwinden, ist er auch durchaus dazu in der Lage."

Flagand hasste Marcello von Sekunde zu Sekunde mehr, doch er versuchte möglichst sachlich zu handeln, lange würde ihm dies jedoch sicher nicht gelingen.

„Sobald wir in Hagburm einlaufen, wirst du Kapitän dieses Schiffes sein. Hilft dir diese Neuigkeit, um dich zu überwinden?"

Der Schweigling ließ sein Angebot einen Moment auf Marcello wirken. Aufmerksam verfolgte er die Mimik des Seemannes. Das gierige Funkeln in Marcellos Augen verriet dem Schweigling, dass er den Seemann am Haken hatte.

„Was soll ich tun?", fragte Marcello ohne weitere Umschweife.

„Ich brauche Informationen über einen alten Seemann."

Flagand beschrieb den Mann, der ihn noch vor wenigen Stunden im Lagerhaus festgehalten hatte. Er wollte erfahren, in wessen Auftrag dieser Mann gehandelt hatte. Immerhin konnte Flagand so vielleicht abschätzen, inwieweit Lamentos Schatz in Gefahr war. Darüber hinaus schadete es nie seine Feinde zu kennen.

„Den Mann selbst wirst du heute Mittag auf dem Sklavenmarkt finden. Er wird dir einen Lämmich verkaufen. Bring mir den Lämmich und die Informationen."

Marcello deutete eine Verbeugung an und verließ die Kapitänskajüte. Flagand sah ihm naserümpfend nach.

***

Wing saß hinter dem Tresen und feilte ihre Nägel. Immer wenn draußen der Sklavenmarkt abgehalten wurde, kämpfte sie gegen Bilder, die tief in ihr vergraben lauerten. Sie sah sich selbst auf dem Podest in der Mitte des Marktplatzes stehen, fühlte starke Hände in ihrem Nacken, roch Schweiß und Staub. Die Gesichter der Käufer tauchten wieder vor ihren Augen auf, wie sie gierig zu ihr hoch starrten und mit Geldscheinen winkten. Jedes dieser Gesichter machte ihr Angst. Weit entfernt in der Luft, die nach Meerwasser roch, sah sie ihren Bruder. Er hatte zu Wing herübergesehen, sein bester Freund hielt ihn am Arm zurück. Die beiden Larkmänner hätten nichts ausrichten können gegen all die Männer auf dem Markt. Ihnen blieb nichts anderes übrig, als dabei zuzusehen, wie Wing verkauft wurde.

Das Gesicht ihres Bruders tauchte oft in Wings Träumen auf, und immer sah sie die eine Träne, die er um ihre Freiheit vergossen hatte. Doch er war nie in der Schenke aufgetaucht, um sie zu befreien. Sie kannte den Grund und er schmerzte sie sehr. Ihr waren die Flügel gestutzt worden und somit war sie dazu verdammt, nie mehr die unpassierbaren Berge besuchen zu können. Ihre Heimat war zu einem unerreichbaren Ort für Wing geworden. Keine Larklady besaß genug Heilkraft, um gestutzte Flügel wieder wachsen zu lassen.

„Die Gäste warten", zischte die Nöhlerechse und schreckte Wing aus ihren Gedanken auf. Automatisch ließ sie die Feile fallen und flog zu den Tischen. An Tagen wie diesen fühlte sie den Druck des Rings um ihren Hals besonders deutlich. Auch ihre Narben am Rücken begannen zu jucken und einen kurzen Moment hoffte sie, ihre Flügel würden wieder wachsen.

Sobald sie die Gäste bediente, waren die Angst und die Erinnerungen vergessen. Wing wurde eine andere. Es war, als lege sie sich einen Panzer an, durch den weder schmierige Berührungen noch Pöbeleien drangen. Sie war keine Larklady mehr, die Poesie im Herzen trug und Gesang auf der Zunge. Sie war nicht mehr das Mädchen, das mit ihren Freundinnen auf den höchsten Bäumen getanzt hatte und mit roten Wangen über Larkmänner kicherte. Die Sklavin Wing hatte keine Träume und sie lachte auch nicht. Sie dachte nicht einmal mehr an Flucht. Schicksalsergeben erledigte sie ihre Arbeit und tat, was von ihr verlangt wurde.

In einem der Separees saß an diesem Mittag ein Seemann mit einem merkwürdigen kleinen Wesen, dessen Haut bronzefarben schimmerte. Für Wing war dieses Geschöpf ganz eindeutig ein Sklave, bewacht von seinem neuen Besitzer. Sie hasste es Tische mit Sklaven bedienen zu müssen. Kaum erkannte ein Sklave den anderen, glaubte er so etwas wie einen magischen Bund eingehen zu müssen. Im Laufe der Jahre hatte sie diese verschwörerischen Blicke hassen gelernt. Frisch gekaufte Sklaven glaubten so fest daran, ihre Freiheit zurückzuerlangen, dass Wing ihnen am liebsten selbst eingehämmert hätte, wie sinnlos ihre Hoffnung war. Sie glaubte weder an Flucht noch einen anderen Ausweg aus der Sklaverei. Sie waren Opfer auf Lebenszeit, und daran wollte sie möglichst nicht erinnert werden.

„Wenn der mir gleich verschwörerisch zunickt, bring ich dem Tisch einfach keine Getränke", dachte sich Wing, als sie ins Separee flog. Zwar wurde ihr nicht zugezwinkert, aber dafür war das Wesen derart verschüchtert, dass es Wing ins Herz stach. Sie hat in all ihrem Kummer keinen Platz für Mitleid.

„Bestellt Milch bei mir, als sei ich seine Mutter."

Sie brauchte niemanden, der noch ärmer dran war als sie selbst. Das bisschen Mitleid, das ihr Herz noch stemmen konnte, gehörte ihr allein.

Missmutig brachte sie ein Bier und ein Glas Milch zu dem hinteren Tisch und wollte so schnell wie möglich zurück zum Tresen. Leider musste sie der Seemann genau in diesem Moment ansprechen.

„Mein Freund Iustus hier hat sein Herz an dich verloren. Hast Du ein paar nette Worte für ihn?"

Mit hochgezogener Braue sah sie das kleine Wesen an. Zum ersten Mal hob der Kleine den Kopf und wagte ihr in die Augen zu sehen. Echte Bewunderung lag in seinem Blick, als sei Wing eine Art Heilige. Seine Ehrfurcht vor ihr rührte sie. Eine lange vergessene Wärme floss durch ihr Inneres und ihre Haut begann zu flirren. Das hatte sie zuletzt gefühlt, als sie jemanden geheilt hatte, damals in ihrer Heimat.

„Ich bin Wing ... und deine Milch geht auf mich, okay?"

Mehr als ein kostenloses Glas hatte sie leider nicht anzubieten. Doch einen wichtigen Rat musste sie ihm noch geben.

„Aber schenk nie einer Larklady dein Herz, schon gar keiner versklavten. Einen besseren Rat kann ich dir nicht geben, Süßer."

Tatsächlich gelang ihr ein Lächeln, dann flog sie schnell davon. Dieser kurze Moment ohne ihren schützenden Panzer hatte ihr Angst gemacht.

Wing brauchte Stunden, um wieder ganz sie selbst zu sein. Als wollte er es ihr leichter machen, kam der Seemann in den nächsten Stunden immer selbst zum Tresen, so dass sie die Getränke nicht ins Separee fliegen musste. Gegen Abend hatte sie den grauen Kerl beinahe ganz vergessen. Die Schenke war voll, und ihr blieb nicht viel Zeit zum Nachdenken. Sie lud gerade zwei Krüge Bier auf ein Tablett, da ertönte ein ihr wohl bekanntes Klirren. Es verging kein Tag, an dem nicht mindestens ein Glas zu Bruch ging. Sie hoffte inständig, dass sie nicht etwas allzu Klebriges aufwischen musste.

„Mach das sauber!", krätzte die Nöhlerechse. „Wenn ein Gast dort ausrutscht, reiß ich dir deine letzten Flügel auch noch aus."

Sie ignorierte den Wirt und flog über den Tresen. Zu ihrem Unmut lagen die Scherben nahe am Eingang, und die Echse konnte ihr von der Theke aus beim Aufwischen zusehen. Natürlich ließ sich der Wirt diese Freude nicht nehmen. Die Nöhlerechse beugte sich weit über den Tresen, um Wing auf dem Boden knien sehen zu können. Wings dünne Arme versanken kurz im Putzeimer, dann wrang sie einen Lappen aus und fühlte, wie das kalte Wasser an ihren Armen entlang in ihre Bluse floss.

„Honigmet, natürlich!", flüsterte sie leise. „Klebriger geht es nicht!"

Wieso vergoss nie jemand Wasser? Wing schrubbte so fest sie konnte, und schrie laut auf, als ihr plötzlich jemand auf die Hand trat. Reflexartig schoss sie in die Höhe und ohrfeigte den Übeltäter. Empörtes Gemurmel schwoll in der Schenke an und die Nöhlerechse tauchte wie aus dem Nichts hinter Wing auf. Der Wirt packte sie mit seinem gewaltigen Schnabel an ihren Flügeln und schleuderte sie hinter den Tresen. Die Larklady knallte gegen das Flaschenregal und stieß sich heftig den Kopf an.

„Verzeihen Sie vielmals, mein Herr. Ich werde die Lark für ihre Frechheit bestrafen, verlassen Sie sich darauf."

„Unterstehen Sie sich!", gab der junge Mann zurück.

Der Wirt zuckte erschrocken zusammen. Einen Moment war er aus dem Konzept gebracht, dann besann er sich wieder. Der Kunde hatte immer recht, zumindest solange er zahlen konnte.

„Sehr wohl. Darf es dann ein Getränk auf Kosten des Hauses sein?"

„Gerne, wenn die junge Lark sich um meine Bestellung kümmert."

„Wie Sie wünschen", erwiderte die Nöhlerechse und verschwand schnell ins Hinterzimmer.

Wing konnte sich denken, wie aufgebracht der Wirt darüber war, sie nicht vor aller Augen bestrafen zu dürfen. Sicher würde er das nachholen, sobald der junge Mann gegangen war. Aber darüber würde sie sich später noch Gedanken machen können.

Wing blickte mit ihren türkisfarbenen Augen zu dem jungen Mann, den sie soeben noch geohrfeigt hatte. Vorsichtig trat er an den Tresen und lächelte sie an. Sie schämte sich dafür, wie rot seine Wange glühte. Offensichtlich hatte sie ihn gut getroffen. Böse war er ihr nicht.

Wing gefiel die Art, wie er lachte. Kleine Grübchen zierten seine Mundwinkel und verschwanden, sobald er zu lächeln aufhörte.

Der blonde Mann senkte den Blick auf Wings Hände, die vor ihr auf dem Tresen lagen. Ganz sachte, fuhr er mit seiner Hand über ihre Finger und ein Schauer lief Wing über den Rücken. Es war nur ein flüchtiger Moment und doch schien er eine Ewigkeit nachzudauern. Sie wusste nicht einmal, ob ihr nicht vor Staunen der Mund aufgeklappt war, als er sie berührte. Der junge Mann deutete ihren verwirrten Gesichtsausdruck völlig falsch.

„Tut es sehr weh?", fragte er.

„Meine Hand? Nein, es tut nicht mehr weh."

Sie erschrak ein wenig darüber, wie schrill ihre Stimme klang.

Jemand öffnete die Tür der Schenke und das hereinfallende Licht ließ helle Strähnen auf dem blonden Haar des Mannes aufleuchten. Seine dunkelblauen Augen waren so voller Zuneigung, dass Wing davor zurück schrak. Was hatte sie sich bei ihrer Schmachterei gedacht? Sie war eine Sklavin und er ein Gast. Sie durfte sich auf solche Gefühle nicht einlassen. Wie eine lästige Fliege versuchte sie seinen Bann von sich abzuschütteln.

„Was darf es denn zu trinken sein?", fragte sie und diesmal klang ihre Stimme wieder annähernd normal.

„Gin", sagte er und lächelte noch immer, doch seine Augen verfolgten aufmerksam ihre Mimik.

Er versuchte ihr verändertes Verhalten zu deuten. Wing dagegen versuchte krampfhaft ihren Panzer aufrechtzuerhalten. Mit zittrigen Händen reichte sie ihm ein Glas. Er stürzte die klare Flüssigkeit herunter, ohne sie dabei aus den Augen zu lassen. Rote Flecken traten auf Wings sonst so weiße Wangen.

„Wie ist dein Name?", fragte er.

„Wing."

Er lächelte. Sie wollte etwas sagen, wollte seinen Namen erfahren, doch sie konnte sich nicht schnell genug dazu durchringen. Der Seemann und der kleine Sklave waren an die Theke getreten.

"Wir haben gute Neuigkeiten" berichtete Ginn. "Hermod und ich sind einem alten Bekannten über den Weg gelaufen. Er nimmt uns auf seinem Schiff mit und wir sind bald schon weg von hier."

Wing spürte einen Stich im Herzen. Sie würde den blonden Mann nie wieder sehen. Sie musste mitansehen, wie er gemeinsam mit dem Wicht aus dem Hinterzimmer und dem anderen Mann zur Tür schritt. Sie wandte sich ab und wischte den Tresen.

„Bis bald, Wing" hörte sie ihn flüstern.

Außer ihr hatte ihn niemand gehört. Ihr Herz machte einen freudigen Satz. Blitzschnell drehte sie sich zu ihm um, doch sie sah ihn nur noch durch die Tür in die Nacht verschwinden.

Seitdem Marcello seine Kajüte verlassen hatte, schritt Flagand den Raum auf und ab. Er hasste es zu warten. Wieso war Marcello nicht schon in den Mittagsstunden zurück gewesen? Irgendetwas musste schief gelaufen sein. Mit einem unguten Gefühl im Magen sah Flagand durch ein Bullauge die Sonne untergehen. Endlich klopfte es an der Tür.

„Ja!", rief Flagand.

Marcello trat ein und blieb vor dem Schweigling stehen. Flagand platzte vor Neugier, und gleichzeitig fürchtete er sich vor den Neuigkeiten, die sein Untergebener ihm bringen mochte.

„Was hast du herausgefunden? Wo ist der Lämmich? Und wer ist der Mann, dessen Beschreibung ich dir gab?", bellte Flagand los.
„Wie ich erfahren habe, heißt der alte Seemann Klaas. Er dient auf der Sukhothai und ist der Kapitänin des Schiffes ... sagen wir zugetan. Sie heißt Mali und ist eine Art Hexe, wenn man an Zauberkram glaubt. Ich tu es nicht. Sie soll allerlei Magie beherrschen, man munkelt sogar, sie wäre eine Formwandlerin."
Flagand ließ sich auf einen Stuhl fallen und dachte angestrengt nach. Eine Formwandlerin wollte an Lamentos Schatz.
„Was den Lämmich betrifft", sprach Marcello weiter und riss den Schweigling aus seinen Überlegungen, „ich wollte ihn wie verabredet auf dem Sklavenmarkt kaufen, aber es kam etwas dazwischen."
„Was soll das heißen? Wo ist er?"
Marcello legte eine genussvolle Pause ein. Er lehnte sich an Flagands Schreibtisch und spielte grinsend mit dem silbernen Brieföffner. Der Schweigling war so angespannt, dass er dem Seemann am liebsten den Brieföffner ins Bein gerammt hätte.
„Ich traf meinen Freund Ginn von der Sukhothai am Hafen. Er war gerade erst an Land gegangen. Er erzählte mir, dass er dringend auf einem Schiff unterkommen müsse. Ein Schiff, das noch heute auslaufen soll. Als ich ihn fragte, was los sei, berichtete er mir von einem Lämmich. Eigentlich sollte dieser mittags verkauft werden, doch Ginn hatte ihn befreit und wollte ihn nun in Sicherheit bringen. Ich sagte ihm kurzerhand, dass ich sie auf die Cato schmuggeln könne. Er war mehr als dankbar für meine Mithilfe."
„Du bist sicher, dass sie freiwillig mit dem Lämmich auf die Cato kommen?", fragte Flagand skeptisch.

„Der Lämmich wird pünktlich um Mitternacht geliefert. Immerhin wissen seine Freunde von mir, dass ich vertrauenswürdig bin."
Marcello lachte böse und der Schweigling stimmte ein. Der entlaufene Lämmich war drauf und dran freiwillig in seine Arme zu stolpern. Flagand war so glücklich, dass er es sogar über sich brachte, Marcello anerkennend zuzunicken.

Lautlos schlich Marcello durch den Bauch des Schiffes. Sein Auftrag war simpel und doch unmöglich auszuführen. Die Aussicht auf ein eigenes Schiff hatte ihn angetrieben, aber jetzt lief er gegen seine eigenen Grenzen an. Bis zu diesem Zeitpunkt hatte er auch gar nicht viel tun müssen. Als sei es Fügung gewesen, waren ihm Ginn und der Lämmich von alleine ins Netz gegangen. Doch sein aktueller Auftrag würde sich wohl nicht so leicht erledigen lassen.
Marcello war ein Egoist. Wäre er das nicht gewesen, hätte er in seiner Welt auch nicht überleben können. Lange war er sich sogar sicher gewesen, skrupellos zu sein, doch er war es nicht. Scheinbar hatte auch er so etwas wie einen Funken Moral im Leib. Einen Mord zu begehen war anders als zu lügen und zu betrügen.
"Bitte Gott, steh mir bei" flüsterte er in die Nacht.
Wahrscheinlich wandte er sich damit an die falsche Adresse, aber wen sollte er sonst um Hilfe bitten?
Unter Marcellos Füßen waren leise Schritte zu hören. Jemand schlich sich aus der Bilge. War das die Antwort, auf die er gewartet hatte? Marcello rutsche leise die Stiege hinunter. Kaum hielt er die Lampe in den finsteren Gang, da erschien auch schon Harveys Gesicht direkt vor seinem. Beide Männer zuckten vor Schreck zusammen.

„Was machst du denn hier?", fragten sie wie aus einem Mund.

„Ich bin auf der Suche nach einer Lampe und irgendeiner Waffe", erklärte Harvey kurz angebunden.

Wieso wollte Harvey eine Waffe? Marcello bekam es mit der Angst zu tun. Sie mussten ihn durchschaut haben. So unauffällig wie möglich schloss Marcello die Hand um seine Pistole, die er am hinteren Bund seiner Hose befestigt hatte. Harvey bemerkte nichts davon.

„Wieso musste es unbedingt die Bilge sein?" fragte Harvey in leisen Zischlauten, während er sich nach einer geeigneten Waffe umsah.

„Da wimmelt es nur so von Bananenschweinen. Wir holen uns noch die Pest da drin."

Marcello nahm die Hand wieder vom Schaft seiner Waffe. Es ging seinen Freunden nicht um Rache. Sie hatten bloß ein Rattenproblem.

„Tut mir leid mein Freund. Ich hatte keine Ahnung, dass wir Ratten an Bord haben."

Harvey zog eine Augenbraue hoch.

„Aber ihr habt doch Bananen in Dealy eingeladen oder nicht? Hattest du nicht gesagt, ihr hättet verderbliche Waren an Bord und musstet deswegen so schnell wieder auslaufen?"

„Ja doch, natürlich", stotterte der große Mann und strich sich das lange dunkle Haar aus dem Gesicht.

„Ist alles okay bei dir, Marco? Du wirkst … komisch."

Marcellos Mundwinkel zuckten kurz, so als könne er sich zu keiner Antwort durchringen. Dann zog er kurzerhand seinen Revolver und zielte auf seinen Freund. Harvey wollte instinktiv in die Bilge zurücklaufen, doch Marcello hielt ihn auf.

„Mach besser keine Dummheiten, Harvey. Ich würde wirklich ungern einen Freund erschießen."

Harvey musste ihm nur einmal in die Augen blicken, um zu wissen, dass Marcello ihn bei einer falschen Bewegung töten würde. Ob er es nun gerne tat oder nicht.

„Hör zu, Harvey. Es war unklug von euch mit dem Lämmich Freundschaft zu schließen. So weit ich gehört habe, wäre Ginn sicher bald zu Malis erstem Offizier aufgestiegen. Leider hat er sich dazu entschieden seine Karriere über Bord zu werfen. Deine Karriere... keine Ahnung wie es damit aussah, aber ich weiß, wie sie aussehen könnte. Du gehst wieder zurück in die Bilge und holst mir den Lämmich her. Deine Freunde räumst du aus dem Weg und schon bist du ein reicher Mann."

„Was soll das heißen?", flüsterte Harvey erstickt.

„Du hast mich schon verstanden."

„Das kann ich nicht machen!"

Panisch blickte Harvey zwischen Marcellos Revolver und der Tür zur Bilge hin und her.

„Du wirst es machen oder ich erschieße dich gleich hier."

„Sie werden dich hören."

Marcello lachte.

„Wenn deine Freunde mich hören und angelaufen kommen, erschieße ich sie eben auch. Die Besatzung der Cato kann die Schüsse ruhig hören, es würde nichts ändern. Versteh doch endlich, ihr seid uns in die Falle gelaufen. Jeder weiß, dass ihr hier unten seid."

„Eine Falle", flüsterte Harvey bleich wie der Wand.

„Hör zu, mein Freund", schmeichelte Marcello. „Es muss ja nicht zum Äußersten kommen. Überwältige die anderen meinetwegen und binde sie fest, dann muss niemand sterben. Wenn du mich allerdings zwingst, selbst in die Bilge zu gehen..."

Marcello sprach nicht weiter, sondern wedelte stattdessen vielsagend mit seiner Waffe. Die Augen panisch in alle möglichen Richtungen rollend, suchte Harvey nach einem anderen Ausweg.

„Wenn du es schaffst, mir den Lämmich zu bringen, und die anderen kampfunfähig machst, wird uns beiden dieses Schiff gehören, verstehst du? Dann sind die Zeiten vorbei, in denen du dir für jemand anderen den Buckel krumm arbeiten musst. Ich werde der Kapitän sein und du mein erster Offizier. Was sagst du?"

„Wenn ich es nicht mache?"

Wieder wedelte Marcello zur Antwort mit seiner Waffe. Harvey hatte verstanden.

11. Kapitel

Iustus' Herz hämmerte wie wild gegen seine Brust. Was war nur geschehen? Ginn lag am Boden und rührte sich nicht. Hermod, Iustus' einziger Freund, lag daneben. Der Lämmich konnte nicht einmal sehen, wie schwer die beiden verletzt waren. Wen er dagegen sehr gut sehen konnte, war Harvey, der immer noch die Schaufel in der Hand hielt.

Harvey riss den Blick von Hermod und Ginn los. Langsam drehte er den Kopf zu Iustus, dem ein Wimmern entwich. Auch wenn nichts Aggressives in seinem Blick lag, glaube Iustus zu wissen, was geschehen würde.

"Bitte nicht, Harvey. Bitte schlag mich nicht mit dem Ding".

Iustus flehte während der Seemann langsam auf ihn zukam.

„Keine Angst, Kleiner. Die beiden leben noch", erklärte Harvey leise und deutete mit dem Kopf auf Ginn und Hermod.

Er kniete sich vor Iustus hin und ließ zu dessen Verwunderung die Schaufel fallen. Vorsichtig zog er ein Seil aus seiner Hosentasche und band dem Lämmich die Knöchel aneinander.

„Ich hoffe, das Seil tut nicht weh. Leider muss ich sicher gehen, dass du mir nicht wegläufst."

Iustus nickte wie in Trance, obwohl er nicht wirklich verstand, was gerade geschah. Verwundert beobachtete er wie Harvey zu Hermod ging und versuchte den massigen Octofanten aufzurichten. Mit vor Anstrengung hoch rotem Kopf zog er den Octofanten zu einem Holzpfeiler und lehnte Hermods Oberkörper dagegen. Ginn an die andere Seite des Pfeilers zu bekommen, kostete ihn weit weniger Mühe. Wieder zog Harvey ein Hanfseil aus der Tasche und blickte einen Moment ratlos zwischen Hermod und dem Pfeiler hin und her. Schließlich griff er sich die beiden längsten Fangarme des Octofanten und band sie an Ginns Handgelenke.

Iustus ließ den Seemann keine Minute aus den Augen. Er wollte seine Freunde beschützen, doch er war machtlos.

„Wie kannst du nur?", fragte Iustus heiser.

Harvey antwortete nicht. Er sah nicht einmal auf. Iustus fixierte die von ihm abgewandte Gestalt und seine Muskeln spannten sich an. Wie gerne wäre er Harvey auf den Rücken gesprungen und hätte ihm in den Hals gebissen. Er wollte den Mann würgen, bis dieser ebenso am Boden lag wie Hermod und Ginn. Leider wusste Iustus, wie schwach er im Vergleich zu Harvey war. Ihm blieb nichts anderes übrig, als stocksteif dazusitzen und sich damit zu begnügen, den Seemann hasserfüllt anzustarren.

Kaum waren Ginn und Hermod gefesselt, kam Harvey auf Iustus zu und wischte sich den Schweiß von der Stirn. Dann zog er Iustus mit einem Ruck auf die Beine. Iustus machte sich so schwer, wie er konnte, doch Harvey schien das kaum zu bemerken. Geschmeidig trug er den Lämmich zur Tür. Davor warteten bereits zwei Männer auf sie. Es waren stämmige und übelriechende Exemplare, die Iustus ansahen, als sei er das hässlichste Geschöpf der Welt. Genau so einen Blick warf er ihnen zurück.

Ein weiterer Mann stand etwas abseits und hielt eine Öllampe hoch, um ihnen den Weg bis zur Leiter zu leuchten. Iustus erkannte, dass es Marcello war. Marcello reichte einem der beiden stämmigeren Männern die Lampe und blieb in der Nähe der Bilge zurück. Iustus wurde unsanft die Leiter hinaufbefördert und durch mehrere dunkle Gänge zu einer Holztür gebracht. Der Lampenträger öffnete die Tür, während ein anderer Iustus packte und ihn in eine geräumige Kajüte schubste.

Harvey wurde die Tür vor der Nase zugeschlagen. Er lehnte sich erschöpft an eine Wand und ließ sich auf den Boden rutschen. Das Gesicht hinter den Händen verborgen, begann er zu schluchzen.

"Warum haut mich keiner mit einer verdammten Schaufel um?" fragte er schniefend. Alles wäre ihm lieber gewesen, als dieses nagende Schuldgefühl tief in seinem Magen.

Iustus konnte kaum die Augen aufhalten. Er war zu lange in der Dunkelheit gewesen und dieser Raum war im Gegensatz dazu gleißend hell. Er blinzelte und versuchte mit der Hand etwas Licht abzuschirmen, um wieder deutlicher zu sehen. Doch er begriff, wer da vor ihm stand, wollte er am liebsten die ganze Welt ausblenden.

„Flagand", flüsterte Iustus.

„Du weißt also noch, wer ich bin, Lämmich. Wie schmeichelhaft. Leider kann ich dieses Kompliment nicht zurückgeben. Für mich seht ihr Lämmiche alle gleich aus, musst du wissen. Aber trotzdem bin ich ganz zuversichtlich, dass du der Richtige bist. Es laufen ja nicht ständig Lämmiche weg, die meisten sind wohl schlau genug zu wissen, wie zwecklos eine Flucht ist. Der Herr will dich auf der Burg haben, und was der Herr will, geschieht. So hast du es doch gelernt oder nicht?"

Iustus' Nacken versteifte sich.

"Ich bin kein Lämmich mehr. Mein Name ist Iustus und ich bin ein Goch."

Flagand nickte.

"Dir hat jemand erzählt, woher wir ... unsere Ware beziehen. Wie nett. Ich hörte schon, dass sich die Besatzung der Sukhothai sehr für Lamentos Geheimnisse interessiert."

Flagand schritt hinter dem Schreibtisch auf und ab. Er konnte seinen Abscheu ebenso wenig verbergen wie Iustus. "Du solltest wirklich aufhören, jemand anders sein zu wollen, Lämmich. So was bringt nur Enttäuschungen mit sich".

Der Schweigling klimperte gespielt mitleidig mit den Wimpern und hoffte den Lämmich vor seinen Augen niedersinken zu sehen. Doch Iustus war nicht mehr so hilflos wie noch vor wenigen Wochen. Grisine hatte ihn durch die Hölle geschickt und doch war es ihm nicht nur gelungen zu überleben. Er hatte Freunde, er hatte die schönste Lark der Welt gesehen und er hatte Hoffnung.

"Ein merkwürdiger Rat von jemandem der selbst nichts weiter als Lamentos Puppe ist und hier so tut, als sei er Kapitän. Du bist kein Mann der Entscheidung, du bist ein Speichellecker."

Flagand schlug mit den Fäusten auf den Schreibtisch, der ihm immerhin bis zur Brust ging.

"Schweig!"

Iustus lachte.

"Kommt ihr euch in diesem Raum nicht lächerlich klein vor?" fragte Iustus grinsend.

"Ich bin größer als du."

Iustus genoss, wie schrill die Stimme des Schweiglings klang.

"Mag sein, obwohl ich das nicht glaube. Aber der wichtigere Punkt ist doch der, dass ich diese Kapitänskajüte auch nicht als meine ausgebe, also ist es unerheblich, wie klein ich bin."

Iustus war selbst erstaunt, dass sein Mut ihn nicht verließ. Leider verließ die Furcht ihn ebenso wenig. Während sein Mutwerk seinen Mut verriet, verrieten seine zitternden Knie seine Angst. Möglichst lässig setzte er sich deshalb auf den Fußboden.

Flagand wollte augenscheinlich Zeit gewinnen, um sich zu sammeln. Er griff sich eine Geflügelkeule, die beinahe der Größe seines eigenen Arms entsprach, und biss hinein. Schmatzend ließ er sich in einen Sessel fallen.

Iustus sorgte sich um seine Freunde, doch seinem Magen war das egal. Der Duft von Fleisch und mit Honig glasiertem Schinken stieg ihm in die Nase und der Hunger machte ihn schwindelig. Sein Magen knurrte so laut, dass Flagand kichern musste.

„Greif ruhig zu, kleiner Lämmich."

Lieber wäre Iustus verhungert.

"Mir ist gerade eher nach kotzen zumute."

Es hätte sicher bessere Antworten gegeben, aber im Großen und Ganzen war Iustus mit sich zufrieden. Er erwartete gespannt Flagands Reaktion. Der Schweigling regte sich kaum, bis er plötzlich lautstark zu lachen begann. Damit hatte der Lämmich nicht gerechnet. Kampfbereit wie er war, enttäuschte ihn diese Reaktion. Doch Flagands Gelächter wich einer unheilbringende Finsternis.

„Schon besser!", dachte Iustus.

Flagand baute sich so nah vor Iustus auf, dass sich ihre Nasen beinahe berührten. Trotz seiner Angst fühlte der Lämmich einen kleinen Triumph darüber, Flagand um einige Zentimeter zu überragen.

„Du bist ein Niemand, Lämmich. Auch wenn du schicke Schuhe trägst, bist du doch immer noch bloß ein Lämmich. Eine seelenlose dumme Marionette."

„Es sind eben die kleinen Dinge, die den Unterschied machen. Und wie ich bereits sagte, mein Name ist Iustus."

Ohne jede Vorwarnung zog Flagand seine Raubtierpranke quer durch Iustus' Gesicht. Der Lämmich hob erschrocken die Hand an seine blutende Wange. Drei Kratzer zogen sich von der Schläfe bis zu seinem Mund, einer teilte seine Augenbraue.

„Jetzt hast du noch einen kleinen Unterschied", zischte Flagand böse und verfiel direkt darauf in hysterisches Gelächter.

Tränen des Schmerzes und der Demütigung stiegen in Iustus auf. Doch er weinte nicht, er nutzte den Schmerz und verwandelte ihn in Energie. Als trügen ihn seine Schuhe von allein, glitt er nach vorne und stieß dem Schweigling so heftig gegen die Brust, dass dieser taumelte und zu Boden ging.

„Ergreift ihn!", konnte Flagand gerade noch rufen, bevor Iustus auf ihn sprang und seine bronzefarbenen Finger um den haarigen Hals des Schweiglings presste.

Mit einem Arm zog einer von Flagands Wachen Iustus weg und hielt den um sich tretenden Lämmich bei den Schultern. Unter wütenden Zischlauten kam Flagand wieder auf die Beine.

„Du hast Glück, dass Lamento dich lebend haben will. Aber lange wird dein erbärmliches Leben nicht mehr dauern. Ich freue mich schon darauf zuzusehen, was der Entseeler mit dir macht. Und solange du deine Zauberperle noch im Kopf hast, bist du ein Lämmich und kein Goch, Lämmich!"

***

Der Weg nach Palen war lang und Sixx lief die Zeit davon. Der Lämmich sollte schon in wenigen Tagen Dealy erreichen. Sixx musste ihn dort abfangen, sonst könnte sich die Spur des Lämmichs wieder verlieren, und sowohl Lamento als auch sein wirklicher Herr würden ihm das nicht verzeihen.

Sixx gefiel Lamentos Plan nicht. Es widerstrebte ihm, einen weiteren weißen Schweigling in die Sache hineinziehen zu müssen. Nicht zum ersten Mal in der letzten Zeit wünschte sich Sixx, selbst die Fähigkeit des Teleportierens zu besitzen. Flagands Gier danach war ihm also nicht unverständlich.

Wortlos trottete Sixx weiter neben Rausus her und hing seinen Gedanken nach. Der weiße Schweigling schwieg ebenfalls. Jedes Wort hatte er mitangehört. Jede Silbe, die aus Lamentos lippenlosem Mund gekommen war, hatte er verflucht. Ihm schauderte davor, Teil dieser Grausamkeiten zu werden. Wie hatte es nur so kommen können? Seine heiligen Kräfte wohnten nun in einem grauen Schweigling und vielleicht sogar in dem grausamsten seiner Art. Wenn es jemanden gab, der genau entgegengesetzt zu den Lehren der weißen Schweiglinge lebte, dann musste es Flagand sein. Lamento war auch nicht besser und in dessen Obhut befand sich nun angeblich das weiße Schweiglingskind. Rausus schüttelte traurig den Kopf.

Vor Hunderten von Jahren hatte sich die Rasse der Schweiglinge geteilt. Es waren drei Familien gewesen, die sich dem barbarischen Treiben ihrer Artgenossen entzogen hatten, um in der

Abgeschiedenheit der Wälder ihr Glück zu finden. Sie lebten friedlich, meditierten und ernährten sich ausschließlich von Pflanzen. Kein Tier musste für sie sterben.

Durch ihre Meditation und ihr friedvolles Leben war aus dem Funken Magie, der in jedem Schweigling ruhte, eine unaufhaltsame magische Kraft geworden. Zuerst waren die Schweiglinge von ihren Kräften verängstigt, doch die Meditation half ihnen dabei, ihre Fähigkeiten zu beherrschen. Sie fanden sogar gefallen an der Magie. Besonders die Teleportation hatte es ihnen angetan. Mit ihrer Hilfe lernten sie die Welt kennen, reisten viele Jahre unaufhörlich von Ort zu Ort, bis sie den perfekten Platz zum Leben fanden. Es war das Dach einer Bergkette im Yamalihagebirge. Jeder Berg war höher und steiniger als der andere. Wer also weder fliegen konnte noch das Teleportieren beherrschte, wäre nie auf dieses Dach der Berge gelangt.

Die drei Familien bauten einen weißen Tempel in die Mitte des Bergplateaus. Vom Turm des Tempels aus lag ihnen die Welt zu Füßen und die Wolken waren zum Greifen nah. Die weißen Schweiglinge bauten den Tempel auf vierundzwanzig Säulen, zu jeder Himmelsrichtung sechs, denn auf den sechs Gründern stützte sich ihre Gemeinschaft. In diesem Tempel lebten sie fortan unbehelligt. Sie nannten sich „Orden von Palen".

Der Orden lebte und lernte gemeinsam. Jeden Tag wuchsen ihre Fähigkeiten durch Übung und Meditation. Die Gründer von Palen erreichten schließlich den höchsten Grad weißer Magie. Von diesem Punkt an benötigten sie weder Nahrung noch Wasser. Nichts anderes durchströmte ihren Körper als reine Magie. Je länger die Schweiglinge so lebten, desto mehr veränderte sich auch ihr

Aussehen. Das borstige graue Fell fiel ihnen aus und es wuchs ihnen stattdessen seidiges weißes Haar. Ihre rosa Haut begann golden zu schimmern und auch ihre Augen färbten sich golden.

Die sechs Schweiglinge bestanden aus drei Paaren. Zwei von diesen Paaren begnügten sich damit, ihre Kinder zu erziehen und die Magie zu studieren. Ein Paar jedoch entschied sich, ihren Glauben in die Welt zu tragen. Sie wollten andere Schweiglinge suchen, die sich auch ein friedliches Leben wünschten. Ihre Suche war mühsam und selten von Erfolg gekrönt. Doch um jedes neue Mitglied des Ordens waren sie glücklich und es bestärkte sie darin, ihre Missionsarbeit weiterzuführen.

Da niemand das Hochland ohne die Macht der Teleportation betreten konnte, errichteten die Schweiglinge einen weiteren Tempel am Fuße der Berge. Dort erlernten zukünftige Schüler des Ordens die Fähigkeit des Verfolgens oder auch des *Folgens*. Dieser Tempel erreichte bald große Berühmtheit und wurde zu einer Pilgerstätte für friedlebende Schweiglinge der ganzen Welt. So gab das Paar schließlich die Reisen auf und verbreitete fortan die ersten Lehren im unteren Tempel.

Die beiden anderen Paare kümmerten sich derweil um die Ausbildung der Neuankömmlinge in Palen, sowie die Vergrößerung der Stadt. Der Tempel wurde schnell zu klein für alle weißen Schweiglinge, denn Palen wuchs mit jedem Tag. Viele Kinder wurden geboren und im Sinne der weißen Magie erzogen. Sie lernten früh ihre Kräfte zu benutzen, doch vor allem wurden sie gelehrt stets friedlich zu leben und Herr über ihre Gefühle zu sein. Das Töten und Essen von Tieren stand unter Strafe in Palen, ebenso wie jegliche Form von Gewalt.

Die Kinder und Kindeskinder der Gründerfamilien führten Palen nach dem Vorbild ihrer Vorfahren weiter. Eine Familie betreute den unteren Tempel, eine andere kümmerte sich um die Belange der Stadt und die letzte der drei Familien führte den oberen Tempel in Palen.

Da Rausus seiner Kräfte beraubt war, musste er den Weg zum Yamalihagebirge laufen. Wenn man sich so lange von Ort zu Ort teleportiert hatte, war ein solcher Fußmarsch eine kaum zu bewältigende Aufgabe. Allein die Bewegung kam ihm unnatürlich vor und auch wenn er Schmerzen gut beherrschen konnte, raubte ihm die andauernde Anstrengung bald die Nerven.
Die geraubte Magie hatte ein klaffendes Loch in seinem Inneren hinterlassen, durch das ihm seine restliche Kraft zu entweichen schien.
Weiße Schweiglinge waren normalerweise immer ausgeglichen, doch Rausus übermannten in den letzten Stunden verschiedenartigste Gefühle. Jedes Mal wenn er in Sixx' Richtung blickte, stieg eine Welle des Hasses in ihm hoch. Der Hass in seinem Inneren erschreckte ihn. Gefühle wie Furcht hatte er zuletzt in Kindertagen gefühlt und er hatte verlernt, mit ihnen umzugehen.
Rausus wollte Palen beschützen und dem Orden von Palen dienlich sein, immerhin gehörte er zum Rat. Er war ein Abkomme der drei heiligen Familien. Doch ohne seine Kräfte fühlte er sich nutzlos und allein. Seine Reinheit ging ihm mit jedem Schritt auf der schmutzigen Erde verloren. Er phantasierte, Rausus mit einem Stein niederzustrecken und erfreute sich an diesen Bildern. Sollte er nicht

bald nach Hause kommen, wäre vielleicht nichts von ihm übrig, dass seine Familie retten könnte.

Der Marsch durch den Gochwald war für beide Schweiglinge schwer. Trotz guter Witterung kamen sie nach Sixx' Ansicht nicht schnell genug voran. Er erlaubte ihnen beiden nur während der heißen Mittagsstunden eine kurze Rast, die Nacht über marschierten sie durch. Rausus wurde zunehmend schwächer. Weder mit Wasser noch mit Nahrung konnte er sich stärken, da sich sein Körper seit ewigen Zeiten nur von Magie ernährt hatte. Magie, die ihm aus dem Körper gerissen worden war.

Egal was Sixx dem weißen Schweigling einzuflößen versuchte, Rausus konnte nichts bei sich behalten. Am fünften Tag ihres Marsches brach Rausus schließlich zusammen. Widerwillig schaffte Sixx den bewusstlosen Schweigling aus der Sonne und legte ihn unter einen Baum.

"Was soll ich nur mit dir machen?" fragte Sixx laut, auch wenn ihm darauf niemand antworten konnte.

Aus der Ferne drang ein Läuten an Sixx' Ohr. Unwillkürlich begann er zu lächeln, nicht wissend weshalb. Erst als er dem Geräusch folgte, verstand er seine eigene Fröhlichkeit. Die Klingeln war weit entferntes Larklachen, das ansteckenste Lachen der Welt.

An einem kleinen Wasserfall sah Sixx eine Gruppe von Larks im Wasser tanzen. Es waren zwei Larkmänner und eine Larklady. Trotz ihrer zierlichen Gestalt musste man sich vor Larkmännern in acht nehmen. Kaum ein ausgewachsener Mann wäre dumm genug gewesen, sich mit einem Lark anzulegen. Mochte dieser auch etwas kleiner und zierlicher sein als ein Mensch, jeder kannte ihre

Überlegenheit im Kampf. Ein kleiner Schweigling wie Sixx würde einem Lark erst recht nicht in die Quere kommen.

Sixx kauerte sich hinter einen großen Stein und linste zu der Gruppe herüber. Jede seiner Bewegungen musste gut durchdacht sein, damit ihn die Larks nicht als Bedrohung ansahen. Besonders heikel machte die Situation, dass sie eine Larklady dabei hatten. Sollten sie auch nur für einen kleinen Augenblick denken, Sixx stellte eine Gefahr für das Mädchen dar, würden sie ihn ohne Zweifel angreifen.

Sixx konnte sich dieses Szenario gut ausmalen. Die Larklady würde anfangen zu singen, bis Sixx in einen tiefen Schlaf fiele. Dann trügen ihn die beiden Larks hinauf in einen hohen dicht zugewachsenen Baumwipfel. Dort würden sie ihn mit einer süßen klebrigen Substanz bespucken, die in Sekundenschnelle steinhart wurde. So würde er, unfähig sich zu bewegen, im Baum hängen, den Mund ebenfalls zugeklebt, damit er nicht um Hilfe rufen könne. Sixx hatte schon einmal die Überreste einer solchen Baumleiche gesehen und den Anblick nie wieder vergessen. Zwar fügten die Larks ihren Opfern nicht mehr zu, als sie zurückzulassen, doch für die Wipfelspinnen waren Larkopfer ein gern gesehenes Fressen.

Um sich den Larks möglichst friedlich bemerkbar zu machen, begann Sixx laut zu pfeifen. Interessiert sprangen die Larkmänner aus dem Wasser, stets darauf bedacht, dass die Larklady hinter ihnen verborgen blieb.

»Ich brauche Hilfe« sagte Sixx, während er mit erhobenen Händen aus dem Baumdickicht hervortrat.

»Ein weißer Schweigling liegt dort hinten, und ich weiß nicht, wie ich ihm helfen soll.«

„Was schert dich ein weißer Schweigling?", fragte der größer und älter wirkende Lark abfällig.

„Er versprach, mich nach Palen zu begleiten. Ich möchte die Lehren empfangen."

„Wie ist dein Name, Schweigling?"

„Mein Name ist Sixx. Darf ich euren Namen erfahren?"

„Mein Name ist Bosk", antwortete der Älteste. „Der Name meiner Schwester ist Nana, ihr Verlobter heißt Cadoc."

Sixx fühlte die skeptischen Blicke der Larks auf sich. Sie schnupperten mit ihren schmalen Stupsnasen in seine Richtung und rochen seine Unreinheit. Sixx bemerkte, dass Cadoc davonflog. Wahrscheinlich sollte er die Gegend nach einem etwaigen Hinterhalt absuchen.

„Wo liegt der weiße Schweigling?", fragte Bosk, die dunklen Augen zu Schlitzen verzogen.

Sixx deute mit der Hand hinter sich.

„Nicht weit von hier in diese Richtung. Er liegt unter einem Baum im Schatten."

Einen Moment sprach niemand mehr. Das Geschwisterpaar kam nicht näher. Sie berieten sich. Scheinbar wollte Nana etwas tun, das Bosk für zu gefährlich hielt. Immer wieder fuhr sich der Lark durch das schulterlange lockige Haar. Wie das Haar seiner Schwester war es rötlich, doch von blonden und braunen Strähnen durchzogen.

Um nichts in der Welt hätte Sixx es gewagt ohne Erlaubnis auch nur einen Schritt auf die Geschwister zuzumachen.

Cadoc kehrte zurück. Er sprach leise auf seinen Kameraden ein, der sich daraufhin etwas entspannte. Wieder war es der ältere Lark, der mit Sixx sprach.

„Ich werde hier bei dir bleiben. Währenddessen fliegen meine Schwester und ihr Verlobter zu deinem weißen Begleiter. Sollten sie nicht schnell zurückkehren, werde ich dir die Schuld an ihrem Ausbleiben geben."

Die Drohung ließ Sixx nicht ungerührt, auch wenn er den Anschein erwecken wollte, als sei es so. Er blickte den davonfliegenden Larks nach und hoffte inständig, die beiden bald wiederzusehen. Ansonsten war sein Schicksal als Wipfelspinnenfutter besiegelt.

Die Larklady beugte sich über Rausus und strich sich den dunkelroten Pony aus den Augen. Cadoc suchte immer wieder den Wald nach Feinden ab. Der Gedanke, dass Nana in Gefahr sein könnte, machte ihn rasend.

„Er ist völlig ausgetrocknet. Seine Haut hat fast keinen goldenen Schimmer mehr", flüsterte die Larklady betroffen.

Sie öffnete vorsichtig eines von Rausus Augenlidern.

„Seine Augen sind auch nicht mehr golden, sondern braun. Wenn ich seine langen weißen Haare nicht sehen würde, wäre ich sicher, einen grauen Schweigling vor mir zu haben."

Ihr Verlobter wurde noch angespannter. Blitzschnell zog er die Larklady von Rausus weg.

„Was soll denn das?", beschwerte sie sich.

„Ich glaube, es ist eine Falle."

Die blonden Augenbrauen zusammengezogen fixierte Cadoc den regungslosen Schweigling.

„Du irrst dich", versicherte Nana.

Bevor er sie aufhalten konnte, hockte sie wieder neben dem bewusstlosen Schweigling.

„Vielleicht wird ihm Tauwasser helfen", dachte sie laut.

„Weiße Schweiglinge nehmen doch nichts zu sich", verbesserte sie Cadoc.

„Dieser hier braucht aber dringend etwas. Sein Magiefluss wurde gestört."

Vorsichtig flößte sie Rausus Tauwasser ein, das sie in einem Lederschlauch an ihrem Gürtel trug. Es dauerte nicht lange und der Schlauch war leer. Rausus begann zu würgen, übergab sich aber nicht. Stöhnend schlug er die Augen auf. Mit zittriger Hand strich er sich über die Stirn und fuhr sich durch die Haare. Erschrocken wichen die beiden Larks zurück. Rausus hielt eine dicke weiße Haarsträhne in den Händen. Graue Borsten wuchsen nun an der Stelle seines Kopfes.

„Es ist doch eine Falle", rief Cadoc fast weinerlich.

Mit aller Kraft versuchte er, seine Verlobte in die Luft zu zerren, doch sie wehrte sich erfolgreich.

„Sie doch! Er weint."

Tatsächlich liefen Rausus Tränen über die Wangen, während er seine weiße Haarsträhne betrachtete.

Nana war voller Mitgefühl, ihr Verlobter hingegen war skeptisch.

„Er hat mir alles genommen", flüsterte Rausus.

„Was ist geschehen?", fragte Nana.

Mit ihrer engelsgleichen Stimme versiegte sie den Tränenfluss des Schweiglings. Kaum hatte Rausus die Larks erblickt, da schlich sich etwas Hoffnung auf sein Gesicht. „Ihr müsst mir helfen", bat er und packte Nanas Arme.

Cadoc wollte den Schweigling von ihr wegstoßen, doch sie hielt ihn ab.

„Sie haben mir meine Kräfte genommen."

Er starrte der Larklady in die Augen und zerrte an ihr. Sie musste verstehen, was ihm widerfahren war.

„Ohne meine Kräfte werde ich wieder grau. Trotzdem zwingt er mich, ihn nach Palen zu bringen. Dieser dreckige Schweigling dient Lamento. Sie sagen, sie werden es töten, wenn ich ihnen nicht helfe. Aber wenn ich ihnen helfe, verrate ich damit meine Brüder. Er darf Palen nicht betreten, das darf nicht geschehen."

Erschöpft ließ Rausus den Kopf zurück auf den Boden sinken. Seine Atmung ging schnell. Die Larklady legte ihm besorgt die Hand auf die Brust. Cadoc wollte Nana in Sicherheit bringen, weit weg von diesen merkwürdigen Schweiglingen. Aber gegen Nanas Starrsinn war Cadoc machtlos.

„Dein Bruder ist mit dem anderen alleine", warnte er sie.

Die Larklady nickte nur und begann zu singen. Sie musste sich etwas Zeit zum Nachdenken verschaffen. Rausus hatte kaum begonnen zu schnarchen, da tauchte ihr Bruder bei ihnen auf.

„Wieso singst du ein Schlaflied, Schwesterchen?"

Nana erzählte, was sie wusste, aber Rausus' erschöpfte Schilderung warf mehr Fragen auf, als sie beantwortete.

Wenn Bosk auch nicht viel erfahren hatte, so reichte es doch, um seinen Blick zu verfinstern. Er wusste, wie stur seine Schwester war und dass daran auch ihr Verlobter nichts ändern konnte. Bosk würde Nana nicht dazu bewegen können, zurück zu den unpassierbaren Bergen zu fliegen und diese beiden Schweiglinge ihrem Schicksal zu überlassen. Trotzdem wäre ihm diese Alternative die liebste gewesen.

„Also scheint dieser Lamento ein Druckmittel zu haben. Sie sind auf dem Weg nach Palen um ..."

Grübelnd ging der Lark auf und ab.

„Wir brauchen mehr Informationen", stellte Cadoc überflüssigerweise fest.

Die beiden Larkmänner berieten sich kurz, dann flogen sie davon. Wenige Wimpernschläge später waren sie auch schon wieder zurück, den bewusstlosen Sixx als gemeinsame Last. Sie setzten ihn hinter einem Baum ab.

"Ihr habt ihn k.o. geschlagen?"

Nana war wütend.

Die beiden Larkmänner grinsten sie nur an und zuckten mit den Schultern.

"Ihr löst bloß jeden Konflikt mit Gewalt, weil ihr zu faul zum denken seit."

Bosk lachte, doch Cadoc ärgerte sich. Er wollte, dass seine Verlobte stolz auf ihn war. Immerhin hatte er gerade bewiesen, dass er stärker war, als diese Schweiglinge. Wieso beeindruckte sie das nicht?

Gerade als die Larkmänner beide Hände des grauen Schweiglings mit Spucke an die Wurzeln des Baumes klebten, wurde er wach.

„Du presst jetzt lieber fest die Lippen aufeinander, sonst wird das ganze noch fieser für dich", wurde Sixx gewarnt.

Sixx nahm die Warnung ernst. Er hielt den Mund geschlossen und Bosk versiegelte die Lippen des Schweiglings mit einem gezielten

Schuss Spucke. Die beiden Larkmänner traten um den Baum herum und nickten Nana zu. Sie stimmte ein lautes unmelodisches Lied an. Rausus Augenlider begannen zu flattern.

„Wir müssen dir noch einige Fragen stellen", flüsterte sie ihrem Patienten zu.

Rausus nickte schwach und Bosk begann sein Verhör.

„Wieso haben sie dir deine Kräfte genommen?"

„Das ist Flagand gewesen, niemand weiß, wieso er das getan hat."

„Ist Flagand der Schweigling, mit dem du unterwegs bist?"

„Nein, das ist Sixx. Flagand ist ... fort." Rausus hustete und leckte sich die trockenen Lippen.

„Was will der Graue in Palen?"

Rausus' Augen weiteten sich, als wäre ihm erst in diesem Moment wieder eingefallen, warum er im Gochwald war. Die Angst um Palen und das Kind war zurück.

„Er braucht einen Schweigling, der seine Fähigkeiten noch hat. Er wird sie ihm auch nehmen, wie sie mir genommen wurden. Lamento will es so. Sixx hat etwas dabei, einen spitzen silbernen Gegenstand. Damit kann er uns die Kraft nehmen."

Die Larklady blickte ihren Bruder ängstlich an. Dieser biss die Zähne aufeinander und stand auf. Er verschwand hinter dem Baum, ein dumpfes Klopfen war zu hören, dann war er zurück. In der rechten Hand hielt er die silberne Spritze, ungefähr so, wie er auch eine tote Ratte gehalten hätte.

„Ihr dürft sie ihm nicht wegnehmen. Lamento wird es töten, wenn ich Sixx nicht helfe."

„Beruhige dich! Dieser Sixx ist nicht in der Lage irgendjemandem etwas zu verraten, also wird auch erst einmal niemand umgebracht."

Bosk glaubte alles im Griff zu haben, doch Rausus war da ganz anderer Meinung.

"Ihr versteht gar nichts. Lamento sieht alles. Sixx die Spritze abzunehmen und hier festzuhalten wird nichts ändern."

„Wendroht dieser Lamento zu töten?" fragte Nana.

Rausus rang sichtlich mit sich. Er wollte sein Geheimnis nicht preisgeben, doch er brauchte die Hilfe der Larks.

„Ein Schweiglingskind wird auf der Exklamationsburg gefangen gehalten. Es ist nicht irgendein Kind, auch wenn das schon schlimm genug wäre. Es ist angeblich ein weißes Schweiglingskind und somit einzigartig. Es ranken sich viele Legenden in unserem Orden darum, dass einmal ein weißes Schweiglingskind zur Welt kommen soll. Ein Kind mit ungeahntem Zugang zur weißen Magie."

„Hast du das Kind gesehen?", fragten Bosk und Cadoc wie aus einem Mund.

Rausus schüttelte den Kopf. Die Larks nickten sich vielsagend zu.

"Was für ein Dummkopf" flüsterte Cadoc.

"Diese Magier sind so abergläubisch" ergänzte Bosk.

„Nur weil er das Kind nicht sah, darf er doch nicht an seiner Existenz zweifeln. Solange wir nicht mit Gewissheit sagen können, dass es kein Kind gibt, werden wir versuchen zu helfen."

Nana duldete keine Widerrede, und die Männer versuchten es auch gar nicht. Schicksalsergeben fuhr Bosk mit seiner Befragung fort.

„Warum will der Graue die Kräfte von euch weißen Schweiglingen?"

„Warum sollte er sie nicht wollen?", fragte Cadoc seinerseits. „Kräfte bedeuten Macht und Macht will schließlich jeder. Können wir jetzt zum Ende kommen? Wir sollten bei den unpassierbaren Bergen sein, bevor es dunkel wird."

Alle Anwesenden warfen Cadoc einen irritierten Blick zu, dieser hielt die hellblauen Augen gesenkt und die hellen Augenbrauen ärgerlich zusammengezogen.

„Wie dem auch sei", sagte Rausus „Sixx braucht die Kraft zum Reisen und zum Kämpfen. Er muss Lamento etwas zurückbringen, und dafür braucht er jemanden mit Teleportationsfähigkeiten. Außerdem soll er diesen Flagand einfangen."

Nach dieser Erklärung folgte einstimmiges Schweigen. Keiner wusste, was zu tun war. Ein trauriges Seufzen drang aus Rausus' Kehle.

„Wenn ich doch nur meine Kräfte hätte. Ich würde sie gerne an Sixx' opfern, um das Kind zu retten."

Ein dumpfes Klopfen war hinter dem Baum zu hören.

„Vielleicht hat dieser Sixx eine Idee, wenn ich ihm nur anständig Angst einjage."

Dem jungen Lark schien die Idee des Älteren zu gefallen. Nur in den Augen von Nana lag Besorgnis.

"Halt dich besser von ihm fern" bat sie ihren Bruder, doch dieser tat ihre Bitte mit einem Kopfschütteln ab.

Er flog um den Baum herum und kniete sich direkt vor Sixx. Ein Pusten genügte und Sixx' Mund war frei.

„Ich habe euch einen Vorschlag zu machen", stieß Sixx schnell hervor.

„Sieh mal an", antwortete Bosk amüsiert.

Sixx redete sehr schnell, als fürchtete er, gleich wieder geknebelt zu werden, schlimmer noch, mit Spucke die Lippen verklebt zu bekommen.

„Sprich!"

„Lamento will nur zurückbekommen, was ihm gehört. Ich soll ihm einen entflohenen Lämmich und einen verräterischen Schweigling bringen und dabei muss Rausus mir helfen. Wenn ihr ihm einen Teil seiner Kraft zurückgebt, würde das schon reichen. Ich weiß, ihr könnt so etwas. Wenn er sich zu dem Lämmich teleportiert, kann ich ihm folgen. Von da an wird er frei sein. Ich werde den Lämmich und hoffentlich sogar den Schweigling zurück in die Burg bringen und Lamento lässt das Kind frei."

Unschlüssigkeit machte sich breit. Wie sollten die Larks kontrollieren, was Sixx tat, sobald er Rausus gefolgt war? Rausus jedoch war von Sixx' Vorschlag begeistert. Es war ihm egal, ob sich Sixx wirklich mit einer Mitreisegelegenheit zufriedengab oder nicht. Solange nur er selbst und kein anderer weißer Schweigling in Gefahr schwebte, war er einverstanden. Nana gefiel der Plan am wenigsten.

„Dieser Flagand ist wohl nicht ohne Grund fortgelaufen und wird sich auch nicht freiwillig einfangen lassen. Was wenn ihr in einen Kampf verwickelt werdet? Dafür ist Rausus zu schwach."

Sixx versuchte Nana mit einem Kopfschütteln zu beruhigen.

„Sobald ich den Lämmich habe, wird mir Flagand sowieso folgen. Ich bin mir sicher, dass er ihn noch dringender will als ich. Auf einen Kampf lass ich mich nicht ein."

Bosk und Cadoc dauerte ihr Aufenthalt im Gochwald bereits zu lange. Sie drängten auf eine schnelle Entscheidung.

„Meine Schwester wird Rausus genug Kraft zum Reisen geben", erklärte Bosk. „Er wird hier vor unseren Augen abreisen. So sehen wir, dass Sixx nur dem Teleportationsloch folgt. Wenn er ihm den Weg bereitet hat, kehrt Rausus sofort nach Palen zurück. Rausus wird Sixx also gar nicht mehr begegnen. Ich werde ebenfalls nach Palen fliegen, um mich dort von Rausus wohlbehaltener Heimkehr zu überzeugen. Der Rat wird von dem entführten Kind erfahren und dann wird sich selbst jemand wie Lamento wünschen, er hätte die Finger vom unschuldigen Schweiglingsnachwuchs gelassen."

Es lief nicht gut für Sixx und trotzdem war er froh, keinen weißen Schweigling aussaugen zu müssen. Natürlich machte er sich Sorgen, welche Konsequenz der Rat von Palen für Lamento bedeutete, aber ihm waren im wahrsten Sinne die Hände gebunden. Er hielt Lamento nicht für dumm genug, tatsächlich ein Schweiglingskind entführt zu haben, und an die Existenz eines weißen Kindes glaubte Sixx ohnehin nicht.

"Ihr dürft den Rat nicht informieren, was wenn Lamento ..." weiter kaum Rausus nicht und nur Sixx hatte diesen merkwürdigen Einwand gehört.

Nana stimmte erneut ein Lied an. Ihre Stimme klang wie ein rauschender Fluss, wie knisterndes Lagerfeuer, wie ein Sturm in den Bergen, wie Schritte auf hartem Lehmboden. Sowohl Rausus als auch Sixx schlossen träumerisch die Augen. Rausus sah tanzenden Goldstaub, der auf ihn niederregnete. Er fühlte sich warm und satt, als könnte er den Gesang trinken. Nana verstummte und altvertraute Magie durchströmte Rausus' Adern. Er öffnete seine goldenen Augen und senkte dankbar sein Haupt vor der Larklady.

12. Kapitel

Ginn schlug stöhnend die Augen auf. Seine Schläfe pochte. Er wollte sich an den Kopf greifen, doch seine Hände waren festgebunden.

„Bist du wach?", hörte er jemanden fragen.

Erschrocken zuckte Ginn zusammen. Wer war außer ihm hier? Wo war er überhaupt? Warum konnte er nichts sehen?

„Ginn?"

Der blonde Seemann atmete erleichtert auf.

„Hermod?"

Als Begrüßungslaut trötete der Octofant durch seinen kümmerlichen Rüssel.

„Weißt du, wo wir sind?" fragte Ginn.

„Da mir diese blöden Bananenschweine schon zweimal in den Fuß gebissen haben und es hier stockfinster ist, würde ich auf die Bilge tippen."

Wieder stöhnte Ginn. Jetzt erinnerte er sich an alles. Der Gedanke daran schmerzte ihn beinahe ebenso sehr, wie der Schlag mit der Schaufel es getan hatte. Warum hatte ihn Harvey verraten? Von seinem besten Freund niedergeschlagen und zurückgelassen zu werden, war eine äußerst bittere Erfahrung. Sein nächster Gedanke lenkte ihn jedoch schnell von seiner Enttäuschung ab.

„Hermod, hast du Iustus gesehen? Ist er hier?"

„Nein. Ich habe ihn auch schon gerufen, aber außer deinem Schnaufen konnte ich nichts hören und ich habe ausnehmend gute Ohren."

Hermod war besorgt.

„Ich hoffe trotzdem, er liegt hier in unserer Nähe und erholt sich noch von seinem Schaufelschlag. Bestimmt hat mich die Dunkelheit mittlerweile taub gemacht."

„Verschärfen sich nicht normalerweise die anderen Sinne, wenn man nichts mehr sehen kann?"

„Willst du jetzt wirklich mit mir diskutieren?", prustete Hermod aufgebracht zurück.

Die Sorge um den kleinen Lämmich ließ sein Octofantenherz einfach zu schnell schlagen. Er durfte nicht an Iustus Verschwinden glauben.

„Es liegt nur an der Dunkelheit", murmelte er noch einmal, wenn auch mehr zu sich selbst.

Ginn malte sich furchtbare Szenarien aus. Was, wenn Iustus einen Schaufelschlag nicht überlebt hatte? Aber das konnte nicht sein. Sicher hatte Harvey einen Grund für seinen Verrat gehabt und wer war an dem Tod eines Sklaven interessiert? Wahrscheinlich hatte sein Freund für Mali gearbeitet. Sicher sollte Harvey den Lämmich an Mali ausliefern und würde so auf Ginns alten Posten aufsteigen. Aber wie hing Marcello mit dieser Sache zusammen?

Jemand stieß die kleine Tür zu Bilge auf. Ginn blinzelte heftig, als der helle Lichtschein einer Öllampe in die Bilge fiel. Er brauchte einen Moment, um sich an die Helligkeit zu gewöhnen, dann erblickte er jemand mehr als Unerwarteten. Ginns Nacken versteifte sich sofort.

„Harvey", flüsterte er.

Wäre Ginn nicht gefesselt gewesen, er hätte bereits kampfbereit auf beiden Beinen gestanden.

„Du irrst dich!", sagte Harvey. „Du irrst dich, wenn du glaubst, ich käme in böser Absicht."

„Also war es zu meinem Besten von dir niedergeschlagen zu werden?"

„Wenn du es genau wissen willst, dann ja."

Harveys aufrichtiger Blick brachte Ginn ins Schwanken. Offensichtlich meinte der Seemann es ernst.

„Was soll denn das heißen?", fragte Hermod mit für seine Verhältnisse gefährlicher Bissigkeit.

Auch der Octofant spürte den Schlag noch, als hätte er ihn erst vor Sekunden abgekommen.

„Ich hatte keine Wahl, sonst wären wir jetzt alle tot. Ich weiß, dass er vor Mord nicht zurückschreckt."

„Von wem sprichst du denn?"

Ginns Beine wurden plötzlich weich, obwohl er ohnehin schon saß. Wenn Harvey nicht der Böse war, sondern nur ein Werkzeug, wer war dann in der Lage Harvey so zu benutzen?

„Ist Lamento auf dem Schiff?", stieß er gepresst hervor.

Harvey konnte mit dem Namen offensichtlich nicht viel anfangen. Er schüttelte nur den Kopf und beantwortete Ginns zuvor gestellte Frage.

„Marcello hat mich gezwungen. Er hat eine Waffe auf mich gerichtet, was blieb mir also anderes übrig? Er sagte, dass der Kapitän unbedingt Iustus wolle. Was mit euch geschähe, sei meine Entscheidung. Ich habe diesen Kapitän gesehen."

Harvey schwieg einen Moment und schluckte. „Er ist nicht viel größer als Iustus und sieht aus..."

Harvey suchte nach den richtigen Worten.

„Er sieht aus wie eine Hyäne, aber mit einem fiesen Schweinegesicht."

„Flagand", sagte Ginn.

Er klang nicht schockiert, eher niedergeschlagen. Hermod war panisch. Ginn hatte dem Octofanten genug Schauergeschichten über die Exklamationsburg erzählt, dass ihn Flagands Name in große Unruhe versetzte.

„Er wollte Iustus. Wir sind ihm in die Falle gelaufen und haben ihm Iustus quasi auf dem silbernen Tablett serviert" stellte Ginn leise fest.

Hermod wimmerte kläglich. Harvey konnte der Aufregung zwar nicht ganz folgen, war aber froh, nicht mehr der größte Bösewicht in den Augen seiner Freunde zu sein. Er wusste nicht, woher Ginn diesen Flagand kannte, aber das war für ihn ohnehin nebensächlich. Zu aller erst musste er seine Freunde befreien.

„Ich binde euch jetzt erstmal los", kündigte er an.

Sowohl Ginn als auch Hermod atmeten trotz aller Sorgen auf. Die Aussicht darauf, bald ihre Gliedmaßen strecken zu dürfen, war einfach himmlisch.

„Wo ist Marcello jetzt? Weiß er, dass du hier bist?", fragte Ginn.

Harvey versuchte, während seiner Antwort die Fesseln zu lösen.

„Ich hab ihm auch eins übergezogen. Er liegt draußen im Gang."

Einen kurzen Moment lang sagte niemand mehr etwas, dann ließen Ginn und Hermod ihrem Unglauben freien Lauf.

„Du hast was getan?"

„Ich hatte so ein schlechtes Gewissen. Sicher hat Marcello mich gezwungen, aber trotzdem hab ich euch niedergeschlagen und Iustus an den Kapitän ausgeliefert. Ein Blick auf diesen widerlichen

Flagand und ich bin gleich wieder hier runter geeilt, um euch zu holen. Leider hat Marcello mich vor der Tür abgefangen, ein dämliches Grinsen auf seiner Verbrechervisage. Da hab ich ihm kurzerhand die Schaufel über den Scheitel gezogen."

„Das scheint ja bei dir zur Gewohnheit zu werden", stellte Ginn trocken fest.

Harvey kicherte leise. Mit einem Ausruf des Triumphs löste er schließlich die Seile. Ginn und Hermod waren frei. Ächzend richtete sich Hermod auf. Er drehte seinen gewaltigen Elefantenkörper zu Harvey und ließ seinen dicken grauen Schädel auf Harveys Kopf niedersausen. Der Getroffene sackte tonlos zusammen.

„Was sollte das denn?", fragte Ginn, die Stimme schrill vor Unglauben.

„Ich weiß es auch nicht."

Hermod näselte schlimmer denn je. Er konnte selbst nicht glauben, was er getan hatte.

„Ich dachte ... wir konnten uns doch nicht absprechen. Er ist immerhin ... die Schaufel."

Hermod gab sich alle Mühe, doch er stand unter Schock. Er versuchte, seine Tat unter asthmatischen Atemversuchen zu erklären, doch es kam nur unzusammenhängendes Geplapper dabei heraus. Ginn ging es, was seine geistige Klarheit betraf, kaum besser. Ein Teil von ihm wollte den Octofanten für seinen Anschlag auf Harvey anschreien, ein anderer Teil konnte Hermods Misstrauen sehr gut nachvollziehen. Sie wussten nicht mit Sicherheit, auf welcher Seite Harvey stand.

„Hilf mir, ihn an den Balken zu binden!", befahl Ginn.

Hermod unterbrach sein hysterisches Gebrabbel und schaute unterwürfig zu Ginn herunter.

„Hab ich großen Mist gebaut?", fragte er.

„Das wird sich noch zeigen, mein Freund. Vorerst gehen wir mal davon aus, dass dein Instinkt dich nicht getrügt hat."

Schweigend banden sie den regungslosen Seemann fest. Eine tiefe Falte hatte sich auf Ginns Stirn eingegraben. Er hatte nicht die geringste Idee, was sie als nächstes tun sollten. Alles, was sie besaßen, war eine Öllampe, und das war nicht gerade viel, um sich durch ein voll besetztes feindliches Schiff zu kämpfen. Wie weit würden sie wohl kommen ohne Waffen und Verbündete?

„Wer ist euch denn da ins Netz gegangen?"

Ginn fuhr erschrocken herum, während Hermod erstarrte.

„Marcello", entfuhr es Ginn.

„Schön, dich wieder bei Bewusstsein zu sehen, Ginn."

Grinsend tänzelte Marcello zwischen dem blonden Mann und Hermod hindurch, seine Waffe abwechselnd auf seine Gefangenen gerichtet.

„Wie ich sehe, ist Harvey seine dumme Rettungsaktion nicht gut bekommen."

»Und wie ich sehe, hat Harvey vergessen, dir die Waffe abzunehmen.«

Ginn versuchte, seiner Wut zum Trotz einen kühlen Kopf zu bewahren. Er kämpfte sein Bedürfnis nieder, Marcello die Waffe aus der Hand zu schlagen und auf ihn loszugehen. Um Hermods und sein eigenes Leben zu schützen, musste Ginn mit Bedacht vorgehen. Spott schien Ginn ein guter Anfang zu sein.

„Wir wollten Harvey nur mal ausschlafen lassen. Wie ich hörte, hast du doch eben auch noch vor der Tür geschlummert."
Kurz verrutschte Marcellos hochmütiges Grinsen, und Ärger trat an seine Stelle.
„Aber am Ende bin doch ich es, der aufrecht steht und ihr liegt vor mir im Dreck."

***

Wing hatte tatsächlich geweint. Jahre lang hatte sie all ihr Elend verdrängen können, doch nun brach es aus ihr heraus. Schluchzend flog sie von Tisch zu Tisch und scheuerte die Holzplatten sauber. Normalerweise heiterte es sie ein wenig auf, einen Tag gemeistert zu haben, doch an diesem Abend wurde sie nur noch trauriger. Die Gäste waren längst in ihre Häuser oder auf ihre Schiffe zurückgekehrt, aber sie blieb im Schankraum zurück. Wie jede Nacht räumte sie auf und putzte, um wenige Stunden später wieder die ersten Gäste bedienen zu dürfen. Geschüttelt von Traurigkeit schmiss sie den Putzlappen an die Wand.
Wie hatte der blonde Mann es nur geschafft ihren Panzer zu durchdringen? Und nicht nur das, er hatte den Panzer in tausend Stücke zerschlagen. Nun lag sie schutzlos da und konnte nur auf seine Rückkehr hoffen.
War Liebe auch eine Lüge? Genauso wie Freiheit? Auf sie hatte Wing vergeblich gehofft. Wahrscheinlich war ihre Hoffnung auf ein Wiedersehen mit ihm genauso vergeblich. Sie glaubte kaum noch daran, dass es ein Leben außerhalb dieser Schenke gab. Würde sie die blauen Augen des Mannes auch irgendwann vergessen, wie sie

den blauen Himmel vergessen hatte? Würde sie die blonden Haare vergessen wie die südwestlichen Felder, über die sie früher einmal geflogen war?

Wing erschrak, als der Koch die Schwingtür zur Küche aufstieß.

„Hast genug geputzt, Wing. Komm bitte einmal in die Küche."

Die Larklady hoffte so inständig auf einen der seltenen Abende, an denen Medat sich seine Flasche Wein mit ihr teilte. Sie wollte wenigstens für einen Moment nicht mehr an den jungen Mann denken, der vor wenigen Stunden die Schenke verlassen hatte.

Sie flog in die Küche. Tatsächlich saß Medat an dem kleinen viereckigen Tisch, vor ihm eine Flasche Wein und zwei Gläser. Mit seinen fast zwei Metern Körpergröße nahm der Schuppenbär einen beträchtlichen Teil der kleinen Küche ein. Wing musste wie immer lächeln, als sie sah, wie schwer es ihm fiel, sein gewaltiges silbern behaartes Hinterteil, den rückenlangen braunen Panzer und den geschuppten braunen Schwanz auf seinen kleinen Holzstuhl zu quetschen. Lautlos schwebte sie in die Küche, und Medat wandte ihr direkt den runden Kopf zu. Wie alle Schuppenbären war sein Geruchssinn außerordentlich gut. Diese Fähigkeit machte ihn nicht nur zu einem guten Wachhund, sondern auch zu einem hervorragenden Koch.

Erschrocken sah Wing das dichte Fell an seinem rotbraunen Bauch in regelmäßigen Abständen erbeben. Sie wusste, was das bedeutete. Immer wenn Medat unter Schluckauf litt, hatte er eine schlechte Nachricht zu überbringen.

„Was ist passiert?", fragte sie ohne Umschweife.

„Hier, trink erst einmal was."

Wing lehnte kopfschüttelnd ab. Medat seufzte und wackelte mit seiner vorstehenden schwarzen Nase. Scheinbar suchte er nach den richtigen Worten.

„Ich war heute für die Echse auf dem Sklavenmarkt."

Wing schauderte. Warum hatte die Nöhlerechse den Koch auf den Sklavenmarkt geschickt? Ihr schwante nichts Gutes.

„In zwei Wochen wird der König von Dealy heiraten. Die Echse will ihr Ansehen steigern und dem fetten König die köstlichste aller Delikatessen überreichen. Ich war ja für Hummer, aber ein verdammter Octofant hat heute wie verrückt auf eine Bitze geboten ..."

„Du sollst ihm eine Bitze kochen?" fragte Wing entsetzt.

Larks und Bitzen konnten sich zwar von Natur aus nicht ausstehen, aber trotzdem fand Wing die Vorstellung abscheulich, diese Geschöpfe zu töten und sie dann auch noch zu essen. Auch Medat schüttelte sich bei dem Gedanken eine ausgewachsene Bitze schlachten und kochen zu müssen. Sein Schluckauf wurde schlimmer und schlimmer.

„Wieso solltest du heute schon eine Bitze kaufen? Es sind immerhin noch zwei Wochen."

„Die Echse hatte Angst, dass es die letzte bis zum Fest sein könnte. Bitzen sind immerhin selten auf dem Markt. Normalerweise will die Biester ja auch keiner haben. Davon abgesehen soll sie zwei Wochen lang nur mit Delikatessen gefüttert werden, damit sie später noch besser schmeckt."

Wing konnte nur den Kopf über die Entscheidungen ihres Herrn schütteln.

„Wo ist die Bitze jetzt?", fragte sie.

„In deinem Zi ..."

„Ist schon gut!", unterbrach sie ihn. „Ich kann es mir denken."

Ohne ein weiteres Wort ging sie von der Küche aus die schmale Stiege zu den oberen Schlafräumen hinauf. Sie hörte Medats Schluckauf noch, als sie bereits ihr Zimmer betreten hatte.

Die Nöhlerechse stand am Fenster und hielt die Bitze am Hals in die Höhe. So wie der Wirt aussah, hatte die Bitze ihn schon einige Nerven gekostet. Sie wandt sich in einem fort, was es der Echse unmöglich machte sie anzuleinen.

„Sie soll also hierbleiben?", fragte Wing.

„Freu dich nicht zu früh", krächzte die Echse, wie ein Papagei. „Sie ist nicht hier, um in der Schenke zu helfen. Ihre Aufgaben liegen in der Küche."

Er lachte, was sich anhörte wie das Krächzen einer Krähe. „Wo soll sie hier denn schlafen?", wollte die Larklady wissen.

„Stell keine dummen Fragen, hilf mir lieber diesem Vieh das Halsband und die Leine anzulegen."

Widerwillig näherte sich Wing der um sich kratzenden Bitze. Es war der angeborene Instinkt einer Larklady sich vor diesen Wesen in acht zu nehmen, und doch war dies nicht der eigentliche Grund, warum es Wing so schwerfiel, das Halsband zuzubinden. Es war viel eher ihr eigenes Halsband, das ihr die Finger versteifte.

Kaum war die Bitze am Bettpfosten angeleint, da wurde sie von der Nöhlerechse mit dem Schnabel gepackt und auf Wings Matratze geschleudert. Auch wenn Wing sich nur für zwei Wochen ihre Kammer würde teilen müssen, ihr Bett war ihr heilig. Mit einer Mischung aus Wut und Ekel sah sie sich den roten Fellhaufen auf ihrer sauberen Leinenbettwäsche an. Die Bitze war offensichtlich ziemlich mitgenommen. Bei dem Versuch, sich aufzurichten, brach sie immer wieder wankend zusammen. Ein widerlicher Geruch breitete sich in der kleinen Kammer aus. Es stank nach faulen Früchten.

„Wenn du deinen Rausch ausschlafen willst, mach das gefälligst auf dem Fußboden", befahl Wing, sobald die Echse die Tür hinter sich geschlossen hatte.

Die Bitze zeigte sich wenig beeindruckt von Wings Wut.

„Runter von meinem Bett!", schrie die Larklady so schrill, wie es ihr enges Halsband zuließ.

Das zeigte Wirkung. Die Bitze legte die Ohren an und ein krampfartiges Zucken lief über ihren Oberkörper. Einen Moment zu lange sonnte sich Wing in ihrem Triumph. Erst dann begriff sie, was das Zucken der Bitze zu bedeuten hatte. So schnell Wing konnte, flog sie zum Bett, doch es war zu spät. Mit einem letzten Beben erbrach die Bitze stinkende Magenflüssigkeit und Fischreste auf Wings Decke.

Schweigend flatterte Wing in der Luft. Eine Leere nahm von ihr Besitz, als sie auf ihr besudeltes Bett blickte. Die Bitze rülpste laut und sah dann schielend zu Wing hoch.

„Ich bin Grisine. Hast du vielleicht was zu trinken für mich?"

Unten hörte Wing den Schuppenbär hicksen.

***

„Sehr witzig", sagte Sixx sarkastisch und klopfte sich die Lebensmittelabfälle ab, die an seinem Fell kleben geblieben waren.

Rausus hatte seine Teleportationsspur mitten in den Abfallhaufen im Hof einer Hafenschenke gelenkt. Wirklich übel nehmen konnte Sixx es dem weißen Schweigling nicht. Immerhin hatte Rausus viel durchmachen müssen, seit er Palen verlassen hatte.

Auch wenn Sixx inmitten von stinkendem Abfall stand, meldete sich bei ihm der Hunger. Neugierig versuchte er, durch die Buntglasscheiben der Schenke etwas zu erkennen, doch im Inneren war es ebenso dunkel wie auf der Hafenpromenade. Er musste sich wohl noch einige Stunden gedulden, bis Dealy wieder zum Leben erwachte. Um nach dem Lämmich zu suchen, war es auch zu dunkel.

Sixx hatte nicht erwartet, bei tiefster Nacht in der Hafenstadt anzukommen. Sogar Sekunden nach seiner Ankunft spürte der Schweigling schon, wie ihm die Zeitumstellung zu schaffen machte. Er entschied sich dazu, den Hof samt Müll hinter sich zu lassen, um am Pier nach einer Schlafmöglichkeit zu suchen. Seine pelzige Hand tastete nach dem Hoftor, als etwas wenige Zentimeter über seinen Kopf hinweg sauste und hinter ihm auf dem Boden landete. Im ersten Moment glaubte Sixx, man habe einen sehr großen weißen Stein nach ihm geworfen, dann begann sich der Stein vor seinen Augen zu entfalten. Zwei helle Flügel klappten zu den Seiten weg und gaben einen haarigen weißen Körper frei. Noch bevor dieser Körper zu verschwimmen begann und auf groteske Weise seine Form veränderte, wusste Sixx bereits, mit wem er es zu tun hatte. Er kannte seinen Besucher besser, als jedes andere Wesen, dem er je begegnet war.

„Hallo Sixx", sagte die schöne junge Frau, die eben noch eine weiße Fledermaus gewesen war, mit einer tiefen wohlklingenden Stimme.

Der Körper des Schweiglings erbebte, so wie er es immer tat, wenn sie in seiner Nähe war. Sixx fühlte tiefe Dankbarkeit, nur weil er sie betrachten durfte. Sogar in einer finsteren Nacht wie dieser konnte er sie in jeder Einzelheit erkennen. Ihr langes weißblondes Haar leuchtete ebenso wie ihre weiße Haut. Sogar die im Vergleich zu ihrem hochgewachsenen schlanken Körper eher kümmerlich wirkenden Flügel glänzten wie nasses Leder. Sie trug ein schulterfreies blaues Kleid, das eng an ihrem Körper anlag. Ein Kranz aus blutroten Rosen schmückte ihr Haar. Ihre vollen Lippen waren farblos, ihre tiefliegenden großen Augen dafür umso strahlender. Ihre Iris nahm das komplette Auge ein, so dass kein Weiß mehr zu sehen war. Ihre Augen waren fliederfarben. Sie lächelte ihn an und Sixx wurde heiß wie im Fieber.

„Bran!" Sixx sprach ihren Namen geradezu andächtig aus. „Womit habe ich Euren Besuch verdient?"

Sie lächelte und wieder begann sein kleiner Körper zu beben.

„Es wundert mich, dass du nicht mit mir gerechnet hast, mein guter Sixx."

Er hörte die Wut zwischen ihrem Lächeln hindurch, doch er fürchtete sich nicht. Solange er nur weiter ihrer Stimme lauschen durfte, war ihm jede Strafe recht.

„Ihr seid mit meiner Arbeit nicht zufrieden", stellte er fest.

Bran war abgelenkt und antwortete daher nicht direkt. Ein kleines schwarzes Kätzchen wühlte in den Abfällen der Schenke. Zu schnell, um ihre Bewegungen wahrnehmen zu können, hatte Bran das Kätzchen geschnappt und wiegte es nun in ihren Armen wie ein Baby. Ihr langes weißblondes Haar fiel ihr ins Gesicht und verbarg die Katze für einen Moment vor Sixx' Augen. Ebenso zärtlich wie sie dem Tier eben noch über das Fell gestrichen hatte, so brutal riss sie das Kätzchen jetzt an ihren Mund und bohrte ihre Zähne tief in das schwarze Fell. Während sie saugte, lächelte Sixx zufrieden. Er sorgte sich oft, dass sie nicht genug aß und ihr Wohlergehen war ihm wichtiger als sein eigenes. Er zuckte nicht einmal zusammen, als Brianna, wie er sie nannte, das blutleere Tier achtlos auf den Müllhaufen hinter sich warf. Der Schweigling erfreute sich nur an der neuen Röte ihrer Wangen.

„Sag mir Sixx, liebst du mich noch?"

„Aber natürlich, niemanden außer euch."

Sie nickte, wirkte jedoch nicht überzeugt.

„Nun, du kennst meinen Wunsch, Sixx, und doch erfüllst du ihn mir nicht. Wie kann ich da nicht an deiner Liebe zweifeln? Diese Zweifel schmerzen mich, Sixx."

Ihre Stimme klang wie die eines verzweifelten Kindes. Er hatte sie verletzt. Tränen der Reue blitzten in seinen Augen auf.

„Du trägst sein Zeichen", flüsterte nun auch Brianna weinend.

Sixx verstand erst nicht, was sie meinte, dann folgte er ihrem Blick auf seinen Oberarm. Das Wappen Lamentos strahlte ungewöhnlich hell in der finsteren Nacht.

„Ich konnte mich doch nicht weigern. Er hätte sofort gemerkt, dass ich ... nicht frei bin."

Sixx war bemüht schnell zu sprechen, um sie von ihrem Kummer zu erlösen. Auf der anderen Seite wollte er nichts Falsches sagen und sie damit eventuell noch mehr zu verletzen.

„Ich habe den Plan nicht vergessen, aber es kam alles anders. Dieser Flagand war nicht da, oder zumindest konnte ich ihn nicht finden, und ich brauchte ihn ja, um zu erfahren, wo der Schatz ist und ..."

„Ruhe!", schrie Brianna schrill. „Meine Befehle dir gegenüber waren eindeutig. Du solltest dir Zutritt zur Burg verschaffen, den Schatz finden und wieder zu mir kommen. Stattdessen bist nichts weiter, als Lamentos Hund geworden. Du solltest dich schämen, pfui."

Den letzten Satz spuckte sie Sixx geradezu vor die Füße. Aufgebracht zupfte sie an dem Stoff ihres Kleides. Sixx blickte betreten zu Boden. Es war offensichtlich, wie sehr er sich schämte, seine Brianna enttäuscht zu haben. Diese wandte den Kopf zur Schenke.

„Wir reden an einem anderen Ort weiter. Man hat uns bemerkt."

Tatsächlich sah auch Sixx das Flackern einer Kerze durch die grün-rote Scheibe.

Sixx und seine Herrin verließen den Hof und gingen die Hafenpromenade hinunter. Bran sah in der Nacht so gut wie die Menschen am Tage und ihr Strahlen reichte Sixx als Lichtquelle aus.

„Der Lämmich ist nicht mehr hier", hörte er Brianna sagen. „Du bist zu spät."

Sixx blickte erschrocken auf. Nun hatte er wirklich alles verdorben. Wie sollte sie jetzt noch an Lamentos Schatz gelangen? Wenn Flagand den Lämmich haben sollte, war alles aus. Kaum wären Flagand und der Lämmich zurück in der Burg, blieben Sixx die Tore versperrt.

Wie gerne wäre der Schweigling einfach ins Meer gesprungen und für immer untergetaucht, doch die prickelnde Narbe auf seiner Nase erinnerte ihn daran, wie sinnlos ein Fluchtversuch vor Bran war.

***

Flagand spazierte in der Kapitänskajüte auf und ab. Aus dem Augenwinkel versuchte er zu erkennen, ob der Lämmich im Käfig über seinem Schreibtisch schlief. Zu seiner Erleichterung hatte Iustus die Augen geschlossen. Leise zog Flagand die schwarzen Schuhe des Lämmichs aus einer Kommode.
„Wollen wir doch mal sehen, ob ich mich nicht ein paar Zentimeter größer machen kann", flüsterte er.
Der Schweigling ließ sie auf den Boden plumpsen und versuchte sich die Schuhe über seine behaarten Füße zu stülpen. Eigentlich hätten sie ihm passen müssen. Gut, seine Füße mochten ein klein wenig größer als die des Lämmichs sein, doch er schaffte es nicht einmal halb in den Schuh hinein. Jedes mal wenn er einen Zeh hereinschob, wanderte der Schuh wie durch Zauberhand ein Stück zur Seite. Der Schweigling fluchte zischend und versuchte es mit Gewalt.
Iustus verfolgte grinsend das Spektakel. Aus seinem Käfig sah er, wie Flagand vor Anstrengung hinten über kippte und sich den Kopf am Tischbein stieß.
"Aua, verdammt!"

Wütend warf der Schweigling die Schuhe gegen die Wand und schnaufte frustriert. Als er sich zu Iustus umdrehte, schloss dieser schnell die Augen und stellte sich schlafend.

Kaum waren seine Augen geschlossen, sah er sie. Er sah Wings türkisfarbene Augen leuchten und eine zarte Röte auf ihren runden Wangen schimmern. Ihr Gesicht hatte ihn seit Dealy nicht verlassen. Wenn er schlief, entfernte er sich weit von der Cato und von Flagand. Solange er schlief, war er frei.

13. Kapitel

Hermod war kurz davor die Beherrschung zu verlieren. Ginn hatte den Octofanten noch nie so wütend erlebt. Beunruhigt beobachtete er das Beben der muskulösen Fangarme.
"Ganz ruhig. Lass dich nicht provozieren."
Doch der Octofant fixierte Marcello, unfähig auf seinen Freund zu hören.
„Setz dich jetzt endlich auf deinen fetten Arsch, Fischgesicht", schrie Marcello Hermod an.
Ginn klatschte ein Fangarm ins Gesicht, als sich Hermod mit einer energischen Pirouette zu Marcello umdrehte und ihn am Kragen packte.
"Lass mich los!" schrie Marcello panisch und drückte Hermod seine Waffe gegen die Stirn. Ginn versuchte, seinen Freund zurückzuhalten. Er durfte nicht riskieren, dass Marcello abdrückte.
„Wir setzen uns einfach hin und lassen ihm seinen Willen. Deine Rache bekommst du später, Großer."
Der Octofant prustete durch seinen Rüssel. Ginns Worte beruhigten ihn etwas, doch jedes Mal, wenn Marcello mit seiner Waffe herumfuchtelte, wollte er sich den Menschen packen und in der Mitte durchbrechen.
„Bitte, setz dich", flüsterte Ginn eindringlicher.
Hermod tat Ginn den Gefallen, doch Marcello blieb alles, was er sah. Während er seinen massigen Körper an den Balken lehnte, durchströmte ihn die unabwendbare Sicherheit darüber, Marcello in nicht allzu ferner Zukunft zu töten.

Stumm band Marcello Ginn, Hermod und den bewusstlosen Harvey aneinander, um dann eilig die Bilge zu verlassen. Der Octofant blickte ihm mit einem schauderhaften Grinsen nach.

Seit einer Woche saßen die drei Freunde bereits in der Bilge fest. Durch die ständige Finsternis hätten sie längst das Zeitgefühl verloren, wäre nicht Marcello einmal täglich gekommen, um ihnen etwas Suppe einzuflößen.

Jedes mal schwiegen die drei Gefangenen. Zu Anfang hatten sie versucht zu erfahren, wie es um Iustus stand und was Marcello mit ihnen vorhatte, doch all ihre Fragen waren unbeantwortet geblieben.

„War Marcello heute schon hier?", fragte Hermod.

„Keine Ahnung, ich glaub, der war seit mindestens drei Tagen nicht mehr hier. Zumindest kommt es mir so lange vor", antwortete Harvey.

Zu Anfang hatten die drei Gefangenen abwechselnd die Sekunden gezählt, aber nach beinahe zwanzig Stunden war Hermod während seiner Schicht eingeschlafen, und so war ihnen die Zeit abhandengekommen. Im Endeffekt war es auch egal, wie lange sie schon in ihrem Verlies hockten, sie hatten die Hoffnung auf ihre Freiheit begraben.

Nachdem sie nun schon eine Woche im Dunkeln verharrten, ging ihnen auch der Gesprächsstoff aus. Sie mussten sich nicht länger die Angst und die Beklemmung von der Seele reden. Auch an solche Gefühle konnte man sich gewöhnen. Statt also zu sprechen, richteten sie ihren Blick nach innen und ließen vergangene Ereignisse Revue passieren. Sie spazierten in ihren Gedanken durch die Sonne und genossen ihre verlorene Freiheit beinahe so, als wäre sie real. Nur wenn sich die Angst in ihre Erinnerungen schlich, begannen sie zu erzählen, um die Stille zu vertreiben.

Ginn kämpfte am meisten gegen die Geister seiner Vergangenheit an. Harvey und Hermod waren schon daran gewöhnt, dass er dann aus heiterem Himmel zu sprechen begann. Sie kannten den flehenden Unterton in seiner Stimme, der sie still darum bat, ihm aus seinem Albtraum herauszuhelfen. An diesem Tag war es jedoch Hermod, der es mit der Angst bekam. Er war seltsam zappelig und redete auf seine Freunde ein, bis die Tür zur Bilge aufgestoßen wurde.

Wie immer atmeten die drei Freunde beim ersten Lichtstrahl erleichtert auf. Egal wie sehr sie Marcello auch hassten, sie liebten das Licht. Was sie an diesem Tag zusätzlich freute, war Marcellos offensichtliche Beunruhigung. Irgendetwas musste ihn aufgeregt, vielleicht sogar geängstigt haben. Hätte ihn nicht schon beim Eintreten seine angespannte Wangenpartie verraten, sein Schweigen tat es allemal. Eilig stellte er die Öllampe auf den Boden und flößte ihnen nacheinander die lauwarme Suppe ein.

Wieder flog die Tür auf und ein weiterer Seemann trat ein. Sorgenfalten lagen auf dem von der Sonne und den Jahren gegerbten Gesicht.

„Er will dich sehen, mein Junge, sofort!"

Mitleid lag in der Stimme des älteren Mannes. Scheinbar lag ihm etwas an Marcello, denn er hatte diese Nachricht nicht gerne überbracht.

Obwohl nur Ginn und Hermod Suppe bekommen hatten, verließ Marcello sofort nach Erhalt der Nachricht die Bilge. Er überließ

Harvey seinem Hunger und Durst, nahm die Kanne mit der Suppe an sich und folgte eilige dem älteren Seemann hinaus.

„Seht ihr, was ich sehe?", fragte Ginn ungläubig.

„Die Tatsache, dass wir überhaupt etwas sehen können, reicht schon", antwortete Harvey.

„Er hat die Lampe vergessen", flüstere Hermod und begann euphorisch zu tröten.

"Ich hol uns hier raus" rief er.

Bevor seine Freunde verstanden, was er vorhatte, ließ Hermod seinen Tentakel nach vorne schnellen und bekam so den Henkel der Lampe zu fassen. Mit einem Ruck schleuderte er die Lampe hinter sich. Panisch rückten Ginn und Harvey von dem Balken in ihrem Rücken weg, der sofort Feuer gefangen hatte. Ihre Fesseln ließen nicht viel Raum zwischen ihrem Rücken und dem Feuer und so fraß sich das Feuer an ihren Kleidern hoch.

„Bist du verrückt geworden?", schrie Ginn.

Das Feuer biss ihm bereits in die Haut. Hermod antworte nicht. Er wollte Harveys Gewimmer nicht hören und Harveys brennendes Hemd nicht sehen. Es gab nur diese eine Chance raus aus der Dunkelheit. Mit aller Gewalt stemmte er sich nach vorne. Die Fesseln spannten sich hinter ihnen und das Feuer züngelte an ihren Fasern. Hermod brauchte nicht viel Hilfe vom Feuer. Nur wenige Stränge mussten versengt werden, dann reichte seinen Kraft, um sich loszureißen. Auf allen vieren robbte er zu dem brennenden Pfeiler. Es scherte ihn nicht, dass er sich die Tentakel und die Elefantenhaut verbrannte, er wollte nur Ginn und Harvey befreien.

Zuerst gelang es ihm, Ginns Fesseln zu zerreißen. Sofort riss sich der blonde Mann das Hemd vom Leib und trat die züngelnden

Flämmchen rund um seine Füße aus. Harvey stöhnte als die Hitze in seinem Rücken ihm wie Blitze in die Haut fuhr. Hermod hatte Probleme Harveys Fesseln zu lösen und befahl Ginn, zu helfen. Beide zerrten und rissen an den Hanfseilen. Sie verbrannten sich die Hände, doch sie gaben nicht auf. Nach einem gemeinsamen Ruck rissen die Fesseln und Harvey sank vor ihnen auf den Boden. Er wollte etwas sagen, ihnen danken, doch er bekam einfach keine Luft. Der dunkelhaarige Mann hörte seine Freunde noch laut Husten, sah das leuchtende Rot der Flammen, bevor alles um ihn herum dunkel wurde.

***

Wing konnte es kaum fassen, doch es hatte nicht nur Nachteile sich ein Zimmer mit Grisine teilen zu müssen. Die Anwesenheit der Bitze nahm Wing derart in Beschlag, dass sie manchmal sogar mehrere Minuten lang nicht an den blonden Mann dachte. Schon beinahe eine Woche war es her, seit er in ihr Leben und auf ihre Hand getreten war. Seitdem verging kein Tag, an dem sie nicht nervös über die Tische flog, in der Hoffnung, ihn in einer der Nischen wiederzusehen. Wenn sie dann spät nachts in ihre Kammer kam, befreit von ihren Pflichten, galt ihm ihr letzter Gedanke. Lange war es ihr gelungen Wünsche und Sehnsüchte von sich fernzuhalten, doch nun war ihr Panzer zerstört und all die alten Bedürfnisse kamen zu ihr zurück.
War Wing am Tage durch ihre Arbeit abgelenkt, strömten alle verdrängten Gefühle und Gedanken in ihrer Kammer auf sie ein. Genau in diesen Momenten begann der allabendliche Kampf mit

Grisine um das schmale Bett. Meist lag Grisine schon laut schnarchend und vollgefressen darin, wenn Wing endlich die letzten Gäste aus der Schenke gekehrt hatte.

Die Larklady wusste zwar von Grisines baldiger Schlachtung, trotzdem kam oft so etwas wie Neid in ihr auf. Immerhin lebte Grisine wie eine Fürstin. Sie bekam das beste Essen und musste nur für wenige Stunden am Tag in der Küche helfen. Den Rest ihrer Zeit verbrachte die Bitze mit Schlafen und dem heimlichen Konsum von unzähligen Flaschen Wein. Allein aus diesen Gründen gönnte Wing der Bitze ihr Bett nicht.

Fand Wing Grisine abends auf der weichen Matratze, flog sie mit einem Wasserglas bewaffnet zum Kopfende. Mit einem genüsslichen Grinsen goss sie der Bitze das Wasser ins Gesicht. Grisine schnappte nach Luft und wedelte wie eine Ertrinkende mit den Armen. Die Larklady griff sich Grisines Vordertatzen und zog die Bitze ruckartig aus ihrem Bett. Polternd kam Grisine neben dem Bett auf, drehte sich unbeholfen auf alle Vieren und fauchte. Wing schwebte noch immer über dem Bett und ließ die Bitze nicht aus den Augen. Diese starrte zurück, die Mordlust ins nasse Gesicht geschrieben. Auch wenn die Bitze die Krallen ausfuhr, wagte sie es nicht, die Larklady anzugreifen. Zu Anfang hatte sie sich noch von dem zarten Feengesicht hinters Licht führen lassen, mittlerweile wusste sie es besser. Mit Wing war nicht zu spaßen, schon gar nicht nach vierzehn Stunden getaner Arbeit.

„Du bleibst auf dem Boden, oder ich verschaffe der Nöhlerechse ein Rezept für eingelegte Essigbitze, dann kommst du heute noch in den Topf."

Grisine traten Tränen in die Augen und sie drehte den Kopf zur Wand.
Sofort nagte das schlechte Gewissen an Wing, doch gesagt, war nun einmal gesagt.
"Es tut ..."
Weiter kam Wing nicht. Grisine drehte sich zurück, Hass und Geifer standen ihr im Gesicht.
„Pass lieber auf, dass ich dir nicht im Schlaf die Flügel abbeiße, Vögelchen", fauchte Grisine mit hochgezogenen Lefzen.
Wings schlechtes Gewissen war verflogen.
„Sei endlich still und schlaf deinen Rausch aus und das gefälligst auf dem Boden. Merk dir endlich, wo dein Platz ist!"
Mit dem Mut der Verzweiflung machte Grisine noch einen Satz auf das Bett zu. Wing lachte ihr glockenhelles Lachen.
„Das glaubst du doch selber nicht."
Grisine zog den Schwanz ein. Sie wusste, dass sie die Nacht nicht im Bett verbringen würde. Knurrend verzog sie sich mit gebeugtem Kreuz, um sich auf einer alten Decke einzurollen. Wing ließ sich triumphierend auf ihre Matratze fallen. Sie schlief schnell ein, doch im Traum verfolgten sie riesige Monster mit langen Krallen und stechend grünen Augen und sie verfolgte einen blonden Mann, den sie einfach nicht erreichen konnte.

***

Sixx durchlebte ein Wechselbad der Gefühle. Bereits seit einer Woche durfte er nun schon Brans Anwesenheit genießen. Neuerdings fühlte er sich jedoch an ihrer Seite immer öfter nutzlos und unwohl. Seine Herrin verdammte ihn zur Untätigkeit. Nur weil sie auf das Fest des Königs von Dealy gehen wollte, musste er in dieser verfluchten Hafenstadt bleiben.

Es würde noch Tage bis zu den Hochzeitsfeierlichkeiten dauern. Flagands Vorsprung wurde immer größer. Immerhin hatte Sixx durch seinen Aufenthalt in Dealy bereits erfahren, dass Iustus mit Flagand auf einem Schiff namens Cato war. In einer Hafenschenke war er einem jungen Seemann begegnet. Dieser war von der Cato geflohen, als ein Schweigling dort das Kommando an sich gerissen hatte. In der Nacht als er sich davonmachte, brachten zwei Männer einen Octofanten und einen Lämmich an Bord. Wer die beiden Männer waren und was ein Octofant mit ihnen zu schaffen hatte, das hatte Sixx noch nicht herausbekommen.

Gelangweilt spazierte der Schweigling über den höher gelegenen Marktplatz. Er passierte einen Fischstand und kaufte sich panierte Haifischflosse am Spieß. Kauend hüpfte er die Stufen hinunter zum Sklavenmarkt. Der Platz war weitgehend leer, nur ein dunkelhäutiger Mann schrieb das zu erwartende Angebot an Sklaven auf eine Tafel. Sixx stellte sich neben ihn, um besser lesen zu können.

„Es sollen vier Bitzen verkauft werden? Die werdet ihr doch nie los", lachte Sixx.

Der Mann blickte zum Schweigling herunter, als wäre Sixx nicht ganz richtig im Kopf..

„Bitzen verkaufen sich seit Tagen zu Höchstpreisen. Ein Octofant erklärte sie zur Delikatesse. Auch die geizige Nöhlerechse unten am Hafen hat eine gekauft. Wenn mich nicht alles täuscht, hat er für seine Schenke sogar dem Octofanten die Bitze vor der Nase weggeschnappt. Die Bitze war kaum von der Sukhothai an Land gegangen, da hatte er sie schon in seiner Küche.

Sixx horchte auf.

„War nicht auch ein Lämmich auf der Sukhothai?"

Der Mann verzog wütend das Gesicht.

„Ja, dieses widerliche Vieh ist weggelaufen. Zu schade, für Raritäten wie Lämmiche wird immer gut gezahlt."

Der Mann lamentierte noch länger über seinen Verlust, doch Sixx hörte nicht mehr zu.

Da es noch einige Stunden bis zum Anbruch der Nacht und somit bis zum Erwachen seiner Herrin dauern würde, entschied sich Sixx dazu, die Hafenschenke aufzusuchen. Er betrat den dunklen Schankraum und setzte sich direkt an den Tresen. Sein Blick schweifte kurz über eine hübsche Larklady, doch von der Bitze war nichts zu sehen. Er hoffte inständig, dass sie noch nicht im Kochtopf gelandet war.

„Was darf es denn sein", krächzte ihn die Nöhlerechse an.

„Ein Ingwerbier bitte."

Der Wirt stellte ihm das gewünschte Getränk auf den Tresen und verlangte sofort das Geld.

„Wie wäre es, wenn ich das Doppelte für dieses köstliche Bier bezahlte?"

Die kleinen Vogelaugen blickten interessiert auf.

„Warum sollten Sie das tun, mein Herr?"

„Nun sagen wir, dass ich mich für seltene widerspenstige Geschöpfe interessiere."

Das Funkeln in den Augen des Wirtes erlosch. Er wirkte schrecklich gelangweilt, als habe er eine Geschichte schon zu oft hören müssen.

„Wenn Sie die Larklady ... besuchen wollen, kostet das mehr als ihr genannter Preis."

Sixx brauchte einen Moment, bis er verstand. Dann schüttelte er den Kopf und klärte den Wirt auf.

„Oh nein, ich hörte von einer Bitze, die sich in ihrem Besitz befinden soll. Ihr gilt mein Interesse."

Die Nöhlerechse sah ihn verwundert und etwas angewidert an. Aber solange der Wirt aus etwas Profit schlagen konnte, mischte er sich in die Wünsche seiner Gäste nicht ein.

„Zahlen Sie mir einfach dreimal so viel für das Bier, denn immerhin servieren wir hier ein ganz besonders köstliches Ingwerbier, dann ist ein Blick auf meine Bitze im Preis inbegriffen."

Sixx nickte, er hatte mit einem höheren Preis gerechnet.

„Ich muss Sie allerdings darauf hinweisen, dass die Bitze mir sehr kostbar ist und ich sie völlig unversehrt brauche."

Auch damit hatte Sixx kein Problem. Er hoffte, die Befragung möglichst schnell und schmerzlos durchführen zu können.

Mit einer Kopfbewegung zeigte die Echse an, Sixx solle ihm hinter den Tresen folgen. Der Wirt stieß die Tür zur Küche auf und bat den Schweigling hinein. Er selbst blieb im Schankraum zurück.

Eben noch von einer höflichen Echse hereingebeten, sah sich Sixx nun einem äußerst grimmig dreinblickenden Schuppenbären gegenüber, der offensichtlich keine Besucher in seiner Küche duldete. Reizbar wie Schuppenbären waren, hielt sich auch dieser nicht mit dem Stellen lästiger Fragen auf.

"Raus hier!"

"Aber ich ..."

Der Koch griff sich kurzerhand zwei Pfannen und lief damit auf Sixx zu. Der Küchenboden bebte. Sixx riss die Augen auf, während er rückwärts durch die Schwingtür stolperte und in den Schankraum fiel. Um seinen Sturz abzufangen, breitete der Schweigling die Arme aus. Er stieß gegen mehrere Flaschen hinter der Theke, die klirrend auf dem Boden landeten.

Stöhnend rutschte Sixx von den Scherben weg. Er blinzelte und sah eine schimpfende Larklady über sich, das elfenhafte Gesicht zu einer wütenden Fratze verzogen.

„Es tut mir wirklich leid", krächzte Sixx. „Selbstverständlich zahle ich für den Schaden."

Die Mordlust wich aus dem Larkgesicht und Sixx konnte sich seiner zweiten Sorge widmen. Sofort wanderte sein Blick zur Schwingtür. War ihm der wütende Bär gefolgt? Am liebsten wäre der Schweigling schreiend aus der Schänke geflohen, aber er musste mit der Bitze reden.

„Was machen Sie überhaupt hinter dem Tresen?", verlangte Wing, mit in die Hüften gestemmten Fäusten, zu erfahren.

Sixx erhob sich mühsam und klopfte sich die Scherben von seiner Weste.

„Der Wirt, hat mir gestattet, die Bitze zu besuchen."

Wings Wut wich Verwirrung. Sie konnte sich beim besten Willen nicht vorstellen, warum jemand freiwillig in Grisines Nähe wollte. Sie musterte den Schweigling, als wäre er mit eitrigen Beulen überzogen.

Sixx merkte recht schnell, dass er von der Larklady keine Hilfe zu erwarten hatte. Darüber hinaus wollte er sich auch nicht die Blöße geben, um eine Begleitperson zu bitten. Irgendwie würde er schon an diesem dramatisch großen Schuppenbären vorbeischaffen.

Wing war genervt. Sie hatte bereits einen harten Tag hinter sich und musste sich jetzt auch noch mit einem scheinbar orientierungslosen Schweigling herumschlagen. Sie musste ihn loswerden, damit sie endlich die Scherben aufkehren konnte, bevor die verdammte Nöhlerechse ihr dabei zusehen konnte.

„Medat", rief sie und im scheinbar selben Moment schwang die Hintertür auf.

Der Schuppenbär füllte den Türrahmen komplett aus. Sixx musterte die Gestalt mit weit aufgerissenen Augen.

„Dieser Gast ...", sagte Wing mit Abscheu in der Stimme, „möchte zu Grisine. Ist sie bei dir?"

Medat antwortete nicht direkt. Er musterte Sixx so lange, bis der Schweigling aufgab und beschämt zu Boden sah.

„Nein, sie hat wieder mein Versteck mit dem Küchenwein gefunden. Ich musste sie in eure Kammer tragen."

„Das ist immer noch meine Kammer. Ich hoffe, du hast sie nicht in mein Bett gelegt."

Von Wing und Medat unbemerkt, schob sich Sixx eine Flasche Wein unter die Weste.

„Natürlich nicht", antwortete der Schuppenbär gespielt eingeschüchtert.

Wing knuffte ihn in die Seite und Medat lachte ein brummiges Lachen. Die Larklady tätschelte den bebenden Bauch des Schuppenbären und er drückte sich flüchtig. Sixx fühlte sich unwohl. Die Angst war zwar verflogen, aber mit Angst konnte er umgehen. Die Innigkeit der beiden Freunde machte ihn unsicher. Vielleicht weil ihm dieses Verhalten fremd war, vielleicht weil er eifersüchtig war. Letzteres verwarf er gleich wieder. Er hatte immerhin seine Herrin und niemand konnte es mit Bran aufnehmen.

„Was will er denn von der Bitze?" fragte Medat, als wäre Sixx gar nicht da. Der Schweigling verdrehte die Augen.

Wing setzte gerade zu einer Antwort an, da drängte sich die Nöhlerechse an ihr vorbei.

„Medat, bring meinen Gast sofort zur Bitze und mach dich dann wieder an die Arbeit, unsere Gäste warten schon lange genug auf ihr Essen."

Medat stieß mit seinem Schwanz die Tür hinter sich auf und schob Sixx in die Küche. Der Schweigling spürte die große Pranke im Rücken und versuchte keine falsche Bewegung zu machen.

Der Schuppenbär deutete Sixx den Weg zu Grisine hinauf und beachtete den Schweigling nicht weiter. Noch während Sixx die Treppe hochstieg, hörte er in der Küche schon wieder das geschäftige Klappern mit Töpfen und Pfannen.

Sixx machte sich nicht die Umstände zu klopfen. Er schob die Tür auf und blickte sich in einem recht kleinen dunklen Raum um. Am anderen Ende des Zimmers stand ein schmales Bett, daneben ein Nachttisch. Unter dem kleinen Fenster stand ein Holzregal und neben der Tür stand ein dunkler Schrank. Zwischen dem Schrank und dem Bett entdeckte Sixx ein rotes Fellknäuel auf dem Boden. Sixx stieß vorsichtig mit der Schuhspitze dagegen, doch dadurch wurde nur das Schnarchen lauter. Einen kurzen Moment zuckte es in seinem Bein und er war der Versuchung nahe fester zuzutreten, doch er tat es nicht. Stattdessen zog er einmal kräftig an der Decke, auf der die Bitze schlief, so dass sie mit Schwung durchs Zimmer rollte und mit einem Knall an die Bettkante stieß. Dort kam sie stöhnend zu sich. Sixx ging auf das Regal zu und schüttelte etwas Wasser aus dem Krug in eine abgenutzte Tasse. Er hockte sich vor Grisine und hielt ihr die Tasse unter die Nase. Gierig legte sie ihre Hände darum und trank den Inhalt ohne Atempause leer. Danach wirkte sich wieder einigermaßen klar im Kopf. Sie schielte Sixx aus ihren rot umrandeten Augen an, ohne die geringste Spur eines Ausdrucks auf ihrem Gesicht. Die Mimik des Schweiglings schwankte zwischen einem aufmunternden Lächeln und unterdrücktem Unbehagen.

„Was bist denn du für einer?", lallte ihn die Bitze an.

Sixx musste lachen. Er mochte es, wenn der Vogel nicht verstand, dass ihn eine Katze zwischen den Krallen hielt und jederzeit zu beißen konnte.

„Falls deine Frage darauf abzielt, welcher Rasse ich angehöre, ich bin ein Schweigling. Eine ausnehmend schlaue Rasse, die stets ihre Ziele im Sinn hat. Darüber hinaus haben Schweiglinge ein schöneres Fell als Bitzen."

Die grünen Augen der Bitze begannen gefährlich zu blitzen und Sixx' Grinsen wurde breiter.

„Du hast eine Fresse wie ein hässliches Schwein", fauchte sie ihn an und Sixx lachte wieder.

„Nun, dafür riechst du wie eins."

Grisine schnaufte verächtlich. Ihre Augen rollten hin und her, doch in ihrem vernebelten Hirn fand sich keine passende Antwort.

„Ich möchte dir einige Fragen stellen, und wenn ich alles erfahren habe, was ich wissen muss, habe ich ein Geschenk für dich."

Sixx zog die Flasche Wein hervor, den er zuvor in der Schenke gestohlen hatte. Beim Anblick dieser Köstlichkeit liefen der Trinkerin Speichelfäden aus dem Mundwinkel und landeten zäh auf ihrem kahlen Bauch. Medats Bemerkung im Schankraum über Grisines Kochweindiebstahl hatte ihm gereicht, um das passende Bestechungsmittel herauszubekommen. Jetzt hatte er die Bitze auf seiner Seite.

„Du warst auf der Sukhothai?"

Grisine nickte. Ihre Mimik verrutschte hin und wieder, bei dem Versuch sich zu konzentrieren.

„War auf der Sukhothai noch ein Sklave?"

„Da war überhaupt nur ein Sklave."

Sixx zog verständnislos die Brauen zusammen. Grisine bekam davon nichts mit. Ihr Blick ruhte nach wie vor auf der Weinflasche. Sie hätte alles preisgegeben, um an diese Flasche zu kommen.

„Ich sollte nicht verkauft werden. Hatte eine ehrbare Arbeit auf dem Schiff. Dann kam dieser hässliche graue Wicht und hat nichts als Ärger gemacht."

Sixx wurde hellhörig.

„Du redest von einem Lämmich?"

„Widerliche Dinger", ereiferte sich die Bitze. „War ständig krank und ich musste seine Arbeit machen. Der sollte natürlich verkauft werden. So etwas will ja auch keiner haben, schon gar nicht auf einem Schiff, aber dann kam dieser Ginn. Hat mich gepackt und der widerliche Koch hat ihm geholfen. Verkauft haben sie mich."

Tränen schossen der Bitze in die Augen. Erst jetzt fing sie an zu verstehen, was mit ihr geschehen war.

„Sie wollen mich schlachten", schrie sie entsetzt. „Das Fell wollen sie mir abziehen."

Sixx betrachtete die aufgebrachte betrunkene Kreatur voller Unbehagen. Es tat ihm leid, wie sehr sie zitterte. Er war sogar kurz davor, ihr schon jetzt die Flasche zu reichen, doch er musste einfach noch mehr erfahren. Außerdem war ihm langweilig.

„An wen ist der Lämmich verkauft worden?"

„Gar nicht", und diese Tatsache schien ihr am sauersten aufzustoßen.

„Klaas war hier, hat auch den Lämmich gesucht. Ist ihm auf dem Sklavenmarkt abgehauen, zusammen mit Harvey und natürlich mit dem fetten Koch und Ginn."

Sie klang fassungslos. Als hätten all ihre Freunde sie über Nacht verraten.

„Klaas hat mich nicht retten wollen. Fragen hat er mir gestellt. Hab ihm erzählt, dass ich im Topf enden soll, aber retten wollte er mich nicht."

Jetzt brach die Bitze vollends in Tränen aus und diesmal schob er ihr die Flasche herüber. Von ihr gab es nichts mehr zu erfahren.

***

Auf Sixx' Weg zum angeseheneren Teil der Stadt hinauf überlegte er, was es mit diesen angeblichen Verbündeten des Lämmichs auf sich haben mochte. Sein Gefühl sagte ihm, dass sie nicht für Flagand arbeiteten, sondern Verbündete des Lämmichs waren. Mit etwas Glück wollten sie Flagands Pläne ähnlich gerne durchkreuzen wie er selbst.

14. Kapitel

Als Harvey wieder zu sich kam, fühlte er als erstes etwas Nasskaltes auf dem Rücken. Seine Wange klebte auf dem Fußboden. Er richtete sich benommen auf. Lag er noch immer in der Bilge? War er noch immer angebunden wie ein Hund? Nein, es war zu hell für die Bilge. Es roch auch nicht nach schimmeligem Holz, sondern nach ... Sein ungutes Gefühl wich blankem Entsetzen. Es roch nach Feuer. Trotz des Schwindels und seiner Schmerzen am Rücken, fuhr er wie ein Blitz in die Höhe. Panisch blickte er sich um, doch er konnte das Feuer nicht sehen. Aber er hörte, wie es sich in einiger Entfernung durch das Holz fraß.

„Gut, dass du wieder fit bist, wir hätten dich ungern über Bord geworfen", hörte er Ginn sagen.

Harvey drehte sich um und sah Ginn und Hermod am Bullauge stehen. Er lächelte erleichtert.

„Wo sind wir hier?", fragte Harvey mit kratzender Stimme.

Sein Hals brannte höllisch. Fast konnte er die Flammen schmecken. Er blickte sich um, sah aber alles nur verschwommen.

„In einer Kombüse", antwortete Hermod und klang dabei beinahe melancholisch.

„Was macht ihr da eigentlich?", fragte Harvey seine beiden Freunde.

Ginn und Hermod hatten ihm den Rücken zugewandt. Nach ihren Handbewegungen zu urteilen knoteten sie irgendetwas zusammen.

„Wir fesseln den Koch. Er wollte nicht, dass wir dich hier ablegen und dir Essigwickel für deinen Rücken machen."

"Ist es sehr schlimm?" fragte Harvey, während er versuchte sich selbst über die Schulter zu schauen.

Der Octofant schüttelte den Kopf.

"Nein, deine Haut wurde nicht vom Feuer angefressen, aber die Hitze hat dir zugesetzt. Eigentlich müsstest du die Wickel länger als fünf Minuten auflegen, aber uns läuft die Zeit weg."

"Das Feuer breitet sich verdammt schnell aus" erklärte Ginn. "Aber wir müssen Iustus noch rausholen."

Das Feuer war am Heck ausgebrochen und die Kapitänskajüte lag am Bug. Das war eine Chance, doch wenn erst mal Wasser durch ein Loch ins Schiff lief, würden sie wahrscheinlich schneller ertrinken, als verbrennen. So oder so, die Zeit war nicht auf ihrer Seite.

„Findet ihr es nicht grausam, den Koch hier anzubinden? Immerhin wird er bald mächtig heiße Füße bekommen?" fragte Harvey, während er vorsichtig aufstand.

Der Koch zwängte erstickte Angstrufe an seinem Knebel vorbei. Ginn und Hermod blickten Harvey genervt an. Kurzentschlossen trat Ginn zur Seite und Hermod stieß das Bullauge auf. Auch wenn der Koch ziemlich untersetzt war, gelang es Hermod, ihn mit einem Elefantentritt aus dem Bullauge mitten ins Meer zu treten.

„Hast du gerade wirklich den Koch ins Meer gestoßen?", fragte Harvey ungläubig.

Nach den traumatischen Ereignissen der letzten Stunden traute er seinem eigenen Verstand nicht mehr über den Weg. „Hab ihm immerhin vorher die Fesseln abgenommen" rechtfertigte sich Hermod.

„Das war sehr anständig von dir", lobte Ginn und klopfte dem Octofanten auf den Rücken.
Ginn hatte sich schon an den kaltblütigen Hermod gewöhnt. Harvey kam die Verwandlung des Octofanten äußerst befremdlich vor. Hermod war immer so sanftmütig gewesen, und jetzt schlug und trat er sich durch dieses Schiff, als wäre er einer der fiesesten Piraten der Weltmeere. Wahrscheinlich brauchten sie jetzt so jemanden an ihrer Seite, unheimlich war er Harvey trotzdem.
Die drei Freunde atmeten noch einmal tief durch und liefen dann in die Richtung der Kapitänskajüte. Ihre Hoffnung war es, dass alle Seeleute mit Löscharbeiten beschäftigt waren und niemand versuchen würde, sie aufzuhalten.
„Wisst ihr, was mit Marcello ist?", rief Harvey im Laufen.
„Wahrscheinlich sucht er nach uns. Alle anderen sind weiter unten und versuchen das Schiff zu retten" antwortete Ginn.
Harvey übernahm die Führung. Seitdem er mitangesehen hatte, wie Iustus durch die breite Tür der Kapitänskajüte gestoßen worden war, hatte er sie immer wieder vor seinem geistigen Auge gesehen. Genauso wie er sich an den kurzen Anblick des Kapitäns erinnern konnte, egal wie gerne er diesen vergessen hätte.
Als sie vor der Kajüte ankamen, waren sie froh, dass die Luft in diesem Bereich des Schiffes noch nicht von den Flammen vergiftet war. Hinter der Tür hörten sie Geschrei. Ginn erkannte sofort, dass es Marcello und Flagand waren, die sich lautstark stritten.
"Streiten die wirklich, während gerade auf hoher See das Schiff abfackelt?" fragte Hermod.
Ginn und Harvey grinsten.

Die drei Freunde wünschten sich gegenseitiges Glück. Hermod verschaffte ihnen Einlass. Marcello und Flagand unterbrachen ihr Wortgefecht, um verdutzt zur Tür zu blicken. Ginn erspähte Iustus, der in einem Käfig über Flagands Schreibtisch hockte und ihn aus müden Augen ansah. Der Lämmich war blass und teilnahmslos.
Gerade als Ginn zu Iustus Käfig laufen wollte, ließ ihn ein Klicken in der Bewegung erstarren. Marcello hatte seine Waffe geradewegs auf Ginns Schläfe gerichtet und den Hahn gespannt.
„Nicht so schnell!"
„Was soll denn das?", schrie Flagand völlig außer sich. „Wie könnt ihr es wagen, hier hereinzuplatzen?"
Der Schweigling hüpfte aufgebracht auf der Stelle und fluchte, bis ihm der Hals anschwoll. Er machte Marcello mit seinem Gehampel derart nervös, dass dieser wie wild mit seiner Waffe von Ginn zu Harvey, zum Octofanten und wieder zu Ginn wechselte. Ginn behielt als scheinbar einziger einen kühlen Kopf.
„Danke für die Brandstiftung", sagte Ginn so herzlich, wie es nur ging. „Dein Ablenkungsmanöver hat prima funktioniert, aber da wir es jetzt bis hierhin geschafft haben, kannst du die Waffe endlich auf den Schweigling richten."
Marcellos Augen weiteten sich vor Schreck und er blickte ängstlich über seine Schulter zu Flagand, der diese Geste falsch verstand.
„Ich wusste es!", schrie der Schweigling. „Seit Tagen befehle ich dir, sie zu töten und du weigerst dich. Hältst sie wie deine stinkenden Haustiere, und das alles nur, um mit ihnen gemeinsame Sache zu machen. Meuterei!"
„Aber ich habe nicht ...", versuchte Marcello zu erklären, doch Flagand ließ ihn nicht ausreden.

„Jetzt können deine Freunde wenigstens noch mit ansehen, was ich mit Verrätern mache."

„Höre! Gehorche! Entschwinde!"

Einen Moment lang herrschte absolute Stille, dann kletterten blaue Flammen an Marcellos hinauf. Sekunden später war er einfach weg. Ginn und Harvey blickten wie versteinert auf die leere Stelle, an der Marcello eben noch gestanden hatte. Nur einer von ihnen nutzte den Moment perfekt. Hermod wartete nicht, bis Flagand seinen Blick vom Ort des Geschehens abwendete, sondern ließ seinen schweren Octofantenkopf auf den Schweigling niedersausen. Noch ehe die blaue Flamme Marcellos Knie erreicht hatte, lag Flagand bewusstlos am Boden. Hermod hatte Marcello nicht verschwinden sehen und seine Freunde hatten Hermods siegbringende Kopfnuss verpasst.

Marcello war ein Verräter gewesen, doch den Tod hatten die drei Freunde ihm nicht gewünscht. Immerhin hatte er sie auch am Leben gelassen und das, obwohl der Schweigling ihren Tod befohlen hatte. Ginn schmeckte die Bitterkeit des schlechten Gewissens am stärksten und tröstete sich damit, dass niemand mit Sicherheit wusste, ob Marcello wirklich tot war.

Lautes Gepolter näherte sich und holte sie aus ihren Gedanken in die Realität zurück. Offenbar hatten einige Seeleute die nutzlosen Löschversuche aufgegeben und stürzten nun zum Deck des Schiffes. Die Hitze hatte deutlich zugenommen und es würde nicht mehr lange dauern, bis ihnen hier die Luft ausging.

Harvey klopfte Hermod mit Blick auf den bewusstlosen Flagand anerkennend auf die Schulter. Ginn sprang über Flagand hinweg und auf dessen Schreibtisch. Das Schloss des Käfigs war leicht zu knacken. Vorsichtig zog er den viel zu leicht gewordenen Iustus aus dem Käfig. Kaum berührten die Lämmichfüße wieder festen Boden, griff sich Iustus seine schwarzen Schuhe, zog sie über und lief aus der Kajüte.

„Rennt der weg?", fragte Harvey irritiert.

„Der rennt weg", bestätigte Ginn nicht weniger fassungslos.

„Hinterher!", rief Hermod.

Iustus kam nicht weit. An der schmalen Holztreppe stauten sich die flüchtenden Seeleute. Hinter ihnen krochen die Flammen immer näher. Panisch drehten sich Ginn und Harvey im Kreis, unfähig einen nützlichen Gedanken zu fassen. Doch wieder wusste Hermod, was zu tun war. Mit seinen Tentakeln zog er Iustus an sich. Der Lämmich protestierte, doch das ging im Stimmengewirr der panischen Besatzung unter.

Hermod nutzte seine Tentakel um Iustus die Schuhe auszuziehen und selbst hineinzusteigen. Wie durch ein Wunder passten sie ihm. Eine Welle neuer Kraft schoss durch den Octofanten hindurch. Er positionierte Iustus auf seinem Rücken und zog sich einen Seemann nach dem anderen heran, um ihn dann weit zurück in den hölzernen Flur zu werfen. Alles ging so schnell, dass er die Treppe freigefegt hatte, bevor der erstgeworfene Seemann wieder aufgestanden war. Gezielt schnappte sich der Octofant seine Freunde und warf sie die Treppe hoch. Er selbst folgte ihnen in Windeseile.

"Was jetzt?" rief Harvey vom Deck aus.

Das Schiff hatte bereits eine gefährliche Seitenlage eingenommen.

"Haltet euch an mir fest" trötete Hermod zurück.

Harvey und Iustus traten sofort hinten den Octofanten und packten seine gewaltigen Schultern. Ginn blieb wie angewurzelt stehen.
"Du musst mir vertrauen, mein Freund".
Ginn sah den Schiffskoch an. Er fühlte das Eindringen des Wassers, fühlte die Flammen und den Ansturm der Besatzung und doch konnte er nicht über seinen Schatten springen. So viel Vertrauen hatte er einfach nicht, nicht einmal in sich selbst.
Erschrocken versteifte sich der blonde Mann, als sich Tentakel um seinen Körper schlangen und er an den Octofantenkörper gepresst wurde. Er kniff die Augen zu und spürte, wie sein Freund erst lief und dann sprang. Es war ein weiter Sprung, der Ginns Magen aus dem Gleichgewicht brachte. Dann brach Wasser über Ginns Kopf zusammen, er schnappte nach Luft und schluckte Salzwasser. Als er kurz darauf wieder auftauchte, hustete und spuckte er. Er strich sich die Haare aus den Augen und blinzelte in die Ferne. Sie waren in sicherer Entfernung von der sinkenden Cato, von der gerade noch ein Mast zu sehen war, der in einem merkwürdigen Winkel im Meer versank.
"Ich werde schwimmen und euch ziehen, einverstanden?" fragte Hermod.
Niemand antwortete, aber sie hielten sich doch alle an ihm fest.
"Ich gebe dir deine Schuhe an Land zurück, okay?"
Iustus begann zu lachen, ohne recht zu wissen, warum ihn die Frage so amüsierte und wenig später lachten sie alle.

***

„Lass mich nicht fallen", bat er Wing lachend. Natürlich würde sie ihn

nicht fallen lassen. Auch sie lachte und zog ihn noch ein Stück höher bis auf das Dach der Larknestbäume. Die Aussicht war überwältigend.
„Unglaublich, so etwas habe ich noch nie gesehen."
Wing nickte stolz und genoss den Anblick, als sei auch sie zum ersten Mal hier oben. Soweit das Auge reichte, nichts als hohe Bäume. Manche bestanden aus zwei flachen Etagen wie ihr eigenes Haus, andere waren rund zugewachsen, zum Schutze der Familie. Wie glücklich Wing war, auch endlich einen eigenen Nestbaum zu haben, einen Ort nur für sich und ihren Partner.
„Wenn ich gewusste hätte, dass ich an einem so bezaubernden Ort leben darf, sobald ich dich heirate, hätte ich es viel früher gemacht", neckte der blonde Mann sie, und Wing stieß ihm lachend in die Seite.
Sie ließen sich beide auf die Knie nieder, legten ihre Hände auf den weichen Boden aus Blättern und blickten vorsichtig über den Rand des Blätterplateaus. Sie waren beinahe sieben Meter über dem Waldboden und doch fühlten sie sich auf ihrem Baum, umgeben von all den anderen Larknestbäumen, sicher wie nie zuvor. Der blonde Mann rollte sich auf den Rücken und zog Wing an seine Brust. Über ihnen sahen sie das etwas kleinere Plateau aus Blättern und Geäst. Die zweite Etage ihres Eigenheims.
„Ich kann mir nicht vorstellen, jemals auch nur einen Tag von dir getrennt zu sein", flüsterte Wings Mann und eine Träne ran seiner Braut über ihre gerötete Wange.
„Geh nicht", bat sie ihn flüsternd, doch im gleichen Moment war er fort.

Mit einem erstickten Laut wachte Wing auf. Sofort stürmten die harten Konturen ihrer staubigen Kammer auf sie ein und verdrängten die Bilder runder Blätterdächer aus ihrem Traum. In

Wings Innerem spürte sie noch die magische Energie der Larkwälder, die sich nun mit dem Mief ihrer Kammer vermischte. Ihre Hand tastete ihre Wange ab, die Haut war nass.
„Heulst du sogar im Schlaf", hörte sie Grisine schimpfen.
„Bitte nicht", dachte Wing.
Die Larklady wollte nur allein sein, wollte in Ruhe die letzten Tränen vergießen, ehe ein neuer Tag anfing, in dem kein Platz für ihre Gefühle war. Musste sie denn wirklich so schnell wieder in ihren schlecht geflickten Panzer kriechen?
„Ich musste die ganze Nacht auf dem harten Boden schlafen und ich heule auch nicht. Solltest dir mal ein Beispiel daran nehmen."
Wings Schonzeit war offensichtlich vorbei. Sie verdrängte das Stechen in ihrem Herzen und konzentrierte sich stattdessen auf die geifernde Bitze.
„Wieso bist du nicht einfach still und machst dich an die Küchenarbeit. Wenn du Medat warten lässt, nimmt er sich beim Schlachten womöglich auch besonders viel Zeit für dich."
Grisine zuckte erschrocken zusammen und Wing blickte beschämt zu Boden. Seit sie sich ein Zimmer teilten, lief jede ihrer Streitereien nach dem gleichen Muster ab. Grisine hörte immer erst auf, Wing zu beleidigen, wenn diese von der bevorstehenden Schlachtung anfing.
„Da war mir der kleine Lämmich sogar lieber als du."
Wing horchte auf. Erst verstand sie selbst nicht warum, dann fiel es ihr ein. Ein kleines graues Wesen war in der Schenke gewesen, als sie dem blonden Mann begegnet war. Grisine hatte das Zimmer schon halb verlassen, als Wing sie zurückrief.
„War dieser Lämmich mit dir auf dem Schiff?", fragte sie.

„Ja, das war er. Und?"

Grisine war hin und hergerissen. Einerseits verabscheute sie Wing, andererseits konnte sie mit der Lark reden und musste so erst später in die Küche. Diesen Ort hasste sie am meisten, zumindest seit sie wusste, dass sie dort sterben sollte.

„War da noch jemand auf dem Schiff, ein junger blonder Mann?"

Wings Herz klopfte heftig.

„Da waren viele junge Männer. Mali heuert nicht gerne alte Kerle an. Die werden nur krank oder stellen zu hohe Ansprüche."

„Der Mann, den ich meine, ist ungefähr so groß."

Wing hielt ihre Hand gut einen Kopf höher als ihren eigenen Scheitel.

„Er hat blaue Augen, ein schmales Gesicht, hat eine spitze Nase ..."

„Die blonden Haare stehen ihm immer in Wirbeln vom Kopf ab?", ergänzte Grisine.

„Genau, du kennst ihn also?"

Als Grisine nickte, wäre ihr Wing am liebsten um den Hals gefallen. Endlich hatte sie einen Beweis für seine Existenz. Da sie mit niemandem über ihn hatte sprechen können, war er ihr mehr und mehr wie ein Hirngespinst ihrer angeknacksten Psyche vorgekommen.

Grisines Katzenaugen verfolgten, wie Wings Wangen vor Aufregungen rot anliefen. Der Bitze entging auch das glückliche Strahlen in Wings Augen nicht. Ihr war noch nicht klar, welchen Nutzen sie aus dieser Situation ziehen konnte, doch irgendeinen Nutzen gab es sicher.

„Woher kennst du Ginn?" fragte Grisine.

„Ginn", wiederholte die Larklady beinahe andächtig. „Ist das sein Name?"

Wing sah ihn vor sich, wie er am Tresen der Taverne gestanden hatte. Sie nahm sich ihr Kissen und drückte es gegen ihr Herz. Wenn sie jetzt von ihrem gemeinsamen Hochzeitsbaum träumte, konnte sie den Mann an ihrer Seite benennen, und das machte ihren Traum noch realer.

Grisine wurde das glückliche Strahlen der Larklady zuviel. Wenn sie Wing schon glücklich machen musste, wollte sie wenigstens auch etwas davon haben.

„Woher kennst du Ginn?", fragte sie erneut und diesmal mit einem genervten Fauchen in der Stimme.

„Er war einmal hier zu Gast, gemeinsam mit diesem grauen Wesen."

Wings Blick schweifte schwärmerisch in die Ferne. Grisine sah die Liebe auf dem Larkgesicht, sah das magische Flimmern um Wings zarte Gestalt und sie wusste, wie sie diese Gefühle zu ihrem Vorteil nutzen konnte.

„Ginn war noch sehr jung, als er auf die Sukhothai kam", begann Grisine.

Ein Lächeln umspielte ihre Lefzen. Wing hing an ihren Lippen, verfolgte jedes ihrer Worte.

„Mali behandelte ihn nicht sehr gut, ich aber hatte Mitleid mit dem kleinen blonden Jungen. Ich ließ ihn in meiner Kajüte, sogar in meinem Bett schlafen und verteidigte ihn gegen die anderen, wann immer sie gemein zu ihm waren. Er war wie ein Sohn für mich und das ist er noch immer. Wüsste er, in welcher Situation ich mich befinden, er würde jedes Haus in Dealy auf den Kopf stellen, bis er mich befreit hätte."

Grisine log so gut, dass sie beinahe selbst damit rechnete, jeden Moment von Ginn gerettet zu werden. In jedem Fall aber hatte sie jetzt endlich eine Verbündete und eine, zugegebenermaßen kleine Chance, gerettet zu werden.

Wing glaubte der Bitze jedes Wort, denn wenn es stimmte, was Grisine sagte, gab es für Wing eine Hoffnung Ginn bald wiederzusehen.

„Ich werde dich befreien, wenn Ginn nicht rechtzeitig hier sein kann", schwor sie aus dem Überschwang ihrer Gefühle heraus.

Zum ersten Mal betrachtete sie die Bitze nicht als Eindringling. Sie sah in ihr ein zerbrechliches Wesen, eine Mutter, ergraut durch die Sorge um ihr Kind. Sie sah die müden Augen der Bitze und die Abdrücke des harten Bodens auf den vorstehenden Beckenknochen. Keine Nacht sollte Grisine mehr auf dem Boden schlafen müssen.

***

Eine lange Nacht lag hinter Sixx und er sehnte sich nach seinem Bett. Er torkelte Bran hinterher. Seine Herrin stolzierte lächelnd an der Küste entlang. Zwei tote Piraten lagen hinter einem Felsen im Wasser. Da es bereits ihre zweite Mahlzeit in dieser Nacht gewesen war, hoffte Sixx, sie schlüge endlich den Rückweg ein. Tatsächlich sah er in der Ferne die Fackeln am Stadttor von Dealy brennen. Sein Bett kam in greifbare Nähe.

Bran und Sixx waren durch das Südtor gekommen. Um in ihr Viertel zu gelangen, mussten sie die Hafenpromenade überqueren. Sixx richtete den Blick auf das Meer, begutachtete die großen Schiffe, die im Schein des Mondes funkelten. Zu spät bemerkte er Brans abruptes Stehenbleiben. Der Schweigling lief seiner Herrin geradewegs in den Rücken, prallte ab und landete auf seinem Hintern. Bran war nicht einmal ins Schwanken geraten. Blitzschnell hatte sie sich zu ihm umgedreht und ihn am Kragen seines Hemdes auf ihre Augenhöhe gezogen, so dass seine Beine fast einen Meter über der Erde baumelten. „Pass auf, wo du hinläufst", zischte sie.
Sixx schluckte und ärgerte sich über seine Tollpatschigkeit. Bran ließ ihn fallen. Sie strich ihr langes besticktes Seidenkleid glatt, mit einem Ausdruck genervter Ungeduld auf dem zarten Gesicht.
„Er hat die Schuhe zurück", flüsterte sie den Wellen entgegen.
Dann schwieg Bran, den Kopf leicht geneigt, als lausche sie dem Wogen des Meeres. Ihre Augenbrauen zogen sich zusammen, während sie ihren Kopf in verschiedene Richtungen wand. Ihr war offensichtlich nicht ganz klar, von woher zu ihr gesprochen wurde. Selbst Sixx lauschte angestrengt in die Nacht, doch er hörte nur die Kneipengesänge der Seemänner.
„Eine Weile konnte ich nicht verstehen, wohin unser Freund wollte, aber jetzt weiß ich, dass er zu uns zurückkommt."
Erfreut klatschte sie in die Hände.
„Diese gute Nachricht hat mich durstig gemacht", rief sie aus und machte sich auch schon auf den Weg zum alten Marktplatz. Müde schlürfte Sixx einige Meter hinter ihr her, dann drehte sie sich auf dem Absatz um und blickte ihn missbilligend an.

„Ich sagte doch, der Lämmich kommt zurück. Du bleibst hier und wartest auf ihn."

„Aber, er ist seit Tagen auf hoher See. Wenn er jetzt kehrtmacht, wird es wieder Tage dauern, bis er hier ist."

Diese Art von Logik beeindruckte Bran wenig.

„Vielleicht reist er aber auch mit einem Schweigling, der des Teleportierens mächtig ist, oder er hat Flagands Kräfte gestohlen und reist allein. Es gibt so viele Möglichkeiten und du solltest dir diesmal sicher sein, dass er dir nicht entwischen kann."

Sixx ließ den Kopf hängen. Mit seinem Versagen in der Vergangenheit verdiente er wohl diese Art der Behandlung. Bran wollte ihn leiden lassen, damit war er einverstanden. Immerhin ließ er sie auch schon eine Weile auf Lamentos Schatz warten.

Schicksalsergeben setzte sich der Schweigling auf einen Holzsteg, schlang die Arme um seine kalten Beine und starrte aufs Meer hinaus. Wenn er sich fest genug konzentrierte, konnte er sich vorstellen, er läge in seinem warmen Bett.

15. Kapitel

„Glaubst du wirklich, dass uns keiner von Malis Männern in Dealy schnappen wird?" fragte Harvey zum wiederholten Mal.
„Mali hat keine Zeit, um in irgendeinem Hafen auf ihre Feinde zu warten" versicherte ihm Ginn.
Harvey atmete erleichtert auf, doch leider war Ginn noch nicht fertig mit seiner Antwort.
"Früher oder später wird sie garantiert auftauchen und uns für unseren Verrat büßen lassen. Aber das dauert noch."
Niemand sagte mehr etwas. Die Stimmung wurde bedrückter. Wie so oft, seit sie sich Dealy näherten.
Ginn, Hermod und Harvey hatten alle die Sukhothai überstürzt verlassen, um Iustus zu retten. Erst jetzt wurde ihnen klar, was das bedeutete. Sie würden niemehr auf die Sukhothai zurückkehren können und was noch viel schlimmer war, sie würden auch auf keinem anderen Schiff mehr arbeiten können. Malis Einfluss auf den Weltmeeren war schier grenzenlos. Sobald Ginn oder seine Freunde auf einem anderen Schiff anheuerten, würde Mali davon erfahren. Ohne sich dessen bewusst zu sein, hatten sie sich also zu einem Leben als Landratten verurteilt.
„Wie soll es bloß weitergehen, wenn wir erst einmal Dealy erreicht haben?"
Hermods Frage machte die Freunde noch nachdenklicher.
„Ich glaube, ich werde mit Iustus auf dem Festland bleiben. Es gibt so viele Wüstendörfer rund um Dealy, dass er dort wahrscheinlich sicherer ist."
Hermod gefiel Ginns Idee.

„Ich kann mir gut vorstellen in einer Hafenschenke zu kochen und von meinem Lohn eine Bleibe für uns alle zu bezahlen."

„Wir könnten sogar unsere eigene Schänke aufmachen" spann Harvey Hermods Idee weiter. „Hermod kocht, ich heure hübsche Bedienungen an und Ginn nimmt die Gäste im Glücksspiel aus."

Der Octofant war begeistert von Harveys Vorschlag. Lachend schmiedeten sie Zukunftspläne, bis Ginn der Fröhlichkeit ein Ende machte.

„Wir können nicht zusammen bleiben" stellte er ungehalten fest. „Mali wird irgendwann zurückkommen und unsere Schenke anzünden oder uns im Schlaf erdrosseln."

„Was schlägst du stattdessen vor?" fragte Harvey, doch Ginn schwieg.

Eine Weile hingen sie alle ihren trübsinnigen Gedanken nach, dann fiel Hermod der Namen 'Zum achtarmigen Koch' für eine gemeinsame Schenke ein. Harvey war begeistert. Ginn schüttelte seufzend den Kopf. Wenn sie lieber träumten, als sich der Wahrheit zu stellen, war das ihre Sache.

Die Tür wurde aufgestoßen und alle fuhren erschrocken in die Höhe. Iustus stand im Türrahmen, eine Öllampe fest mit der kleinen Hand umklammert.

„Land in Sicht" rief er aufgeregt. „Wir werden in wenigen Stunden Dealy erreichen."

Kaum hatte er diese freudige Kunde verbreitet, da war er auch schon wieder verschwunden.

„Er kann es kaum erwarten seine Larklady wiederzusehen" stellte Hermod gerührt fest.

Seit der Octofant sie alle aus den Flammen eines untergehenden Schiffes gerettet hatte, waren sie lange an ihn geklammert umher geschwommen, bis sie ein Schiff aufgelesen hatte. Iustus hatte ihnen im Wasser von seiner Zeit in Flagands Kajüte berichtet und dann angefangen von Wing zu erzählen. Später hatten sie vom Kapitän ihres rettenden Schiffes erfahren, dass sie alle nach Dealy unterwegs waren. Von diesen Moment an stand für Iustus fest, dass er Wing befreien wollte.

Viele Nächte hatte der Lämmich Harvey und Ginn mit Fragen über Wing bombardiert. Niemand nahm ihm das übel. Seine überdrehte Verliebtheit lenkte die Freunde sogar von ihrer eigenen Zukunftsangst ab. Geduldig beschrieben sie ihm jede Kleinigkeit, die ihnen von der Kellnerin in Erinnerung geblieben war, bis sie den Lämmich selig schnarchen hörten. Nun war Iustus wirklich kurz davor seine Angebetete wiederzusehen und schwankte zwischen Euphorie und Panik.

„Er wird wirklich versuchen sie zu befreien" sinnierte Ginn laut.

„Vielleicht gelingt es ihm sogar" gab Harvey zurück. „Nachdem was Hermod mit Hilfe der schwarzen Schuhe vollbracht hat, glaube ich, dass Iustus mit ihrer Hilfe auch die Lark retten kann. Es kommt mir fast so vor, als würden ihn seine schwarzen Schuhe geradewegs zu ihr geleiten."

„Wieso sollte das alles etwas mit den dämlichen Schuhen oder der Lark zu tun haben? Wir haben alle einfach verdammt viel Glück gehabt."

Überzeugt von seiner Aussage, verschränkte Ginn die Arme und starrte wieder finster an die Decke.

„Was ist bloß los mit dir?" forderte Harvey zu erfahren.

Ginn schwieg. Sein Freund baute sich vor ihm auf und starrte ihn so durchdringend an, dass Ginn ihn nicht länger ignorieren konnte.
„Ich will einfach nicht wieder von vorne anfangen" brach es aus Ginn heraus. „Ihr stellt euch das so einfach vor, aber ich habe Jahre der Flucht hinter mir. Und dieses Mal geht es nicht mal um meine eigene Haut. Wie soll ich denn Iustus beschützen, wenn der nichts besseres zu tun hat, als sich gleich noch schlimmer in den Dreck zu reiten. Die ganze Welt ist hinter ihm her und er will eine Larklady retten."
Ginn verbarg sein Gesicht hinter den Händen. Hermod und Harvey wechselten einen vielsagenden Blick. Der Octofant ließ sich rechts von Ginn auf den Boden plumpsen.
„Diesmal bist du aber nicht allein" erklärte Hermod.
„Ja, diesmal hast du Freunde" fügte Harvey hinzu und setzte sich an Ginns linke Seite.
Seine Freunde wussten, dass Ginn gern alles allein regelte. Sie wussten, wie wichtig ihm seine Unabhängigkeit war und wie weit er es auf der Sukhothai gebracht hatte. Gerade deswegen respektierten sie ihn um so mehr dafür, wie selbstverständlich er alles für Iustus' Rettung aufgegeben hatte. Und als wäre dies nicht genug, wollte er dem Lämmich auch bei der Befreiung der Larklady helfen.
„Ihr wollt mir wirklich helfen, Iustus in Sicherheit zu bringen?" fragte Ginn.
„Wir können alle zusammen in Richtung Norden fliehen. Ich schlage Palen vor. Dort würde uns weder Mali noch dieser Lamento suchen" überlegte Harvey laut.

„Ich habe gehört, dass Palen Flüchtlinge aufnimmt und wo wären wir sicherer als oben im Hochland? Die weißen Schweiglinge werden spüren, dass wir keine Feinde sind."

Ginn und Harvey stimmten ihrem Freund zu.

„Wir kommen allerdings nur mit einem Funken Magie nach Palen. Ich weiß nicht, ob Octofanten oder Menschen das Verfolgen lernen können" gab Ginn zu bedenken.

„Das kriegen wir auch noch hin" versprach Harvey.

Die drei Freunde nickten sich zu. Die trübsinnige Stimmung war vergessen. Es war Land in Sicht.

***

Seit fünf Tagen und vier Nächten hockte Sixx schon auf den Holzstämmen des Steges und sah nichts als Schiffe und Wasser. Nun brach die fünfte Nacht an und noch immer gab es keine Spur vom Lämmich. Sixx' Kinn ruhte auf seiner Faust und immer wieder fielen ihm die Augen zu. Das Gegröle der Seeleute, die sich in dieser stickigen Nacht lieber vor als in den Schenken aufhielten, schallte zu ihm herüber. Das fröhliche Treiben übte einen eigentümlichen Reiz auf ihn aus. Eigentlich mischte er sich nicht gerne unter die Menschen und er trank auch nicht, aber sein Verbot den Steg zu verlassen, machte die Promenade um so verlockender. Sehnsüchtig lauschte er hinüber und versuchte einzelne Stimmen und Gespräche zu erhaschen.

„Jetzt werde ich aber sauer" lallte ein alter Seemann über die Stimmen der anderen hinweg. „Wenn ich sauer werde, dann knallt es hier!"

Wildes Gelächter war die Antwort auf diese Drohung. Besonders die anwesenden Frauen schienen den aufgebrachten Seemann amüsant zu finden. Sixx lauschte weiter, doch die Stimmen mischten sich nur zu einem aufgeregten Brummen.

Wieder überkam ihn die Langeweile. Um sich etwas Bewegung zu verschaffen, schritt er den Steg auf und ab. Als er ganz am Ende des Stegs angekommen war, konnte er in weiter Ferne etwas ausmachen. Schemenhaft zeichneten sich die Umrisse eines Schiffes am Horizont ab. War das womöglich sein Freibrief den Steg verlassen zu dürfen? Bekam er endlich seine zweite Chance den Lämmich zu fangen? Würde er sich in Kürze schon an Flagand rächen können, der es gewagt hatte, ihm den Lämmich vor der Nase wegzuschnappen?

Das Schiff kam näher. Sixx erkannte recht schnell, dass es sich nicht um die Cato handelte. Schnaufend ließ er sich ins Wasser fallen, tauchte wieder auf und schüttelte sich die Wassertropfen aus dem Gesicht. Der Schweigling war enttäuscht. Lustlos hielt er sich mit einer Tatze am Steg fest und beachtete den Ankervorgang des Handelsschiffes kaum.

Sixx hasste die Ankunft der Schiffe bei Nacht. Das Wasser war kalt und er würde erst wieder auf den Steg zurückkehren können, wenn das Schiff entladen war. Die nächsten Stunden verbrachte er also mit nassem Fell und einer Hand am Steg, um unentdeckt zu bleiben ohne die ganze Zeit schwimmen zu müssen.

Mehrere Dutzend Holzfässer und Kisten türmten sich bereits an Land. Endlich trat auch der Kapitän auf die Brücke. Das Zeichen für Sixx, dass er bald wieder sicher aus dem Wasser kommen konnte. Dem Kapitän folgten zwei Männern, ein Octofanten und ein Lämmich. Sixx ließ vor Schreck den Steg los und im Nu ging er unter. Wasser schoss ihm in die Nase. Unbeholfen kämpfte sich der Schweigling wieder nach oben. So leise wie möglich hustete er das eingeatmete Wasser aus und zog sich wieder am Steg hoch. Er hatte sich nicht getäuscht. Keine zwei Meter von ihm entfernt stand der Lämmich. Von Flagand fehlte jedoch jede Spur.

Kaum war der Lämmich zum Greifen nah, waren Nässe und Kälte vergessen. Am liebsten wäre Sixx aus dem Wasser gehüpft, um sich den Lämmich zu packen und einen Freudenschrei auszustoßen. Leider hielt ihn die Eskorte des Lämmichs davon ab. Die Bitze war ehrlich zu ihm gewesen. Das kleine graue Wesen hatte tatsächlich Verbündete gefunden.

***

„Du solltest noch ein wenig Geduld haben Iustus. Wir brauchen einen Plan, bevor wir Wing befreien können" sagte Ginn.

Der Lämmich wirkte unschlüssig, widersetzte sich aber nicht. Er ließ sich von seinen Freunden an der Hafenschenken vorbei führen, während Sixx ihnen unbemerkt nachschlich. Er folgte der Gruppe bis zu einer heruntergekommenen Pension in einer finsteren Nebenstraße der Altstadt.

In einer Nische gegenüber der Eingangstür kauerte sich der Schweigling hin, um darüber nachzudenken, was der blonde Mann gesagt hatte. Er konnte es sich nur so erklären, dass Wing der Name der Bitze war. Offensichtlich wollten die vier Verbündeten die Bitze vor der bevorstehenden Schlachtung retten. Sixx ballte die Faust. Er musste einfach die Bitze vor den anderen retten. Damit würde er sofort das Vertrauen der Gruppe gewinnen. Mit der geretteten Bitze konnte er den Lämmich auf ein Schiff locken und ihn ohne große Gewaltanwendung zurück zur Exklamationsburg bringen. Mit diesem Plan bewaffnet, machte sich Sixx auf den Weg zur Hafenschenke.

Wing saß spät abends noch in der Küche. Am nächsten Morgen sollte Grisines geschlachtet werden. Für Wing war klar, dass sie das verhindern musste. Leider wusste sie nicht wie. Sollte sie Medat einweihen oder nicht? Blieb ihr überhaupt etwas anderes übrig, als sich dem Schuppenbären anzuvertrauen? Sie kannte Dealy mittlerweile zu gut, um an ein sicheres Versteck für eine Larklady und eine Bitze in dieser verkommenen Stadt zu glauben. Wehrlose Sklaven hatten hier keinerlei Rechte.
Die Stufen der Treppe knarrten, als seien sie kurz davor in zwei Hälften zu brechen. Medat war auf dem Weg in die Küche. Wortlos ließ er sich neben Wing am Küchentisch nieder.
„Du wirst es also morgen tun? Willst du die Bitze wirklich schlachten?" fragte die Larklady vorsichtig.
„Was bleibt mir anderes übrig?" fragte Medat zurück.
Er wirkte alles andere als glücklich über sein Schicksal.
„Ich hoffe, du weißt, was Du dir damit auflädst?"
Medat sah Wing aufmerksam an. Ihr Herz klopfte schneller. Wenn er ihr auf die Schliche käme, bevor geklärt war, auf welcher Seite er stand, hatte sie Grisines Chance auf eine Rettung vertan. Sie musste ihn vorsichtig überzeugen.
„Auch wenn die Nöhlerechse Grisine bloß für eine seltene Delikatesse hält, wissen wir beide, wie falsch das ist. Glaub mir, ich

will nicht behaupten, dass sie ein liebreizendes Wesen hat, aber sie hat Charakter. Weit mehr Charakter als gut für sie wäre."

Wieder blickte die Larklady Medat tief in seine Knopfaugen. „Sie zu schlachten" fuhr Wing fort „wäre Mord, mein Freund. Du würdest einen Mord auf Deine Seele laden."

Einen Moment herrschte völlige Stille in der Küche, dann geschah etwas, womit Wing am wenigsten gerechnet hätte. Medat verbarg sein Gesicht hinter seinen gewaltigen Tatzen und weinte. Die Larklady hob die Hand, um ihn zu trösten, doch dafür blieb keine Zeit. Ein Knarren auf den Stufen verriet, dass jemand herunter in die Küche kam. Panik kroch Wing den Rücken hinauf. Sie war sich sicher, dass die Nöhlerechse sie belauscht hatte und nun die sofortige Schlachtung fordern würde. Das durfte sie auf keinen Fall zulassen.

Sie sprang von ihrem Stuhl auf und schnappte sich eine große Pfanne. Mit einem Flügelschlag stand sie am Treppenabsatz. Wing holte mit der Pfanne aus und als die Gestalt von der dunklen Treppe ins Licht der Küche trat, ließ sie die Pfanne niedersausen. Es war bereits zu spät, als ihr Verstand erkannte, wer da die Treppe hinunter gekommen war. Sie nahm noch Grisines erschrockenes Gesicht wahr, dann schloss die Larklady die Augen.

'Ich habe sie getötet' dachte Wing, während um sie herum die Zeit still zu stehen schien.

Zu ihrer Verwunderung stand Grisine immer noch vor ihr, als sie zögernd die Augen öffnete. Die Bitze schien unversehrt, auch wenn sie die Ohren angelegt und einen verständnislosen Gesichtsausdruck aufgesetzt hatte. Es kostete auch Wing große Anstrengung, trotz ihres Schocks zu verstehen, was geschehen war.

Ihre Arme waren immer noch erhoben. Grisine stand unverletzt auf der Treppe. Die Larklady drehte sich zur Seite und erblickte Medat neben sich. Er hielt die Pfanne und Wings Hände in seinen Tatzen.

„Es hilft doch keinem etwas, wenn du meinetwegen zum Mörder wirst" sagte er und wieder liefen ihm die Tränen über das dichte Fell seiner Wangen.

Er hatte Wings Handlung völlig falsch verstanden. Für ihn war klar, dass seine Freundin ihm die Schlachtung abnehmen wollte, nur um seine Seele zu retten. Er war so gerührt, so voller Dankbarkeit, dass ihm das Atmen schwerfiel. Wing musste ihn nur einmal ansehen, um zu verstehen, was er dachte. Sie wollte den Irrtum aufklären, doch Medats Vorschlag kam ihr zuvor.

„Du musst so etwas nicht für mich tun Wing. Ich werde euch beide von hier fortbringen. Ich habe Verwandte in den Minen der Wüste Gohari."

Der Schuppenbär schob Grisine und Wing zum Hintereingang raus. Wing entwandt sich ihm und lief zurück ins Haus.

„Ich muss nur noch schnell etwas holen, ein Andenken."

Medat nickte, bat sie aber eindringlich, sich zu beeilen. Wing rannte die Treppe hinauf, verschwand in ihrem Zimmer und war kurz darauf schon wieder auf dem Weg nach unten. Sie hatte eine gestrickte Tasche dabei, in der Grisines Decke lag. In der Küche nahm sie noch einen verschließbaren Blechkrug mit und steckte ihn ebenfalls in die Wolltasche. Dann flog sie zu Medat und der noch immer völlig verwirrten Grisine in den Hinterhof. Wing und der Schuppenbär klemmten die Bitze in ihre Mitte und gemeinsam verschwanden sie in der Dunkelheit.

***

Sixx war völlig außer sich. Er hatte die Hafenschenke auf den Kopf gestellte, doch außer der schlafenden Nöhlerechse war niemand aufzufinden gewesen. Er musste so schnell wie möglich zur Pension zurück, in der der Lämmich hoffentlich noch schlief.

Dem Schweigling lagen friedliche Problemlösungen weit mehr als rohe Gewalt. Das bedeutete aber nicht, dass er zu letzterem nicht in der Lage war. Sein erster Plan wäre ihm zwar lieber gewesen, aber eine gewaltsame Entführung des Lämmichs tat es zur Not auch.

Diesmal durfte Sixx keinesfalls versagen. Er würde den Lämmich abliefern, behaupten er habe Flagand getötet und sich in der Exklamationsburg umsehen, bis er Brans besonderes Geschenk gefunden hatte, um dann endlich wieder ein ruhiges Leben an der Seite seiner Herrin zu führen. Soweit die Theorie ...

16. Kapitel

Medat, Wing und Grisine gönnten sich keine Rast. In der ersten Nacht passierten sie bereits die Stadtmauern, den darauf folgenden Tag kämpften sie sich durch die ausgedörrten Dörfer am Rande der Gohariwüste. Nach einem neunzehnstündigen Marsch waren ihre Kräfte aufgebraucht. Sie hatten Durst, schmerzende Füße, verbrannte Haut und einen knurrenden Magen.

Medat und Wing litten im Stillen, Grisine hingegen jammerte lautstark und ohne Unterlass. Der Schuppenbär fragte sich seit ihrer Flucht zum wiederholten Mal, woher Wings plötzliche Geduld mit der Bitze kam. Er selbst bereute immer öfter, sie nicht einfach geschlachtet zu haben.

„Sollen wir uns nicht doch einen Rastplatz suchen?" fragte Wing. Sie war zu müde, um noch einen Fuß vor den anderen zu setzen.

„Die Nacht bricht bald an. Am Tag wird die Wüste uns auffressen. Diese eine Nacht müssen wir noch durchmarschieren. Dann sollten wir es vor dem Morgengrauen bis zu den Minen geschafft haben."

„Bis dahin liegen wir verdurstet im Sand, du dicker Idiot" motzte die Bitze.

„Halt endlich den Rand, Bitzenvieh. Wenn du nicht freiwillig das Maul hältst, stopf' ich es dir!"

Der Schuppenbär überragte die Bitze mindestens um einen Meter und funkelte sie von oben herab wütend an. Grisine beeindruckte das wenig. Sie schielte dümmlich zu ihm hoch und machte ihrem Unmut Luft. Wing musste nicht zum ersten Mal zwischen den beiden Streithähnen schlichten.

„Dort vorne steht ein Brunnen. Ich werde uns allen Wasser besorgen und ihr beiden ruht euch hier solange aus, einverstanden?"

Medat nickte grummelig und ließ sich in den Sand fallen. Er konnte Wings mütterliches Getue nicht begreifen. Aus der schroffen Kellnerin war über Nacht eine zahme Larklady geworden. Ihm hatte die freche Wing besser gefallen.

„Das muss an der Freiheit liegen" raunte er der untergehenden Sonne zu.

Wing zog den Blechkrug aus ihrer Tasche und füllte ihn mit Wasser. Sie flog zu Medat und Grisine zurück. Die Larklady hatte den Krug kaum abgestellt, da hatte sich die Bitze bereits die Hälfte des Wassers in den Hals geschüttet. Undankbar wie eh und je, motzte sie gleich weiter.

„Wieso müssen wir überhaupt in die Minen? Ich will nicht zwischen all den Würmer fressenden dicken Bären leben. Die sind hässlich und stinken. Bitzen gehören auf Schiffe, auf große und prachtvolle Schiffe."

„Es geht leider nicht an ..."

Bevor Wing in Engelszungen Entschuldigungen säuseln konnte, lag die Bitze auch schon bewusstlos am Boden. Wings Augen weiteten sich auf Tellergröße.

„Wieso hast du das getan?" schrie sie Medat an.

„Ich trage sie lieber die ganze Nacht, als mir weiter dieses Gezeter anzuhören. Du magst ja plötzlich eine Art spirituellen Frieden mit der Welt und allen Bitzen geschlossen zu haben, aber ich ertrage dieses Biest keine Minute länger."

Wing wollte wütend auf Medat sein. Immerhin hatte er die Ziehmutter ihres geliebten Ginn niedergeschlagen. Aber in Wahrheit war sie viel zu erleichtert, neben ihrer eigenen Erschöpfung nicht auch noch für die Bitze stark sein zu müssen. Endlich blieb ihr Zeit, um die Umgebung zu betrachten. Immerhin war sie zum ersten Mal seit vielen Jahren in Freiheit.

Wing und Medat saßen buchstäblich auf der Grenze zwischen bebautem Land und der Wüste. Zu ihrer rechten befand sich ein kleines leerstehendes Lehmhaus mit einem Brunnen dahinter. Schafe nagten an braunen verdorrten Grashalmen. Ein zerbrochener Karren wurde von Schlingpflanzen überwuchert. Links von ihnen wurde der Weg zunehmend sandiger. Hohe Dünen zeichneten sich in der Ferne ab, hinter denen die Sonne versank.

Den Grillen lauschend teilten sich Medat und Wing das restliche Wasser. Kaum war der Krug leer, erhoben sie sich mühsam. Mit einem Ruck schwang sich Medat die Bitze um die Schultern und marschierte los. Wing füllte den Krug noch einmal für den Weg und sah sich dann den leblosen Bitzenkörper besorgt an.

„Das war wirklich unnötig Medat! Was wenn du sie ernsthaft verletzt hast?"

„So viel Glück hab ich nicht."

Wing lachte, doch dann sah sie Ginns tadelndes Gesicht vor sich und Scham überkam sie.

„Du wirst ihr nie wieder etwas tun, verstanden?" mahnte sie Medat.

Medat brummte. Hätte Wing sein Gesicht gesehen, wäre ihr schnell klar geworden, dass dies kein zustimmendes Brummen gewesen war. Da sie sein Gesicht aber nicht sah, marschierten sie schweigend weiter. Mittlerweile war es so finster, dass nur das Knirschen des Sandes ihnen verriet, wo sie sich befanden. Schwarz und totenstill umgab sie die Gohariwüste.

„Wie sollen wir uns hier zurechtfinden? Ich sehe rein gar nichts" schimpfte Wing und stolperte wie zum Beweis über ihre eigenen Füße.

Medat hielt sie am Arm, um ihren Sturz abzufangen.

„Halt dich an meinem Rückenpanzer fest. Ich kann nachts besser sehen, als am Tag."

Auch wenn Wing geführt wurde, bereiteten ihr die Dunkelheit und der sandige Boden weiter Probleme. Um nicht unsicher wie ein Betrunkener umher zu torkeln, schloss sie schließlich die Augen und konzentrierte sich ausschließlich auf Medats Bewegungen. Ihre Schritte wurden sicherer und sie vergaß fast, auf welch unwegsamen Gelände sie sich befand.

Eine feine Sandschicht hatte sich Wing auf die verschwitzte Haut gelegt. Die Nächte in der Gohariwüste waren eisig kalt, doch der anstrengende Marsch hielt Wing warm. So warm, dass ihr vor dem Anbruch des Tages graute. Diese Anstrengung zusammen mit der Hitze der Sonne, wurde sie nicht überleben. Nicht nach allem was sie bereits hinter sich hatte. Doch der Tag brach an und solange die Hitze auf sich warten ließ, freute sich Wing zumindest über das Licht.

„Bin ich froh dich wieder sehen zu können" sagte Wing und lächelte Medat an, dessen Fell aussah, als hätte er sich stundenlang im Sand gewälzt.

„Sind wir endlich da?" fauchte Grisine, die immer noch auf Medats Schultern hing.

Wie ein lästiges Insekt wischte sich der Schuppenbär die Bitze vom Körper und sie fiel ungebremst in den Sand.

„Wassoll denn das?" rief Wing verärgert.

Schnell half sie Grisine auf. Medat deutete stumm geradeaus.

„Da ist eine Tür im Boden" flüstere Wing und starrte auf die Stelle, die Medat ihr gezeigt hatte.

„Das ist bloß altes Holz auf stinkendem Sand" motzte Grisine, doch Medat hatte bereits die eine Hälfte des Holzes aufgeklappt. Wing sah eine Leiter dahinter, die tief in die Erde führte.

„Wir haben es geschafft" rief die Larklady, sprang hoch und fiel Medat um den dicken pelzigen Hals. Auch er lachte erleichtert.

„Dann werde ich dir mal mein altes Zuhause zeigen" sagte er fröhlich, jedoch darauf bedacht nur Wing anzusehen.

Vorsichtig kletterten sie einer nach dem anderen die morsche Leiter hinab. Was sie unten erwarte, ließ Wing nach Luft schnappen. Alle paar Meter brannten Kerzen, deren Licht tausendfach von den Wänden zurückstrahlte.

„Was...?" brachte Wing stotternd hervor.

„Edelsteine" lautete Medats simple Erklärung.

Wing strich vorsichtig über die Wände und tatsächlich fühlte sie einen winzigen Edelstein neben dem anderen. Die Wände und die gewölbte Decke bestanden ausschließlich aus funkelnden Edelsteinen, nur der Boden war aus grauem Stein. Medat erklärte, dass auch der Boden mit Edelsteinen bedeckt war. Die Schuppenbären hatten Steinplatten darauf gelegt, um nicht in all dem Gefunkel die Orientierung zu verlieren.

Gemeinsam gingen sie einen schmalen Gang entlang. Wing dreht sich nach Grisine um und sah sie an einer der Wände hängen, die Krallen tief in den Stein geschlagen.

"Was tust du denn da, verdammt?" fragte Wing, die langsam auch die Beherrschung verlor.

"Ich will einen Stein haben" krähte Grisine zurück.

Wie wahnsinnig kratzte und zog die Bitze an den funkelnden Steinen herum, bis Medat sich bequemte umzukehren und Grisine von der Wand zu reißen. Mit Schwung schmiss er die Bitze den Gang entlang.

"Wollte ihr nur den Weg abkürzen" gab er kurzerhand zurück, als ihn Wings vorwurfsvoller Blick traf.

Wing überprüfte die Wand, um sicherzustellen, dass Medat der Bitze keine Kralle ausgerissen hatte.

Nach einer äußerst engen Rechtskurve gelangten die drei Neuankömmlinge schließlich in einen großen Raum. Hier war das Funkeln weniger aufdringlich. Die Wände waren zwar ebenfalls voller Edelsteine, doch die Decke war so hoch, dass Wing sie gar nicht ausmachen konnte. Im ganzen Raum verteilt standen Holzbänke und Tische und an einer Wand befand sich eine Art Küche mit Feuerstelle und einem Rinnsal an der Wand. Von dort lief Wasser in eine große Wanne. Außer ihnen war niemand hier. Medat nahm drei Becher und füllte sie unter dem Rinnsal. Mit einer Kopfbewegung bat er seine Begleiterinnen, auf einer der Holzbänke Platz zu nehmen.

„Ihr habt die Schätze gesehen, die hier in den Minen verborgen liegen. Die Außenwelt darf von unserem Reichtum nie etwas erfahren, sonst wären wir hier nicht mehr sicher. Aus diesem

Grund sind Gäste natürlich nicht gern gesehen. Wundert euch also nicht, wenn ihr nicht sehr freundlich begrüßt werdet."

Wing nickte ängstlich und sogar Grisine schwieg zur Abwechslung. Nicht einmal eine Bitze legte sich gerne mit einem Clan wütender Schuppenbären an. Wing beschäftigte dazu noch etwas anderes.

„Bei all dem Reichtum deines Volkes, wieso hast du da bei der Nöhlerechse für ein paar Geldstücke die Woche gearbeitet?"

„Für die Freiheit" antwortete Medat. „Unser Reichtum ist nicht ungefährlich. Nur im Notfall darf außerhalb der Mine mit Edelsteinen bezahlt werden. Sollte unsere Mine mit einem großen Edelsteinvorkommen in Verbindung gebracht werden, würden wir angegriffen werden. Der Rat entscheidet alle paar Jahre, ob einige Steine geopfert werden dürfen, um wichtige Besorgungen in der Stadt zu machen. Ansonsten leben wir hier von dem, was uns gegeben ist."

Wing nickte. Auch wenn sie die Taverne der Nöhlerechse nie mit Freiheit in Verbindung gebracht hätte.

"Ich wollte die Welt sehen und nicht hier unten leben und arbeiten, wie ein Maulwurfshund. Ich bin also gegangen und musste wie alle anderen Schuppenbären den Reichtum hier zurücklassen."

„Wenn man sich von seinem Schatz nichts leisten kann, ist man auch nicht reich" sagte Grisine und diesmal konnte ihr niemand widersprechen.

***

Sixx war so leise wie eine Bettwanze. Stück für Stück drückte er die schwere Holztür zum Gästezimmer auf. Leises Schnarchen drang aus dem stickigen Raum an seine empfindlichen Ohren. Auf allen vieren robbte der Schweigling ins Zimmer. Seine Augen hatten sich zwar schon an die Dunkelheit gewöhnt, trotzdem konnte er nichts ausmachen, außer schemenhafte Umrisse. Es standen mehrere Betten in dem kleinen Raum. Zwei an der linken Wand, ein einzelnes Bett an der rechten. Nun musste er nur noch herausfinden in welchem Bett der Lämmich schlief. Zur Sicherheit tastete er noch einmal nach dem Taschentuch in seiner Westentasche. Es war mit Vampirspeichel benässt. Kein anderes Narkosemittel wirkte schneller als Vampirspucke.

Sixx drückte sich an der linken Wand entlang und stieß gegen ein Bettgestell. Die enorme Gestalt darin konnte nur der Octofant sein. Das leise gleichmäßige Tröten unter der Decke bestätigte seine Annahme. Vorsichtig hangelte sich Sixx am Bett entlang, bis er die nächste Schlafstätte erreicht hatte. Ein Blick genügte und Sixx erkannte einen ausgewachsenen Menschen darin liegen. Enttäuscht aber nicht entmutigt kroch der Schweigling zur anderen Seite des Zimmers. Dort beugte er sich über das letzte Bett. Der kleine Körper darin konnte nur der eines Lämmichs sein. Am liebsten hätte Sixx vor Freude in die Hände geklatscht. Ganz langsam zog er das Taschentuch aus seiner Westentasche und beugte sich über den schlafenden Lämmich. Bevor sich seine Hand dem Opfer genähert hatte, spürte er selbst einen merkwürdigen Druck auf dem Gesicht. Er roch und schmeckte etwas beinahe unerträglich Süßes und mit einem Mal wurde alles um ihn herum schwärzer als die Nacht.

Langsam kam Sixx wieder zu sich. Er saß zusammengesunken auf einem harten Holzstuhl, die Arme auf den Rücken gebunden. Sein

Kopf hämmerte und sein Mund fühlte sich trocken und wund an. Vorsichtig öffnete er die Augen und blinzelte. Jemand hielt ihm eine Öllampe unter die Nase.

„Er kommt zu sich" hörte er eine tiefe Stimme sagen.

„Er wird sich gleich wünschen, wieder im Land der Träume zu sein" sagte jemand anderer.

In einiger Entfernung hörte er den Octofanten zustimmend tröten. Es gab einen Knall und im gleichen Moment fing Sixx' Wange Feuer. Die beiden Männer lachten über seinen schockierten Gesichtsausdruck. Lange hatte es niemand mehr gewagt dem Schweigling eine Ohrfeige zu verpassen.

„Gut so Iustus! Das war eine hervorragende Klatsche mit der flachen Hand. Das muss gefeiert werden."

Hatte Sixx das richtig verstanden? Wurde er gerade tatsächlich von einem jämmerlichen Lämmich geschlagen? Die Wut kroch ihm von den Füßen bis zur Nasenspitze empor. Es war an der Zeit sich der Realität zu stellen und die Augen aufzumachen. Er sah den Lämmich vor sich stehen. Wären seine Hände nicht gefesselt gewesen, er hätte den Lämmich geviertelt.

Hinter Iustus standen Ginn und Harvey, auf dem hintersten Bett saß der Octofant. Allesamt starrten sie Sixx an. Der Schweigling fürchtete sich nicht. Er war nur froh, dass Bran ihn so nicht sehen musste.

„Was wolltest du von mir?" fragte der Lämmich angriffslustig.

Sixx wurde etwas unruhig. War es möglich, dass Lamento durch den Lämmich sprach? Schnell schüttelte der Schweigling diesen Gedanken ab. Er hatte schon Lämmiche gesehen, die Lamentos Wut heraus geschrien hatten, doch nicht einmal dann hatten sie soviel

Regung gezeigt wie dieses Exemplar vor ihm. Aber sei es drum, letztendlich war der Lämmich nur eine defekte Ware, die Sixx abzuliefern hatte. Egal wie auffallend auch deren Lebendigkeit war.

"Ich habe dich etwas gefragt" zischte der Lämmich.
Sixx schwieg beharrlich. Eher würde er sich mit seinem eigenen Spiegelbild unterhalten, als mit einem kaputten Werkzeug. Iustus verlor mehr und mehr die Beherrschung. Er war es leid von Schweiglingen entführt zu werden. Ginn bemerkte die Wut des Lämmichs und wollte helfen.
„Antworte ihm" befahl Ginn.
„Ich rede nicht mit Lämmichen, außer Lamento lässt sie sprechen."
„Sein Namen ist Iustus und du wirst mit ihm reden."
Diesmal war es der dunkelhaarige Mann, der sprach. Ginn sah Sixx mit demselben Maß an Hass an, wie es der Lämmich tat. Der Schweigling fragte sich warum.
„Du bist Lamento schon begegnet?" fragte Sixx den blonden Mann und es klang eher wie eine Feststellung.
Ginn antwortete nicht.
„Beantworte du erst einmal Iustus' Frage!" verlangte Harvey.
Sixx schwieg. Niemand sagte mehr etwas. Der Octofant erhob sich seufzend und kam langsam auf den gefesselten Schweigling zu. Sixx schwante Böses. Einen Moment lang wollte er reden, doch es war schon zu spät. Die Oktopusarme schlangen sich um seinen Kopf und Hals und zogen sich immer enger zusammen. Er konnte nichts mehr sehen, nicht mehr atmen. Der Druck auf seinem Kopf war kaum auszuhalten. Die Saugnäpfe zogen an seiner Haut und hinterließen ein säureähnliches Brennen. Es dauerte nicht, lange bis

der Schweigling alles getan hätte, um die Schmerzen und sein Gefängnis aus Saugnäpfen loszuwerden und endlich wieder atmen zu können.

Sixx war sich sicher sterben zu müssen, da ließ der Octofant von ihm ab. Laut keuchend rang der Schweigling nach Luft.

Er fühlte den Druck und das Brennen noch immer, auch als die Arme von ihm abgelassen hatten. Am liebsten hätte er laut geschrien.

„Also, was wolltest du von mir?" Fragte ihn Iustus, der seine Gefühle wieder zu beherrschen schien.

Sixx' Widerstand war gebrochen.

„Ich muss dich zurück zu Lamento bringen."

„Wieso? Flagand arbeitet für Lamento."

Diese Feststellung kam nicht von dem Lämmich, sondern von dem blonden Mann. Sixx hatte sich also vorher nicht geirrt. Der Blonde kannte Lamento. Leider traute er sich nicht zu fragen, woher er ihn kannte.

„Flagand hat Lamento verlassen und ich habe seinen Platz eingenommen. Um diesen Platz zu sichern, muss ich Lamento den Lämmich bringen ... und Flagand. Ihr wisst nicht zufällig, wo der sich befindet, oder?"

„Du und Flagand streitet also darüber, wer das bessere Schoßhündchen ist, ja? Wie niedlich!" stichelte Harvey.

Ginn starrte finster ins Leere.

„Wir sollten uns nicht mit ihm aufhalten. Holen wir ..." Iustus brach ab, als habe er seine Zunge verschluckt. Natürlich wollte er nicht riskieren, dass der Schweigling etwas hörte, was nicht für seine Ohren bestimmt war. Seine Freunde verstanden ihn trotzdem.

„Iustus hat recht" sagte Ginn. „Wir sollten keine Zeit mehr verlieren. Wir holen sie noch heute Nacht und schlagen uns dann zu unserem Versteck durch. Ihn lassen wir geknebelt hier zurück. Falls Flagand nicht mit der Cato untergegangen ist, wird er froh sein seinen Widersacher hier anzutreffen. Vielleicht haben wir ja Glück und sie erledigen sich gegenseitig. Sollte Flagand verbrannt oder ertrunken sein, wird der Schweigling wohl vom Wirt gefunden, oder wenn wir das Zimmer für einige Wochen bezahlen, wird er einfach verhungern."

Gefesselt und geknebelt blieb Sixx im Gästezimmer zurück.

Die vier Freunde verließen kurz vor dem Morgengrauen das Gasthaus. Sie huschten durch die dunklen Gassen, nahe an den Hauswänden entlang. Niemand beachtete sie. Jeder der vor Anbruch des Tages durch Dealy schlich hatte etwas zu verbergen. Niemand wollte sehen oder gesehen werden. So kamen sie schnell und unbemerkt bei der Hafenschenke an.

„Harvey und ich gehen rein und holen die Lark. Iustus und Hermod, ihr haltet hier Wache" ordnete Ginn an.

„Das kommt nicht in Frage" platze es aus dem Lämmich heraus.

Ginn zog verwundert eine Augenbraue hoch.

„Wir sind hier, weil *ich* Wing retten wollte. Also werde ich auch rein gehen, alles andere wäre nicht fair."

Iustus Stimme kippte und er hoffte inständig, dass keiner merkte, wie nahe er den Tränen war. Er hatte es zu weit gebracht, als dass er sich nun damit würde abfinden könnte, nicht als Wings Retter durch diese Tür zu treten.

„Hör zu, mein Freund" lenkte Ginn ein „wir werden ihr direkt erzählen, dass es Deine Idee war, aber Harvey und ich sind einfach schneller und stärker. Bald geht die Sonne auf und wenn uns die Nöhlerechse begegnen sollte, kannst du nicht besonders viel gegen sie ausrichten."

„Aber ..."

„Willst du, dass sie gerettet wird, oder willst du bloß ein Held sein?" fragte Ginn unter Zeitdruck.

Iustus ließ die Schultern hängen. Natürlich wollte er ihr Held sein, aber er musste Ginn recht geben. In erster Linie kam es auf ihre Rettung an. Schweren Herzens ließ er die beiden Männer ins Haus schleichen und bewachte mit Hermod den Eingang und die Hafenpromenade.

Harvey und Ginn huschten durch die dunkle Küche und fanden ohne Probleme die Treppe zum oberen Stockwerk. Die Treppe lautlos hinaufzusteigen entpuppte sich als weitaus schwieriger. Jede Stufe knarrte und knackte. Ginn schlug Harvey vorwurfsvoll auf den Arm, als dieser eine Stufe zum Knarzen brachte und Harvey machte es bei Ginn genauso. Als sie in der oberen Etage ankamen, tat beiden der Oberarm weh.

„Du weckst noch das ganze Haus auf" zischte Ginn.

„Ich? Du könntest Hermod Konkurrenz machen. Hast du zugenommen?" stichelte Harvey.

Ginn boxte Harvey noch einmal mit voller Wucht gegen den Oberarm.

»Au« flüsterte Harvey, mit einer Mischung aus Gelächter und Jammern in der Stimme.

Beide wandten sich der nächsten Ecke zu, wo die Nöhlerechse im Nachtkleid mit erhobener Gaslampe auf sie wartete. Ginn erschreckte sich so sehr, dass er sich an seiner eigenen Spucke verschluckte und einen Hustenanfall bekam. Harvey war davon weit weniger abgelenkt, als die Nöhlerechse, die noch immer nicht zu verstehen schien, wer da eigentlich vor ihr stand. Harvey nutzte den Moment, um hinter den Wirt zu huschen, ihn von dort zu packen und so aus dem Hackbereich des gewaltigen Schnabels zu entkommen. Noch bevor Ginn wieder normal atmen konnte, hatte Harvey der Nöhlerechse bereits den Schnabel und die Hände mit Schnürsenkel zusammengebunden.

„Ich bin beeindruckt" sagte Ginn anerkennend.

Harvey bedankte sich mit einer Verbeugung, blickte jedoch wenig begeistert auf seine offen stehenden Schuhe hinab.

„Wenn du hier irgendwo Schnürsenkel findest, sag mir Bescheid."

Ginn nickte grinsend und gemeinsam schlichen sie weiter, um nach Wings Zimmer und neuen Schnürsenkeln zu suchen. Einige Minuten später hatten sie jedes Zimmer im Haus durchsucht und alle leer vorgefunden. Trotz Harveys neuen Schnürsenkeln waren sie beide deprimiert.

„Lass uns noch mal hier nachsehen. Das könnte ihr Zimmer gewesen sein" sagte Ginn und deutete tatsächlich auf Wings Zimmertür.

Er trat ein und blickte sich genau um. Harvey hielt hinter ihm die Lampe hoch, um das schmale Zimmer zu beleuchten. Ginn öffnete die Schubladen der Kommode und sah in den Schrank, doch er fand nichts, was sie weiter brachte.

„Ginn, dort liegt etwas unter der Kommode."

Der blonde Mann kniete sich vor das Möbelstück und zog einen Gegenstand heraus.

»Sieht aus wie ein Halsband. Hat Grisine nicht so eins auf der Sukhothai getragen?«

Harvey kniete sich neben seinen Freund und nickte. Kopfschüttelnd ließ Ginn das Halsband fallen und sah sich weiter im Zimmer um. Harvey dagegen nahm es in die Hand und drehte den kleinen Anhänger auf, der vorne am Halsband hing. Er zog einen Zettel heraus. Auf der Vorderseite war es die Besitzurkunde, die nun auf die Nöhlerechse ausgestellt war. Doch auf der Rückseite war etwas in Eile gekritzelt worden. Die Schrift war so klein, dass Harvey Probleme hatte sie zu entziffern. Stockend las er die Nachricht vor.

»Ginn, sind bei Schuppenbären in Gohariwüste. In Liebe
Wing«

Ginn nahm Harvey den Zettel ab und las die Nachricht mehrere Male und doch verstand er sie nicht. Verwirrt reichte er den Zettel an Harvey weiter.

„Woher kennt die Larklady Deinen Namen?" fragte Harvey verwirrt.

„Wahrscheinlich von Grisine, aber ich weiß nicht was die Bitze hier gemacht hat und warum diese Kellnerin denkt, mich würde interessieren, wo dieser Flohsack hin ist."

Harvey war nicht weniger verwirrt als Ginn. Das machte alles überhaupt keinen Sinn.

„Wieso hat sie damit gerechnet, dass Du hier auftauchst? Glaubst du, sie ist eine Hexe?" fragte Harvey aufgeregt.

Ginn zog nur die Schultern hoch und kratzte sich am Kinn. Ihn beschäftigte bereits etwas ganz anderes.

„Iustus wird dieser Brief nicht gefallen. Immerhin ist der Brief an mich gerichtet und sie hat mit 'In Liebe' unterzeichnet. Das wird ihm sein kleines Herz brechen."

Harvey nickte zustimmend.

„Du hast recht. Wir werden ihm nur sagen, dass wir einen Hinweis auf die Gohariwüste gefunden haben. Alles andere wird sich ohnehin erst aufklären, wenn wir die Larklady und im schlimmsten Fall auch die Bitze gefunden haben."

Ginn sah Harvey verwundert an.

"Willst du die Larklady wirklich suchen. Immerhin ist sie schon geflohen und bei den Schuppenbären bestimmt in Sicherheit. Wieso sollten wir ihr nachlaufen?"

"Ich dachte, du wärst schlauer, Ginn."

Augenscheinlich war er das nicht, denn er konnte nur die Schultern hochziehen.

Harvey seufzte und klärte Ginn auf.

"Zum einen wird Iustus uns die nächsten fünftausend Jahre nerven, wenn er seine Larklady nicht bei sich hat und zum anderen ist sie wahrscheinlich gerade am sichersten Ort der Welt. Keiner legt sich gerne mit Schuppenbären an und keiner durchwandert gerne die Wüste. Und wen trifft man ganz bestimmt nicht in der Wüste?"

Ginn verstand. "Seeleute" beantwortete er die Frage seines Freundes.

"Gut gemacht" lobte ihn Harvey und fing sich damit einen erneuten Oberarmhieb ein, den er lachend wegsteckte.

Diesmal versuchten die beiden Männer gar nicht erst leise zu sein. Sie sprangen die Stufen herunter und plünderten die Küchenvorräte, ehe sie zu ihren Freunden auf die Promenade traten. Ein weiter beschwerlicher Weg stand ihnen bevor.

„Erst müssen wir durch das halbe Meer schwimmen und jetzt sollen wir eine Wüste durchwandern. Langsam brauche ich wirklich Urlaub."

Hermod trötete erbost durch seinen Rüssel und die Freunde klopften ihm aufmunternd auf den breiten Rücken.

17. Kapitel

Wing fühlte sich unwohl dabei, nichts weiter tun zu können als abzuwarten. Endlich war sie der Nöhlerechse entkommen, hatte Grisine erfolgreich befreit und die Gohariwüste durchquert, nur um jetzt untätig auf dem Hintern sitzen zu müssen. Sie hatte ein triumphales Gefühl der Freude erwartet. Immerhin war sie endlich frei, doch stattdessen war sie nur nervös und zappelig. Sie hatte Angst davor von den Schuppenbären angefeindet oder gemieden zu werden, Angst hinaus in die Wüste geschickt zu werden und nicht zuletzt Angst davor mit ihrem Versteck nur einen Käfig gegen den anderen ausgetauscht zu haben. Wirklich frei war sie nirgendwo, solange sie ihr Silberhalsband beim Schlucken drückte und die Narben auf ihrem Rücken sich nicht wieder in Flügel verwandelten.

Medat sah seine Freundin mitfühlend an. Ihm gefielen die dunklen Augenringe über ihren eingefallenen Wangen gar nicht. Wie sie ihm in der Edelsteinhalle der Mine gegenüber saß, hatte sie auch immer in der Küche der Hafenschenke gesessen.

„Sobald ich euch offiziell vorgestellt habe, bekommst du etwas Anständiges zu essen, nimmst ein erfrischendes Bad und schläfst dich erstmal richtig aus. Wie hört sich das an?"

Wing lächelte dankbar, doch in ihren großen türkisfarbenen Augen flackerte kein Licht des Glücks.

„Was ist mit mir?" verlangte Grisine zu erfahren.

Für eine gute Mahlzeit und ein Bett hätte Grisine so ziemlich alles getan. Von einem Bad hielt sie allerdings nicht sehr viel.

Medat ignorierte die Bitze, doch Wing strich ihr zärtlich über die dürre Hand.

„Für dich gilt genau das gleiche wie für mich, nicht war Medat?"

Wing sah ihn bittend an und ihm blieb nichts anderes übrig als zu nicken. Geräusche vom anderen Ende des Raumes ließen sie alle drei zusammenzucken. Wing und Grisine waren alleine deswegen schon erschrocken, weil sie bisher von der Tür am anderen Ende der Halle nichts gewusst hatten. Nun mussten sie feststellen, dass es in ihrem Rücken noch einen Gang gab.

„Dort hinten liegen die Leseräume, durch sie kommt man zum Großen Teich und zu den Schlafräumen" erklärte Medat.

„Der Große Teich?" fragte Wing.

„Das ist der Waschraum."

Der erste Schuppenbär trat in die Halle und reagierte gänzlich anders als die Gäste vermutet hatten. Er erschreckte sich über den Anblick der Larklady und der Bitze so sehr, dass er zurücktaumelte und ein Quicken ausstieß. Wing macht sich stocksteif, um den Schuppenbär nicht noch mehr zu verängstigen, Grisine hingegen lachte ihn unverhohlen aus. Medat stand ganz langsam auf und ging auf den Schuppenbär zu. Sobald Medat seine beiden Begleiterinnen vor den Augen des Schuppenbären versteckt hielt, beruhigte sich dieser auch etwas.

„Wer seit ihr und was macht ihr hier?" fragte der Schuppenbär hicksend.

Wing konnte nur an der hellen Stimme erkennen, dass es sich um ein weibliches Exemplar handeln musste.

„Mein Name ist Medat, ich habe die Mine vor fünf Jahren verlassen. Dort hinten sitzt meine Freundin Wing und eine Bitze."

„Ich heiße Tamina" hauchte die Schuppenbärin.
Ihr Schluckauf ließ etwas nach. Betreten standen sich die beiden Schuppenbären gegenüber und wussten beide nicht, was sie sagen sollten. Tamina fiel zuerst etwas ein.
„Ich werde am besten Remor holen. Er ist unser Ältester und trifft alle wichtigen Entscheidungen."
Sie ging rückwärts hinaus und warf Medat noch ein zaghaftes Lächeln zu, ehe sie im Gang verschwand. Medat tänzelte grinsend zum Tisch zurück.
„Hast du jemals eine so schöne Bärendame gesehen?" fragte er Wing aufgeregt.
Wing lächelte höflich, wusste allerdings nicht, was sie antworten sollte. Für sie sahen die weiblichen Bären nicht anders als die männlichen aus. Da sie ihm das kaum sagen konnte, nickte sie einfach. Medat deutete Wings versteinerte Mimik falsch.
„Du glaubst, sie ist zu jung für mich, oder? Du hast bestimmt recht, außerdem gibt es keinen Grund, warum sie sich für einen alten Koch wie mich interessieren sollte."
Niedergeschlagen ließ er den Kopf hängen. Wing ergriff über den Tisch hinweg seine Tatze.
„Ich bin mir sicher, dass es auf der ganzen Welt keinen liebevolleren, tapferen und besseren Schuppenbären gibt als dich, Medat. Sie wird sich für dich interessieren. Da bin ich mir ganz sicher."
Medat lächelte erleichtert und seine Augen strahlten mit den Edelsteinwänden um die Wette. Er wollte gerade antworten, doch verstummte prompt. Remor war gekommen. Der Älteste war deutlich größer als Medat, auch wenn das Alter ihn bereits etwas

gekrümmt gehen ließ. Sein Fell war fast überall ausgebleicht und seine Augen waren trübe geworden. Der Blick des Ältesten war nichtsdestotrotz eindringlich und äußerst wachsam.

„Schön dich wiederzusehen Medat."

Medat verbeugte sich vor Remor.

„Ich entschuldige mich bei euch, Fremde in unsere Mine geführt zu haben, aber sie sind unverschuldet in Not geraten und dies hier ist zur Zeit der sicherste Platz für sie."

„Du kennst das Risiko unseres Volkes selbst sehr genau. Ich habe keinen Grund anzunehmen, du möchtest uns absichtlich in Gefahr bringen. Solange du also für Deine Freunde bürgst, sind sie hier sicher und willkommen."

Medat blickte sich unauffällig zu Grisine um. Für sie zu bürgen fiel ihm alles andere als leicht, aber Wing wäre wohl dagegen gewesen die Bitze vor der Mine anzubinden wie ein Kamel.

Es dauerte nicht lange, bis die anderen Schuppenbären nach und nach den Speisesaal betraten. Die Begrüßungen fielen unterschiedlich aus, von freundlich verhalten bis offen feindlich. Nach mahnenden Worten des Ältesten zeigten sich jedoch alle anwesenden Schuppenbären einigermaßen respektvoll. Es waren nicht viele Bären in der Mine. Der Großteil von ihnen war auf dem Weg zur Hochzeit des Königs. In den Minen befanden sich nur noch zehn Schuppenbären, mit Medat waren es elf. Wing dankte der Fügung, es nicht gleich zu Anfang mit dem gesamten Volk aufnehmen zu müssen.

***

Trotz aller Eile hatten sie es nicht geschafft. Kurz vor den Stadtmauern waren Ginn, Harvey, Hermod und Iustus mitten in die Hochzeitsprozession des Königs gekommen. Es gab kein Durchkommen in den Gassen. Überall wurden Stände aufgebaut, Girlanden angebracht und die ohne Unterlass in die Stadt strömenden Gäste begrüßt. Die Luft flirrte wie Bienenschwärme durch die dicht gedrängten Besucher. Ein ohrenbetäubender Lärm herrschte auf den Straßen. Lautes Geplapper wurde übertönt von Musikkapellen und diese unterbrochen von laut bellenden Hunden. Jeder zweite Besucher trug aufwendig zubereitete Speisen in Richtung des Palastes. Die vielen unterschiedlichen Gerüche trennten die Wege wie unsichtbare Vorhänge.

Hermod trug Iustus vorsichtshalber auf seinen Schultern. Harvey und Ginn blieben möglichst dicht an dem Octofanten, doch immer wieder wurden sie abgedrängt, um mussten sich unter Mühen und gelegentlicher Gewaltanwendung wieder zu ihm durchkämpfen.

„So kommen wir nicht weiter" rief Ginn und die anderen nickten.

„Der Palast liegt genau vor der Stadtmauer, wir werden ewig brauchen, bis wir dort vorbei sind und in Richtung Wüste weiter können" bestätigte Harvey.

Sie wussten, wie aussichtslos ihr Vorhaben war und trotzdem konnte sie nichts anderes machen, als weiter den Massen zum Palast zu folgen. Hermod konnte als größter von ihnen die meisten Köpfe überblicken, so fiel ihm auch etwas auf, dass den anderen entgangen war. Ohne zu versuchen, gegen die Lautstärke anzubrüllen, zog er Harvey und Ginn kurzerhand mit sich in eine Seitengasse. Die beiden Männer wehrten sich nicht, waren aber auch nicht sehr glücklich darüber, wie Hunde über den Lehmboden geschleift zu werden.

Die Gasse führte sie zu einem Hinterhof. Hier waren sie seit Stunden zum ersten Mal wieder unter sich. Hermod musste nicht erklären, weshalb er sie hierher geführt hatte. Ginn und Harvey erblickten den Fesselballon und klopften dem Octofanten anerkennend auf den Rücken. Iustus verstand ebenso schnell wie die beiden Männer, doch war er nicht im mindesten so begeistert von Hermods Idee. Bei dem Gedanken in einem Heißluftballon über die Wüste zu fliegen, zusammen mit einem tonnenschweren Octofanten, gefiel ihm überhaupt nicht. Wäre es nicht um die Rettung von Wing gegangen, hätte er sich sicherlich geweigert in den Korb zu steigen, so aber nahm er sein Schicksal zähneknirschend hin.

***

Sixx fühlte das nahende Unheil viel früher, als dass er es hörte. Seine Nackenborsten stellten sich auf und seine Haut begann zu kribbeln. Die Schonzeit war vorbei. In Kürze würde jemand ins Zimmer platzen und ihn in diesem erniedrigenden Zustand vorfinden. Angebunden und geknebelt wie er war, blieb ihm nichts anderes übrig, als zu warten. Zum Glück machte es sein Besucher nicht sonderlich spannend. Die Tür wurde aufgetreten und schon stand Flagand vor ihm. Sixx hatte mit jedem anderen gerechnet, aber nicht mit dem angeblich ertrunkenen Schweigling.

Flagand blinzelte ebenso schockiert über seinen Fund, wie Sixx es tat. Als beide schließlich akzeptiert hatten, wem sie gegenüber standen, war es Sixx, der vor Scham in sich zusammen sank.

Flagands kurze Enttäuschung war verflogen. Zwar war es nicht der Lämmich, den er vorgefunden hatte, aber beim zweiten Hinsehen gefiel ihm ein gefesselter und völlig wehrloser Sixx auch ganz gut. Gewollt grob zog Flagand dem Schweigling den Knebel aus dem Mund.

„Wen haben wir denn hier?" fragte er grinsend.

Sixx hielt es für das Beste zu schweigen. Er wollte sein Gegenüber nicht noch unnötig reizen, wo er ohnehin keine Möglichkeit hatte sich zu wehren.

„Ich gehe mal nicht davon aus, dass du mir verraten kannst, wo der Lämmich abgeblieben ist, oder?"

Sixx schüttelte den Kopf. Nur über seine Leiche würde er ihm verraten, dass seine Herrin sehr genau wusste, wohin es den Lämmich verschlagen hatte, solange er nur seine schwarzen Schuhe trug.

Flagand schlich um den gefesselten Sixx herum, wusste aber nicht so recht, was er mit seiner Beute anfangen sollte.

„Du hättest dich nicht bei meinem Herren anbiedern sollen. Immerhin weiß jeder Schweigling, dass ich Lamento diene und sonst niemand. Jetzt musst du leider für Dein Vergehen bestraft werden. Das verstehst du doch?"

Sixx nickte. Schweiß sickerte durch sein Rückenfell. Seine Mimik verriet jedoch nichts als stoische Gelassenheit. Flagand forschte gierig nach irgendeinem Anzeichen von Angst. Zu seinem Unmut vergeblich. Flagand musste sich am Leiden seines Opfers sattsehen können, sonst bereitete ihm das Foltern kein allzu großes Vergnügen.

Um dem Gefesselten doch noch die gewünschten Regungen zu entlocken, zog Flagand ein kleines Messer unter seinem Mantel hervor. Kurz, nur für einen Wimpernschlag, sah er die Angst in Sixx' Augen aufblitzen. Das reichte, um seine Spielfreude zu wecken. Flagand versetzte Sixx einen Hieb mit dem Messer und sah erfreut Blut aus der frischen Wunde quer über Sixx' Nase quellen. Nun würde zu Sixx' bereits vorhandener Narbe eine zweite hinzukommen.

„Ich wollte schon immer ein Kreuz aus dem Strich machen" lachte Flagand.

Sixx fühlte den Schmerz kaum. So starr wie möglich saß er auf dem Holzstuhl. Der Kratzer in seinem Gesicht war kaum der Rede wert. Zumindest in Anbetracht dessen, was noch auf ihn zukommen würde. Sixx' war sich sicher, dass Flagand gerade erst warm wurde. Er betete darum, sich keinen Schmerz und keine Furcht anmerken zu lassen. Nur so konnte er auf ein schnelles Ende hoffen.

„Du hättest wenigstens schreien können" schimpfte Flagand enttäuscht. „Aber ich verstehe, dass du nicht mit mir spielen willst. Wenn du einen einfachen schnellen Tod bevorzugst, kannst du ihn haben. Mir ist es einerlei."

Sixx glaubte ihm kein Wort. Diese Chance einen anderen Schweigling zu foltern, ließ sich Flagand niemals so leicht entgehen. Leider irrte er sich mit dieser Annahme gewaltig. Er hatte Flagands Angst vor Konkurrenz unterschätzt. Wieder holte Flagand aus und diesmal zielte er aufs Herz. Sixx spürte ein Stechen über seinem Herzen, doch lange nicht so, als habe ihn ein Messer durchbohrt. Es fühlte sich eher wie der Stich einer Biene an. Blinzelnd öffnete er die Augen und sah Flagand in der Luft baumeln. Hinter Flagand erstrahlte der Raum im gleißendem Licht.

Seine Brianna war gekommen, um ihn zu retten. Sie hielt Flagand am Nacken und stierte ihm wütend ins Gesicht. Das Messer lag auf dem Boden. Die blonde Vampirdame beugte Flagands Hals nach hinten und versenkte genüsslich ihre Zähne in seinem Hals.

„Was tust du?" rief Sixx entsetzt.

Wie konnte sie ihm das antun? Sie hatte ihm versprochen der einzige zu bleiben. Dieses Versprechen hatte sie ihm vor vielen Jahren gegeben, nachdem sie sein Blut gekostet hatte, nachdem ihr Gift in seinen Körper geflossen war und sie sich zu seiner Göttin gemacht hatte. Mit ihrem Gift hatte sie eine ewig dauernde Sehnsucht nach ihr in sein Herz gepflanzt. Jetzt musste er mit ansehen, wie sie ihn einfach ersetzte.

Als es vorüber war und Flagand nach einer kurzen Ohnmacht wieder erwachte, lächelte Bran zufrieden auf ihre beiden Schweiglinge hinab.

„Ihr habt mich gebissen!" stellte Flagand fassungslos fest, die Hand auf seinen Hals gedrückt.

Bran nickte kurz. Über offensichtliche Tatsachen informiert zu werden langweilte sie.

„Werde ich jetzt auch zu einem Vampir?"

„Werde ich zu einem Schweigling, wenn du mich beißt?" fragte sie zurück.

Flagand überlegte kurz und schüttelte dann den Kopf. Anscheinend wurde er wirklich nicht zum Vampir, doch etwas hatte sich in ihm verändert. Er fühlte Sehnsucht und grenzenlose

Liebe und Liebe hatte er noch nie gefühlt. Das Gefühl gefiel ihm gar nicht. Doch er konnte sich nicht darauf konzentrieren, über die neuen Gefühle beleidigt zu sein. Jeder Gedanke wurde von dem Wunsch Bran anzusehen unterbrochen.

Beide Schweiglinge blickten in völliger Ergebenheit zu ihrer Herrin auf. Aber auch der Schmerz des Verrats lag in Sixx' Augen. Bran kümmerte das nicht.

„Wieso hast du ..." setzte Sixx mit Verzweiflung in der Stimme an.

„Sei still!" befahl Bran. „Hast du wirklich geglaubt ich würde mich ewig mit Deinem Versagen abfinden? Lamentos Allmacht sollte längst vorbei sein. Stattdessen herrscht er wie eh und je und ihr streitet euch, wer das beste Schoßhündchen für den blinden Herrscher abgibt. Ab jetzt werdet ihr euch nur noch darum streiten, wer *mir* am besten dient."

Sie trat hinter Sixx' Stuhl und schnitt ihm die Fesseln mit ihren Fingernägeln durch. Kaum waren seine Arme befreit, sackte Sixx in sich zusammen und weinte. Der Verrat seiner Herrin nagte schwer an ihm. So schwer, dass er nicht anders konnte, als sogar vor Flagand das Gesicht zu verlieren.

Flagand lachte nicht, stattdessen richtete er sich zu seiner vollen Größe auf. Das Messer lag wieder in seiner Hand.

„Ich werde ihn töten Herrin, hier und jetzt, in Eurem Namen" sagte er feierlich.

„Das wirst du nicht" ermahnte ihn Bran milde.

Sie war ihm nicht böse. Zärtlich strich sie ihm über den Kopf und zog ihm dann das Messer aus der Hand. Ihr gefiel Flagands Tatendrang.

„Ihr werdet zusammenarbeiten bis ich von Lamento habe, was mir zusteht. Dann sehen wir weiter. Vielleicht lasse ich euch sogar beide am Leben, mal schauen. Jetzt erfahrt ihr erst einmal, wo sich der Lämmich befindet."

Sixx wischte sich mit dem Arm über die Augen und versuchte, wieder Herr über seine Gefühle zu werden. Immerhin blieb ihm noch eine Chance, Flagand von Bran zu trennen, auch wenn das bedeutete erst mit ihm zusammenarbeiten zu müssen. Am Ende würde er Flagand töten und seine Göttin Brianna wieder für sich allein haben. Dafür war er bereits jeden Preis zu zahlen.

18. Kapitel

Die Zeit in der Schuppenbärmine verging für Wing wie im Flug. Langsam begriff sie, dass sie nicht mehr in einen Käfig gesperrt war. Endlich war sie frei zu tun, wonach ihr der Sinn stand.

Die Bewohner der Mine hatten ihre Skepsis gegenüber Wing abgelegt und wurden zunehmend freundlicher. Sogar die verschlossensten Schuppenbären schmolzen dahin, sobald Wing ihnen zulächelte. Mit Grisine verhielt es sich ganz anders.

Die Bitze befand sich nicht unter Freunden. Niemand mochte sie und es hielt auch niemand für angebracht, mit seiner Abneigung hinter den Berg zu halten. Schuppenbären waren nicht nur enorm groß und kräftig, sondern mitunter auch sehr grob. Rücksichtnahme gehörte nicht zu ihren Stärken.

Das hatten sie allerdings mit Grisine gemeinsam. Sie schimpfte und beleidigte und grub den Graben zwischen sich und ihren Gastgebern immer tiefer. Für jede Beleidigung der Bitze bekam sie mindestens zwei zurück. Der Höhepunkt des ganzen war erreicht, als sie nachts von zwei Schuppenbären in den Toiletteneimer geworfen wurde. Nicht ganz zu Unrecht war sie daraufhin einem der Schuppenbären ins Gesicht gesprungen und hatte ihre Krallen in sein Fleisch gebohrt, bis es dem anderen Schuppenbär gelungen war, sie vom Gesicht seines Freundes zu ziehen. Das Fell an seinen Wangen war nass und rot von seinem Blut. Darüber hinaus bekam er sein rechtes Auge nicht mehr auf.

Von dieser Nacht an sprach niemand außer Wing mit Grisine, die sich keiner Schuld bewusst war. In ihren Augen hatte sie sich bloß verteidigt. Dankbarkeit darüber, dass ein Schuppenbär sie vor der

Schlachtung bewahrt hatte und sie nun in Sicherheit war, empfand sie auch nicht. Sie empfand nichts als Hass. In ihrer Welt hatte sie es immer so hingekommen, dass sie austeilte und die anderen einsteckten. Wieso sollte das in der Mine anders sein?

Grisine brauchte jemanden, an dem sie ihren Frust auslassen konnte. Wer eignete sich da besser, als eine verliebte Larklady? Seit der erfundenen Geschichte über ihr inniges Verhältnis zu Ginn, hatte die Bitze Narrenfreiheit bei Wing und sie konnte kaum damit aufhören, sich selbst für diesen cleveren Schachzug auf die Schulter zu klopfen. Nie zuvor hatte sie ein gefügigeres Opfer gehabt, als Wing es war.

Medat und die Larklady sahen sich kaum noch. Hin und wieder kreuzte Wing seinen Weg, doch jedes Mal war er in ein Gespräch mit Tamina vertieft. Mal half er der Schuppenbärin bei ihren täglichen Pflichten, oder er lief schnell in den Speiseraum, um seiner Angebeteten einen Imbiss oder etwas zu trinken zu besorgen. Wenn er Wing sah, winkte er ihr fröhlich zu, er fand aber nicht die Zeit dazu, mit ihr zu sprechen. Sie vermisste die alte Vertrautheit zwischen ihnen beiden. Einen Vorwurf konnte sie ihm allerdings nicht machen. Wahrscheinlich hätte sie genau so gehandelt, wäre Ginn in der Mine gewesen.

Wing dachte an den Zettel, den sie in Grisines altem Halsband versteckt hatte. Sie hatte niemandem davon erzählt. Grisine sollte sich keine falsche Hoffnung auf ein Wiedersehen mit ihrem Ziehsohn machen, außerdem wollte sie Medat nicht verärgern. Er wäre sicher nicht erfreut, wenn noch mehr Leute an diesem geheimen Ort auftauchen würden und wenn sie ehrlich war, würde sie nicht einmal für Ginn bürgen können. Egal was sie fühlte, in Wahrheit kannte sie ihn nicht. Zwar würde Grisine für den Charakter ihres Mündels bürgen können, doch das Wort der Bitze wog in der Mine nicht sonderlich viel.

Wing konzentrierte sich auf ihre Arbeit. Alle mussten in der Mine einen Teil der Arbeit übernehmen. Da Wing und Grisine um einiges kleiner und schwächer waren, als die Schuppenbären, konnten sie nicht alle anfallenden Arbeiten machen. Sie konnten weder die riesigen Wassereimer transportieren, noch die Förderwagen schieben, in denen herabgefallene Edelsteine gesammelt und in den Schatzraum gebracht wurden. Selbst die Bücher im Lesesaal waren zu schwer für Larks und Bitzen. So blieb ihnen die Arbeit in der Küche, was keine allzu große Veränderung zu ihrem Leben in der Schenke war. Für Wing fühlte es sich trotzdem anders an. Die Schuppenbären schätzten ihre Arbeit und wurde nicht müde, ihr das auch zu sagen.

Wing war gerade dabei im Kessel mit der Wurzelsuppe zu rühren, als plötzlich ein Tumult losbrach. Mit Grisines Hilfe schaffte sie es den schweren Topf vom Feuer zu nehmen, um dann den Schuppenbären in den vorderen Gang zu folgen.

Als Wing und Grisine um die Ecke bogen, versperrten ihnen die breiten Rücken der Schuppenbären die Sicht. Wing verstand nicht, was vor ihnen gesprochen wurde, doch sie hörte, wie aufgebracht die Bären klangen.

„Was regen sich die dicken Viecher denn so auf?" verlangte Grisine zu erfahren.

Wing zuckte mit den Schultern. Dem Schuppenbär direkt vor ihr fehlte ein kleiner Teil seines Rückenpanzers, daran erkannte Wing, dass es Mary war. Mary war Medats Tante und eine mütterliche Freundin für die Larklady geworden. Wing klopfte der Bärin auf den Rücken. Mary merkte es nicht. Auch nach mehrmaligem ungeduldigen Klopfen blickte Mary weiter stur geradeaus. Wing ballte ihre zierlichen Hand zu einer Faust und hieb drauf los. Sie glaubte, ihre Hand zerspringe in tausend Stücke, als ihre Larkknochen auf den Schuppenbärpanzer prallten.

»Au, verdammt!«

Überrascht drehte sich Mary um.

„Was ist denn los, Kleine?" fragte Mary.

„Es ist nur ... nicht schlimm ... meine Hand" stammelte Wing.

Tapfer kämpfte sie gegen den Schmerz und die aufsteigenden Tränen an.

Mary blickte besorgt auf die Larklady hinab. Wing schüttelte vorsichtig ihre Finger. Lautes Gemurmel schwoll in den vorderen Reihen an und erinnerte Wing an den Grund für ihren Fausthieb.

„Was ist denn da vorne los?" erkundigte sie sich.

„Uns sind Diebe ins Netz gegangen. Diesmal haben wir eine ganze Gruppe geschnappt, ohne dass einer entkommen konnte. Leider ist das Netz durch das große Gewicht eines fetten Octofanten abgesackt und die Gefangenen konnten die Edelsteinwand am Eingang sehen. Jetzt wird beraten, ob sie in Gefangenschaft genommen, oder sofort hingerichtet werden sollen."

Wing wich sämtliche Farbe aus dem Gesicht.

„Hingerichtet?" stieß sie fassungslos hervor.

Mary nickte nur kurz, war aber zu gespannt auf die Debatte, um die Panik in Wings Gesicht zu bemerken.

„Ich muss mit dem Ältesten sprechen" sagte Wing zu sich selbst.

Sie brauchte noch einen Moment, bis sie ihre Erstarrung überwunden hatte. Diesmal mühte sie sich nicht mit Klopfzeichen ab, sondern versuchte es mit Lautstärke.
„Hey!" schrie sie, so laut sie konnte.
Prompt drehte sich Mary wieder um.
„Kannst du mich an den anderen vorbei zum Ältesten bringen?" fragte sie energisch.
„Aber wieso denn, Kleine?"
„Jetzt mach schon! Es ist wichtig."
Wing spürte, wie wieder die alte Wut aus Sklavenzeiten in ihrem Blut hochkochte. Sie hatte fast vergessen, wie fies sie werden konnte, wenn es galt sich zu verteidigen. Diesmal ging es zwar nicht um ihre eigene Haut, aber das machte sie nur noch wütender.
Mary betrachtete zögernd die bebenden Kieferknochen der Larklady, dann hob sie Wing hoch und trug sie zur vordersten Reihe, um sie direkt vor den Füßen des Ältesten abzusetzen.
Mary war nicht nur herzensgut, sondern auch extrem neugierig. Von Wings Vorhaben versprach sie sich fast so viel Unterhaltung wie von den Einbrechern.
„Ihr dürft die Einbrecher nicht töten" rief Wing.
Der Älteste sah sie ungläubig an.
„Und wieso nicht?" fragte er eher amüsiert, als aufgebracht.
„Weil es meine Schuld ist, dass sie hier sind. Ich meine, ich habe nur eine Person hierhin bestellt und falls er dabei ist, dann trage ich die Verantwortung. Er wollte auch ..."
„Genug!" schnitt ihr der Älteste das Wort ab. „Am besten erklärst du mir alles der Reihe nach. Wen hast du hier her bestellt und warum?"

„Ginn."

Leises Gelächter ging durch die Reihen.

„Das ist jetzt nicht die Zeit Bestellungen aufzugeben, junge Dame?" belehrte sie der Älteste.

„Nein, Ginn ist sein Name. Er ist ein Mensch."

Ängstliches Flüstern züngelte in ihrem Rücken.

„Du hast einen Menschen hier her eingeladen?" fragte Remor drohend und Wing wich einen Schritt zurück.

Die Wut in seinen Augen machte ihr Angst.

„Von allen Lebensformen auf der Welt, musstest du die gierigste, hinterlistigste und skrupelloseste von allen hier her einladen?"

Wing schluckte. Hätte sie nur annähernd ahnen können, wie die Bären über Menschen dachten, sie hätte Ginn niemals dorthin bestellt. Was immer Ginn zustoßen würde, es wäre allein ihre Schuld. Egal wie aussichtslos es war, Wing musste um Ginns Leben kämpfen.

„Es tut mir leid, dass ihr schlechte Erfahrungen mit Menschen gemacht habt. Aber ihr müsst wissen, dass es sowohl Bösartigkeit als auch Edelmut bei jeder Spezies gibt. Ich wurde schon von Schuppenbären niedergestoßen und Menschen waren es, die mir wieder aufhalfen."

Dieses Mal erklang missmutiges Gemurmel, das Remor mit einer Handbewegung zum Verstummen brachte. Er wollte Wing unterbrechen, doch sie fuhr unbeirrt fort.

„Ginn ist eng mit Grisine verbunden und ich wusste, er wäre krank vor Sorge, wenn er im Unklaren über ihren Aufenthaltsort bliebe. Ich hinterließ ihm also eine Nachricht. Ich kann euch versichern, dass er nicht an euren Schätzen interessiert ist, er ist nur wegen seiner Ziehmutter hier."

Wing hörte, wie die Damen unter den Schuppenbären entzückte Laute von sich gaben. Was Wing allerdings entging, war Grisines ängstliches Gesicht. Nie hätte die Bitze damit gerechnet, von ihren Lügen eingeholt zu werden. Für sie lagen Ginn und die anderen tot in irgendeiner Gosse Dealys, mit Malis Zeichen auf der blutleeren Haut. Stattdessen waren sie ihr einfach hier her gefolgt und ließen ihr keine andere Wahl, als mit zitternden Knien zu hoffen, dass Ginn und seine Freunde in der Mine zum Tode verurteilt wurden. Anderenfalls würde Wing die Wahrheit erfahren und das durfte Grisine nicht zulassen. Ohne die Hilfe der Larklady wäre sie in der Wüste verloren.

„Wenn du wirklich die Wahrheit sagst, warum ist er dann nicht alleine gekommen? Er benötigt wohl kaum eine ganze Gruppe, um nach seiner Mutter zu sehen."

„Sicher ist er nur auf der Durchreise und hat seine Freunde deshalb mitgebracht. Vielleicht war ihm der Weg von Dealy auch zu gefährlich, um alleine zu reisen. Oder er hat von der Abneigung der Schuppenbären gegenüber Menschen gehört und hat sich deswegen Verstärkung mitgebracht."

„Also hältst du es für möglich, dass er uns angreifen wollte" unterstellte der Älteste.

„Nein! Ich glaube höchstens, dass er sich verteidigen wollte."

Je mehr sie von Ginn sprach, als kenne sie ihn, um so schlechter fühlte sie sich. In Wahrheit war es sehr gut möglich, dass er hier war, um die Schuppenbären zu berauben. Aber trotz der leisen Skepsis in ihrem Kopf, musste sie Ginn einfach weiter verteidigen.

„Da dieser Ginn der Ziehsohn der Bitze ist, soll sie doch für ihn reden" schlug der Älteste vor.

Wing nickte vorsichtig. Ihr war nicht entgangen, wie verhasst die Bitze in der Mine war. Wie sollten gerade Grisines Worte irgendetwas ausrichten können? Aber das konnte sie Remor wohl kaum ins Gesicht sagen.

Der Reihe nach drehten sich die Schuppenbären nach der Bitze um, aber sie war nicht da. Wing runzelte verwundert die Stirn.

'Wie kann sie in so einem Moment nicht in Ginns Nähe sein?' fragte sich Wing.

Am liebsten hätte die Larklady selbst nach der Bitze gesucht, doch sie wollte die Gefangenen nicht mit den Schuppenbären allein lassen. Zu ihrer Erleichterung bot sich Medat an, nach der Bitze zu suchen.

Während seiner Abwesenheit wurde kein Wort gesprochen. Wing kaute nervös auf ihren dunklen Locken. Die Minuten verstrichen. Die Larklady suchte verstohlen die Bärengesichter nach Anzeichen von Verständnis und Mitleid ab, fand aber nichts als ein Lächeln von Mary. Schließlich kam Medat zurück und brauchte einen Moment um wieder zu Atem zu kommen.

„Ich hab sie nirgendwo finden können. In der ganzen Mine gibt es keine Spur von ihr."

Dass sich Grisine eventuell davor fürchten könnte, vor all den ihr feindlich gesinnten Schuppenbären zu sprechen, war nicht weiter überraschend. Aber wollte sie denn ihren Sohn nicht retten? Selbst wenn sie glaubte, ihn mit ihren Worten noch mehr in Schwierigkeiten zu bringen, wie weit war sie gelaufen, um der Spürnase eines Schuppenbären zu entkommen?

Wing war nicht die einzige, die von dieser Nachricht beunruhigt war. Die Bären sprachen wild durcheinander und Wing glaubte einige 'Hängt sie!'-Rufe zu hören.

„Ich flehe euch an" wandte sie sich an Remor und kniete sich vor ihn auf den Boden. „Bitte nehmt sie gefangen und mich gleich dazu. Wenn sich herausstellen sollte, dass ich gelogen haben, bringt mich mit ihnen um. Aber bitte gebt ihnen erst eine Chance sich zu erklären."

Der Älteste war hin und her gerissen. Ungern wollte er die Gruppe Eindringlinge in die Mine lassen. Ihre Zelle war zwar ausbruchssicher, aber seiner Meinung nach waren Menschen zu allem fähig. Noch dazu in Zeiten, in denen die Mine nur spärlich besetzt war. Die Bären waren verwundbar wie selten zuvor. Alleine der Weg zur Zelle bürgte Gefahren. Die Freunde würden quer durch die Mine geführt werden müssen.

Die Larklady spürte das Zögern des Ältesten. Tränen liefen ihre Wangen hinab und diesmal versuchte sie auch gar nicht erst, ihre Angst hinter gespielter Härte zu verstecken. Ihr Panzer aus der Sklavenzeit würde ihr hier nur hinderlich sein. Das einzige was ihr jetzt noch helfen konnte, war das das Mitleid der Schuppenbären.

„Wir sollten ihr den Wunsch gewähren" forderte Mary, die generell keine Tränen sehen konnte, ohne vor Mitleid zu zerfließen. „Wir sind stark genug, es mit doppelt so vielen Gefangenen aufzunehmen."

„Gut" willigte der Älteste ein. „Wir werden abstimmen."

Mary und Tamina waren dafür, das Todesurteil erst einmal aufzuheben. Medat schlug sich natürlich auf Taminas Seite und auch Marys Mann stimmte zu. Der Älteste enthielt sich. So waren vier Schuppenbären auf der Seite von Wing, sechs hatten sich noch nicht entschieden. Die Brüder Veysel und Seth stimmten in dem Moment gegen Wing, als Medat für sie stimmte. Sie hatten vor Medats Eintreffen um Taminas Gunst gestritten und taten sich jetzt in ihrem Hass für Medat zusammen. Zwei weitere Bären stimmten den Brüdern zu, jedoch nur der Sicherheit ihrer Mine wegen. Nun gab es vier Stimmen für und vier Stimmen gegen Wings Bitte. Die Entscheidung lag bei Tamer und Yelda. Sie waren ein junges Ehepaar und Wings Herz zog sich ängstlich zusammen, als die beiden an der Reihe waren abzustimmen. Tamer war einer der größten und kräftigsten Schuppenbären. Er kümmerte sich um den Ausbau und den Erhalt der Minenschächte. Für ihn stellte es kaum ein Problem dar, ganze Felsblöcke aus den Wänden zu schlagen. Wing glaubte kaum, dass er sich für ihren Kummer erweichen konnte. Seine Frau würde vielleicht eher auf ihrer Seite sein. Sie hatte die Aufsicht über den Lesesaal und erwartete ihr erstes Kind. Zu Wings Überraschung stimmte jedoch Tamer zuerst für Wing. Was die Larklady jedoch noch mehr überraschte, war, dass Yelda gegen Wings Wunsch stimmte.

Wie sich herausstellte, hatte die Schwangerschaft seiner Frau, Tamer weicher gemacht. Er wollte eine friedliche Welt für sein Kind schaffen und kein Todesurteil in seinem Leben mehr fällen müssen. Seine Frau allerdings wollte unbedingt ihre Familie beschützen und dabei nicht das Risiko eingehen, Dieben oder gar Mördern den Zutritt zur Mine verschafft zu haben. Trotz mehrfacher Ermahnung durch den Ältesten wollte keiner von beiden sich umstimmen lassen.

„Also gut" rief der Älteste. „Wenn ihr euch alle nicht einigen könnt, entscheide ich. Die Gefangenen werden in die Zelle geführt und es wird zu einem späteren Zeitpunkt über ihr Leben entschieden."

„Das ist allein Deine Schuld!" schimpfte Yelda und zog sich beleidigt zurück, Tamer schlürfte mit hängenden Schultern hinter seiner Frau her.

***

Sixx und Flagand streiften wie kampfhungrige Tiger durch den abgedunkelten Salon in Brans Anwesen. Keiner von beiden hielt es mehr aus, mit dem anderen eingesperrt zu sein. Doch ihre Herrin weigerte sich sie fortzulassen. Sie wartete darauf, dass die Schuhe ihr verrieten, wo sich der Lämmich befand. Aber bisher waren ihre Eingebungen völlig unbrauchbar.

"Der Lämmich schwebt über den Dingen", oder "Erst wenn die Luft ihn freigibt" war alles, was sie ihren Schweiglingen bisher mitgeteilt hatte.

Sixx war sich sicher keinen weiteren Tag mehr Flagand dabei zusehen zu können, wie er um Brans Beine strich, als sei er ein wuschiger Kater. Auch seine Herrin machte keinen Hehl daraus, dass ihr die Anbetung von Lamentos Hausschweigling gefiel. Sie ließ ihn stundenlang erniedrigende Arbeiten verrichten und klatschte kichernd in die Hände, wenn er sie freudestrahlend ausführte.

Sixx kostete es enorme Überwindung, Flagand nicht hinterrücks die nächstbeste Treppe hinunter zu stoßen. Sicherlich hätte Bran daran durchaus ihren Gefallen gefunden, doch da er Flagand noch brauchte, um an Brans Schatz zu gelangen, musste seine Rache warten. Was ihm jedoch keiner nehmen konnte, waren die Tagträume in denen er Flagands Genick brach und mit Bran darüber lachte.

Sixx wurde unsanft aus seinen Träumen gerissen, als er mitten am Tag Brans Stimme aus ihrem Gemach im Souterrain hörte. Sie verlangte, dass die schweren Samtvorhänge im Salon zugezogen wurden, damit sie vor den Sonnenstrahlen geschützt hinauf kommen konnte. Beide Schweiglinge ahnten bereits, womit ihr Erscheinen zusammenhing.

„Der Lämmich ist in der Mine" rief sie aufgeregt.

Noch im Schlafgewand schwebte sie den Schweiglingen entgegen.

„Er ist bei den Schuppenbären in der Mine. In der Gohariwüste."

„Sollen wir den Lämmich hier her bringen Herrin, oder geradewegs zur Exklamationsburg?" fragte Sixx.

„Verfrachtet ihn auf ein Schiff und bringt ihn nach Laudarus. Ich werde euch in Fledermausgestalt folgen. Und dass ihr mir ja auf der Reise artig seid. Versprecht mir, euch nicht gegenseitig umzubringen."

Sixx nickte augenblicklich, nur Flagand bewegte sich nicht. Sein verklärter Blick haftete noch immer auf dem leicht transparenten Schlafgewand der Vampirdame. Bran legte ihren langen Zeigefinger unter Flagands Kinn, um seinen Kopf leicht anzuheben. So fanden seine Augen tatsächlich den Weg in ihr Gesicht.

„Flagand" hauchte ihn seine Herrin an, „wenn du noch einmal eines meiner Worte verpassen solltest, reiß ich dir Deine Schweinsaugen aus dem Kopf, verstanden?"

Flagand nickte eifrig, die Augen vor Schreck geweitet, die Schweinsnase vor Scham rot angelaufen.

„Teleportier'dich zur Mine. Ich folge Deiner Spur" befahl Sixx.

Einen Wimpernschlag später fanden sich die beiden Schweiglinge vor dem Eingang zur Mine wieder. Flagand steuerte auf die Tür zu, doch Sixx hielt ihn zurück. Stimmen drangen aus dem Inneren der Mine nach draußen. Jemand kam ihnen entgegen. Schnell versteckten sich die beiden Schweiglinge hinter zwei großen Kakteen. Direkt darauf wurde die Tür der Mine aufgestoßen und zwei männliche Schuppenbären traten heraus. Sie trugen große mit einem Deckel verschlossene Holzeimer. Der widerwärtige Gestank verriet, was sich darin befand. Es waren eindeutig Toiletteneimer.

Die Schuppenbären gingen schleppend an den Kakteen vorbei und leerten die Eimer keine zwei Meter von den Schweiglingen entfernt im Sand. Sixx war dem versickernden Unrat am nächsten und versuchte krampfhaft ein Würgen zu unterdrücken. Die Schuppenbären machten es ihm etwas leichter, in dem sie Sand auf die Exkremente schüppten.

„Ich finde es unglaublich, wie sich der Alte verhält. Wie kann er die Eindringlinge am Leben lassen? Die sollten alle längst bis zum Hals im Sand stecken" maulte Seth.

„Immerhin können sie im Kerker nicht viel Schaden anrichten" räumte sein Bruder ein.

„Es sei denn, die Larklady oder die Bitze lassen sie frei."

Diese Möglichkeit schien nun auch Seths Bruder zu beunruhigen.

„Außerdem" fuhr Seth fort „müssen wir sie als unsere Gefangene, jeden Tag mit Essen und Wasser versorgen. Mal ganz abgesehen davon, dass wir auch ihren Unrat entsorgen dürfen."

„Lass uns noch mal mit dem Alten reden" schlug Veysel vor. Sein Bruder hatte ihn erfolgreich aufgestachelt. „Spätestens morgen sollten wir die Gefangenen im heißen Sand eingraben."
Die beiden Schuppenbären trugen die leeren Eimer wieder in die Höhle.
„Wir werden bis Mitternacht warten und uns dann direkt in den Kerker teleportieren. Mit ein wenig Glück gibt es dort keine Fackeln und wir können uns den Lämmich schnappen, bevor die anderen etwas davon mitbekommen."
Flagand nickte, war jedoch nicht wirklich von Sixx' Vorschlag überzeugt.
„Hat ein ähnlicher Plan nicht noch vor kurzem so geendet, dass du an einen Stuhl gefesselt mit ansehen musstest, wie der Lämmich fröhlich zur Tür hinaus spazierte?"
Sixx knurrte wütend.
„Nun, diesmal wird uns die Teleportation hoffentlich vor einem weiteren Fehlschlag bewahren."
„Und da ich des Teleportierens mächtig bin, meinst du, dass ich dich vor einem weiten Fehlschlag bewahren werde, oder?" piesackte Flagand den wütenden Schweigling weiter.
Sixx antwortete nicht und ließ sich stattdessen in den Sand fallen. Bis Mitternacht gab es nur noch ihn und unzählige Mordphantasien.

***

Der Waschraum der Schuppenbären wurde von allen nur 'der Große Teich' genannt. Diese Höhle hatte nicht ganz so hohe Decken wie der Speisesaal, außerdem war sie auch um einiges dunkler. Die Wände waren auch hier von Edelsteinen verziert, doch waren es ausschließlich Aquamarine und Azuriten.

Die Hälfte des Raumes bestand aus einer Quelle. Das frische Wasser verbreitete eine angenehm kühle Luft, durch die es im Waschraum trotz Wüstenhitze nie heiß wurde. Neben dem großen Teich befanden sich noch zwei Wannen im Waschraum. Unter der kleineren Wanne war eine Feuerstelle errichtet worden, um das Wasser für die Wäsche oder zum Putzen zu erhitzen. Die hintere Wanne war doppelt so groß und hatte nur an den oberen Rändern kleine Einkerbungen für vorgeheizte Kohlen. Wollte man hier ein Bad nehmen, musste man erst Wasser vom Großen Teich zur kleinen Wanne schleppen, es dort erhitzen und von dort aus in die große Wanne schütten. Die Kohle sorgte lediglich dafür, dass das Wasser länger heiß blieb.

Die dunkelste Ecke der Höhle war dem Toilettengang vorbehalten. Dort standen zwei große Eimer, die mit einem Holzdeckel verschlossen waren.

Die Bitze hockte hoch über den Toiletteneimern auf einem Wandvorsprung. Ihre Kletterkunst und ihre Fähigkeit, in völliger Dunkelheit sehen zu können, machten diesen Platz für sie so reizvoll. Außerdem lag ein so schwerer Geruch nach Seife und Toilette in der Luft, dass die Schuppenbären Grisine nicht erschnuppern konnten.

Zu Spionagezwecken war Grisines Platz auch nicht zu verachten. Besonders ergiebig waren die Toilettenbesuche von Tamina und Mary. Die Bitze blendete alle unangenehmen Geräusche aus und konzentrierte sich nur auf die Unterhaltung der Schuppenbärinnen.

„Ich bin so erleichtert" seufzte Mary.

„Ich auch. Nicht auszudenken was geschehen wäre, wenn der Älteste sich anders entschieden hätte. Die arme Wing hatte sicher große Angst um ihre Freunde" sagte Tamina.

„Pah!" zischte Grisine leise. „Von wegen Freunde. Keinen einzigen von diesen Wasserratten kennt die liebestolle Lark wirklich."

„Ich hoffe nur, dass sich Seth und Veysel zurückhalten. Dein Techtelmechtel mit Medat macht sie wütend genug, dass sie sogar die Einkerkerung von Wing und der Bitze fordern."

Empört hüpfte Tamina von ihrem Eimer und knallte den Deckel zu.

„Meine Beziehung zu Medat geht niemanden etwas an" rief sie und Mary lachte über so viel jugendliche Entrüstung.

„Jetzt reg dich mal nicht auf. Medat mag dich sehr, da kannst du dir mittlerweile schon sicher sein."

Tamina wollte Mary gerne glauben, doch ganz sicher war sie sich nicht.

„Er redet viel von Wing. Immerhin ist er ja auch für sie hier her zurückgekommen. Da wir die Eindringlinge ja nun nicht hinrichten, werden wir sie sicher auch bald ganz freilassen und dann ..."

„Du befürchtest, Medat könnte wieder mit ihnen fortgehen?"

Tamina nickte traurig, während sie ihre Hände im Großen Teich wusch.

„Mach dir darüber mal keine Sorgen Kind. Er ist gekommen, um einer guten Freundin zu helfen, doch gefunden hat er die Liebe. Jetzt treibt ihn sicher nichts mehr von dir fort."

Grisine erbrach sich beinahe über den Mauervorsprung. So viel Gefühlsduselei war mehr, als sie ertragen konnte. Missmutig legte die Bitze ihren Kopf auf die Vorderpfoten und schielte zum Großen Teich. In wenigen Stunden würden die Schuppenbären schlafen und sie konnte sich aus der Mine schleichen. Wohin es sie verschlagen würde, wusste sie nicht. Wahrscheinlich wieder auf das nächstbeste Schiff, zumindest falls sie es lebend durch die Wüste schaffte. Wohin sie auch ging, die Larklady würde ihr fehlen.

19. Kapitel

Iustus sah sie zuerst. Sein Herz hatte sich gerade von der Gefangennahme durch die Schuppenbären erholt, da geriet es erneut aus dem Rhythmus. Wie sehr hatte er gehofft, ihre braunen Locken und ihr zartes Puppengesicht noch einmal sehen zu dürfen. Jetzt lugte sie vorsichtig um die Steinwand und ihre türkisfarbenen Augen brannten ihm geradewegs ein Loch in die Brust. Am liebsten hätte Iustus die Käfigtür aus den Angeln gehoben und wäre zu Wing gelaufen. Es war schon ironisch, wie oft er sich dieses Wiedersehen vorgestellt hatte und dabei war er stets ihr Retter gewesen. Nun musste nicht sie befreit werden, sondern Iustus.
Zaghaft trat Wing ins schwache Licht der einzigen Kerze im Kerkerraum. Etwas irritiert bemerkte Iustus Wings Blick. Ihre Augen ruhten auf Ginn, so wie Iustus' Augen auf ihr ruhten.
„Ginn?" flüsterte sie, beinahe ehrfürchtig.
Der Angesprochene drehte sich zu ihr um. Freundlichkeit und ein wenig Misstrauen lagen in seinem Blick, aber nichts darin spiegelte die Zärtlichkeit wieder, die sie für ihn empfand.
„Du bist Wing richtig? Iustus hat mir schon sehr viel von dir erzählt, nicht wahr mein Freund?" fragte er beinahe übertrieben laut.
Sowohl Iustus als auch Wing zuckten zusammen. Iustus vor Scham und Wing vor Schmerz. Sofort setzte sie die versteinerte Mine auf, mit der sie ihre Arbeitstage in der Schenke überstanden hatte. Ihr Inneres hingegen war in Aufruhr.
Wie konnte Ginn reden, als kenne das graue Wesen sie besser, als er es tat? Wo war der zärtliche Blick hin, den er ihr bei ihrer ersten

Begegnung geschenkt hatte? Hatte sie sich in einem Moment zu großer Einsamkeit alles bloß eingebildet und es hatte diesen besonderen Moment zwischen ihnen nie gegeben?

„Ich habe Grisine gerettet" berichtete die Larklady, in der Hoffnung doch noch irgendeine Form von Zuneigung von Ginn zu bekommen. Doch der blonde Mann sah sie nur an, als warte er auf eine Pointe.

„Leider ist die Bitze fortgelaufen und ich kann sie nicht finden."

Wing senkte den Kopf. Sie fühlte sich schuldig. Wie gerne hätte sie ihm gleich seine geliebte Ziehmutter gebracht, stattdessen musste sie zugeben, Grisine im Tumult über die Gefangennahme aus den Augen verloren zu haben. Ginn reagierte auf ihre Offenbarung völlig anders als erwartet. Der blonde Mann lachte. Scheinbar hatte sie eine gute Pointe gefunden, auch wenn sie sie selbst nicht verstand.

„Ich weiß nicht, warum du sie überhaupt gerettet hast, aber ich bin froh sie nicht sehen zu müssen. Gib dich besser gar nicht mit Bitzen ab. Das sind hinterlistige Biester und Grisine ganz besonders."

Nun zerplatzte Wings Panzer und ließ sie hilflos zurück. Ein lautes Schluchzen entfuhr ihr hinter vorgehaltener Hand. Ginn starrte die Larklady verständnislos an. Iustus, der mit versteinerter Miene der Unterhaltung gefolgt war, zuckte unter Wings Tränen zusammen. Es hatte weh getan von ihr ignoriert zu werden, aber ihre Traurigkeit schmerzte ihn noch mehr. Wie in Trance stolperte ihr Name über seine Lippen. Mehr brauchte es nicht, um die Larklady wie von unsichtbaren Fäden gezogen zu dem Lämmich zu führen. Voll Mitgefühl ergriff Iustus durch die Gitterstäbe ihre Hand.

„Wing" wiederholte er „hab keine Angst."

Sie schluchzte noch einige Male, dann beruhigte sie sich etwas. Es kostete sie große Kraft, Ginn nicht mehr anzuschauen, sich stattdessen ganz auf das freundliche Gesicht des Lämmichs zu konzentrieren.

„Warum bist du von der Schenke hier in die Miene gelaufen, Wing? Und was hat dir Grisine über Ginn erzählt?"

Ihre Augen huschten gegen ihren Willen zu Ginn herüber, doch gleich darauf konzentrierte sie sich wieder auf Iustus. Sie erzählte, was geschehen war, ließ dabei allerdings alles aus, was ihre Gefühle dem blonden Mann gegenüber verraten hätte.

„Du hast Grisine also vor der Schlachtung bewahrt. Und natürlich hast du ihrem angeblichen Ziehsohn verraten wollen, wo du Grisine hinbringst. Du dachtest, er würde nach ihr suchen."

„Deswegen seit ihr doch hier oder nicht? Um nach Grisine zu sehen?"

Nun kam Iustus in Erklärungsnot. Wie sollte er sein Erscheinen in der Mine erklären, ohne ihr gestehen zu müssen, was er für sie fühlte. Sie hatte sicher schon lange vergessen, dass Harvey damals in der Schenke von Iustus Verliebtheit ihr gegenüber gesprochen hatte. Nun, da der Lämmich sah, mit welcher Zärtlichkeit sie Ginn ansah, wollte er sie nicht mehr mit seinen Gefühlen belästigen. Immerhin konnte er ihr ohnehin nichts bieten.

Harvey war von dem Gefühlschaos der drei Beteiligten nichts aufgefallen. Er plauderte fröhlich drauf los.

„Wir waren in Deinem Zimmer, weil wir dich befreien wollten. Als ich vor einigen Wochen in der Schenke war, sagte ich dir ja, wie sehr mein kleiner Freund dich mag. Er hat sich gleich in den Kopf gesetzt dich zu retten. Deswegen waren wir in der Schenke. Von da an sind wir nur noch Deinem Zettel gefolgt, um nach dir zu sehen. Du hast in Iustus also mehr als nur einen flüchtigen Verehrer gefunden. Der Junge ist ein Held."

Er klopfte dem vor Scham bewegungsunfähigen Lämmich auf den Rücken und grinste Wing an. Als die Larklady blass wurde, begriff auch Harvey langsam, dass er besser geschwiegen hätte.

„Was ist denn?" fragte er erschrocken.

„Nichts. Es ist ... ich muss gehen."

Wing torkelte aus dem Raum. Alles drehte sich vor ihren Augen. Ihr Magen rebellierte. Was war nur schief gegangen? Wie konnte alles eine so falsche Wendung nehmen? Hatte Ginn nie an sie gedacht? War er nur für seinen kleinen Freund nett zu ihr gewesen? Sie lief in den Gang hinaus und taumelte direkt gegen Marys Bauch.

„Huch" rief Mary aus.

Wing sah kurz zu ihr hoch und torkelte dann in Richtung der Schafzimmer weiter.

„Wing, warte!"

Besorgt lief Mary der Larklady nach und drückte sie mit einer großen Umarmung an ihren dichten Pelz. Nun brachen endgültig alle Dämme und Wing weinte und schluchzte in einem fort.

Im Käfig herrschte große Ratlosigkeit.

„Was hat sie denn bloß?" fragte Harvey.

Er verfluchte seine große Klappe. Er fühlte sich schuldig und verstand noch nicht einmal, was er eigentlich so Schlimmes gesagt hatte.

„Sie mag mich nicht" stellte Iustus leise fest.

Der Lämmich ließ sich auf den Steinboden fallen und verbarg sein Gesicht hinter den Händen. Wie hatte er so fest damit rechnen können, dass Wing plötzlich Gefühle für ihn haben würde? Egal wie heldenhaft er auch tat, er war immer noch bloß ein Lämmich. Ginn setzte sich neben Iustus und legte ihm einen Arm um die Schultern.

„Sie mag dich ganz sicher, vielleicht ..."

„Sei still!" brüllte Iustus und schlug Ginns Arm weg.

„Du hast ihren Blick gesehen, Ginn" rief er aufgebracht. „Was war das für ein Brief, den sie hinterlassen hat? Und wieso sieht sie dich so an?"

Ginn schwieg. Er hatte die Worte des Briefes nicht vergessen und er hatte ihre Blicke bemerkt. Aber was konnte er dafür? In seiner Erinnerung hatte er nichts getan, um eine derartige Schwärmerei loszutreten. Allerdings hatte Wing auch nichts getan, um die Gefühle von Iustus in Wallung zu bringen. Wahrscheinlich passierten solche Dinge einfach, auch wenn ihm das gerade mächtig auf die Nerven ging.

Für die Freunde waren Wing und Iustus bereits ein Paar gewesen. Nie im Leben wäre Ginn darauf gekommen, dass er selbst zur Konkurrenz werden könnte. Denn wenn Ginn nun ganz ehrlich zu sich war, dann war er ein Konkurrent. Schon in der Hafenschenke hatte er die Larklady hübsch gefunden, doch hier in der Mine, inmitten der Edelsteine war sie schöner als jedes andere weibliche Wesen, das er je gesehen hatte. Er fühlte sich stärker zu ihr hingezogen, als es seine Freundschaft zu Iustus zuließ. Als hätte Iustus Ginns Gedanken gelesen, drehte er sich zu ihm um.

„Magst du sie?" fragte er ihn gerade heraus.

„Sie ist schön" antwortete Ginn leise. „Aber ich kenne sie nicht. Ich werde dir nicht in die Quere kommen, Iustus. Wir sind Freunde."

In Iustus tobten die Gefühle. Eigentlich war ihm klar, dass Ginn nichts Unrechtes getan hatte. Sein Freund verhielt sich so kollegial wie möglich und doch überkam den kleinen Lämmich ein nie zuvor gefühlter Hass. Im Grunde richtete sich dieser Hass gegen ihn selbst, dagegen klein und verwundbar zu sein, doch wie sollte er dagegen kämpfen? Er brauchte einen Gegner, an dem er seinen Frust auslassen konnte und Ginn kam ihm da gerade recht.

„Du kannst sie ruhig haben. Ich brauche weder sie noch dich. Ich weiß sowieso nicht, warum du ständig hinter mir her läufst. Wir sind keine Freunde. Ich bin bloß ein Sklave für dich, oder ein lustiges Haustier. Ich wünschte, ich müsste Dein Gesicht nie wieder sehen."

Einen Moment lang schien die Zeit still zu stehen. Dann verzog sich Iustus in die hinterste Ecke des Käfigs und drehte sich mit dem Gesicht zur Wand. Die anderen ließen ihn in Ruhe und zogen sich weitestgehend von ihm zurück. Niemand sagte mehr etwas. Nach einigen Stunden kam ein Schuppenbär zu ihnen, stellte einen Eimer Wasser in den Käfig und blies beim Verlassen des Kerkerraums die Kerze aus. Erinnerungen an die Bilge krochen ihnen die Rücken hinauf und ließen sie schaudern.

***

Diesmal funktionierte alles wie am Schnürchen. Sixx folgte Flagands Teleportationsspur und stand im selben Moment wie durch Zauberhand direkt vor dem Lämmich. Flagand hatte einen

Hauch seiner gestohlenen Magie angewandt, um den Lämmich schwach leuchten zu lassen. So konnte sie ihn im Dunkeln leichter finden. Während Flagand den Lämmich mit Larkspeichel fesselte, öffnete Sixx den Käfig. Die beiden Schweiglinge musste nicht einmal besonders leise sein, das Schnarchen des Octofanten war noch am Eingang der Mine zu hören gewesen.

Wenige Minuten nach ihrem Einbruch in den Käfig, schlichen die Schweiglinge bereits mit ihrem Gefangenen durch die Mine. Ein weiterer wirksamer Zauber von Flagand wies ihnen in Form von kleinen grünen Punkten auf dem Höhlenboden den Weg hinaus. Zum Glück der Schuppenbären konzentrierten sich die beiden Schweiglinge so sehr auf ihre Aufgabe, den Lämmich ungesehen aus der Mine zu bekommen, dass ihnen die Edelsteinwände völlig entgingen. Hätten nachts Kerzen in der Mine gebrannt, wäre ihnen das Funkeln wohl in jedem Fall aufgefallen, so hatten sie es jedoch einfach übersehen.

Die Schweiglinge schafften es ohne Vorkommnisse bis zur Minentür. Dort hielten sie jedoch erschrocken inne. Jemand war vor ihnen an der Tür und stieß sie in dem Moment auf, als sie sich die Leiter hinauf mühen wollten. Flagand und Sixx lauschten in die Dunkelheit. Die Minentür stand offen, doch niemand kam.

„Ist da jemand?" fragte Flagand zaghaft.

Eine Gestalt am Eingang löste sich kurz aus dem Schatten und grüne Augen blitzten sie an. Dann war das Leuchten verschwunden. Die Gestalt war weg.

„Was war das denn?" fragte Flagand unsicher.

„Sah aus wie eine Bitze" stellte Sixx fest und schüttelte ungläubig den Kopf.

Gemeinsam zogen die Schweiglinge den Lämmich aus der Mine und begannen ihren mühsamen Rückweg durch die Wüste.

„Einer von uns sollte lernen, wie man jemanden bei einer Teleportation mitnimmt" keuchte Flagand und Sixx nickte.

„Wach auf! Ginn, wach auf!"
"Hör auf mich zu schütteln!"
Ginn schlug Harveys Hände verschlafen von seinen Oberarmen. Er blinzelte einige Male, dann fuhr er wie vom Blitz getroffen hoch.
"Was ist los?"
Etwas musste geschehen sein, denn sonst hätte Harvey ihn wohl kaum so geschüttelt.
„Iustus ist weg und die Käfigtür steht auf. Ich weiß nicht, was die Schuppenbären ihm angetan haben" erklärte Hermod besorgt.
„Sie haben gar nichts gemacht" stellte Harvey fest, der die Käfigtür untersuchte. „Die Tür ist von innen aufgebrochen worden. Iustus muss weglaufen sein."
Schweigen senkte sich über den Käfig. Niemand wollte glauben, was Harvey zu wissen meinte.
„Wir müssen ihm nach" sagte Hermod schließlich und beendete so das Schweigen. „Er wird es nie alleine durch die Wüste schaffen."
„Nein" sagte Ginn bestimmt. „Er ist stärker, als wir denken. Also respektieren wir am besten seine Entscheidung und lassen ihn ziehen. Ich werde ihm sicher nicht mehr nachlaufen."
Harvey und Hermod blickten betreten zu Boden.
Wing trat in den Kerkerraum und würdigte keinen der Anwesenden eines Blickes. Ihre geschäftigen Bewegungen erinnerten an ihre Sklavenzeit in der Hafenschenke. Das Gesicht

der Larklady war ausdruckslos, ihre Gesten fachmännisch. Sie zündete die kleine Kerze vor dem Käfig an und wollte gleich wieder gehen.

„Warte!" rief Hermod ohne recht darüber nachzudenken.

Widerwillig blieb Wing stehen. Nach einem flüchtigen Blick hatte sie ausgemacht, wo sich Ginn befand und blickte dann angestrengt in die entgegengesetzte Richtung des Käfigs. Die drei Gefangenen erkannten sogar im flackernden Kerzenlicht die verweinten Augen der Larklady.

„Unser Freund ist weggelaufen."

Wing blinzelte überrascht in Hermods Richtung. Mit dieser Neuigkeit hatte sie nicht gerechnet. Ein Schauer lief ihr über den vernarbten Rücken. Sie hatte für diese Gruppe mit ihrem Leben gebürgt. Nun war einer von ihnen fortgelaufen. Es würde keine Abstimmung mehr geben. Die Bären würden die Gefangenen hinrichten und Wing gleich mit. In Wings Kopf drehte sich alles.

„Grisine ist auch fort. Vielleicht sind sie ja zusammen geflohen" spekulierte Wing.

Die drei Käfiginsassen brachen unpassender weise in lautes Gelächter aus. Wing drehte sich auf dem Absatz herum und stürmte zum Ausgang. Diesmal war es Harvey, der sie zurückhielt.

„Warte bitte" rief er. „Wir meinen es nicht böse. Es ist nur so, dass Iustus in der Vergangenheit am meisten unter Grisine zu leiden hatte. Er würde also eher vor ihr als mit ihr fliehen."

Wing nickte. Die Erklärung leuchtete ihr ein und trotzdem verlor sie allmählich ihre Geduld mit den Gefangenen. Die Enttäuschung über Ginns Verhalten saß noch zu tief und die neusten Ereignisse bereiteten ihr zusätzliche Kopfschmerzen. Sie wollte nur weg. Weit weg von Ginn. Weit weg von wütenden Schuppenbären.

„Sind die Schuppenbären schon wach?" fragte Ginn.

Wing zuckte zusammen, als sie seine Stimme hörte.

„Nein" antwortete sie, den Blick auf ihre Hände gerichtet. „Ich werde sie wecken, sobald alle Kerzen brennen und der Mokka fertig ist."

„Oder" setzte Ginn an, „du lässt sie noch eine Weile schlafen und fliehst mit uns."

„Warum sollte ich mit dir fliehen wollen?" fragte Wing weit bissiger als beabsichtigt.

Hermod, der merkte wie angespannt die Situation zwischen der Larklady und Ginn war, versuchte die Stimmung zu entschärfen.

„Wir konnten hören, wie du dich für uns bei den Schuppenbären eingesetzt hast. Sie werden dich genauso für Iustus' Verschwinden strafen wie uns. Bei uns wärst die vorerst sicher. Wir könnten dich an einen sicher Ort bringen."

„Warum solltest ihr das tun?"

Die drei Gefangenen sahen sich an.

„Na ja, weil wir so etwas eben machen" erklärte Hermod und schien über diese Erkenntnis selbst überrascht.

„Zumindest seit wir keine Seeleute mehr sind" fügte Harvey hinzu und die drei grinsten sich an. Diesmal lächelte sogar Wing. Nichtsdestotrotz war sie unsicher, was sie tun sollte. Die Schuppenbären hatten sie so freundlich aufgenommen und es kam ihr schäbig vor sich einfach davon zu stehlen, gerade Medat gegenüber. Andererseits hätte die Hälfte von ihnen ohne zu zögern vier Lebewesen getötet, nur weil sich diese in ihre Höhle verirrt hatten. Sie konnte also keineswegs davon ausgehen hier sicher zu sein. Medat würde sicher nichts geschehen, wenn sie Wing floh. Und da er Tamina gefunden hatte, würde er wohl auch nicht bereuen Wing und Grisine bei der Flucht geholfen zu haben. Wings Gefühle Ginn gegenüber hätten auch nicht verwirrender sein können. Dass er aber offensichtlich viel von Freundschaft hielt und seine Freunde alle um Wing besorgt waren, machte sie ein bisschen versöhnlich. Was ihre Freiheit betraf, so schuldete sie es sich selbst weiterzuziehen. Sie hatte vom ersten Moment an in den Minen gespürt, dass sie auch dort nicht wirklich frei war. Wieso sollte sie also nicht mit den Gefangenen flüchten? Sicher wäre es zu Anfang schmerzhaft, täglich spüren zu müssen, wie unerwidert ihr Verlangen nach Ginn war, doch vielleicht würden sich ihre Gefühle für Ginn mit der Zeit geben. Wenn sie ihn erst einmal besser kennen gelernt hatte, fand sie ihn vielleicht gar nicht mehr so anziehend. Falls nicht, musste sie sicher nur einem stattlichen Larkmann über die Füße fliegen und schon wäre Ginn vergessen. So hoffte sie zumindest.

„Ich komme mit euch, wenn ihr mich zu den unpassierbaren Bergen bringt."

Mit vorgestrecktem Kinn wartete Wing auf eine Antwort. Die Gefangenen sahen sich ratlos an. Immer wieder murmelte einer von ihnen, wie unmöglich dieser Weg war.

„Ich habe eine Idee" rief Hermod. „Wir bringen sie nach Palen, erhalten Asyl beim Rat und ein mächtiger weißer Schweigling wird sie auf die Spitze der unpassierbaren Berge teleportieren. Dort wird es sicher mächtige Larkladys gegen, die Wings gestutzte Flügel heilen können."

„Kann sie das nicht selbst?" fragte Ginn, was ihm einen wütenden Blick von Wing einbrachte.

„Larkladys können nur andere heilen, nicht sich selbst" bemerkte Harvey.

„Wie dem auch sei, der Plan klingt gut" sagte Ginn.

Somit war die Sache für alle entschieden. Wing konnte nicht glauben, dass sie tatsächlich die Möglichkeit bekam, nach Hause zu kommen. Diese Aussicht war fast zu schön.

So lange hatte sie sich nicht gestattet, an ihr Zuhause zu denken. Nun kam ihr alles wieder in den Sinn. Sie dachte an ihre Familie, ihre Freunde und an die Schönheit der Berge. Natürlich wusste sie, dass Larkladys keine gestutzten Flügel heilen konnten, aber was machte das schon. Irgendwie würde sie sich in ihrer Heimat zurechtfinden, auch ohne Flügel.

"Okay, ich bin dabei" sagte sie feierlich, was alle mit einem fröhlichen Nicken zur Kenntnis nahmen.

Wing nahm die angezündete Kerze in die Hand und eilte voran. In den Gängen begegnete ihnen niemand, so dass sie schnell im Eingangsbereich ankamen. Wing wollte mit der Kerze am Ende der Leiter warten, bis die drei anderen oben aus der Mine geklettert waren. Harvey kletterte als erster, dann machte sich Hermod auf den Weg.

„Moment mal, was ist damit?" fragte Ginn.

Beim Öffnen der Minentür fielen Sonnenstrahlen auf die Edelsteine im Eingangsbereich. Von allen Seiten wurde Ginn angestrahlt. Seine Hand wanderte praktisch wie von selbst auf einen Diamanten zu.

„Nicht!" schrie Wing, doch es war zu spät.

Ginn hatte den Diamanten in der Größe einer Kinderfaust aus der Wand gezogen. Im selben Moment fiel ein Käfig auf Ginn und Wing herab. Eine Glocke schrillte durch die morgendliche Stille. Es würde nicht lange dauern, bis der erste Schuppenbär am Eingangsbereich erschien. Harvey und Hermod hatten keine Chance die beiden zu befreien. Ihnen blieb nichts anderes übrig, als sich selbst in Sicherheit zu bringen.

Wings Herz überschlug sich beinahe vor Angst. Wie viel Zeit blieb ihnen noch, bevor die Schuppenbären sie hinrichten würden? Wie würde sie sterben? Würde es sehr weh tun?

Auch vor den enttäuschten Blicken von Medat und Mary fürchtete sie sich. Medat hatte sein Leben in Dealy für immer aufgegeben und nun war die Bitze fort und Wing war zusammen mit einem Dieb bei der Flucht geschnappt worden. Das alles war nur Ginns Schuld. Ohne nachzudenken, patschte sie Ginn mit der flachen Hand auf den Hinterkopf. "Au" rief Ginn erschrocken.

"Verdammter Dieb!" zischte sie und boxte ihm auf den Oberarm. Ginn musste lachen.

20. Kapitel

Iustus saß auf der Reling und blickte ruhig über das Meer. Er beobachtete die Wellen und lächelte. Nichts von alle dem war seine Schuld gewesen und genau das, hatte er mittlerweile verstanden. Er konnte sich nicht länger gegen sein Schicksal stemmen, sondern musste lernen die Wellen so zu nehmen, wie sie auf ihn zukamen. Iustus hatte versucht wegzulaufen und das Leben eines anderen zu führen. Aber mit welchem Erfolg? Lamento war bereits so nah, dass er ihn wieder hören konnte.

Ihm war eine Seele geschenkt worden. Doch seine Seele hatte nicht mehr aus ihm gemacht, als ein Opfer von Entführungen, Verrat und Profitgier. Hin- und hergerissen hatten sie ihn, um ihn letzten Endes doch wieder dorthin zu bringen, wo alles angefangen hatte. Für manches war er auch dankbar. Er hatte Freunde gefunden, er war der Liebe begegnet. Kein anderer Lämmich konnte das von sich behaupten.

Seit sie ihn aus der Mine entführt hatten, waren die beiden Schweiglinge relativ nett zu Iustus gewesen. Zumindest konzentrierte sich ein Großteil von Flagands Gemeinheiten auf Sixx. Ständig stritten sie miteinander und vergaßen oftmals sogar, dass Iustus alles mit anhören konnte.

Iustus durfte sich frei auf dem Schiff bewegen, zumindest seit sie sich fernab vom Festland befanden. Er bekam kein schlechteres Essen, als die restliche Besatzung und er schlief in einer einfachen Mehrbettkajüte, die weit aus bequemer war, als sein Käfig auf der Cato.

Iustus vermisste seine Freunde, doch er sehnte sie nicht herbei. In stillem Einvernehmen hatte er sich mit dem Ende seines Abenteuers abgefunden. Er empfand Dankbarkeit für seine Erlebnisse und wusste doch, dass es an der Zeit war Abschied zu nehmen. Mehr als dieser Ausflug in ein freies Leben sollte einem Lämmich nun einmal nicht vergönnt sein. Iustus wollte die letzten Wochen außerhalb der Exklamationsburg in Frieden mit sich und seinem Schicksal verbringen. Ein wenig Zeit blieb ihm noch, um sich selbst etwas besser kennen zu lernen. Wenn ihm der Entseeler schon seiner selbst berauben würde, wollte er vorher wenigstens genau wissen, was ihm genommen wurde. So verbrachte er seine Tage damit, aufs Meer hinaus zu blicken und seine Nächte mit langen Einträgen in sein Tagebuch. Die Wochen bis sie den Hafen von Hagburm erreichten vergingen viel zu schnell.

***

Diesmal hatten sich die Schuppenbären gar nicht erst die Mühe gemacht, ihre Gefangenen in den Kerkerraum zu bringen. Nachdem sie des Diamantenraubes überführt worden waren, stand die Hinrichtung der Diebe fest. Medat und Mary waren unsagbar enttäuscht von Wing, doch bei weitem nicht genug, um ihr den Tod zu wünschen. Ein furchtbarer Streit brach zwischen ihnen und dem Ältesten aus, der Tage lang anhielt. Die Mehrheit forderte zwar die Hinrichtung der Gefangenen, aber der Älteste wollte mit der Vollstreckung bis zur Rückkehr aller Schuppenbären warten. Remor hatte Wing selbst lieb gewonnen und er hoffte insgeheim auf eine Möglichkeit ihr Leben zu bewahren. Doch er durfte auch als Ältester nicht die Gesetze der Schuppenbären ignorieren. So blieb ihm nur die Hoffnung auf ein gnädiges Ende einer öffentlichen

Verhandlung. Aber er brauchte mehr Stimmen auf Wings Seite. Hoffentlich waren die heimkehrenden Schuppenbären gnädig gestimmt.

Da keiner mehr der Sicherheit des Kerkerraums vertraute, blieben die Gefangenen einfach in dem kleinen Käfig im Eingangsbereich eingesperrt. Die ersten Tage waren für Wing und Ginn ein Alptraum. Besonders die Larklady litt unter der erzwungenen körperlichen Nähe zu Ginn. Der Käfig bot nicht genug Platz, um auch nur einen Zentimeter von ihm abrücken zu können. Egal wie sehr Wing den Bauch einzog, oder die Gelenke verbog, irgendwie streifte ihre Haut immer die des blondes Mannes.

Ginn sprach nicht viel. Zwar hielt er es für seine Pflicht, Wing hin und wieder etwas Aufmunterndes zuzuraunen, doch zu mehr war er nicht im Stande. Jede kleine Berührung der Lark stach ihm ins Herz. Er fühlte sich wie ein Verräter. Sein Freund war nur weggelaufen, weil Ginn, ohne es zu wollen, zwischen Wing und ihn geraten war. Er hätte Iustus direkt Wings Brief zeigen sollen, dann hätte ihr schmachtender Blick den Lämmich nicht so hart getroffen. Warum musste diese dumme Lark auch ausgerechnet ihn mögen? Niemand sollte ihn mögen, er war ohnehin nicht das, was er vorgab zu sein.

Ginn wünschte, irgendjemand könnte ihm sagen, ob Iustus in Sicherheit war. Ständig sah er den Lämmich in der Wüste verdursten oder stellte sich vor, wie der Kleine unter einem Sandsturm begraben wurde. Was mit Wing geschehen würde, durfte er sich gar nicht erst vorstellen. Immerhin wäre sie jetzt frei, hätte er sich nicht den verdammten Diamanten gegriffen.

Nach drei Tagen im winzigen Käfig verlor Ginn den Glauben an ihre baldige Rettung. Er war sich sicher, Hermod, Harvey und auch Iustus nie wieder zu sehen. Diese Gewissheit brachte ihm neben der Trauer aber auch Erleichterung. Wing und ihm blieb nicht mehr viel Zeit, wieso sollten sie diese schweigend und einsam durchstehen?

Am vierten Tag rang sich Ginn endgültig dazu durch, sein Schweigegelübde zu brechen. Er erzählte Wing von seiner Zeit auf der Sukhothai, von alten Abenteuern mit Klaas und Mali, von Hermods Kochqualitäten und von all den Malen, in denen Harvey ihm das Leben gerettet hatte. Wing hing gebannt an seinen Lippen. Sie sah seine Abenteuer vor sich, litt und kämpfte mit ihm und vergaß die Wirklichkeit um sich herum. Sie hasste es, wenn Ginn schwieg. Dann fühlte sie wieder die Metallstreben, die ihr ins Fleisch drückten. Leise bat sie ihn, weiter zu erzählen, denn nur so löste sich der Käfig auf und ließ sie beide frei.

Am fünften Tag gelang es Ginn, die Larklady zum Sprechen zu bewegen. Sehr zaghaft erzählte sie ihm von der gemeinen Nöhlerechse und von den lustigen Abenden mit Medat in der Küche der Hafenschenke. Sie erzählte von Hafenprügeleien und von einem brennenden Schiff, das einmal in den Hafen von Dealy gesegelt kam.

„Wie bist du auf dem Sklavenmarkt gelandet?" fragte Ginn.

Wing schwieg eine ganze Weile. Sie hatte diese Geschichte noch nicht einmal Medat erzählt. Alles in ihr sträubte sich dagegen, alte Wunden wieder aufzureißen, doch Ginns erwartungsvolles Lächeln, gab ihr genug Kraft dazu.

„Ich war noch sehr jung. Meine ganze Familie machte einen Ausflug zum Gochsee am Fuße der unpassierbaren Berge. Mein ältester Bruder hatte geheiratet und weil Mutter ihn zu Hause so vermisste, wollte sie Urlaub machen."

„Wieso vermisste sie ihn? Wo war er denn?" fragte Ginn.

„Wenn Larks heiraten, fliegen sie gemeinsam auf ihren eigenen Baum im großen Wald auf den unpassierbaren Bergen. Dort richten sie sich ein und ..." Wing zögerte. „Na ja sie nisten dort."

„Du meinst, sich machen Babys?" fragte Ginn neckend.

Wing nickte grinsend. Ihr Gesicht war leuchtend rot angelaufen. Ginn bat sie weiter zu erzählen und sie tat es, wobei sie angestrengt seinem amüsierten Blick auswich.

„Nun, wie schon gesagt vermisste meine Mutter ihren Sohn und deswegen machten wir Urlaub. Ich bin die älteste von vier Schwestern. Mein älterer Bruder hatte geheiratet und mein kleinerer Bruder war mit uns im Urlaub. Jedenfalls tobten wir alle in dem See herum, bis meine Eltern sich für etwas Zweisamkeit zurückzogen. Sie trugen meinem kleinen Bruder die Verantwortung für uns alle auf, was ich unerhört fand. Immerhin war ich ja die Ältere. Meine Eltern rechtfertigten ihre Entscheidung damit, dass nun mal die männlichen Larks auf die schwächeren weiblichen aufpassten. Ich sah das ganz anders. Meine Eltern ließen uns allein und mein Bruder nutzte die ihm aufgetragene Verantwortung schamlos aus. Je mehr Vorschriften mir mein Bruder machen wollte, um so sturer tat ich das Gegenteil. Wenn er rief, ich solle herkommen, flog ich weiter weg und das schließlich so weit bis ich den Weg zurück zum See nicht mehr fand. So landete ich in einem kleinen Holzfällerdorf am Rande des

Gochwaldes. Dort bat ich um Hilfe, doch zwei stinkende Holzfäller mit faulen Zähnen schlichen sich hinterrücks an und stopfte mir etwas in den Mund, damit ich nicht singen oder spucken konnte. Dann fesselten sie mich und warfen mich auf einen alten Kutschwagen. Ich wurde zum Hafen Hagburm gebracht, was immerhin einen ganzen Tag und eine ganze Nacht dauerte. Von da aus ging es auf ein Schiff, das mich nach Dealy brachte, wo mich schließlich die Nöhlerechse kaufte."

Ein dunkler Schatten legte sich während Wings Erzählung auf ihr Gesicht. Sie hatte diese alten Erinnerung so lange unterdrückt und nun kamen sie mit einer schmerzhaften Wucht zu ihr zurück. Während des Erzählens tauchten Bilder ihrer Familie vor Wing auf, so echt als müsse sie nur die Hand nach ihnen ausstrecken und könne sie berühren.

Ginn sah Wing mit den Tränen kämpfen. Zaghaft legte er ihr einen Arm um die bebenden Schultern. Sie lehnte sich an ihn, verbarg ihr Gesicht an seiner Brust. Er hielt sie fest, während sie weinte. Zärtlich küsste er ihren Scheitel und versuchte ihren Schmerz zu vertreiben.

„Es wird alles gut" flüsterte er.

„Glaubst du Deine Freunde werden uns retten" fragte sie.

Ihre Tränen waren versiegt und Ginn wollte sie nicht wieder traurig machen.

„Sicher werden sie uns retten. Es dauert nicht mehr lange, bis wir den Käfig und die Mine hinter uns lassen. Glaub mir, schon morgen machen wir uns auf den Weg zu den unpassierbaren Bergen."

Natürlich war seine Zuversicht gespielt, aber sie half Wing. Dank Ginns Worten konnte sie ihren Blick auf die Zukunft richten, weg von schmerzhaften Erinnerungen aus der Vergangenheit.

„Wie war Deine Kindheit? Vermisst du Deine Familie?" fragte sie Ginn.

Es war bereits Nacht geworden und sie flüsterten in der Dunkelheit.

„Ich hatte immer nur sowas wie einen Vater und ziemlich viele Geschwister. Fehlen tun sie mir alle nicht. Sie leben in der Nähe von Hagburm. Sie sind keine guten Leute, verstehst du?"

Wing nickte. Sie musste ihn nicht sehen, um zu wissen, dass er nicht mehr lächelte. Die Frage nach seiner Familie hatte ihn verunsichert und das tat ihr leid.

Die Larklady bedrängte Ginn nicht weiter mit Fragen. Er hatte sich etwas Ruhe verdient. Auch Wing fielen allmählich die Augen zu. Flüsternd wünschten sie sich eine gute Nacht. Wing rollte sich auf ihrer Seite des Käfigs zusammen. Zum ersten Mal seit sie sich einen Käfig teilen mussten, drehte sich Ginn nicht weg, sondern schmiegte sich an ihre Seite. Vorsichtig streckte er den Arm neben ihr aus, damit sie ihn als Kissen benutzten konnte. Mit klopfendem Herzen legte sie ihren Kopf auf seinen Oberarm. Wing wollte so gerne wach bleiben und den Moment in seinem Arm auskosten, doch die lang ersehnte Geborgenheit wiegte sie schnell in einen tiefen Schlaf.

„Wing! Wing, wach auf!"

Benommen rieb sich die Larklady die Augen. Auch Ginn reckte sich verschlafen neben ihr. Medat und Mary standen vor dem Käfig.

„Ist etwas geschehen?" fragte Wing erschrocken.

„Aber natürlich ist etwas geschehen, mein Kind" rief Mary theatralisch aus. „Du bist immer noch eingesperrt und heute werden die anderen von der Hochzeit zurückerwartet."

Marys Augen waren vor Angst geweitet und so voller Wärme für Wing, dass die Larklady lächeln musste.

„Wing, du hast uns doch nicht bestohlen, oder?" fragte Medat eindringlich.

Ginn kam Wing mit einer Antwort zuvor.

„Ich habe den Edelstein genommen. Sie hat mich aufhalten wollen, aber ich ließ sie nicht."

„Das sieht euch Menschen ähnlich" sagte Medat verächtlich.

„Immerhin hat er uns direkt die Wahrheit gesagt" nahm Mary den blonden Mann in Schutz.

„Ich war immer von Deiner Unschuld überzeugt" versicherte Medat der Larklady. „Deswegen sind wir auch hier. Wir werden dich befreien."

„Dich übrigens auch" ergänzte Mary und zwinkerte Ginn zu. „Aber nur weil Wing jemand braucht, der da draußen auf sie acht gibt" stellte Medat klar.

„Ihr dürft das nicht tun" rief Wing panisch.

Medat hatte bereits damit begonnen den Käfig anzuheben. Irritiert hielt er inne, setzte den Käfig aber nicht wieder ab. Ginn sah die Larklady an, als hätte sie völlig den Verstand verloren.

„Versteht ihr denn nicht, was unsere Freilassung für euch bedeuten würde? Für die anderen würdet ihr nicht mehr dazu gehören. Ihr wärt Ausgestoßene ohne Familie, ohne Heimat."

Mary wollte diesen Einwand nicht gelten lassen, doch Wing sprach ohne Unterlass weiter. Sie musste verhindern, dass sich ihre Freunde ins Unglück stürzten.

„Mary, ist Dein Mann einverstanden mit dem, was Du hier vorhast?"

Widerwillig schüttelte Mary den Kopf.

„Medat, wollte Tamina, dass du uns befreist?"

Auch er konnte Wings Frage nur verneinen.

„Wenn nicht mal eure Liebsten euch in dieser Sache unterstützen, was glaubt ihr wie die anderen reagieren werden? Ganz zu schweigen davon, dass sie eure Liebsten ebenso wie euch für die Befreiung verantwortlich machen werden."

Das Unbehagen der beiden Schuppenbären war nicht zu übersehen. Keiner wollte in der Zukunft leben, die Wing ihnen heraufbeschworen hatte. Medat war drauf und dran den Käfig fallen zu lassen, nur Mary hielt ihn davon ab. Sie fürchtete sich nicht weniger als Medat, aber sie konnte Wings Rettung nicht so einfach aufgeben.

„Wir können dich nicht sterben lassen, Wing. Damit würden wir auch nicht froh werden."

Mary hielt nach wie vor den Käfig fest. Ihr vorgestrecktes Kinn duldete keine Widerworte. Wing schwieg, doch ihr Blick genügte. Die Larklady hatte beschlossen, sich nicht retten zu lassen. Mary las es auf dem zierlichen Larkgesicht, ebenso wie Medat es tat. Dicke Tränen liefen der Schuppenbärin über die Wangen. Sogar Medat konnte ein leises Schluchzen nicht unterdrücken.

„Macht euch keine Sorgen. Ginns Freunde werden uns befreien, bevor das Urteil vollstreckt wird" versicherte Wing.

„Aber warum sind eure Freunde denn nicht längst gekommen, um euch zu retten?" fragte Mary.

Die Bärin war wahrlich nicht leicht von einem Abbruch der Rettungsaktion zu überzeugen.

„Sie kommen sicher nicht an Veysel und Seth vorbei" bemerkte Medat.

Wing und Ginn wechselten einen vielsagenden Blick. Nun gab es wenigstens eine Erklärung für das Fortbleiben von Ginns Freunden. Die Schuppenbären hatten Wachposten am einzigen Eingang postiert. Kurz freuten sie sich darüber, nicht zwangsläufig von Harvey und Hermod vergessen worden zu sein. Dann ließ die Freude wieder nach. Auch wenn die Freunde nach wie vor in der Wüste waren und weiter fieberhaft an einem Rettungsplan bastelten, wie sollte dieser Plan aussehen?

Ginn und Wing sahen der Unausweichlichkeit ihrer Hinrichtung entgegen, die beiden Schuppenbären schienen die Lage der Gefangenen anders einzuschätzen. Leider verrieten sie Ginn und Wing nicht, was ihnen in den Sinn gekommen war. Beide ließen sie den Käfig fallen, ein Strahlen der Erleuchtung in den Gesichtern, und verschwanden unter aufgeregtem Gemurmel in Richtung Speisesaal.

„Du glaubst doch nicht wirklich an unsere Rettung, oder?"
Wing schüttelte den Kopf.

„Aber du wolltest für ihr Wohl trotzdem verhindern, dass wir hier und jetzt gerettet werden?"

Diesmal stimmte ihm Wing zu.

„Obwohl du weißt, dass das unser Ende bedeuten könnte?"
Wieder nickte die Larklady.

„Du bist wohl noch verrückter, als ich es bin" stellte Ginn nicht ohne Bewunderung fest.

Stolz richtete sich die zierliche Larklady auf und blinzelte Ginn zu.

„Hast du gar keine Angst, wenn heute die restliche Bärenmeute hier einfällt?" fragte Ginn.

Seltsamerweise hatte Wing keine Angst. Ihr war die Flucht vor der Echse gelungen, sie hatte in Medat und Mary Freunde gefunden und die Vertrautheit zwischen Ginn und ihr wurde immer tiefer. Sie konnte einfach nicht glauben, kurz vor dem Ende ihres Lebens zu stehen.

Die Larklady verriet Ginn nicht den Grund für ihre Zuversicht, aber das war auch gar nicht notwendig. Es reichte ihm, dass sie sich nicht fürchtete. Solange sie ihn anlächelte, konnte auch Ginn nicht an ein schlechtes Ende glauben.

Sie verbrachten ihren Tag mit Reden und damit, die um sie herum herrschende Betriebsamkeit zu beobachten. Die Mine wurde gesäubert und ständig liefen Bären zum Eingang, um nach den erwarteten Rückkehrern Ausschau zu halten. Hin und wieder erfasste die Nervosität auch Wing und Ginn, doch es gelang ihnen, sich gegenseitig abzulenken.

„Bald werden die Kerzen gelöscht" stellte Wing fest.

„Scheint so, als hätten wir einen weiteren Tag Aufschub bekommen."

Ginn lächelte Wing zu.

„Fast wie ein Wunder" flüsterte die Larklady.

Sie sahen sich tief in die Augen. Ein Prickeln lief über Wings Haut. Ginn näherte sich ihr, sein Atem strich über ihre Wange. Wing schloss die Augen. Gleich würde er sie küssen.

Ein Beben erschütterte die Mine. Wing und Ginn fuhren auseinander und sahen sich ängstlich um. Das Beben wurde stärker und stärker. Wing hielt sich an den Gitterstäben fest.

„Was ist das?" fragte die Larklady atemlos.

Ginn zuckte mit den Schultern, dann dämmerte es ihm.

„Das sind Schritte. Eine Horde Schuppenbären ist im Anmarsch und sie schienen es eilig zu haben."

„Das war es dann wohl mit meinem Wunder" flüsterte Wing und zum ersten Mal bekam sie es ernsthaft mit der Angst zu tun.

Ginn hatte recht gehabt. Die Tür zur Mine wurde aufgerissen und das schrille Geräusch der Glocke schallte durch die Mine.

„Sie kommen!" rief Seth von oben, als sich Tamina und Mary am Ende der Leiter zeigten. Die beiden Schuppenbärinnen liefen zurück in die Mine, um die anderen zu informieren. Die nächsten Minuten wurden äußerst unangenehm für Wing und Ginn. Jeder heimgekehrte Schuppenbär, der die Leiter herunter gerutscht kam, blieb wie angewurzelt vor ihrem Käfig stehen. Seth und Veysel hatten sich vor den Gefangenen aufgebaut, um den anderen von dem unverschämten Juwelenraub sowie dem anschließenden Fluchtversuch zu berichten. Nicht nur einmal wurden Wing und Ginn daraufhin von einem empörten Bären angespuckt, was die Brüder Seth und Veysel mit einem anerkennenden Nicken bedachten.

Mary und Medat versuchten erfolglos, für Wing und Ginn zu sprechen, doch niemand hörte ihnen zu. Von den Feierlichkeiten noch immer aufgedreht, mit schmerzenden Füßen vom langen Marsch, forderten sie laut grölend eine sofortige Hinrichtung.

Keiner wollte sich das Ausschlafen durch zu große Vorfreude auf ein solches Ereignis verderben lassen.

Langsam wuchs die Panik bei den Gefangenen. Immer dichter rückten die gewaltigen Bären an die Gitterstäbe. Wing presste sich an Ginn und auch er war starr vor Angst. Ihr Ende war gekommen, dessen waren sie sich sicher. Es konnte nur noch wenige Sekunden dauern, bis die Schuppenbären den Käfig zerstörten, um die Gefangenen an Ort und Stelle in tausend Stücke zu zerreißen. Die Gitterstäbe hatten sich bereits unter der Kraft der Bären verbogen.

„Schluss jetzt!" rief der Älteste über die Köpfe der anderen hinweg. Mit einem Mal wurde es still. Niemand grölte mehr, oder rappelte am Käfig.

„Wir sind ein ehrenhaftes, zivilisiertes Volk" sprach Remor. „Über den Verbleib der Gefangenen wird jetzt im Speisesaal abgestimmt."

Der Älteste schritt davon und alle Übrigen eilten ihm nach.

„Es ist niemand mehr vor der Tür, der Wache hält" flüsterte Wing.

Ginn nickte. Keiner von beiden wollte sich falsche Hoffnungen machen und doch glaubten sie insgeheim, dass gleich die Tür aufgestoßen wurde und ihre Rettung kurz bevorstand. Doch dieses Traumgebilde löste sich in nichts auf. Sie lauschten angestrengt, glaubten leise Schritte zu hören, aber niemand kam die Leiter herunter.

Die grölende Menge kam zurück zum Käfig. Wing und Ginn sahen an Mary und Medats entsetzten Gesichtern, dass auch sie gehofft hatten den Käfig leer vorzufinden.

Die Gefangenen leisteten keinen Widerstand. Ginn wurde von den Brüdern und Wing von zwei unbekannten Schuppenbären die Leiter hinaufgezogen. Die Larklady trat um sich, versuchte sich losreißen, doch es war zwecklos. Niemand sprach mit den Gefangenen. Es gab keine Urteilsverkündung. Weder Wing noch Ginn wussten, was als Nächstes geschehen würde.

Der Tross verließ die Mine und stapfte durch die finstere Gohariwüste. Die Nacht war sternenklar und der Vollmond erhellte die Wüste. Grausame Todesarten tanzten Wing wie Dämonen durch den Kopf und ließen ihr die Haare zu Berge stehen. Etwa hundert Meter vom Eingang der Mine entfernt, fesselte man sie an Händen und Füßen. Zwei Schuppenbären hoben zeitgleich zwei Löcher aus und stecken Ginn und Wing mit den Füßen zuerst hinein. Dann wurden die Löcher wieder mit Sand zugeschüttet, wobei nicht darauf geachtet wurde, wie viel Sand in Mund und Augen der Opfer landete. Als ihnen beiden der Sand bis zum Hals reichte, war für die Schuppenbären die Arbeit getan. Wing konnte nicht glauben, für welch langsame und qualvolle Todesart sich die Schuppenbären entschieden hatten. Schon bei der bloßen Vorstellung an die Sonne, die in wenigen Stunden aufgehen würde, quälte sie der Durst. Schlimmer war nur noch die Panik darüber, sich nicht das geringste Bisschen bewegen zu können. Der Wind blies ihnen bereits jetzt den feinen Sand in Nase und Ohren, was brannte und kitzelte.

Der Angstschweiß zog sich über ihre Gesichter und sofort legte sich der Sand in jede noch so zarte Falte ihres Gesichts. Wings Finger zuckten im Sand. Ihr Wunsch sich zu kratzen war geradezu übermächtig.

Die meisten Schuppenbären warfen nur noch einen kurzen verächtlichen Blick auf ihre Opfer, bevor sie zurück in die Mine stiegen. Zwei Wachen wurden berufen. Mary und Medat meldeten sich freiwillig, doch die anderen vertrauten ihnen nicht genug. Marys Mann und Tamer wurden mit dieser Aufgabe betraut. Zwar waren sie beide bei der ersten Abstimmung gegen eine Todesstrafe gewesen, doch nun hatten sie den heiligen Eid geleistet ihre Pflicht zu tun. Mary redete auf ihren Mann ein, doch er ließ sie einfach stehen. Nicht mal für seine Frau würde er einen Verrat an seinem Volk begehen. Bei Tamer sah es nicht anders aus. Er würde bald Vater sein und wollte nicht seinen ungeborenen Sohn durch sein Verhalten zum Aussätzigen machen.

Es wurde sehr still in der Wüste. Bis auf die beiden Wächter waren alle Schuppenbären zu Bett gegangen. Tamer saß an einen großen Stein gelehnt und ritze mit seinem Messer in einem Kaktus herum. Marys Mann saß neben ihm und las. Zwischen den beiden Männern brannte eine Öllampe.

„Es wird alles gut" flüsterte Ginn in Wings Richtung.

Sie konnte nicht antworten. Er hätte sofort ihre Verzweiflung gehört und das wollte sie ihm nicht antun. Sie schwieg lieber und dachte an die schicksalhaften Ereignisse der vergangenen Wochen. Wieso hatte es Grisine ausgerechnet in die Hafenschenke verschlagen? Jeder andere Koch hätte den Zuschlag auf dem Sklavenmarkt bekommen können. Wieso also ausgerechnet Medat?

Mit Grisines Lügen über ihre Beziehung zu Ginn, hatte die Bitze ungewollt den Kampfgeist der Larklady geweckt. Ohne diese Lügen wäre sie nie bei den Schuppenbären gelandet, sie hätte nicht so viel Zeit auf engstem Raum mit Ginn verbracht. Konnte das alles nur bloßer Zufall gewesen sein?

Wing erinnerte sich daran, wie es sich angefühlt hatte in Ginns Arm zu liegen. Dort hatte sie endlich gefunden, wonach sie so viele Jahre gesucht hatte. War es denn fair ihr kurz vor Augen zu halten, wie schön das Leben hätte sein können, um es ihr dann gleich zu nehmen? Sie hatte die schlimmen Jahre ertragen, war es da nicht nur recht und billig, sie auch ihr Glück leben zu lassen?

Ein penetrantes Kitzeln riss Wing aus ihren Gedanken. Es fühlte sich an, als lecke jemand mit einer extrem rauen Zunge an ihrer Fußsohle. So sehr sie es auch versuchte, sie konnte sich ein leises Lachen nicht verkneifen. Ginn sah stirnrunzelnd zu Wing herüber.

„Weinst du oder lachst du?" fragte er flüsternd.

In der Dunkelheit konnte er ihren Gesichtsausdruck nicht erkennen. Ihm machten beiden Alternativen Sorgen. Er wartete ungeduldig auf eine Antwort, doch Wing kicherte nur weiter. Angestrengt blinzelte Ginn in ihre Richtung, aber er sah nur einen schemenhaften Umriss der Larklady. Dann geschah etwas, was ihn an seinem Verstand zweifeln ließ. Ein Ruck ging durch den Sand und der Boden verschlang die Larklady.

"Hey ... was ...... Wing?" stammelte er.

Wie gerne hätte sich Ginn die Augen gerieben. Wing war einfach in den Sand gerutscht und verschwunden. Panisch blickte Ginn in die Richtung der beiden Wächter. Keiner von ihnen hatte etwas bemerkt. Dann spürte Ginn es auch. Etwas leckte an seinem Fuß. Das Herz schlug ihm bis zum Hals. Etwas war unter ihm im Sand und er war völlig unfähig sich zu bewegen. Sollte er um Hilfe rufen? Ginn konnte keinen klaren Gedanken fassen. In seiner Panik gab er nur einen quiekenden Laut von sich, der die beiden Wächter aufhorchen ließ. Ginn sah gerade noch wie sie sich aufrichteten und auf ihn zu kamen, da versank er auch schon in der Erde. Mit erstaunlicher Geschwindigkeit wurde er an den Füßen durch den

Sand gezogen, immer tiefer hinab. Zu seinem Glück hatte Ginn automatisch die Luft angehalten und die Augen zugekniffen.

Sein Fall in die Tiefe endete mit einem Schlag auf den Rücken, dann wurde die Reise seitwärts fortgesetzt. Der Druck von allumgebenden Sand war von Ginn gewichen. Vorsichtig versuchte er zu atmen und es gelang ihm tatsächlich, auch wenn die Luft knapp zu sein schien. Gerade so, als versuche man, unter einer Decke zu atmen. Vorsichtig öffnete Ginn die Augen, aber alles um ihn herum war schwarz. Auch tasten konnte er nicht, weil seine Hände immer noch gefesselt waren. Da er aber atmen konnte, befand er sich offensichtlich in einer Art Röhre, oder einem sehr schmalen Tunnel unter der Erde. Er hörte in einem fort ein Scharren, als würde sich vor ihm jemand den Weg freikratzen müssen.

Ginn dachte an Wing. Sie machte sicherlich gerade das gleiche durch wie er. Ob sie noch am Leben war? Sein Magen zog sich zusammen. Er durfte nicht daran zweifeln. Alles andere war einfach zu schmerzhaft. Selbst wenn er gerade in die Speisekammer eines unterirdischen Monstrums gebracht werden sollte, wollte er nur wissen, ob Wing in Ordnung war.

So abrupt wie seine Reise durch die Erde begonnen hatte, so abrupt setzte sie nun aus. Mitten in der finsteren Stille eines Grabes lag Ginn und kämpfte gegen seine Platzangst an. Wieder hörte er ein Scharren. Dann spürte er, wie Sand auf ihn nieder prasselte. Der Sand fiel ihm erst auf die Beine, dann gab ein größeres Stück Erde nach und klatschte ihm ins Gesicht. Er schüttelte den Kopf, um den Sand loszuwerden, doch er bekam das Gesicht nicht frei. Wieder gab es einen Ruck und er wurde mit den Füßen voran nach oben gerissen. Nun begann die beklemmende Prozedur von neuem, nur dass er diesmal mit dem Kopf nach unten hing. Wieder hielt er die Augen geschlossen und den Atem angehalten. Seine Angst raubte ihm schier den Verstand. Es kam ihm vor, als sei er schon seit Stunden unter der Erde gefangen. In Wirklichkeit dauerte seine Reise nur wenige Minuten.

Wieder hörte das Ziehen ohne Vorwarnung auf und Ginn steckte mit dem Kopf nach unten in der Erde fest. Sein Herz setzte vor Schreck aus. Wollte ihn das Monstrum Ersticken, bevor es ihn fraß? Ein Ruck ging durch Ginns Gliedmaßen und wie durch ein Wunder blies ihm frische Nachtluft ins Gesicht. Er konnte es nicht glauben. Seine Lungen sogen gierig die Luft ein und mit mehreren lautstarken Niessern befreiten sich seine Atemwege vom lästigen Sand.

„Gesundheit mein Freund" sagte jemand neben ihm.

Ginn riss die Augen auf.

„Harvey!" rief er und spürte eine explosionsartige Freude. Harvey schnitt Ginn die Fesseln durch. Mühsam richtete sich Ginn auf und fiel seinem Freund in die Arme. Harvey klopfte Ginn den Sand aus den Kleidern. Ginn wurde schwindelig. Die ausgestandene Angst war ihm in die Knie gesackt und machte sie weich wie Pudding.

Über den Rücken seines Freundes hinweg erspähte Ginn etwas, das ihm neue Kraft einhauchte. Er sah Wing an einem kleinen Feuer sitzen und zu ihm herüber lächeln. Noch immer klebte Sand in ihren dunklen Locken und an ihren Kleidern. Tränen traten ihm in die Augen. Verlegen räusperte er sich und versuchte einen möglichst männlichen Gesichtsausdruck hinzubekommen. Seine wackligen Beine waren vergessen. Harvey hatte sich von seinem Freund gelöst und verfolgte Ginns Blickrichtung.

„Iustus hat es wohl kommen sehen" sagte Harvey.

„Was meinst du?"

„Ach komm schon, Ginn. Wir alle haben schon in der Mine das verräterische Funkeln in Deinen Augen gesehen. Zwischen euch war von der ersten Sekunde an etwas. Du bist bloß zu sehr mit Deiner Heldennummer beschäftigt, um es zu merken."

Wieder klopfte Harvey seinem Freund auf den Rücken, doch diesmal war es eine Aufforderung. Ginn nickte grinsend und schlenderte auf Wing zu. Die Larklady wurde vor Aufregung etwas blass um die Nase, als sie ihn so geradewegs auf sich zukommen sah. Bevor er sie erreicht hatte, verstellte ihm allerdings ein Octofant den Weg.

„Ginn!" trötete er fröhlich.

„Hermod, wie schön dich wieder zu sehen."

Ginn freute sich wirklich wahnsinnig darüber, doch er wollte unbedingt zu Wing. Leider war es nicht so einfach, einen Octofanten auszutanzen, solange dieser nicht stehen gelassen werden wollte. Egal wie sich Ginn auch drehte und wandte, Hermod stand ihm immer noch im Weg. Der Octofant wollte Ginn unbedingt von seiner Heldentat berichten. Ohne auf die Gegenwehr des blonden Mannes zu achten, drückte er ihn auf einen Stein am Feuer, nicht weit von Wing entfernt und ließ sich selbst auf den Boden fallen.

„Und weißt du es schon?" fragte der Octofant aufgeregt.

Ginn schüttelte ratlos den Kopf.

„Er möchte wissen, ob du darauf gekommen bist, was uns gerettet hat" erklärte Wing.

„Ah" sagte Ginn und verlor sich im Anblick von Wings Gesicht.

„Und? Sag schon!" drängte Hermod.

Mit aller Kraft riss sich Ginn vom Anblick der Larklady los und konzentrierte sich auf seinen Freund.

„Nein, ich habe keine Ahnung."

Hermod strahlte. Auf diese Antwort hatte er gehofft. Er begann die Geschichte vom Beginn ihrer Flucht an zu erzählen.

Unschlüssig was zu tun war, hatten Harvey und Hermod am Eingang zur Mine gestanden. Unten schrillte die Alarmglocke. Hermod wollte wieder hinein, doch Harvey hielt ihn zurück.

„Es ist zu spät. Wenn wir zurückgehen, sitzen wir alle in der Falle."

„Wieso willst du Ginn zurücklassen?" verlangte Hermod zu erfahren. „Verrätst du ihn schon wieder, so wie auf der Cato?"

Das hatte gesessen. Harvey wich die Farbe aus dem Gesicht. Spätestens in diesem Moment wusste der Octofant, dass er Harvey Unrecht getan hatte und fühlte sich schlecht.

„Es tut mir leid. Es ist.."

„Ist schon okay" unterbrach ihn Harvey. „Ich will auch zurück in die Mine, aber wenn wir ihnen wirklich helfen wollen, müssen wir erst einmal weg von hier."

Widerwillig stimmte Hermod zu. Weit wollte er aber nicht fliehen. Zu groß war seine Angst, die Schuppenbären könnten gleich zur Tat schreiten und den Gefangenen etwas antun.

Sie liefen ein Stück durch die Wüste. Unweit der Mine kletterten sie eine Düne empor und rutschten auf der anderen Seite wieder runter. Dort blieben sie bis zur Abenddämmerung hocken. Im Schutz der Dunkelheit robbten sie wieder etwas näher an die Mine heran. Sie mussten nicht allzu weit herankommen, um die Wachen vor dem Eingang auszumachen. Es gelang ihnen sogar, eine Unterhaltung zwischen Veysel und Seth mit anzuhören.

„Steht schon fest wie wir es machen?" fragte Veysel.

„Wahrscheinlich werden sie eingegraben, sobald alle Schuppenbären zurück sind. Der Älteste vergießt nicht gerne Blut, er überlässt die Arbeit lieber der Sonne. Ist auch besser, wenn sich keiner von uns die Hände an diesen Dieben schmutzig macht."

Veysel war diese Variante bei weitem nicht spektakulär genug. Lang und breit ließ er sich darüber aus, welche Tötungsarten ihm gefallen würden. Hermod und Harvey drehte sich allein beim Zuhören der Magen um. Gemeinsam schlichen sie zu ihrem Versteck am Fuße der Düne zurück.

„Ich habe eine Idee wie wir Wing und Ginn retten können" platzte es aus Hermod heraus, sobald sie außer Hörweite waren. Glücklich weihte er Harvey in seinen Plan ein.

„Das klingt ja schön und gut, aber wir haben bereits einen Tag lang nichts getrunken. Um eine Karawane zu finden, müssten wir noch einen Tagesmarsch durch die Wüste ohne Wasser überstehen" gab Harvey zu bedenken.

„Wenn wir hierbleiben, bekommen wir auch nichts zu trinken. Außer natürlich du möchtest einen Schluck aus dem Latrineneimer nehmen."

Mehr brauchte es nicht, um Harvey vom Tagesmarsch durch die Wüste zu überzeugen.

Tatsächlich hatten sie größeres Glück als erwartet. Schon zur Mittagssonne hatte Hermods Rüssel sie zu einer Karawane geführt. Dort bekamen sie nicht nur Wasser und einen schattigen Platz zum Ausruhen – sie fanden auch das, was sie erhofft hatten - Maulwurfshunde.

Wie viele Wüstenwanderer führte auch diese Karawane Maulwurfshunde bei sich, die für sie im Sand lebende Tiere jagten. Außerdem gruben ihnen die Maulwurfshunde stabile Höhlen in den Sand, die einen Unterschlupf vor Wüstenstürmen boten.

Hermod und Harvey besaßen nicht viel, aber all ihr Hab und Gut reichte, um zwei der sechs Maulwurfshunde zu leihen und im Lager der Karawane kampieren zu dürfen. Die Hunde waren sehr gut ausgebildet und es war nicht schwer, ihnen ihre Aufgabe klarzumachen.

„Maulwurfshunde?" fragte Ginn leicht verstört.

Beinahe ängstlich sah er sich im provisorischen Lager nach den Geschöpfen um. Tatsächlich lag eines von ihnen vor einem kleinen Zelt und schnarchte. Ginn stockte der Atem. Das Tier sah aus wie ein Seehund auf vier Beinen. Stehend würde der Maulwurfshund ihm sicher bis zur Hüfte reichen. Das Fell war sandfarben und glänzte, als hätte der Maulwurfshund in Öl gebadet. Sein Kopf lief nach vorne hin spitz zu, einen Hals hatte es nicht und seine Augen waren rund und fast schwarz. Die Pfoten wirkten ausgerenkt, da die Innenflächen nach außen gebogen waren. Die Nägel an den jeweils fünf Zehen waren spitz und lang.

Hermod liebte die Maulwurfshunde. Für ihn gab es keine schöneren Geschöpfe. Ginn verdankte zwar einem von ihnen sein

Leben, eklig fand er sie trotzdem. Sein Blick wanderte zu Hermod, der ihn erwartungsvoll anblickte.

„Du hast uns beiden das Leben gerettet Hermod. Ich danke dir."

Hermods Rüssel bekam vor Verlegenheit rote Flecken. Als Wing ihm auch noch überschwänglich dankte, musste sich der Octofant beschämt abwenden.

Einer der Karawanenreiter rief nach Hermod und der Octofant ging in Richtung des Hauptzeltes davon. Ginn nutzte die Gelegenheit, um näher an Wing heran zu rutschen. Er hockte sich auf den äußersten Rand seines Steines, bis sein Bein das der Larklady berührte. Sein Mund wurde trocken. Nach dem fünften Räuspern brachte er den ersten Ton heraus, doch im gleichen Moment stupste ihn etwas nasses am Fuß an. Erschrocken fuhr der blonde Mann in die Höhe. Wing lachte.

„Das ist Molemeat" erklärte sie und hielt einen Maulwurfswelpen in die Höhe. „Sieh doch, er ist noch ein Baby."

Tatsächlich war dieses kleine Wesen weit weniger beängstigend, als die ausgewachsene Variante. Trotzdem blieb Ginn weiterhin auf Abstand. Nie im Leben hätte er das knubbelige Ding freiwillig angefasst, doch auf Wings Drängen hin, musste er Molemeat sogar auf den Schoss nehmen. Der Welpe war ziemlich dick, dafür aber auch viel weicher als Ginn erwartet hatte. Schwer und warm drückte sich der Welpe an Ginns Bauch und verlangte quiekend nach Streicheleinheiten. Zwei Nasenstupsern später kraulte Ginn das Fellknäuel mit Begeisterung.

„Ich darf ihn behalten" erklärte Wing strahlend.

„Das freut mich für dich" sagte Ginn und blickte lächelnd in ihre strahlenden türkisfarbenen Augen.

Er fragte sich nicht einmal, wie sie zu diesem Geschenk gekommen war. Für ihn war es das Selbstverständlichste der Welt, dass man Wing etwas schenken musste.

Harvey setzte sich zu ihnen ans Feuer.

„Die Wüstenwanderer haben angeboten, uns aus der Wüste herauszuführen und wollen wissen, wo es hingehen soll."

„Zurück nach Dealy" sagte Ginn. „Wir werden mit dem Schiff in Richtung Hagburm aufbrechen und Wing zurück in ihre Heimat bringen, oder Wing?"

Die Larklady zog Molemeat zurück auf ihren Schoss und nickte mit dem fröhlichsten Lächeln, das Ginn je an ihr gesehen hatte.

Wing blickte Ginn und Harvey nach. Die beiden jungen Männer machten sich auf den Weg, um die Route mit den Wüstenwanderern abzusprechen. Nach jedem zweiten Schritt schupsten sie sich an und lachten laut. Die Larklady konnte sich an der Unbeschwertheit der Männer kaum sattsehen. Sie erinnerte sich an den Traum, den sie noch in der Hafenschenke geträumt hatte. Sie sah Ginn und sich auf ihrem Nestbaum im Wald der unpassierbaren Berge stehen. Diesmal kam ihr die Vorstellung weit realistischer vor, als sie es in Dealy je zu hoffen gewagt hätte.

21. Kapitel

"Land in Sicht, Land in Sicht!"
Iustus schreckte hoch. Verschlafen blickte er sich in seiner Kajüte um. Es fiel kaum Licht herein, also musste es noch sehr früh am Morgen sein. Mit klopfendem Herzen sprang der Lämmich von der Pritsche und rannte an Deck.
Die Besatzung des Schiffes war bereits komplett versammelt. Alle waren mit den Vorbereitungen für das baldige Ankern beschäftigt. Iustus huschte zwischen den Seeleuten hindurch, um bis zur Reling zu gelangen. Er blickte Hagburm entgegen und schauderte heftig, als er zwei Berge am Horizont entdeckte. Der Lämmich wusste nicht, ob es Einbildung war oder nicht, aber er meinte die Exklamationsburg auf einem Berge schwach leuchten zu sehen. Sie war in so weiter Ferne, dass Iustus sie zwischen seinen Fingern zerquetschen konnte und dennoch ließ ihn das fingernagelgroße Gebilde erschaudern.
Von Hagburm aus nahmen Sixx und Flagand einen Kutschwagen durch die Felder. Iustus saß gefesselt hinter ihnen auf einem angehängten Karren. Sein Gleichmut hatte ihn mit dem Betreten des Festlands völlig verlassen. Er suchte fieberhaft nach einem Fluchtplan. Mit einem so frühen Ende konnte sich der Lämmich einfach nicht abfinden.
Alles in Iustus bäumte sich gegen die Rückkehr zur Exklamationsburg auf. Sogar das Wetter schien ebenso aufgewühlt wie er. Je näher sie Laudarus kamen, um so finsterer wurde der Himmel. Der Wind war noch rauer geworden, als er es bereits an der Küste gewesen war. Kaum passierten sie die erste Scheune am

Rande Laudarus', da donnerte es so laut, dass der Kutscher beinahe von seinem Sockel fiel. Ein gleißend heller Blitz folgte. Ängstlich blickte Iustus in die schwarzen Wolken. Ein weiterer Blitz schlug unweit von ihnen in den Boden ein und teilte eine alte Eiche in zwei brennende Hälften. Es regnete in Strömen.

„Willkommen in der Hölle" flüsterte Iustus.

Der Lämmich zitterte vor Angst und Kälte. Er hatte einfach nicht genug Zeit gehabt, sich auf seine Rückkehr vorzubereiten. Es musste einen Ausweg geben. Aber welchen? Wer sollte ihn jetzt noch retten?

Flagand war bester Laune. Er liebte dramatische Auftritte. Das Gewitter begleitete seine Rückkehr wie eine Fanfare. Schon bald würde er den Lämmich auf den Entseeler setzen und dann brauchte er nur noch Lamentos Schatz zu stehlen. Darüber, dass Sixx den Schatz vor ihm finden könnte, machte sich Flagand keine Gedanken. Im Gegensatz zu seinem Widersacher kannte er jeden Winkel der Exklamationsburg.

Sixx sah der Exklamationsburg grimmig entgegen. Zu deutlich schallten ihm noch Lamentos Worte in den Ohren. Er würde einen Kampf auf Leben und Tod zwischen Flagand und ihm sehen wollen. Einen Kampf, den Lamento nicht bekommen konnte, denn Bran wollte ihre Schweiglinge vorerst beide lebend. Doch Lamento den Kampf zu verweigern, war eine heikle Angelegenheit. Wenn sie nicht aufpassten, würden Sixx und Flagand schneller in Lamentos Kerker landen, als sie gucken konnten. Allerdings konnte sich Flagand teleportieren und Sixx konnte Folgen, also würde wohl alles gut werden.

Der Wind peitschte Sixx den Regen ins Gesicht. Sein Fell war völlig durchnässt. Entnervt schrie er den Kutscher an. „Halten sie hier!"

„Warum halten wir vor dem Gasthaus" wollte Flagand wissen. „Ich brauche eine Stärkung" erklärte Sixx kurz angebunden.

„Wir sind bald auf der Burg. Da kannst du dir in aller Ruhe Deinen Wanst vollschlagen."

Sixx warf Flagand einen mitleidigen Blick zu.

„Hast du schon mal daran gedacht, dass Lamento uns nicht in Ruhe zusammen essen lassen wird? Er wird wissen wollen, warum wir uns noch nicht die Köpfe eingeschlagen haben. Sicher kann er es gar nicht abwarten uns dabei zuzusehen."

„Kann er haben" murmelte Flagand, obwohl er Brans Warnung noch nicht vergessen hatte.

Eigentlich hatte auch Flagand nichts gegen eine Stärkung und einen warmen Platz am Feuer. Er war so übermüdet und durchnässt, dass er sogar Iustus zu einer Henkersmahlzeit einlud. Um nicht in einem fort von den Laudanern angestarrt zu werden, nahmen sie dem Lämmich sogar die Fesseln ab.

„Ich müsste mich mal erleichtern" erklärte Iustus, mit einem nervösen Zucken um die Augen.

Skeptisch fixierten ihn die Schweiglinge. 'Sie wissen, dass ich fliehen will' dachte Iustus. Auch wenn er die Tür zu den Toiletten direkt vor Augen hatte, schien sie in unerreichbare Ferne zu rücken. Schweiß oder Regenwasser lief ihm den Rücken herunter, während er auf die Antwort der Schweiglinge wartete. Zu seiner Verwunderung nickten sie ihm beide zu. Grinsend drehte er sich zum Gang, da hielt ihn Sixx zurück.

„Du gehst mit ihm!" befahl Sixx dem bereits sitzenden Flagand.

„Geh du doch!" gab dieser zurück.

Iustus trat nervös von einem Fuß auf den anderen.

„Kannst du dich nie nützlich machen?" brüllte Sixx.

Flagand sprang von seinem Stuhl auf. Er drückte seine Nase gegen die seines Konkurrenten. Der Hass blitzte in seinen Schweineaugen. Sixx stieß Flagand von sich weg. Das Handgemenge hatte begonnen.

Iustus lächelte erleichtert. Er kannte diese Streitereien mittlerweile zur Genüge. Flogen erst einmal die Fäuste, sahen und hörten die beiden eine ganze weile nichts anderes als ihr Gegenüber. Erst wenn ein Schweigling bewusstlos am Boden lag, ließen sie von einander ab. Iustus blieb also etwas Zeit, um sich davon zu machen. So unauffällig wie es einem Lämmich in Laudarus möglich war, schlich Iustus zu den Toiletten. Er kannte jedes Haus in diesem Dorf in- und auswendig. So wusste er auch von dem kleinen Fenster über der Toilette, das ihn hoffentlich in die Freiheit führen würde.

Schnurstracks steuerte Iustus auf die Toilette zu. Er hatte fast schon die Tür hinter sich geschlossen, da drückte plötzlich jemand von außen dagegen. Iustus brachte all seine Kraft auf, doch der Mann auf der anderen Seite war stärker. Wer war auf der anderen Seite der Tür?

„Klaas!"

Der alte Seemann grinste den Lämmich an und ließ seine gelben Zähne aufblitzen. Ohne etwas zu sagen, stieß er den Lämmich gegen die Wand und schloss die Tür hinter ihnen. Dann öffnete er das Fenster und schubste Iustus hinaus. Der Lämmich landete unsanft auf einem Stapel alter Holzkisten. Stöhnend rappelte er sich auf und sah sich einem fast vergessenen Schreckgespenst gegenüber.

„Mali!"

Die Kapitänin der Sukhothai lächelte Iustus an. Die goldene Kette, die zwischen ihrem Nasenring und ihrem Ohrring gespannt war, funkelte in den vereinzelten Sonnenstrahlen an diesem gewittrigen Herbsttag.

„Der Regen hat aufgehört" sagte Iustus und kam sich im selben Moment reichlich dumm vor.

Diese beiden Menschen hatten ihn vor nicht allzu langer Zeit auf dem Sklavenmarkt verkaufen wollen und er sprach mit ihnen über das Wetter.

„Iustus, wie schön dich wiederzusehen. Leider haben wir nicht viel Zeit für Konversation. Ich werde dir also ohne Umschweife ein Angebot unterbreiten."

Mali holte einen Flakon aus einer versteckten Tasche in den Tiefen ihres ausladenden Faltenrocks.

„Mit diesem Elixier kann Dein größter Wunsch in Erfüllung gehen."

Es lag so viel Verlockung in diesem funkelnden Flakon, dass Iustus Malis Worte kaum Beachtung schenkte.

„Was kann es?" fragte er wie hypnotisiert.

„Es macht dich zu allem, was du sein willst. Deine Zeiten als Lämmich können ein für alle mal vorbei sein. Du kannst ein Vogel werden, ein Riesenkraken, oder natürlich auch ein Mensch."

Endlich fügte sich alles zusammen. Nun würde er den Körper bekommen, in den seine Seele gehörte. Eine Wolke verdunkelte die Sonne und der Flakon lag im Schatten. Iustus' Verstand wurde schlagartig klarer. Jemand wie Mali würde ihm ein solches Geschenk nicht ohne Gegenleistung überlassen.

„Was verlangst du dafür?"

„Ich brauche etwas von Lamento. Es ist eine Schatulle mit kleinen Kügelchen. Wenn du sie mir bringst, mache ich dich zum Menschen, oder was auch immer du sein willst."

„Aber wenn ich einmal die Burg betreten habe, komme ich auf den Entseeler."

„Sobald du in der Burg bist, trinkst du das Elixier. Es nimmt dir vorerst Deine ursprüngliche Form, so dass dich niemand mehr sehen kann. Dir selbst wird kaum ein Unterschied auffallen. Wenn du mir die Schatulle bringst, spreche ich die Formel und du bekommst einen neuen Körper. In Deinem Fall wahrscheinlich den eines Menschen, oder?"

Zuerst wollte Iustus direkt zustimmen, doch etwas hielt ihn zurück. Er versuchte sich vorzustellen, wie er als Mensch aussehen würde, aber es gelang ihm nicht. Er dachte an all die Wesen, denen er im Laufe seiner Flucht begegnet war und plötzlich kannte er die Antwort. Er nannte Mali seine gewünschte Form, was sie sprachlos machte. Jemand wie Mali wurde nicht oft überrascht. Doch auch der Wunsch des Lämmichs schaffte es nicht, sie lange von ihrem eigentlichen Vorhaben abzulenken.

„Wie du willst. Dann sehen wir uns also bei Deiner Verwandlung wieder. Vergiss die Schatulle nicht."

Klaas schob Iustus zurück durch das Toilettenfenster und lachte, als er den Lämmich mit einem leisen Platschen landen hörte.

Iustus trat in den Gang hinaus und die Schweiglinge kamen bereits angerannt.

"Da bist du ja" stellte Flagand verwundert fest. Sixx und er waren sich sicher gewesen, dass der Lämmich bereits auf der Flucht sei.

"Wieso ist deine Hose so nass?" wollte Sixx wissen.

"Wieso ist deine Nase blau und geschwollen?" fragte Iustus zurück.

Sixx grunzte nur beleidigt und von da ab schwiegen sie alle drei.

Der Weg hinauf zur Exklamationsburg war weder für die Schweiglinge noch für den Lämmich leicht. Alle trugen sie ein Geheimnis mit sich, alle hatten sie denselben Gegenstand im Sinn und ihre anschließende Flucht vor Augen. So stiegen sie wie Soldaten den Berg hinauf. Da sie keinem Lämmich begegnet waren, wusste Lamento auch noch nichts von ihrer Anwesenheit in Laudarus. Erst als sie die Zugbrücke erreicht hatten und ihnen ein Lämmich die Brücke herunter ließ, traten sie dem Herrn der Exklamationsburg unter die Augen.

„Das wurde ja auch langsam Zeit" zischte ihnen der Lämmich an der Zugbrücke entgegen.

Wut und Wachsamkeit lagen im Blick des Lämmichs. Lamento war offensichtlich schlechter Laune.

„Macht gefälligst, dass ihr in den Thronsaal kommt."

Sixx musste ein Schütteln unterdrücken. Er war so lange fort gewesen, dass er sich erst wieder daran gewöhnen musste, Lamento in all diesen grauen Geschöpfen zu sehen. Iustus fühlte etwas, dass er an diesem Ort nicht erwartet hätte. Er fühlte Neid. Diese Lämmiche hatten so klar definierte Aufgaben. Keiner von ihnen sorgte sich, oder hatte schlaflose Nächte. Andererseits hatten sie auch keine Träume, weder gute noch schlechte. Iustus hingegen hatte ein neues Ziel vor Augen, an dem er sich festhalten konnte.

Iustus standen mit seinem Flakon unter dem Hemd so viele Möglichkeiten offen, dass er unter dem Druck beinahe zu Boden ging. Was in den nächsten Stunden geschehen würde, lag einzig und allein an ihm und seinen Entscheidungen. War es da nicht einfacher, von fremder Hand gelenkt zu werden? Aber war einfacher auch besser?

Niemand sprach ein Wort. Dem Hall ihrer eigenen Schritte lauschend, stapften die drei Heimkehrer die breite Treppe hinauf und bogen tapfer in den Thronsaal. Sie bahnten sich einen Weg an unzähligen Lämmichen vorbei. Scheinbar vertraute Lamento den Schweiglingen bei weitem nicht mehr so sehr, wie sie erwartet hatten.

Iustus fühlte sich von den Lämmichen zu gleichen Teilen angezogen und abgestoßen. Auch wenn er es sich vielleicht einbildete, schien es den Lämmichen ähnlich zu gehen. So als übte er eine eigenartige Faszination auf sie aus. Er schüttelte den Kopf über seine Gedanken. Lämmiche fühlten nichts, solange Lamentos Hand sie nicht lenkte.

Vor Lamentos Thron knieten die Schweiglinge nieder. Der Herr der Exklamationsburg saß mit zuckenden Fühlern vor ihnen. An jeder Seite des Throns stand ein Lämmich, mit Lamentos grenzenloser Wut auf den grauen Gesichtern.

Der Saal wurde nur durch das dunkel verzierte Glasfenster auf der rechten Seite und zwei große Kerzen auf der linken Seite beleuchtet. Die Lämmiche warfen lange Schatten auf die Teppiche, die mitunter realer wirkten als die Lämmiche selbst.

„Da seit ihr also endlich. Wie ich sehe, habt ihr den abtrünnigen Lämmich mitgebracht. Ist es nicht schön, die Familie wieder

beisammen zu haben?" fragte Lamento und rieb sich voll Vorfreude die knochigen Hände. „Bevor sich entscheidet, wer von euch beiden am Leben bleiben darf, bringen wir doch erst einmal den Lämmich auf den Entseeler. Was haltet ihr davon?"
Kommentarlos griffen sich die Schweiglinge jeweils einen Arm des Lämmichs. Iustus erstarrte vor Schreck. Wieso hatte er nur so lange gewartet? Wie sollte er jetzt in seine Tasche greifen, um an den Flakon zu gelangen.
„Wieso so wortkarg, ihr beiden? Hat es dir vor lauter Verrat die Sprache verschlagen, Flagand?"
'Er weiß von Bran' dachten beide Schweiglinge.
„Sag, hat es sich gelohnt, mir für ein paar Funken Magie ein Messer in den Rücken zu stoßen?"
Sixx atmeten erleichtert auf. Auch Flagand fiel ein Stein vom Herzen. Seine Ergebenheit zu Bran war unentdeckt geblieben. Was man von seinem Verrat bezüglich Rausus' Magie nicht behaupten konnte. Der Schweigling hoffte, bereits mit dem Schatz über alle Berge zu sein, bis Lamento eine passende Strafe für ihn eingefallen war. Solange blieb ihm nichts anderes übrig, als sich möglichst untertänig zu geben.
„Mein Fehler war unverzeihlich. Mein Leben lege ich in Eure Hände, zerquetscht mich, wenn es euch beliebt" stieß Flagand theatralisch hervor.
'Aber nicht solange Bran nicht ihren Schatz hat' fügte der Schweigling in Gedanken hinzu.
Lamentos Gemüt war durch Flagands Demut ein wenig beruhigt.

„Wir werden sehen, wie mir nach dem Entseeler zumute ist. Betet beide, dass ich dort bereits auf meine Kosten komme. Sollte der Lämmich allerdings friedlich entschlummern ..."

Lamento musste nicht weiter sprechen. Die Schweiglinge hatten ihn verstanden.

Sixx und Flagand schleiften Iustus durch die dunklen Gänge der Burg und die schmale Wendeltreppe in die Kellergewölbe hinab. Schritt für Schritt kamen sie dem Entseeler näher. Iustus wusste genau, was ihn dort erwartete. Durch Lamentos Erinnerungen hatte auch er die Schreie gehört und die schrecklichen Bilder gesehen. Er kannte sogar den Geruch, der ihn an gegrilltes Fleisch erinnerte.

Am Fuße der Treppe blieben die Schweiglinge stehen. Sie warteten auf Lamento, ehe sie den Entsorgungsraum betraten. Der Herr der Exklamationsburg mühte sich die Stufen hinunter. Seine dürren Finger krallten sich in die Schulter des Lämmichs vor ihm. Der Größenunterschied zwischen ihnen war so gravierend, dass der Lämmich nicht mehr als eine Stufe vorausgehen konnte, anderenfalls wäre Lamento pfeilgerade die Treppe hinab gestürzt. Die Rückenhaltung Lamentos erinnerte ohnehin bereits an die einer erschrockenen Katze.

Ein nachfolgender Lämmich hielt die löchrigen Flügel Lamentos vorsichtig wie eine alte Pergamentrolle in die Höhe. Alles in allem war Lamento in einer schlechten Verfassung. Seine dünnen Beine trugen ihn kaum noch, doch besonders das Sehen durch fremde Augen wurde ihm zur Last. Lamento musste immer mehr Konzentration aufbringen, um die Lämmiche als Sehvorrichtungen zu nutzen. Bevor die Schweiglinge ihn verlassen hatte, war ihm der

Nutzen der Lämmiche noch leicht gefallen. Doch die Einsamkeit hatte ihn schwach gemacht.

Kaum war ihr Herr im Keller angelangt, setzten sich Flagand und Sixx wieder in Bewegung. Sie passierten mehrere Gitterzellen, bis Sixx plötzlich stehen blieb. Flagand bemerkte es erst, als Iustus' Arme sich nicht mehr weiter dehnen ließen und der Lämmich einen kläglichen Laut von sich gab.

Sixx sah entgeistert in eine der Zellen. Hinter den Gitterstäben hockte ein weißes Schweiglingsmädchen. Ihr langes weißes Haar verdeckte den Großteil ihres Gesichtes nur ihr großen ängstlichen Augen und die sommersprossige Schweinsnase lugten hervor.

„Das Kind ist immer noch hier?" fragte Sixx entgeistert.

„Natürlich" donnerte Lamento aus einiger Entfernung. „Wir haben nach Flagands Verschwinden schnell das Versteck des Kindes gefunden und sie in diese Zelle gebracht. Gefüttert wurde sie wohl auch. Aber ich hätte sie wohl kaum gehen lassen können, solange ich weder euch zurückhatte, noch den Lämmich."

Sixx konnte diesen Irrsinn nicht fassen. Lamento musste vollends den Verstand verloren haben. Nie im Leben wäre er sonst so vermessen, sich mit voller Absicht weiter gegen den Rat der Schweiglinge aufzulehnen, als er es mit Rausus' Besuch schon getan hatte.

„Wir sollten das Mädchen nach Palen bringen, am besten sofort."

Sixx machte sich bereits am Schloss der Zelle zu schaffen, als Flagand ihm von hinten in die Nieren boxte. Sixx sackte auf die Knie und drehte sich entgeistert zu Flagand um. Dieser deutete grinsend mit einer Kopfbewegung an, dass es Lamentos Befehl gewesen war. Der Herr der Exklamationsburg war mittlerweile bis an Sixx herangetreten und beugte sein leeres Gesicht über den Schweigling.

„Wie kannst du es wagen mir Vorschriften zu machen?" zischte er drohend. „Ich allein entscheide, ob und wann Gefangene freigelassen werden."

„Aber der Rat ..."

„Schluss jetzt!" brüllte Lamento.

Sixx wich vor Lamento zurück. Was sollte er sich weiter mit Lamento anlegen? Mit etwas Glück war er längst mit dem Schatz über alle Berge, bis der Rat von Palen Lamento den Krieg erklärte.

Das Schweiglingsmädchen weinte. Wütend eilte Sixx in den Entsorgungsraum. Er hielt Iustus' Handgelenk so fest umklammert, dass dem Lämmich vor Schmerz übel wurde.

Im Entsorgungsraum befand sich nichts weiter, als zwei glimmende Wandfackeln und der Entseeler. Gerade durch die Dunkelheit um ihn herum beherrschte das metallische Gerät den Raum noch deutlicher. Von allen Seiten zugänglich stand es da und funkelte tödlich wie das Fallbeil einer Guillotine.

Der Entseeler bestand aus einem Steintisch, der etwas länger als ein Lämmich war, einem Metallring, der dem Durchmesser eines Kopfes entsprach und einer Art Kanüle, die sich hinter dem Metallring befand. Besonders das kleine Ende dieser Kanüle sprang Iustus ins Auge. Eine kleine Apparatur, geformt wie eine Zange, scharf wie ein Skalpell. Unter der Kanüle schwebte ein Gefäß mit einer weißen Perle.

Iustus sah bereits vor sich, was geschehen würde. Er sah sich selbst auf dem Tisch liegen und fühlte, wie sich der Ring um seinen Kopf enger zog und die Kanüle in seinen Hinterkopf eindrang, um ihm zu entreißen, was mit seinem Hirn und seinen Nerven bereits verwachsen war. Die Schmerzen würden irgendwann aufhören, doch dann gab es Iustus nicht mehr. Alles was ihn ausmachte, lag in dieser Perle und diese würde zerquetscht werden. Dann bekam sein Körper eine neue Perle implantiert und ein neuer funktionstüchtiger Lämmich wurde unter Schmerzen geboren.

Immer noch wütend über seinen Herrn entriss Sixx den Lämmich aus Flagands Hand und beförderte ihn allein auf den silbernen Tisch. Mit einem lauten Knall landete der Lämmich auf dem Rücken. Er ignorierte seine schmerzende Wirbelsäule und nutzte die letzte ihm verbleibende Chance. Während sich die Schweiglinge und Lamento kurz berieten, wem die Ehre zuteilwurde, den Entseeler einzuschalten, holte Iustus den Flakon hervor. Mit dem Daumen schnippte er den kleinen Korken weg und setzte die Flasche an. Er fühlte nichts. Er hatte nicht einmal einen Tropfen in seinem trockenen Mund gespürt. Mali musste ihn reingelegt haben. Das war also Malis Rache, für seine Flucht vom Sklavenmarkt. Durch ihre Lüge hatte er sich bereitwillig bis hier her führen lassen, um nun seinem schmerzhaften Ende nicht mehr entgehen zu können.

„Ich weiß nicht, wo er hin ist."

Sixx klang aufgeregt. Iustus horchte auf.

„Was zum Teufel hast du gemacht?" schrie Flagand.

„Was soll ich denn gemacht haben? Ich habe ihn auf den Entseeler gelegt und jetzt ist er weg."

„Geschmissen hast du ihn" verbesserte ihn Flagand.

'Es hat doch geklappt' dachte Iustus und unterdrückte ein hysterisches Kichern.

Noch im Zweifel darüber, ob er durch schnelle Bewegungen vielleicht wieder sichtbar wurde, hob Iustus seinen Kopf ganz vorsichtig an. Tatsächlich sah er nicht seinen Körper, sondern geradewegs durch ihn hindurch auf die blanke Tischplatte. Rings um den Entseeler hörte er wildes Scharren. Alle Ecken wurden nach ihm abgesucht.

Iustus fragte sich, ob es ratsamer war, bewegungslos auszuharren bis die Suche nach ihm auf die oberen Etagen ausgeweitet wurde, oder ob er besser eine schnelle Flucht wagen sollte. Er entschied sich dafür einfach liegen zu bleiben. Zweimal kam ihm Sixx gefährlich nahe. So nah, dass der Schweiglingsatem über Iustus' Wange strich. Iustus wagte weder zu blinzeln, noch auszuatmen. Jederzeit musste er damit rechnen, von Sixx berührt und damit enttarnt zu werden. Doch er hatte beide Male Glück.

Iustus blieb regungslos liegen. Die Zeit verging erschreckend langsam. Nachdem er schier endlos bewegungslos ausgeharrt hatte, war er endlich allein. Alle anderen waren auf dem Weg, um in den oberen Etagen nach Iustus zu suchen.

Die wütende Stimme Lamentos und die trippelnden Schritte der Lämmiche entfernten sich weiter und weiter von ihm. Iustus horchte angestrengt, doch er hörte nichts. Endlich war er allein. Kein Geräusch war mehr zu hören, mit Ausnahme seines eigenen Atems, der ihm in der Stille schrecklich laut vorkam.

'Steh auf!' befahl er sich selbst, doch seine Gliedmaßen wollten ihm nicht gehorchen. Seine Angst durch eigenes Verschulden doch noch auf dem Entseeler zu enden, heftete ihn wie einen Magneten an die Tischplatte.

'Sie hat nicht gelogen' ging es Iustus durch den Kopf. 'Wenn sie in Bezug auf das Elixier nicht gelogen hat, dann ...'
Alles was Iustus tun musste, um endlich wirklich frei zu sein, war aufzustehen und nach der Schatulle zu suchen. Leise rollte sich Iustus vom Tisch und landete mit einem dumpfen Klatschen auf dem Steinboden. Er verharrte einen Augenblick in der Hocke und lauschte. Noch immer umgab ihn der Keller in dunkler Stille. Er richtete sich auf und schlich aus dem Entsorgungsraum. Von flackernden Fackeln beschienen, zeichnete sich der Treppenabsatz am Ende des Flurs ab.
„Hallo!"
Iustus erstarrte. Mit angespannten Gliedmaßen wandte er den Kopf der Stimme zu. Das Schweiglingskind sah Iustus geradewegs in seine unsichtbaren Augen.
„Wie ...?" setzte der Lämmich an, doch das Mädchen schnitt ihm das Wort ab.
„Wir haben keine Zeit. Die Schatulle liegt im Thron. Ein anderer will sie vor dir haben. Beeil' dich!"
Iustus starrte das Mädchen, das ihn so eindringlich zur Eile anhielt, mit weit offenem Mund an. Wieso konnte sie ihn sehen? Woher wusste sie, wonach er suchte?
„Geh' jetzt!" forderte sie ihn nochmals auf.
Ihre Augen weiteten sich, bohrten sich in Iustus Kopf und fuhren in seine Muskeln. Er lief ferngesteuert zur Treppe. Dort angekommen machte er auf dem Absatz kehrt und kam geradewegs zurück.
„Das darf doch nicht wahr sein" schimpfte das Mädchen, während Iustus entschlossen versuchte, ihr Zellenschloss aufzubrechen.

Erst als ein schriller Laut durch den Keller schallte, der den Kopf des Lämmichs wie ein Hammer traf, ließ er von dem Schloss ab. Vor Schmerz stöhnend fiel er vor dem Gitter auf die Knie und hielt sich die Ohren zu. Das Mädchen verstummte. Sie wartete einen Moment. Als Iustus wieder ein wenig Herr seiner Sinne war, sprach sie voller Dringlichkeit auf ihn ein.

„Man wird mir zu gegebener Zeit helfen. Du musst jetzt gehen! Glaube mir bitte. Wenn du jetzt nicht gehst, wird es zu spät sein."

Sie sah ihm tief in die Augen und jeder Widerstand fiel von Iustus ab. Es fühlte sich falsch an, sie zurückzulassen und doch trugen ihn seine Beine immer weiter fort. Sein Körper gehorchte ihren Worten mehr als seinem eigenen Verstand.

Iustus rannte die Stufen hinauf und betrat den dunklen Flur der oberen Etage. Vorsichtig schielte er den Gang hinunter und schreckte augenblicklich zurück. Lamento lehnte direkt an der angrenzenden Wand. Unzählige schwarze Fühler tanzten in seinem leeren Gesicht. Danach zu urteilen, suchten alle Lämmiche in diesem Moment nach Iustus. In so unmittelbarer Nähe Lamentos, noch immer geführt vom Schweiglingsmädchen, glaubte er sich im Strudel fremder Befehle selbst ganz zu verlieren. Seine eigenen Gedanken vermischten sich mit den beiden fremden Stimmen in seinem Kopf und nichts schien mehr Sinn zu machen.

Am Ende des Korridors sah der Lämmich den Eingang zum Thronsaal. Es waren kaum zwanzig Meter bis dahin und doch schien es Iustus dorthin zu gelangen. Er traute sich einfach nicht an Lamento vorbei.

Aus einem Raum hinter Lamento traten Sixx und ein Lämmich. Der Lämmich postierte sich vor Lamento, damit dieser den Schweigling sehen konnte. Sie unterhielten sich über den möglichen Aufenthaltsort von Iustus. Dieser nahm all seinen Mut zusammen und huschte an ihnen vorbei. Er passierte Flagand, der offensichtlich auch zum Thronsaal unterwegs war.

Zu seiner Erleichterung fand Iustus den Thronsaal leer. Eilig rannte er zur hinteren Wand und hüpfte die Stufe zum Thron hinauf. Er ließ sich auf die Knie fallen und suchte den Boden unter dem Thron ab, doch er fand nichts. Mit wachsender Ungeduld tasteten seine kleinen Hände das abgegriffene Holz der Sitzfläche ab. Er fühlte eine Rille. Ein Quadrat war im Sitz ausgestanzt. Iustus klopfte vorsichtig auf das Holz. Tatsächlich schien sich dort ein Hohlraum zu befinden. Er pulte und zog, doch er konnte das Viereck nicht herausheben. Fieberhaft überlegte Iustus, welche Vorrichtung für den blinden Lamento vorteilhaft wäre. Der Lämmich kletterte auf den Thron und versuchte sich so hinzusetzen, wie Lamento saß. Natürlich waren seine Arme und Beine um einiges kürzer, als die des Herrn der Exklamationsburg, so stand er mehr auf dem Thron, als das er saß. Bis zum Äußersten gestreckt, gelangte er an die Armlehnen, die zwei Schlangen nachempfunden waren. Seine Finger glitten die Mulden an den Mündern der Schlangenköpfe entlang. Er fühlte eine Art Lasche auf beiden Seiten des Throns. Iustus drückte sie nach unten und das Viereck im Sitz sprang hoch. Zum Vorschein kam eine kleine recht unscheinbare Schatulle. Iustus nahm sie an sich und drückte das Quadrat wieder in den Sitz.

Schritte näherten sich vom Flur. Erst jetzt fiel Iustus auf, wie schwer seine Flucht tatsächlich werden würden. Er selbst mochte ja unsichtbar sein, die Schatulle war es definitiv nicht. Die Schritte wurden lauter und Iustus blieb nicht mehr viel Zeit. So schnell er konnte, rannte er zur hinteren Ecke des Raumes und schob die Schatulle unter einen schweren Teppich, der sich daraufhin verräterisch ausbeulte. Um ein anderes Versteck zu suchen, blieb keine Zeit. Flagand betrat den Thronsaal und steuerte zielstrebig auf den Thron zu. Iustus betete darum, in der Dunkelheit unentdeckt zu bleiben.

Flagand schwang sich geradewegs auf den Thron, den Blick aufmerksam zum Eingang des Thronsaals gerichtet und drückte die Laschen an den Schlagenköpfen. Wie selbstverständlich griff er unter sich und erstarrte. Seine Hand tastete von rechts nach links. Flagand vergaß alle Vorsicht und sprang vom Thron. Er kniete sich nieder und suchte panisch das Geheimfach und den Boden rund um den Thron ab.

Der Schweigling fluchte leise, wobei seine Stimme vor Panik zitterte. Immer wieder griff Flagand in das Fach. Er konnte einfach nicht glauben, dass es wirklich leer war. Schließlich knallte er es frustriert zu.

„Sixx!" brüllte er und sprang die Stufe herunter.

Flagand war gerade einmal bis zur Mitte des Thronsaals gestürmt, da erschien Sixx auch schon in der Tür.

„Wasist?"

„Wasist?" äffte ihn Flagand nach. „Das weißt du sehr genau. Wo ist es?"

Sixx blickte den Schweigling nur verständnislos an und zuckte mit den Schultern. Das unschuldige Gesicht seines Gegenübers machte Flagand noch wütender. Mit der Kraft eines Kängurus setzte er zum Sprung an und packte den völlig überrumpelten Sixx am Hals.

„Wo hast du sie versteckt?" forderte Flagand zu erfahren, während er den Kopf des niedergestreckten Schweiglings nach jedem einzelnen Wort auf den Boden stieß.
Sixx wand sich unter seinem Angreifen, kam aber nicht frei.
„Lass mich los!" stieß er hervor.
„Du willst sie Bran geben, aber das werde ich nicht zulassen. Ich werde ihr die Schatulle geben, zusammen mit Deinem Kopf."
Auch wenn Sixx noch immer nicht ganz verstand, wo Flagands Wut herrührte, so verstand er doch genug. Flagand sprach von Bran, als gehöre sie ihm und das reichte, um Sixx in blinde Rage zu versetzen. Er drückte mit Schwung seine Arme und Beine durch und schleuderte Flagand gegen die nächstgelegene Wand. Mit ein wenig mehr Luft zum Atmen begannen nun auch Flagands Worte für Sixx Sinn zu ergeben.
„Du wusstest, wo die Schatulle ist, nicht wahr?" fragte er zischend.
Flagand antwortete nicht, sondern versuchte sich nur grunzend wieder aufzurichten. Dann lief er mit gesenktem Kopf auf Sixx zu, bereit für einen neuen Angriff. Es begann ein ausgiebiger Ringkampf, gepaart mit Wälzereien und wüsten Beschimpfungen. Erst als Lamento eintrat, fand die Rangelei ein jähes Ende.
Lamentos Freude über die dargebotene Gewalt hielt nur kurz, dann fiel auch ihm wieder ein, womit die Schweiglinge eigentlich beschäftigt sein sollten. Als dann die donnernde Stimme des Herrn der Exklamationsburg losbrach, nutzte Iustus den Lärm zur Flucht. Lamento starrte die eng umklammerten Schweiglinge an, diese

glotzten zurück und allen entging die kleine Schatulle, die wie durch Zauberhand zur Tür heraus flog.

Im Flur angekommen musste Iustus wieder weit aus vorsichtiger sein. An jeder Ecke suchte ein Lämmich nach ihm. So huschte er von einer dunklen Wand zur nächsten, immer darauf bedacht das Kästchen so nah wie möglich am Boden zu halten. Er meisterte sogar die große Besuchertreppe und den Empfangssaal. Der schwierigste Teil stand ihm jedoch noch bevor. Iustus musste den freien Burgplatz überqueren und das am hellen, wenn auch regnerischen Tage. Einen anderen Weg zur Zugbrücke gab es nicht. Am liebsten hätte Iustus bis zur Nacht abgewartet, doch auch wenn Mali nichts davon gesagt hatte, fühlte er selbst ein Schwinden der Wirksamkeit des Elixiers. Es blieb ihm also nichts anderes übrig, als mit zittrigen Knien ins Freie zu treten.

Die Regenwolke hatten sich inzwischen verzogen und die Sonne war mit einer für den Herbst unüblichen Intensität zurückgekehrt. Sie stand so tief, dass es Iustus nicht möglich war den gesamten Hof nach Lämmichen abzusuchen. Aus Vorsicht entschied er sich dazu, den Platz auf dem Bauch rutschend zu überqueren, während er die Schatulle neben sich über den Steinboden schob. So robbte er durch die Schatten der Mauer, bis zum Turm der Zugbrücke. Mit schmerzendem Bauch richtete sich Iustus wieder auf.

'Ich hab es fast geschafft' dachte der Lämmich voller Euphorie. Er linste um die Ecke. Freudig stellte er fest, dass nur ein Lämmich mit dem Bedienen der Zugbrücke beauftragt war.

Gerade als Iustus die Schatulle aufheben und sich an der Wache vorbei schleichen wollte, machte er eine furchtbare Entdeckung. Die Zugbrücke war oben. Er saß in der Falle. Am liebsten hätte

Iustus die Schatulle wie ein verwöhntes Kind auf den Boden geworfen und laut geweint. Konnte es denn nicht einmal glatt laufen? Hatte er seinen Lebenswillen immer noch nicht genug unter Beweis gestellt?

Was sollte Iustus jetzt tun? Er konnte sich von hinten an den Lämmich heranschleichen und versuchen ihn niederzuschlagen. Allerdings hatte er nicht gerade viel Erfahrung in solchen Dingen. Eine andere Idee fiel ihm erst gar nicht ein. Der Entschluss war also gefasst. Iustus würde sich dem Lämmich auf Zehenspitzen nähern und ihm den nahe stehenden Holzstuhl über den Kopf ziehen.

Vorsichtig schlich er in den Turm. Ohne einen Laut zu machen, stellte er sich hinter den Lämmich und hob den Stuhl in die Höhe. Mit zugekniffenen Augen hob er den Stuhl über den Kopf und ließ ihn mit voller Wucht niedersausen. Der Stuhl knallte auf den Boden und zerbarst. Verwirrt öffnete Iustus die Augen. Die Stelle an der eben noch der Lämmich gestanden hatte, war leer. Er blickte sich um und sah den Lämmich ahnungslos auf den Hof marschieren.

Iustus blickte seinem Beinaheopfer hinterher und sah einen anderen Wachmann auf sich zukommen. Es gab also eine Wachablösung auf dem Platz. Iustus hätte über diese günstige Fügung am liebsten in die Hände geklatscht und gelacht. Doch die Zeit drängte. Mit geübten Fingern löste er die Seilwinde. Er hantierte, so schnell er konnte, doch die Brücke ließ sich nur sehr langsam herunter. Er blickte immer wieder über die Schulter und sah zu seinem Entsetzen den Lämmich erstaunlich schnell näherkommen. Schweiß lief Iustus' Stirn hinab. Seine Hände wurden feucht und so entglitt ihm das Seil. Die Brücke sackte die letzten Meter in einem Stück herab und kam mit einem Scheppern auf dem gegenüber liegenden Berg auf.

„Wer ist da?" hörte er den herankommenden Lämmich rufen.

So schnell er konnte, sprang Iustus zurück und griff nach der Schatulle.

„Ich sehe dich, bleib stehen!"

Das Klatschen nackter Füße auf dem Steinboden ließ Iustus wissen, dass der Lämmich angerannt kam. Hatte er eben richtig gehört? Schnell sah er an sich runter und konnte tatsächlich seine eigenen Umrisse ausmachen. Er sah aus wie eine überdimensionale Seifenblase.

Die Alarmglocken schrillten durch die ganze Burg, über den Hof bis hin zum Turm. Dies war ein sicheres Zeichen, dass Lamento bereits einen Blick durch die Augen des heranlaufenden Lämmichs gewagt hatte. Nun war es höchste Zeit sich davon zu machen. Wieder lief Iustus über die Brücke, wütende Lämmiche im Rücken. Wieder floh er aus der Exklamationsburg wie vor einigen Monaten und doch war er mittlerweile ein völlig anderer. Er lief nicht einfach ins Blaue. Er wusste genau, wohin er wollte. Er kannte die Kraft seiner schwarzen Schuhe, die ihm die Schweiglinge merkwürdigerweise gelassen hatten.

Auch wenn die ihm nacheilenden Lämmiche seine Umrisse sehen konnten, brauchte er diesmal keine Angst zu haben. Seine Schuhe würden ihn schnell genug von ihnen fortbringen.

Malis Versprechen vor Augen, flog Iustus schier den Berg hinab. Sein Lämmichkörper war schon lange nicht mehr groß genug für ihn. Aber vor allen Dingen konnte er es nicht erwarten, Lamento mit dem neuen Körper ein für alle Male abzustreifen. Kein Mensch

würde ihn dann mehr mit der verhassten Exklamationsburg in Verbindung bringen. Und vielleicht würde ihn auch Wing mit anderen Augen sehen, wenn er kein Lämmich mehr war. Von diesen Aussichten getragen, rannte der Lämmich immer weiter, bis er die kleine Dorfschenke im Tal erreicht hatte. Mali und Klaas warteten bereits im Hinterhof auf ihn.
„Wie ich sehe, ist Deine Zeit bald ausgeschöpft" stellte Mali fest und streckte erwartungsvoll die Hand aus.
„Erst die Verwandlung, dann die Schatulle" forderte Iustus.
„Aber du bist nicht einmal mehr ganz unsichtbar. Ein weiteres Elixier habe ich nicht bei mir. Sei vernünftig und gib mir die Schatulle. Dann begleitest du mich zur Sukhothai. Dort trinkst du noch ein Elixier und ich verwandle dich. So einfach ist das."
Iustus war nicht einverstanden. Er war nicht mehr naiv genug, um auf so etwas hereinzufallen.
„Du verwandelst mich hier und jetzt" beharrt er.
Klaas machte einen Schritt auf Iustus zu, sein Blick eine einzige Drohung. Iustus hob die Schatulle in die Luft und drohte sie auf dem Boden zu zerschmettern. Mali pfiff Klaas zurück. Die Kapitänin war ihrem ersehnten Schatz zu nahe, um ihn jetzt noch aufs Spiel zu setzen.
„Wie du willst" sagte sie.
Sie neigte den Kopf, bis ihre langen Rastazöpfe nach vorne fielen. Der Diamant auf ihrer Stirn strahlte heller und heller, bis Iustus den Blick abwenden musste, um nicht geblendet zu werden. Er hörte sie fremdklingende Worte murmeln. Es war beinahe hypnotisch ihr zuzuhören, bis ihn plötzlich ein Schmerz erfasste, als stünde er von Kopf bis Fuß in Flammen. Der Lämmich stieß einen

markerschütternden Schrei aus. Seine Gelenke knackten wie berstende Stöcke. Seine Haut war zum Zerreißen gespannt, vom Scheitel bis zu den Zehen.

Iustus versuchte, sich trotz aller Schmerzen nur auf die Schatulle zu konzentrieren, die er immer noch festhielt. Egal wie sehr die Haut auf seinen Handflächen spannte und wie schmerzhaft seine Knochen verschoben wurden, er lies den Schatz nicht los.

„Seine Schreie werden noch alle Leute aufschrecken" jammerte Klaas.

„Hoffentlich macht er das Kästchen nicht kaputt" betete Mali.

„Dauert es noch lange?" wollte Klaas wissen, während er Iustus zusah, wie dieser sich auf dem Boden wälzte und schrie.

„Sieht aus, als sei er schon bei den Feinheiten. Einen Menschen aus ihm zu machen hätte länger gedauert."

Tatsächlich hörten Iustus' Schmerzen kurz darauf abrupt auf. Mühsam richtete er sich vom Boden auf, dann stieß er einen Schrei aus, schlimmer alle vorherigen. Tiefe Furchen brachen auf seinem Rücken auf, als müsse er in drei Teile brechen. Iustus wurde schwarz vor Augen, doch kurz bevor er das Bewusstsein verlor, war der Schmerz vorbei.

Der Lämmich atmete erleichtert auf. Er lag im Dreck und sein ganzer Körper vibrierte. Seine Haut glühte und ihm war übel. Er schmeckte Blut im Mund, wahrscheinlich weil er sich während der Verwandlung auf die Zunge gebissen hatte. Im Vergleich zu den überstandenen Schmerzen, fühlte er sich allerdings ausgesprochen gut.

„Bist du zufrieden?" wollte Mali von ihm wissen.

Hustend richtete sich Iustus auf. Er ignorierte das Schwindelgefühl und blickte an sich herunter. Ein ungeahntes Glück überkam ihn. Er betrachtete tatsächlich den stattlichen Körper eines ausgewachsenen Larkmannes. Eines nackten Larkmannes. Seine Augen suchten den Boden nach seinen Kleidern ab, die völlig zerrissen um ihn herum im Matsch lagen.

„Jetzt kannst du dich wirklich als männlich bezeichnen" sagte Mali und zwinkerte Iustus zu.

Iustus lief rot an und griff nach den Fetzen, die einmal seine Kleider gewesen waren. Als Lämmich war Nacktheit bei weitem nicht so peinlich gewesen. Verschiedene Geschlechter oder sonstige Unterschiede hatte es unter ihnen ohnehin nicht gegeben.

„Hier!" rief Klaas.

Der Seemann warf Iustus eine knielange Lederhose und ein Oberteil zu, das normalerweise an der Brust zusammengebunden wurde. Da ihm als Lark auch die dazugehörigen Flügel gewachsen waren, musste es Iustus anders herum tragen.

„Dürfte ich nun um meine Schatulle bitten" fragte Mali ungewohnt freundlich.

Iustus glaube sogar, mütterlichen Stolz in ihrer Stimme zu hören. Er reichte ihr den Schatz und ging geradewegs auf ein mit Wasser gefülltes Fass zu. Als er hineinblickte, traute er seinen Augen kaum. Er hatte struppiges braunes Haar und dunkelbraune Augen. Seine Kieferknochen waren weit ausgeprägter als früher, seine Ohren waren kleiner, sein Kinn breiter und voller dunkler Bartstoppel. Es war das Gesicht eines Mannes und doch fand er den Hauch eines Lämmichs darin.

„Die gräuliche Haut liegt daran, dass das Elixier schon aufgehört hatte zu wirken. Auch die großen Augen hast du deinem alten Lämmichkörper zu verdanken, aber mir gefällt die Mischung."

Iustus' lächelte. Er konnte sich nicht erinnern je zuvor ein Kompliment bekommen zu haben. Auch wenn in jedem von Malis Worten Schöpferstolz mitschwang, so galt ihre Bewunderung doch ihm. Er fühlte sich so frei und wohl in seinem Körper, dass er zu Mali laufen und sie umarmen wollte. Doch bevor es dazu kam, platzten zwei Schweiglinge auf den Hof. Sie blieben so abrupt stehen, dass sie ins Wanken gerieten. Mali, Klaas und Iustus starrten die Schweiglinge stumm an. Iustus erwartete jeden Moment von ihnen beiden erkannt und angegriffen zu werden. Reflexartig duckte er sich hinter ein Fass und verfluchte zeitgleich, dass es ihm nur noch bis zum Nabel reichte. Seine jetzt deutlich ausgeprägteren Muskeln spannten sich kampfbereit an. Es war ein gutes Gefühl einen Kopf größer als die Schweiglinge zu sein. Was ihm jedoch noch weit besser gefiel, war die Tatsache, dass sie ihn gar nicht erst erkannten.

„Wir suchen einen Lämmich, habt ihr einen gesehen?" fragte Sixx.

„Nun es gibt hier in Laudarus mehr Lämmiche, als rechtschaffene Bürger. Sucht ihr einen bestimmten Lämmich oder ist euch jeder recht?" fragte Klaas.

„Euch kenne ich doch" brüllte Flagand.

Iustus fühlte sich sofort angesprochen, doch der Schweigling fixierte Klaas. Der alte Seemann zog eine buschige Braue hoch und sah auf Flagand herunter.

„Kann mich nicht an dich erinnern, kleiner Kerl."

Flagand traten vor Wut rote Flecken auf die Schweinsnase.

„Ihr habt mich gefesselt und meine Magie unterdrückt. Von mir wusstet ihr ..."

Sofort schwieg er wieder. Flagand spürte Sixx skeptischen Blick auf sich ruhen. Nie sollte jemand erfahren, dass Flagand Lamentos Geheimnisse verraten hatte.

„Tut mir leid, mein Herr. Ich glaube, ich habe mich geirrt."

Klaas lachte und zwinkerte Flagand übertrieben auffällig zu.

„Ist schon in Ordnung. Wir haben uns nie gesehen."

Flagand hätte Klaas am liebsten in der Luft zerrissen. Seine Vernunft riet ihm jedoch, sich schleunigst aus dem Staub zu machen.

„Wir suchen einen Lämmich mit schwarzen Schuhen, der ziemlich schnell laufen kann" erklärte Sixx.

Verstohlen blickte Iustus auf die durch seine zerrissene Kleidung halb verdeckten Schuhe. Er hoffte inständig, dass die Schweiglinge sie nicht bemerkten.

„Hier ist nicht ein Lämmich vorbeigekommen" behauptete Klaas.

„Aber wir haben Schreie gehört und die kamen ganz eindeutig von hier."

Sixx lies sich nicht so einfach abwimmeln.

„Die Schreie haben wir auch gehört" sagte Iustus.

Beide Schweiglinge zuckten zusammen, als sie Iustus Stimme hörten. Doch beiden war nicht klar, warum ihnen die Stimme des Larkmannes so bekannt vor kam.

„Die Schreie kamen von dort hinten" erklärte Iustus weiter und deutete hinter sich.

Die Schweiglinge nickten kurz und rannten in die von Iustus angezeigte Richtung davon.

Ein allgemeines Aufatmen war im Hof zu vernehmen.

„Und weißt du schon, was Du jetzt machen möchtest?" wurde der Lämmich von Mali gefragt. „Du kannst gerne Ginns Stellung auf der Sukhothai übernehmen."

Klaas ließ ein eifersüchtiges Knurren hören. Mali schenkte dem keine Beachtung.

„Danke für das Angebot, aber ich glaube, diesmal zieht es mich in die Berge. Das Meer habe ich fürs erste satt."

Mali lächelte Iustus zu und nickte verständnisvoll. Als Mali und Klaas gehen wollten, hielt Iustus sie zurück.

"Habt ihr Interesse an magischen Schuhen?"

Er hielt Mali die Schuhe entgegen und sie nahm sie lächelnd entgegen.

"Ich kann nichts Magischem widerstehen" antwortete sie augenzwinkernd.

Aufatmend sah der Larkmann Mali und Klaas davon spazieren.

„Ich brauche keine Magie mehr" flüsterte Iustus strahlend und lief los. Nach wenigen Schritten breite er die Flügel aus und schwang sich in die Lüfte.

Epilog

Der Rat erschien auf dem Balkon des weißen Tempels. Alle weißen Schweiglinge warteten gespannt auf ihr Urteil. Unter ihnen auch Rausus. An seiner Seite standen Bosk und Cadoc, die Larkmänner aus dem Gochwald.

„Wir haben entschieden" sprachen die Ratsmitglieder wie aus einem Mund. „Die Prophezeiung des weißen Kindes ist eingetreten. Wir können es nicht in den Armen des Bösen lassen, also verlassen wir Palen zum zweiten Mal seit unserer Gründung und rüsten uns für einen Krieg. Lamento und die Exklamationsburg soll brennen."

Ohrenbetäubender Jubel schwoll an. Nur Rausus wirkte bedrückt.

„Fürchte dich nicht um Deine Familie" versuchte ihn Bosk aufzumuntern. „Wir Larks werden mit euch kämpfen. Weder graue Schweiglinge, noch Lämmiche, noch Lamento selbst werden uns gewachsen sein. Und mit der Befreiung des weißen Schweiglingskindes wird der Frieden zurückkehren. So steht es in der Prophezeiung geschrieben."

Vom Balkon aus wurde die Prophezeiung verlesen.

„Mit der Geburt des weißen Kindes,
bekommt das Reine große Macht.
Mit der Herrschaft des weißen Kindes,
wird das Böse abgeschafft."

Rausus lächelte Bosk an, doch die Furcht brannte nach wie vor in seinen Augen. Er hatte die Prophezeiung vor so vielen Jahren übersetzt und nur er kannte den Originaltext. Nur er wusste von der Stelle, die in seiner Übersetzung fehlte. Nur er wusste, was wirklich geschehen könnte.